帝王燕

제왕연 7

ⓒ지에모 2020

초판1쇄 인쇄	2020년 11월 23일
초판1쇄 발행	2020년 12월 8일

지은이	지에모芥沫
옮긴이	이소정

펴낸이	박대일
편집	이문영 · 박지해 · 임유리 · 신지연
마케팅	임유미 · 손태석
일러스트	흑요석
디자인	박현주
교정	김미영

펴낸곳	파란미디어
출판등록	2004년 9월 14일 제313-2004-00214호

주소	03992 서울시 마포구 동교로23길 14 국제빌딩 6층
전화	02.3141.5589 영업부 070.4616.2012 편집부
팩스	02.3141.5590
전자우편	paranbook@gmail.com
카페	http://cafe.naver.com/paranmedia
인스타그램	@paranmedia

ISBN	978-89-6371-842-2(04820)
	978-89-6371-821-7(전21권)

제
왕
연

7

帝王燕

지에모 芥沫 지음ㅣ이소정 옮김

파란

차례

국면, 새로운 바람이 거세게 일다

백리명천이 살수를 고용해 천염국 태자를 죽였다는 소문이 퍼지자, 기욱과 소옥승은 모두 만족했다.

두 사람은 의심을 받지 않자 오히려 사람들을 풀어 소문을 부추기고, 여론을 선동하여 천염국과 만진국 사이를 이간질했다.

군구신은 이 기회를 틈타, 태자의 시신을 찾겠다고 공포했다. 그리고 아예 장례를 치러 소문을 사실로 만들었다. 그는 부처님 오신 날에 기씨 가문에게 손쓸 기회만을 기다리고 있었다.

천무제도 이 계획에 매우 만족해 남몰래 정왕에게 큰 상을 내리면서, 대외적으로는 노기를 폭발시키며 복수를 맹세했다! 그는 조회에서 특급 군령을 내려, 기욱으로 하여금 바로 병사들을 이끌고 만진국으로 출병하도록 했다. 어떤 결과도 두려워하지 말 것을 당부하면서. 동시에 병사들을 더 뽑아 증원을 준비했다.

조회에서 대다수 신하가 반대하였으나, 대장군 기세명이 그들과 설전을 벌였다. 그는 여지를 남기지 않고 전쟁을 주장하며 계책을 설명했다.

천무제가 그의 주장을 인정했을 뿐 아니라, 기욱에게 희망을 걸고 있노라 피력했다. 그러자 기세명은 제게 다가오는 살기를 눈치채지 못하고 몰래 기뻐할 뿐이었다.

두 달 전부터 그는 소씨 가문 가주와 여러 번 밀서를 주고받았다. 소씨 가문은 만진국 최대의 부호로 상업을 위주로 하는 가문이지만 정치에까지 개입할 힘이 있었다. 그들은 만진국의 조운을 장악하고 있을 뿐 아니라 조정이며 군에도 자기 사람들을 상당히 많이 키워 두었던 것이다. 만진국 서쪽 국경을 지키는 주 장군 역시 소씨 가문 사람이었다!

지난번 기욱이 완승을 거둔 것은 주 장군이 일부러 방비를 게을리한 덕분이었다. 그리고 이번에 주 장군은 경계를 게을리하는 정도가 아니라 기욱에게 큰 공을 세우게 할 터였다!

그들은 이번 전투가 일단 시작되면 다시는 멈추지 않을 생각이었다. 함께 천염국과 백초국을 무너뜨릴 뿐 아니라, 이 기회를 틈타 자신의 날개를 살찌울 작정이었다.

만진국 황제는 천염국 진격 소식에 놀라 손을 쓸 엄두도 내지 못하고 있었는데, 천무제의 반응을 듣고는 분노했다. 그러나 소문에 대해서는 한 치의 의심도 품지 않았다. 그는 자신의 그 양심 없는 아들이 이런 일을 벌일 수 있다고 굳게 믿었다. 그가 보기에, 백리명천이 살수를 고용해 천염국 태자를 죽인 것은 천염국에게 복수하기 위해서가 아니라 자신에게 시위하기 위함이었다!

"짐이 애초에 그 아이를 죽이지 않은 것만으로도 최대한의 자비를 베푼 것이거늘! 아직도 만족을 몰라! 죽고 싶다면 짐의 검 아래에서 죽으면 될 것을! 짐이 도울 터인데! 여봐라, 전령을 보내 삼황자를 지명 수배하라. 삼황자의 행적을 알려 오는 자에게는 큰 상을 내릴 것이다!"

만진국 황제는 여전히 모든 책임을 백리명천에게로 돌렸다. 원래 신농곡에 보여 주기 위해 가짜로 백리명천을 수배했었지만, 지금은 정말로 수배령을 내렸다. 그리고 변경 군대에게 명해 응전을 준비했다. 동시에 대군 두 부대의 증원을 시작했다.

물론 만진국 황제도 바보는 아니었다. 그 역시 계속 소씨 가문을 경계하고 있었다. 그가 새로 징발하는 두 부대 중 한 부대는 바로 수군이었다.

소씨 가문은 조운을 장악하고 있어 수군과 관계가 매우 깊었다. 수군의 요원 여럿이 소씨 가문 사람이었다. 그러나 그들은 백리 황족이 인어족의 후예라는 사실을 알지 못했다. 수군 속에 숨어 있는 인어족 병사들이야말로 수군을 진정으로 장악하고 있다는 사실 역시 알지 못했다. 백리 황족 비장의 무기는 바로 이들이었다.

이 사건에서 가장 죄가 없는 백리명천은 계속 여러 곳의 동향을 살피고 있었다. 그는 비록 무고했으나 마음 놓을 수 있는 인물은 아니었다!

백리명천은 자신을 위해 이 국면을 평정할 생각이 없었다. 자옥교주를 잃어버린 섯을 안 다음에 그가 가장 먼저 한 일은, 자신의 궁에 몰래 잠입하여 노비를 모두 죽여 버린 것이었다!

그는 군구신이 기씨와 소씨 가문에게 손을 뻗치리라는 걸 알고 있었다. 그러니 그 역시 상대방의 계교를 역이용할 생각이었다. 그는 지금 만진국 수군에 숨어 있었다.

모르는 이들이 보면 그는 풍류를 즐기고 사치스러우며 황음 무도한 존재였다. 만진 황족에서 축출당한 후에 살수를 고용할 돈조차 마련하지 못해 가문의 신물까지 건네는 쓰레기 같은 인물.

그의 부황이 보기에 그는 여색에 미혹되어 가슴에 큰 뜻을 품지 않고, 양심이나 죄책감이라고는 영원히 느끼지 않는 이기적인 불효자였다.

세상 사람들은 그가 어린 시절부터 금화 한 닢을 얻기 위해 무거운 대가를 치러야 했다는 사실을 알지 못했다. 그리고 그의 부황은 최근 수년 동안 만진국 수군에서 가장 충성스럽고 전투에 능한 인어족 병사들이 이미 모두 그의 발아래 복종하고 있다는 사실을 모르고 있었다.

석양이 뉘엿뉘엿 기우는 가운데 남은 햇빛이 강물에 닿아 반짝이고 있었다. 만진국 내에서 유일하게 거대한 강, 북에서 남으로 흐르는 창안강 위로 커다란 배들이 연이어 나아가고 있었다. 그중 가장 앞에 있는 전함 뱃머리 갑판에 백리명천이 홀로 앉아 있었다. 그는 조용히, 물속에서 아름답게 춤을 추는 몸을 바라보고 있었다.

여자 인어족 병사였다. 그녀는 배를 따라 앞으로 나아가기도 하고 주위를 맴돌기도 했다. 마음대로 움직이는 것 같았지만 실제로는 물속에서 천천히 춤을 추고 있었다. 그녀의 몸매는 무어라 형용할 수 없이 아름다웠고, 움직임도 우아했다.

갑자기 그녀가 물 위로 뛰어오르더니 백리명천 앞에 내려앉았다. 그녀의 이름은 수희로, 여자 인어족 병사 중 가장 아름다웠다. 유일하게 백리명천의 눈에 든 인어족이기도 했다.

수희는 옷을 많이 입고 있지 않았는데, 그마저 물에 젖어 아름다운 몸매가 그대로 드러났다. 아예 입지 않은 것과 큰 차이가 없었지만, 아예 입지 않은 것보다 훨씬 매혹적이니 그야말로 미인이라고 할 만했다. 중이라 해도 그녀 앞에서는 파계해 버리고 말 것이다. 그러나 백리명천은 그녀에게 눈길 한번 던지지 않고 계속 석양만 바라보았다. 수희는 이런 그의 태도에 매우 실망한 모양이었다. 그녀는 전투복을 들어 몸을 감싼 다음 백리명천에게 다가왔다. 그리고 놀리듯 물었다.

"삼전하, 방금 저를 몰래 훔쳐보셨죠?"

백리명천이 씨익 웃었다.

"본 황자는 정정당당하게 보았지."

수희가 천천히 전포를 끌어 내려 아름다운 몸매를 드러내며 매혹적으로 웃었다.

"삼전하, 어떠신가요?"

백리명천이 마침내 그녀의 몸매를 바라보았다. 그는 그녀의 턱을 잡고 요염한 얼굴을 살펴보더니 가볍게 웃으며 말했다.

"정말 아름답다."

수희가 기뻐하며 가볍게 그의 팔에 매달렸다.

백리명천은 여전히 웃고 있었다. 그러나 그의 입에서 나온 말은 수희의 심장을 찢어 놓을 만큼 잔인했다.

"하지만 안타깝게도 본 황자는 이미 질린 것 같다. 부황이라면 너를 좋아할지도 모르겠으니, 가거라. 본 황자에게 네 진짜 가치를 보여 다오."

수희는 멍하니 굳어 버렸다. 그녀의 눈에서는 금방이라도 눈물이 쏟아질 것 같았다. 이런 날이 올 거라고 예상하고 있었지만 그래도 이렇게 이를 줄은 몰랐다. 그녀는 결국 묻고 말았다.

"삼전하, 제가 떠나기 전에 하룻밤이라도 함께해 주실 수는 없나요?"

백리명천이 그 자리를 떠나려다가 고개를 돌리더니, 여전히 웃으며 듣기 좋은 목소리로 말했다.

"바보 같으니. 본 황자가 진정으로 바랐다면 절대로 남에게 보내려 하지 않았을 거다. 가거라. 기억하고, 본 황자에게 여지를 남겨 다오."

말을 마친 백리명천이 물속으로 뛰어들더니 곧바로 모습을 감췄다.

부황이 자비롭지 않은 것은 참을 수 있다. 하지만 부황이 인을 지키지 않는데, 그가 불효하다고 탓할 수 없는 것이다!

이렇게 보름이 흘러갔다. 천염국과 만진국은 다시 전쟁을 시작했다. 복잡하게 변해 가는 판세가 흉흉해졌다. 두 나라 국내에도 역시 살기가 넘쳐흐르고 있었다. 이런 상황에서 천염국은 융숭한 연회를 베풀어, 대자사의 약사여래가 오신 날을 축하하기로 했다.

부처님 오신 날에 처음으로 진양성에 도착한 귀빈은, 다른 이가 아니라 한가보의 삼소저 한우아였다……

귀빈, 성안의 화젯거리

부처님 오신 날을 맞아 대자사에서는 7일에 걸쳐 연회를 베풀 예정이었다. 귀빈들도 이 7일 동안에는 재계해야 했다.

앞의 사흘과 뒤의 사흘에는 소소한 모임과 예식이 있었다. 그리고 나흘째 되는 날, 바로 부처님 오신 날에 부처를 목욕시키는 융숭한 의식이 거행될 예정이었다.

보통 귀빈은 연회 하루 전에 도착하게 되어 있었다. 그런데 한우아가 다른 귀빈들보다 하루 먼저 도착한 것이다.

한우아가 성에 들어온 지 얼마 되지 않아 전 어멈이 소식을 가져왔다.

"이 늙은이가 제대로 들어 왔습니다요. 한 삼소저가 어젯밤 성 밖에서 하룻밤을 보내고, 오늘 아침에야 성안으로 들어왔다는데요. 말하기로는 한가보의 그 소 부인을 대신해 왔다네요!"

최근 보름 동안 비연은 화월산장에 자주 갔고, 산장주 일행도 자주 고씨 저택을 비밀리에 찾아왔다. 편의를 위해 비연은 진 어멈에게 아무것도 숨기지 않고, 오히려 꽤 많은 비밀들을 알려 주었다.

비연과 정왕 전하의 관계가 심상치 않다는 것을 알게 된 날부터 전 어멈은 계속 비연에게 연극을 진짜로 만들어서라도 정왕을 꽉 잡으라고 권하곤 했다. 원래 그녀의 관심사는 비연을 어떻게 살찌울까 하는 것이었는데, 지금은 정왕과 한씨 가문 삼소저의 혼사가 최고의 관심사였다.

천무제가 정왕을 남쪽으로 보내 구혼하게 하려 했던 일은 정식으로 선포된 적은 없었지만 이미 소문이 퍼져 있었다. 후에 천무제가 구혼과 관련한 일을 취소하고, 부처님 오신 날에 다시 물색해 보기로 한 사정은 밖으로 새어 나가지 않았다. 그런 까닭에 지금 궁 안팎에서, 위로는 황족과 권신부터 아래로는 보통 백성들까지 모두 한가보의 한우아가 정왕비가 될 거라고 굳게 믿고 있었다.

이번 의식에 천무제는 상당수의 귀빈을 초청했다. 한우아의 신분은 가장 귀한 축은 아니었으나 혼사 얘기 때문에 화젯거리가 되었다.

비연 역시 이 혼사가 예전에 이미 물 건너갔다는 사실을 알지 못했다. 그러니 전 어멈이라고 알 턱이 없었다.

전 어멈이 다시 말했다.

"맞혀 보세요. 한 삼소저를 맞으러 나간 사람이 누군지요?"

비연이 탁자 위의 약재 더미를 멍하니 바라보았다. 그녀는 대답하지 않을 뿐 아니라 아예 전 어멈 쪽으로 고개도 돌리지 않았다.

탁자 위 약재 더미는 바로 망할 얼음이 준 약방문대로 골라 온 것들이었다. 그녀의 능력이라면 약방문을 한번 읽는 것만으로도 바로 약 달이는 법을 생각해 낼 수 있었다. 그러나 이 약방문만은 정말로 어떻게 할 수가 없었다. 비연은 약재를 눈앞에 늘어놓고 자신의 생각을 다시 정리하는 중이었다.

　최근 보름 동안, 그녀는 형세를 주시하면서 자신의 임무를 바쁘게 처리하고 있었다. 이제 어약방 일은 손을 놓을 수 있게 되었다. 화월산장과 관련한 일도 착수 가능한 상태가 되었다. 그러나 몇 가지 사적인 일은 시간만 끌고, 아무런 진전이 없었다. 그녀는 잠시라도 틈만 생기면 계속 망할 얼음의 약방을 고민했다.

　한우아가 남들보다 먼저 도착할 거라는 사실은 비연도 예상하고 있던 바였다. 그녀는 원래 당정과 함께 나쁜 일을 저질러 정왕 전하와 한우아를 갈라놓을 생각에 신이 나 있었다. 그러나 지금은 이미 그럴 마음을 지운 상태였다. 그녀는 정왕 전하가 뭔가를 오해하는 것을 바라지 않았다.

　정왕 전하는 이제 비연의 마음속에서 닿을 수 없을 만큼 멀리 있는, 결코 더럽혀서는 안 될 신 같은 존재가 아니었다. 그는 그녀가 상상했던 것보다 훨씬 복잡한 사람이었고, 감정에 대해, 혼사에 대해 두 마음을 품는 사람이었다. 그러니 그녀가 그렇게까지 조바심을 낼 가치가 없었던 것이다.

　게다가 한우아 뒤에 있는 한가보는 확실히 얕잡아 볼 수 없는 세력이었다. 정왕 전하가 이 혼인을 통해 한가보를 한편으로 끌어들일 마음이 있다면, 그녀와 당정이 어찌 그 좋은 일을 망쳐 놓겠는가?

　비연은 벌써 당정에게 상황을 설명했다. 당정에게 연회 내내 자신과 함께 지내며, 쓸데없는 일은 하지 말자고 이야기한 상태였다.

전 어멈은 비연이 상대하지 않는 것을 보고 다급한 나머지, 두 손으로 탁자 위 약재를 가리며 진지하게 말했다.

"한 삼소저를 맞이한 사람이 예부에서 나온 사람이 아니라, 만 공공이었다고요!"

비연도 살짝 놀랐으나, 그것도 사리에 맞다는 생각이 들었다. 그녀는 전 어멈을 밀어내며 말했다.

"그런 하찮은 일에 왜 그리 놀라는 거야? 하소만 그 녀석이 장래 여주인에게 먼저 잘 보이러 가지 않는다면 그게 더 이상한 일이지!"

전 어멈은 조금 화가 난 것 같았다.

"어째서 조금해하지 않으시는 거예요? 정왕 전하께서 그리 잘 대해 주시는데. 물가에 있는 정자에 달이 먼저 비친다는 말도 못 들어 보셨어요? 어쨌든 한가보의 삼소저와 한번 싸워 보시란 말이에요! 대소저, 그 여자가 이혼당하기라도 하면 나중에…….."

비연은 울 수도 웃을 수도 없었다. 전 어멈에게 너무 많은 것을 알려 준 걸까, 아니면 너무 조금 알려 준 걸까. 그녀는 전 어멈을 노려보며 차갑게 말을 끊었다.

"그만!"

그리고 문가에 조용히 서 있는 진묵을 가리키며 진지하게 말했다.

"전 어멈, 이만 가. 가서 진묵에게 시원한 차라도 가져다줘. 앞으로 내 일에는 신경을 덜 쓰도록 하고, 진묵 시중을 좀 더

16

잘 들어 줘! 계속 이렇게 귀찮게 하면, 내가 독을 써서 말을 못하게 만들지도 모르니까!"

말을 마친 비연은 하얀 손으로 탁자 위를 가볍게 쓸어 모든 약재를 약왕정 안에 넣고, 성큼성큼 위층으로 올라갔다. 전 어멈은 감히 따라갈 엄두를 내지 못했지만, 계속 입을 놀릴 만큼은 대담했다.

"대소저, 만 공공이 한 삼소저를 정왕부로 모셔 갔다고요! 아마도 거기에 머물게 할 것 같던데! 밖에 소문이 다 퍼졌다고요!"

이 말을 들은 비연이 갑자기 발걸음을 멈추었다. 그녀는 보름 동안 정왕부에 가지 않았다. 그날 밤 정왕 전하와 규칙을 정한 후 그녀는 다시 정왕부에 가지 않았을 뿐 아니라, 심지어 정왕 전하와 만나지도 않았다.

모든 것은 계획대로 되어 가고 있었고, 그들은 각자 맡은 일을 하고 있었으니 사실 서로 만날 이유가 딱히 없기는 했다.

그녀는 망중에게서 최근 정왕 전하가 대자사에 있다는 이야기를 들은 적이 있었다. 오늘 정왕부로 돌아오신 걸까?

동쪽 변경의 전투는 어쨌건 몇 달은 갈 테니, 태자가 자객을 만난 사건의 진상을 공포하기 전에 그들은 너무 자주 만나서는 안 되기도 했다.

비연은 전 어멈을 상대하지 않고, 어깨를 으쓱했다. 전 어멈이 계속 탄식하며 밖으로 나가려다가, 진묵을 향해 진지하게 말했다.

"진 시위, 대소저가 자네 말은 좀 들으시지? 계속 말 못 하는 척하지 말고, 어떻게든 좀 권해 봐!"

진묵이 무표정한 얼굴로 대답했다.

"시원한 차, 감사합니다."

전 어멈은 화가 났지만, 비연의 명을 어길 수도 없어 소리쳤다.

"기다려!"

전 어멈이 떠난 후에야 진묵은 텅 빈 계단을 바라보았다. 그는 여전히 고요한 표정으로 잠시 바라보다가 곧 다시 고개를 돌렸다. 그는 문가의 벽에 기대서 있었는데, 마치 세월이 조각해 낸 석상처럼 조용하고 완벽하게 아름다워 보였다.

오후가 되기도 전에 한우아가 정왕부에 들어갔다는 소문이 진양성 전체에 널리 퍼졌다. 확실히 한우아는 모두의 주목을 받는, 화제의 초점이었다.

신농곡을 대표하는 당정, 현공상회의 상관 부인, 그리고 상관보의 소부인인 호금 역시 미리 도착했으나 뜻밖에도 그 사실을 아는 이들은 없었다. 사실 배경이 어떠한지와 상관없이 개인적인 신분만으로도 당정, 상관 부인, 그리고 호금이 한우아보다 훨씬 월등했다!

진양성에 도착한 이 세 사람은 예부 관리의 접대를 받지 않고, 약속이나 한 듯 슬며시 고씨 저택으로 향했다!

당정은 이미 진양성에 오면 고씨 저택에서 머물기로 비연과 약속한 상태였다. 상관 부인은 비연을 깜짝 방문하여 놀라게 할 작정이었다. 그리고 호금은 상관 부인과 올케 겸 규방 친우라 자연스럽게 상관 부인과 함께했다.

비연은 약방문을 고민하느라 머리가 뒤죽박죽인 상태였다가, 그들이 함께 도착했다는 전갈을 받고 깜짝 놀랐다. 그러나 곧 기뻐하며 아래층으로 날듯이 내려갔다.

요화각 문밖으로 나가자마자 안 그래도 걸어오던 당정과 부딪치고 말았다. 두 사람은 다급하게 서로 포옹하며 상대방이 넘어지지 않도록 잡아 주고, 약속이라도 한 듯 큰 소리로 웃었다.

뒤에 오던 상관 부인과 호금이 이 장면을 보고 서로 눈빛을 교환했다. 말하지 않아도 알겠다는 듯한 표정이었다.

당정의 신분이 특수한데 이곳에서 만나다니. 그들은 서로 알지 못하는 척할 수밖에 없었다…….

슬며시, 역시 귀빈

비연과 당정이 서로 끌어안은 채 즐겁게 웃었다.

상관 부인은 점점 더 기쁜 표정이었다. 그녀는 원래 딸이 하나 있었으면 했지만 지금은 딸이 한 쌍 있으면 좋겠다고 생각하고 있었다. 그러나 안타깝게도 승 회장은 운한각에 간 후 아직까지 돌아오지 않은 상태였다.

"연아, 본 부인에게도 소개를 좀 해 주려무나. 어느 집안의 규수인지? 이렇게 예쁘게 생겨서 어째서 남장을 하고 있담? 재미있나?"

비연이 재빨리 당정에게서 떨어진 뒤 그들을 서로 소개시켰다.

"상관 부인, 이 사람은 신농곡 경매장의 수석 경매사인 당정이라고 해요. 저랑 아주 친한 친구죠. 이번에 노집사님을 대신해서 왔답니다. 당정 언니, 이분은 현공상회의 상관 부인이세요. 자, 언니가 직접 말해 봐요. 무엇 때문에 남장을 하고 있는지?"

상관 부인은 당정을 한번 훑어보더니 고개를 끄덕였다.

"당정? 본 부인도 들어 본 기억이 있군."

당정의 눈가에 장난스러운 웃음기가 스쳐 갔다. 그녀는 재빨리 몸을 굽혀 예를 표했다.

"상관 부인, 소녀가 부인과 승 회장님의 존명을 오래도록 들어 왔습니다. 오늘 뵐 수 있으니, 삼생에 다시없을 영광입니다!
소녀가 남장을 하는 것은 그저 재미있으려고 하는 것이랍니다."

비연이 상관 부인 곁에 있는 부인을 열심히 바라보았다. 상
관 부인과 비슷한 나이인 듯했는데, 외모를 무척 잘 가꾸어 세
월의 흔적을 거의 찾아볼 수 없었다. 다만 그 기색이며 자태에
세월이 남겨 놓은 우아한 여운이 남아 있었다. 상관 부인처럼
영리하면서 제멋대로라기보다는 매우 내향적인 성격 같았다.
심지어 말이 없는 고고한 성격인 것처럼도 보였다.

비연이 물었다.

"혹시 이분이 상관보의 소부인이신가요?"

상관 부인이 바로 호금을 소개했다.

"이 나이가 되었는데 소부인은 무슨. 부끄러워하니 그냥 호
부인이라고 부르면 돼. 우리 오라버니가 계속 미적거리며 상관
보를 물려받지 않아서 그렇지, 원래대로라면 이미 노부인이라
불렸어야 하는걸!"

호금은 상관 부인의 농담을 완전히 무시하고는 비연과 당정
이 자신에게 예를 행하는 것을 보며 살짝 고개를 숙였다.

그녀의 출신은 평범하지 않았다. 그녀는 젊은 시절 집을 떠
나 처음으로 살수가 되었을 때 상관 부인을 만났다. 그러나 엽
십삼보다는 훨씬 운이 좋았다. 상관 부인을 죽이라고 고용된
게 아니라 상관 부인에게 고용되었던 것이다.

상관 부인은 그녀가 마음에 들어 계속 돈을 주지 않고 질질
끌며 그녀가 가지 못하게 했다. 두 사람은 점차 채무 관계에서

친우로 변했고, 후에는 상관 부인의 중재하에 올케와 시누이 관계가 되었다.

호 부인은 매우 도도해 보였지만 실제로는 낯을 많이 가리는 성격이었고, 이번에도 오고 싶어 하지 않았다. 그러나 상관 부인이 자신은 현공상회만을 대표할 뿐 상관보를 대표하지 않는다고 주장하여 억지로 그녀를 끌고 온 참이었다.

비연은 재빨리 모두를 요화각으로 안내하고, 전 어멈에게 가장 좋은 차를 내오라고 일렀다. 당정 일행이 성안으로 들어오자마자 고씨 저택으로 온 것은 사교적인 측면은 말할 것도 없고, 사실 비연에게 큰 힘을 실어 주는 일이었다. 그들 세 사람은 현공대륙의 큰 세력 셋을 대표하는 이들로, 군씨 황족 입장에서는 귀빈 중의 귀빈이었다.

더군다나 상관 부인은 현공상회 지분의 절반을 차지하고 있는 데다 신분도 가장 높았다. 규율에 따르면 천무제가 직접 그녀를 접대해야 옳았다.

공적으로건 사적으로건, 비연은 마땅히 주인으로서의 의무를 다하며 그들을 접대해야 했다. 그녀는 전 어멈에게 저녁에 연회를 안배하라고 속삭이고는 그녀들과 이야기를 나누기 시작했다.

호 부인은 기본적으로 말을 하지 않고 침묵을 지켰다. 그녀는 무료한 듯 조용히 방 안의 모든 것을 살펴보다가 곧 한옆에 서 있던 진묵에게로 시선을 옮겼다.

그의 얼굴을 본 그녀는 조금 놀라는 동시에 어쩐지 눈에 익은 듯한 느낌을 받았다. 그러나 아무리 보아도 어디서 본 얼굴인지 도무지 기억해 낼 수가 없었다. 그녀는 진묵이 시위인 것을 알아채고 딱히 그의 내력을 묻지는 않았다.

상관 부인은 원래 대화를 즐기는 사람이었다. 그러나 당정이 함께 있으니 인내하며 말수를 줄이고 있었다.

그녀는 당정이 자라는 것을 지켜본 셈이었다. 당정은 겉보기에는 듬직한 큰언니 같았으나, 사실은 어린 시절부터 상당한 수다쟁이였다. 상관 부인은 그녀들과 너무 많은 이야기를 하다가 신분을 잊고, 해서는 안 될 말을 하게 될까 봐 걱정하고 있었다.

비연과 당정은 한 마디씩 주고받으며 신나게 수다를 떨고 있었다. 비연이 이번 대자사에서 부처를 목욕시키는 의식에 대해 이야기하자 당정은 갑자기 어린 태자에 대해 언급했다.

신농곡에 있을 때 비연이 당정에게 외부에는 흘리지 말라고 한번 당부한 적이 있었다. 그러나 당정이 태자에 대해 언급하는 것을 듣고 비연은 깜짝 놀라 식은땀을 흘렸다!

상관 부인과 호 부인은 이미 당정의 말을 주의 깊게 듣고 있던 차였다. 그들은 마음속에 짚이는 것이 있었지만 일부러 이상하다는 표정으로 비연을 바라보았다.

비연은 매우 긴장하여, 재빨리 천염국의 기밀이라는 핑계로 더 이상 이야기하지 않고 비밀을 지켜 달라고 간청했다.

상관 부인과 호 부인 모두 호쾌하게 답하고는, 두 세력은 천염국과 만진국 사이에서 중립을 지킬 거라고 이야기했다. 비연은 겨우 안도의 한숨을 내쉬며 당정을 사납게 노려보았다.

당정은 미안한 듯 잘못했다는 눈빛을 보냈다. 사실 이곳에 있는 이들이 자기 사람들이 아니었다면 그녀도 그렇게 소홀하지 않았을 것이다.

비연이 당정에게서 눈길을 거두자 상관 부인이 몰래 당정을 흘겨보았다. 당정은 더 이상 비연과 마음 편하게 이야기를 나눌 수 없어 화제를 고씨 저택 쪽으로 옮겼다. 그러자 상관 부인이 저택 여기저기를 구경해 보고 싶다고 말했다. 비연은 별다른 의심 없이 흔쾌히 응했다.

비연이 안내를 위해 앞장서서 걸어가자 상관 부인은 일부러 당정 곁으로 다가가 나지막한 목소리로 꾸짖었다.

"네가 입을 놀리는 꼴을 보니, 네 외숙을 불러 야단 좀 치라고 해야겠다. 오늘 다른 사람이 없었기에 망정이지, 그게 아니었으면 정왕의 좋은 일을 망치고, 연아도 연루시켰을 거다. 그랬으면 난 너를 용서하지 않았을 거야!"

당정의 외숙이 바로 승 회장이란 말일까? 바꿔 말하자면, 상관 부인이 바로 그녀의 외숙모였다.

"외부인이 없다고 생각해서 허물이 없어져 버렸어요."

당정이 제 입을 한 대 치며 속삭였다.

"외숙은 아직 돌아오지 않으신 거예요? 무엇 때문에 연아를 계속 조사하시는 거죠? 운한각 쪽에서 새로 발견한 거라도 있나요?"

상관 부인이 목소리를 죽였다.

"네 외숙은 연아가 주인님을 닮았다고 생각하고 있어. 어렸을 때 너도 뵌 적이 있다며? 네 생각은 어떠냐?"

당정의 눈 밑으로 복잡한 빛이 스쳐 갔다.

"제가 보기에도 조금 닮은 것 같아요. 하지만…… 그 모반이 없으니까요."

상관 부인이 가볍게 탄식했다.

"나는 오히려 저 애가 아니었으면 좋겠다. 연아와 정왕의 관계가 보통이 아닌 듯한데, 연아가 너희가 찾고 있는 사람이라면 정왕은…… 상대하기 쉬운 인물이 아니니까!"

비연이 고개를 돌리자 곁에 있던 호금이 즉시 상관 부인과 당정 앞으로 걸어가 비연의 시선을 가렸다. 그 틈에 당정 역시 상관 부인에게서 떨어졌다.

비연이 당정 등을 데리고 저택을 한 바퀴 둘러보았다. 고이야와 왕 부인은 손님들의 신분을 짐작하지 못하면서도, 감히 태만하게 굴지 못하고 연회를 준비하고 있었다. 그러나 전 어멈이 이미 복만루에 정진 요리를 예약하고 마차까지 준비해 놓은 다음이었다.

비연은 전 어멈의 안배에 매우 만족하며, 가는 길 내내 당정 등에게 복만루에 대해 설명했다. 그리고 그녀들에게 며칠 더 머무를 것을 요청했다. 재계 기간이 끝난 후 복만루에 가서 다시 한번 유명한 요리들을 맛보자는 것이 그 이유였다.

미식에 대해 이야기가 나오자 당정과 상관 부인은 말할 것도 없고 호금조차도 몇 마디 끼어들었다. 모두 즐겁게 이야기를 나누다 보니 배도 고팠다. 그러나 복만루 입구에 도착했을 때, 그들은 복만루가 만석이라는 이야기를 들어야 했다. 전 어멈이 몹시 화를 내며 점원 둘과 갑론을박을 벌였지만 아무 소득도 없었다.

"대소저, 이 늙은이가 한 시진 전에 직접 와서 자리를 골랐고, 저들이 예약을 받아 주었습니다! 누가 복만루 전체를 빌린 모양인데, 그럼 저들은 어쨌든 우리 저택으로 사람을 보내 알렸어야지요! 우리가 문까지 왔는데 저렇게 구니, 정말이지 사람을 너무 우롱하는 처사가 아닌가요!"

전 어멈이 비연의 귀에 대고 속삭였다.

"대소저, 성안에서 귀빈들의 입맛을 맞출 만한 곳은 복만루뿐입니다. 이렇게 중요한 때에 하필이면……. 어떻게 해야 할까요?"

비연도 속으로 고민하고 있었다. 복만루는 화월산장 소속의 사업장이었다. 정왕 전하가 이곳 음식을 좋아하시기 때문에 산장주가 계속 직접 관리하고 있는데, 산장주 수하가 사업을 이런 식으로 할 리 없었다!

언제라도 복만루 전체를 전세 낼 수 있는 능력을 지닌 사람이라면 정왕 전하 본인밖에 없지 않은가? 그러나 정왕 전하는 복만루에 식사하러 오실 때면 항상 은밀하게 행동하지, 이런 식으로 움직이신 적은 없었다. 설마 오늘 밤 중요한 인물이라도 초청하신 걸까?

비연이 당정 등의 흥을 깨고 싶지 않아 일단 전 어멈에게 지배인을 찾아 의논해 보라고 했다. 그녀는 후원의 방을 하나 비우게 해서 식사할 생각이었다.

그러나 그녀가 화월산장의 영패를 꺼내기도 전에, 호화롭기 그지없는 가마 세 대가 다가오는 것이 보였다. 비연은 한눈에 그 가마들이 이번 부처님 오신 날을 맞이해 초청한 귀빈을 위해 제공된 가마라는 사실을 알아차렸다. 그리고 가마를 수행하고 있는 시위들과 노복들이 정왕부 소속이라는 사실도 알아챘다. 비연은 바로 한우아를 떠올릴 수밖에 없었다!

설마 정왕 전하께서 한우아와 함께 정진 요리를 먹으러 오신 걸까?

전 세계가 알게 하겠다

정왕부 사람들을 보고 비연은 깜짝 놀랐다.

성안에 한우아에 대한 이야기가 가득한데, 정왕 전하가 이 렇게 시끌벅적하게 복만루를 전세 내 그녀를 위한 단독 연회를 베푼다면…… 그녀를 너무 추켜세우는 것 아닌가?

설마 불천성회 기간에 한우아에게 구혼할 생각이신 걸까? 그렇다면 왜 그녀에게는 말해 주지 않으신 걸까?

하지만 그건 정왕 전하의 사생활이니, 미리 언급하지 않았다 해도 이상한 일은 아니었다.

생각이 이에 미치자 비연의 마음속에 무어라 말할 수 없는 느낌이 스멀스멀 올라왔다. 어딘가 꽉 막힌 듯한 기분이었지 만, 자신이 그래서는 안 된다는 것을 확실히 알고 있었다.

비연은 재빨리 마음속 복잡한 심정을 지워 버리고 마차에서 뛰어내렸다. 그들을 만나게 되더라도 이곳을 떠날 생각은 없었 다. 당정과 두 부인이 그녀의 체면을 생각해 주었는데, 그녀가 어찌 그들을 푸대접할 수 있겠는가? 게다가 그녀들은 한우아보 다 높은 신분이다. 또한 비연 일행이 먼저 자리를 예약했으니 더더욱 양보할 이유가 없었다!

비연이 마차에서 뛰어내렸을 때 첫 번째 가마에서도 사람이 나왔다. 바로 하소만이었다. 그도 이곳에서 비연을 만나리라고는 생각지 못했던 듯 멈칫했다.

비연과 정왕 전하가 협력 관계가 된 이후 한소만은 계속 그녀를 피해 왔다. 이 '계집'이 예전의 원한을 기억하고 트집이라도 잡을까 봐 두려웠기 때문이다.

"비…… 아니, 고 대약사, 우연이군요."

비연은 그를 상대하지 않고 뒤쪽에 있는 가마 두 대를 지켜보았다. 그때 가장 뒤에 있던 가마의 휘장이 젖혀졌다.

비연은 긴장한 채 지켜보았다. 그러나 누가 알았을까? 가마에서 내린 사람은 정왕 전하가 아니라 예부상서 우 대인이었다!

이건……. 정왕 전하는 오시지 않은 걸까?

찰나의 순간, 비연의 입가가 살며시 말려 올라갔다!

이 가마들은 외빈 접대용이었다. 중간 가마를 타고 있는 사람은 당연히 정왕 전하가 아닐 것이다. 또한 다른 사람일 리도 없으니 분명 한우아일 것이다!

비연의 시선이 중간의 가마로 향했다. 그녀의 마음속이 기쁨으로 가득 찼다!

자신이 무엇 때문에 기쁜지 생각해 볼 겨를도 없었다. 정왕 전하가 직접 한우아를 데려왔다 해도 양보할 생각이 없었는데, 하물며 하소만과 우 대인 정두야! 오늘 이 복반부에서 나온다는 정진 요리를 그녀는 반드시 먹고 말 것이다!

우 대인이 가마에서 내리더니 중간 가마로 총총히 달려갔다. 그는 앞에 비연이 서 있는 것도 눈치채지 못한 모양이었다. 그가 직접 휘장을 들어 올리며, 예의 바른 말투로 아첨하듯 말했다.

"한 삼소저, 복만루에 도착했습니다. 내리시지요."

과연, 한우아였다!

가마 안에 단정한 자세로 앉아 있던 한우아가 우 대인의 체면은 전혀 생각하지 않는 듯 낮은 목소리로 물었다.

"만 공공은요?"

당황한 우 대인은 이렇게 대답할 수밖에 없었다.

"한 삼소저, 잠시만 기다리십시오."

한우아가 의기양양하게 웃음을 빼어 물었다. 꽤 기쁜 모양이었다.

두 달 전, 천무제가 매파를 보내 혼담을 청하려 한다는 소문이 돌았다. 심지어 예부에 명해, 정왕 전하가 직접 남쪽으로 구혼하러 갈 때 가져갈 예물을 준비시켰다는 이야기도 있었다. 한우아도 진양성에 눈과 귀가 되어 줄 사람이 있어 자연스럽게 이 소문을 듣게 되었다.

그녀는 처음에는 천무제가 한가보와 연맹을 맺고 싶어 정왕 전하에게 강요했다고 여겼다. 정왕 전하가 무엇 때문에 그녀를 예외로 두고 있는지, 누구보다 그녀 자신이 더 잘 알고 있었으니까.

그러나 소문은 사라지지 않았을 뿐 아니라 점점 더 시끌벅적하게 퍼져 나갔다. 그녀는 점점 더 천무제가 한가보와 혼인을 통해 결맹하고 싶어 한다고 믿게 되었다.

그녀의 의모인 소 부인도 예전부터 군씨 황족과 연맹을 맺을 계획이 있었다. 이 소문을 들은 의모는 그녀에게 예물을 들려, 진양성에 가서 천무제를 배알하도록 했다.

의모가 말했다.

"우아, 혼담은 아직 소문에 불과하니, 천무제를 배알한다 해도 혼사 이야기는 절대로 언급하지 말도록 해라. 그저 모친이 직접 오지 못해 유감스러워한다고만 이야기하렴. 그럼 천무제도 우리의 뜻을 이해할 게다."

그리고 의모는 이렇게도 말했다.

"우아, 천무제는 지금도 정왕을 태자로 세우지 않고 있다. 그 부자 사이에는 분명 틈이 있는 거야. 잊지 마라. 천무제를 배알할 때, 모친이 정왕을 좋아하더라 같은 이야기를 해서는 절대 안 된다. 천무제에게, 우리가 연맹을 맺고 싶은 사람은 정왕이 아니라 천무제 자신이라는 사실을 인식시켜야만 해."

사실 그녀는 의모가 무슨 뜻으로 이런 이야기를 하는지 완벽하게는 이해할 수 없었다. 또한 의모가 대체 천무제와 협력하고 싶은 것인지, 아니면 정왕 전하와 협력하고 싶은 것인지도 알지 못했다. 그렇다고 감히 물을 수도 없었다.

그녀는 의모를 따르기 시작한 후부터 계속 영리한 척, 하나를 들으면 열을 아는 척해 왔다. 의모의 말이라면, 이해하지 못해도 이해한 것처럼 굴곤 했다. 그녀는 설사 그 깊은 의미를 이해하지 못했다 해도, 하라는 대로 하면 별문제 없으리라는 것을 알고 있었다.

한우아는 원래 진양성에 도착하면 예부 우 대인과 함께 입궁하여 의모가 천무제와의 협력에 보인 성의를 표시할 생각이었다.

천무제의 뜻에, 의모의 지지가 있는 한 그녀는 절대적으로 온 힘을 다할 생각이었다. 정왕 전하가 원하는지 아닌지는 상관하지 않았다. 그녀는 정왕비 자리를 원하고 있었다.

한우아는 매일 정왕 전하 곁에 있을 기회만 얻는다면 제 수완으로 그를 유혹해 밤마다 총애를 받을 자신이 있었다.

그녀를 기쁘게 한 것은, 그녀가 진양성 성문 안으로 들어섰을 때 예부의 우 대인뿐 아니라 정왕부 대집사인 하소만도 볼 수 있었다는 사실이었다. 하소만은 뜻밖에도 정왕 전하가 직접 접대하러 오지 못해 미안하다는 말을 대신 전하며, 그녀를 정왕부로 데려가 머물게 했다.

그녀는 지금까지도 정왕 전하 본인을 보지 못했다. 이 혼사에 대해 하소만에게 몇 번이나 물었지만 하소만은 그때마다 말끝을 흐리며, 정왕 전하께서 그녀를 시중드는 데 소홀함이 없게 하라 명하셨다고만 말했다.

그러나 그녀가 정왕부에 머무는 것을 정왕 전하께서 허락하셨으니 그녀로서는 더 의심할 바가 없었다! 대자사의 점괘가 지정했던 비연 외에는 지금까지 정왕부 문턱을 넘어 본 여자가 없었으니까!

한우아는 미칠 듯한 기쁨에 사로잡혔다. 일단 정왕부 대문 안으로 들어서니 더욱더 기쁜 나머지, 의모가 했던 이야기는 이미 머릿속 저편으로 사라진 다음이었다. 정왕 전하는 분명 달가운 마음으로 그녀를 아내로 맞이할 생각이신 거다!

사실 오늘 밤은 그녀가 일부러 하소만과 우 대인으로 하여금 자신을 복만루로 데려오게 한 것이었다. 그녀는 하소만에게 복만루 전체를 예약할 것을 요구했다.

불천성회 기간에 진양성에 오는 이들은, 군씨 황족이 초청한 귀빈들뿐 아니라 진양성의 각 권문세족이 초청한 손님들도 있었고, 예불을 올리러 오는 사람들도 많았다. 그야말로 사방팔방에서 사람들이 모여드는 시기였다. 게다가 복만루의 정진 요리는 최고의 인기를 구가하고 있었다. 한우아는 이 기회에 혼사와 관련한 소문을 사실로 만들 생각이었다!

사방팔방에서 모여든 사람들 앞에서 한번 제대로 보여 주고 싶은 마음도 있었다. 현공대륙의 모든 사람들에게 군구신이 한우아를 얼마나 총애하는지 알게 하리라. 군구신은 정말로 한우아를 아내로 맞을 것이다!

한우아는 가마 안에 단정히 앉아 인내심 있게 기다리고 있었다.

우 대인이 하소만과 비연이 함께 있는 것을 발견하고 매우 놀라 서둘러 다가왔다. 그는 당정을 비롯한 세 귀빈이 예부의 초대를 거절하고 고씨 서택으로 갔다는 사실을 알지 못했다. 그녀들이 지금 마차 안에 있다는 사실은 더더욱 알지 못했다.

우 대인은 감히 한우아를 오래 기다리게 할 수 없어, 비연에게 가볍게 읍한 후 하소만에게 나지막하게 속삭였다.

"만 공공, 한 삼소저께서 만 공공이 직접 안내해 주기를 바라시는군."

비연이 무슨 일을 저지를 작정인지 하소만이 어떻게 알겠는가? 그는 며칠 동안이나 정왕 전하를 보지 못했고, 그저 명을 따를 뿐이었다. 스스로 고민한들 정왕 전하의 심사를 알 수 없으니, 비연에게 너무 많은 이야기를 할 수도 없었다.

결국 그는 비연을 내버려 두고, 빠른 걸음으로 한우아에게로 향했다…….

정말로 눈이 멀었군

하소만 일행이 오기 전부터 복만루 입구는 매우 시끌벅적한 상태였다. 문 앞에서 저지당한 이들이 비연 일행만이 아니었던 것이다.

하소만이 도착한 후, 구경하는 사람들이 더욱 늘어났다. 그들 중 누군가가 비연을 알아본 모양이었다. 곧 주변 사람들이 남몰래 속삭이기 시작했다.

하소만이 한우아의 가마 앞으로 달려가 몸을 굽히며 인사했다.

"한 삼소저, 복만루에 도착했습니다. 가마에서 내리시는 것을 도와 드리겠습니다!"

하소만이 누군가의 비위를 맞추는 장면이 이 순간 비연의 눈에 유달리 거슬렸다. 그녀는 평소 하소만이 망중보다 영리하다고 생각했는데, 아무래도 자신의 눈이 멀기라도 했던 것 같았다!

사실 하소만노 속으로 답답해하며, 자신의 눈이 멀었던 게 분명하다고 생각하고 있었다!

하소만이 예전에 제 주인을 위하는 마음으로 눈여겨본 것은 한우아 본인이라기보다는 한가보의 세력이었다. 또 한우아 본인에 대한 인상도 아주 좋았던 게 사실이었다.

그러나 직접 한우아의 시중을 들기 시작한 지 하루도 채 지나지 않아, 그는 세상에서 거짓이라 부르는 것이 무엇인지 절절하게 느끼게 되었다.

　하소만이 직접 접대하자, 정왕 전하가 정말로 그녀를 맞이하려 한다는 착각을 심어 준 걸까? 한우아가 뜻밖에도 진면목을 드러냈다.

　오늘 아침 정왕부에 도착하자 하소만은 한우아에게 정왕부 가장자리에 위치한 손님용 객실을 안배해 주었다. 한우아는 겉으로는 아무렇지도 않은 척하더니만 시종들이 떠나자마자 남몰래 그에게 금표 한 주머니를 찔러 주었다. 그리고 정왕 전하의 침전에서 가장 가까운 방으로 바꿔 줄 것을 요구했다.

　하소만이 쩔쩔매며 완곡하게 거절하자 한우아는 다시 그에게 남몰래 정왕 전하의 침전을 구경시켜 달라고 부탁했다. 그는 다시 애써 거절했다. 그러자 한우아는 정왕 전하가 가장 좋아한다는 복만루에서 식사하겠다며, 떠들썩하게 복만루 전체를 예약할 것을 요구했다…….

　그녀의 시중을 들고 싶지 않았다. 그러나 안타깝게도 정왕 전하의 명이 있으니 한우아를 붙잡아 두어야 했다. 최소한 불상을 목욕시키는 의식 전에 한우아가 황상과 마주치는 일은 없어야 했다. 그러니 이대로 계속할 수밖에 없었다.

　하소만이 허리를 굽히고 손을 내밀자 한우아는 겨우 만족했다. 그녀는 침착하게 가마에서 내리며 제 손을 하소만 손 위에 얹더니, 우아한 자세로 두 걸음 걸었다. 그 모습은 마치 날개를 활짝 펼치고 느릿느릿 걷는 공작처럼 우아하고 고귀해 보였다.

한우아는 비연이 곁에 있는 것도 눈치채지 못하고 고개를 들어 복만루를 바라보았다. 그리고 복만루 전체가 텅 빈 것을 발견하고 더욱 만족스러운 표정을 짓더니, 짐짓 문가의 사자상에 흥미를 느낀 척 그 자리에 서서 감상했다.

돌로 조각한 사자상에 뭐 그리 볼만한 구석이 있겠는가? 그녀는 사람들의 이목을 끌고 싶었을 뿐이었다. 한우아는 그렇게 연기하며 나지막하게 속삭였다.

"듣기로는 이 복만루에서 현공대륙의 모든 요리를 맛볼 수 있지만, 그중에서도 정진 요리가 최고라 하던데. 만 공공, 소개 좀 해 주시지."

그녀가 만 공공을 시켜 복만루 전체를 예약하게 했지만, 만 공공만 비밀을 지킨다면 누가 알겠는가? 모두 정왕 전하가 그런 것으로만 알 것이다. 그들이 이곳에 오래 서 있을수록, 직접 목격하는 사람들이 많아질수록 오해는 더욱 커질 것이다.

하소만은 역겨움에 머리까지 쭈뼛해 왔다. 그는 이 연극에 동참할 생각이 없었다. 초가을의 무더운 날이었지만 그는 별생각 없이 나지막하게 속삭였다.

"한 삼소저, 바람이 찹니다. 어서 늘어가지 않으시면 감기에 걸리실지도 모릅니다."

한우아가 멈칫했고, 하소만도 멈칫했다. 그는 그제야 자신이 역겨운 감정에 허튼소리를 내뱉었다는 것을 깨닫고 재빨리 말을 바꿨다.

"한 삼소저, 시장하지 않으신지요? 어서 안으로 드십시오. 복만루의 정진 요리는 대자사의 정진 요리보다 뛰어납니다!"

하소만이 큰 소리로 외치니, 한우아도 그 자리에 있기 민망한 상황이 되어 안으로 들어갈 수밖에 없었다. 그러나 이 순간, 곁에서 지켜보고 있던 비연이 입을 열었다. 하지만 그녀는 한우아도 하소만도 아닌 우 대인을 막아섰다.

"우 대인, 잠시 걸음을 멈추시지요!"

우 대인이 고개를 돌리기도 전에 한우아가 재빨리 고개를 돌렸고, 깜짝 놀랐다! 그녀의 안색이 바로 변했다. 이렇게 빨리 비연과 마주칠 줄은 상상도 하지 못했던 것이다.

그녀는 자신이 비연에게 거액을 빚지고 있다는 사실을 당연히 잊지 않고 있었다. 사람들 앞에서 비연이 자신에게 돈을 요구하는 사태가 벌어져서는 안 된다!

한우아는 다급하게 성큼성큼 걸어 복만루 대문 안으로 들어갔다. 심지어 아래층에 머무르지도 못하고 바로 이 층으로 달려갔다. 비연은 오늘 밤 절대로 복만루에 들어오지 못할 테니, 최소한 재난을 한 번은 피할 수 있을 거라는 생각에서였다.

하소만이 비연을 바라보며 머뭇거리다가 재빨리 한우아를 따라 들어갔다. 화월산장에서 돌아온 후 그는 자신이 망중보다 정왕 전하의 심사를 꿰뚫지 못하고 있다는 것을 인정했다. 그리고 바로 그렇기 때문에, 이 중요한 시기에 비연에게 감히 너무 많은 이야기를 하지 못했다.

우 대인이 돌아보더니 예의 바르게 물었다.

"고 대약사, 무슨 일이신지 가르침을 청해도 되겠습니까?"

비연이 순진하게 미소 지으며 속삭였다.

"우 대인, 제게 먼 곳에서 온 친우가 몇 있답니다. 제가 일부러 복만루의 정진 요리를 맛보러 왔는데, 우 대인께서……."

그녀의 말이 끝나기도 전에 우 대인이 바로 손을 내저었다. 그는 정왕 전하가 복만루 전체를 예약했다고 오해하고 있었기에 나지막하게, 변명하듯 말했다.

"고 대약사, 정말 형편이 좋지 않습니다. 방금 보셨다시피…… 방금 그분은 한가보의 삼소저신데, 만 공공이 직접 시중을 들고 있습니다. 제가 어찌 말이나 붙여 볼 수 있겠습니까?"

우 대인은 하소만이 승낙하지 않을 거라 여겨, 사람 좋은 척하며 인정을 베풀기로 마음먹었다.

"고 대약사, 제가 들어가서 어떻게든 방법을 생각해 만 공공을 나오게 하겠습니다. 만 공공과 이야기를 잘해 보시면, 대약사의 체면을 생각해서 어떻게 소통이 될지도 모르겠습니다."

비연이 하소만과 소통할 생각이었다면 지금까지 기다릴 필요도 없었다. 그녀는 말없이 마차의 휘장을 살짝 들어 올려 우 대인에게 보여 주었다.

우 대인은 의심스러운 표정이었지만, 마차 안을 흘긋 보고는 바로 눈을 휘둥그렇게 뜨며 말문을 잃은 듯했다. 마차 안에서는 상관 부인과 당정이 나란히 다리를 꼬고 앉아 차가운 눈으로 그를 노려보고 있었는데, 그 모습이 패기 넘쳤다. 또한 호 부인은 냉랭한 얼굴로 팔짱을 끼고 있었다.

이 세 귀빈이 성에 들어올 때 직접 접대하러 갔던 사람이 바로 우 대인이었다! 그는 한눈에 그들을 알아보았다.

비연이 휘장을 내리고 여전히 예의 바르게 물었다.

"우 대인, 제 친우들이 오늘 밤 복만루에서 정진 요리를 먹을 수 있을까요?"

우 대인이 난감한 마음에 속으로 중얼거렸다.

'이것 참 귀찮게 되었구나, 귀찮게 되었어!'

천무제는 이미 혼담에 관련한 일을 멈추라고 그에게 명한 상태였다. 그러나 하소만이 직접 한우아를 정왕부로 데려간 이상, 그는 여전히 한우아를 대접할 때 소홀히 할 수 없었다.

하지만 현공상회의 회장 부인에, 상관보의 소부인, 거기에 신농곡의 유일한 대표라니! 우 대인은 그중 누구에게도 죄를 짓고 싶지 않았다.

가장 중요한 것은, 그가 예부상서로서 이 일을 제대로 처리해 내지 못한다면, 손님 대접이 변변치 못했다는 책임이 전부 다 그에게로 떨어질 거라는 사실이었다!

그가 재빨리 말했다.

"고 대약사, 잠시만 기다리십시오, 잠시만! 제가 어떻게든 해보겠습니다!"

비연이 눈을 가늘게 뜨며 웃었다.

"그럼 기다릴게요."

우 대인이 총총히 안으로 들어갔다. 그가 이 층에 도착했을 때, 막 자리에 앉은 한우아가 안도의 한숨을 쉬고 있었다…….

놀라라, 진퇴양난

우 대인은 감히 한우아에게 직접 이야기하지 못하고, 하소만을 방 밖으로 끌고 나가 조급하게 상황을 설명했다. 하소만도 깜짝 놀랐다!

우 대인이 다급하게 말했다.

"만 공공, 그 세 분은, 특히 상관 부인은 이번 귀빈 중에서도 가장 중요한 귀빈이란 말입니다! 상관 부인이 먼저 나서기만 한다면, 황상께서도 연회를 베풀어 접대하셨을 신분입니다!"

하소만이 연신 고개를 끄덕였다. 확실히 이 세 귀빈의 신분은 특수했다.

우 대인이 다시 말했다.

"만 공공, 상황이 이리 급하게 됐으니 일단 처리하시고, 돌아가서 정왕 전하께 말씀드려 주실 수 없겠습니까?"

보아하니 우 대인도 복만루를 정왕 전하가 예약한 것으로 오해한 모양이었다. 하소만이 몰래 눈알을 굴렸다. 그는 비록 아지 어렸지만 상황 대처 능력이 우 대인에게 결코 뒤지지 않았다. 우 대인에게 누가 복만루를 전세 냈는지 말하지 않았던 것은 한우아 앞에서 나쁜 사람이 되고 싶지도 않은 동시에, 한우아에게 의심을 품게 하고 싶지 않았기 때문이었다.

마침내 하소만이 말했다.

"우 대인, 이 일만은 제가 주도적으로 처리하기 어렵습니다. 아무래도 대인께서 한 삼소저께 여쭤 보시는 편이 나을 것 같습니다. 다른 것은 말씀드릴 수 없지만 이것 하나만은 보증할 수 있습니다. 이 일은 한 삼소저가 주도해야만 합니다!"

우 대인이 계속 간청하려 했지만 하소만은 고개조차 돌리지 않고 방 안으로 들어갔다. 우 대인은 다른 방법이 없어, 쭈뼛거리며 안으로 따라 들어갈 수밖에 없었다. 그가 어찌 한우아와 비연 사이의 곡절을 알겠는가? 그는 심지어 그녀들끼리 아는 사이라는 것도 알지 못했다.

우 대인은 일단 비연에 대해 소개하기 시작했다. 비연의 능력이며 명성을 이야기하며 과장까지 섞어 한바탕 칭찬한 다음 말했다.

"한 삼소저, 고 대약사가 마침 귀빈 몇 분을 맞아 복만루에 먼저 자리를 예약했었다고 합니다. 문 앞에 온 다음에야 복만루 전체가 예약되었다는 사실을 알았다고 하는데요. 고 대약사가 삼소저에게 부탁을 올려 달라고 저에게 이야기하더군요. 편의를 좀 봐 주시지요."

우 대인은 한우아의 체면을 생각해 귀빈이 누구인지 말하지 않았다. 상관 부인 일행의 이름을 이야기하면 한우아도 상당히 당황스러울 것이기 때문이었다.

그는 한우아가 승낙한다면 비연 일행을 일 층에 자리하게 할 생각이었다. 그다음에 서로 신경 쓰지 않으면, 이 일도 순조롭고 조용하게 지나갈 수 있는 일 아니겠는가.

한우아는 겨우 안색을 회복했다가 우 대인의 말을 듣고 다시 창백해졌다. 그녀는 비연이 친우를 데려왔다거나 하는 일에는 관심 없었다. 그녀는 그저 비연이 어떻게든 들어와 자신에게서 빚을 받아 내려 한다는 생각에 사로잡혀 있었다!

한우아는 긴장한 상태에서도 여전히 우아하고 고귀한 모습을 유지하며 말했다.

"고비연? 본 소저는 그녀를 알지도 못하고, 알고 싶지도 않군요. 우 대인, 미안하지만 돌아가서 거절해 주세요."

우 대인은 어쩔 수 없어 세 귀빈의 신분을 밝혔다.

'당정'이라는 이름을 들은 한우아는 더욱 긴장했지만, 어찌어찌 자세는 유지할 수 있었다. '호 부인'이라는 말을 듣자 그녀는 깜짝 놀라 약간 좌불안석의 상태가 되었다. 그리고 현공상회 상관 부인의 이름을 듣자 더욱 깜짝 놀라 사납게 자리에서 몸을 일으켰다.

"뭐라고요? 상관 부인이 고비연의 마차에 있다고요?"

최근 수년 동안 계속 의모와 현공상회의 승 회장이 내연 관계라는 소문이 있었다. 그녀도 사실이 어떠한지는 알지 못했지만, 승 회장과 의모는 확실히 매우 친한 관계였다.

반면 상관 부인은 의모와 사이가 좋지 않았다. 만나면 항상 으르렁대곤 했다. 한우아와 같은 연배의 소저들은 상관 부인에게 괴롭힘을 당하는 일도 종종 있었다.

비연을 만난 것만으로도 이미 두통거리인데 상관 부인까지 더해졌다니! 한우아는 머리가 텅 비어 버린 것만 같았다. 그녀는 얼굴을 굳힌 채 한참 동안 아무 말도 하지 못했다.

우 대인은 밖에 있는 이들을 오래 기다리게 할 수 없었다! 그는 어차피 나쁜 사람이 된 김에 아예 철저하게 나쁜 사람이 되기로 했다. 오늘 밤 어찌 되었건 그는 비연 일행을 안으로 들여야 했다.

그가 말했다.

"한 삼소저, 이 일에는 연루된 분들이 너무 많습니다. 이렇게 하면 어떻겠습니까? 제가 이 일을 주도한 것으로 하고, 돌아가 정왕 전하께는 제가 말씀드리겠습니다. 분명 정왕 전하께서도 이해해 주실 겁니다."

이 말에 한우아가 깜짝 놀라 저도 모르게 소리쳤다.

"안 돼요!"

정왕 전하가 복만루를 전세 낸 것도 아닌데 우 대인이 가서 설명한다면, 정왕 전하가 그녀를 어떻게 생각하겠는가!

우 대인은 한우아의 반응에 깜짝 놀라 이상하다는 눈초리로 그녀를 바라보았다. 그제야 한우아는 자신의 실수를 깨닫고 재빨리 하소만을 바라보았다. 하소만은 난처한 표정으로 아무 말도 하지 않았다.

한우아는 그야말로 진퇴양난이었다. 양보한다면 비연이 빚을 재촉하러 올지도 모른다. 하지만 양보하지 않는다면 우 대인이 정왕 전하를 찾아갈지도 모른다. 어떻게 하지? 차라리 후문으로 도망쳐, 복만루 전체를 비연 일행에게 넘겨줘 버릴까? 하지만 그건 너무 체면을 구기는 짓 아닌가. 도저히 그럴 수는 없었다!

그녀가 정말로 그렇게 한다면 하소만과 우 대인이 그녀를 어떻게 생각할까? 복만루에서 일하는 사람들은? 그들이 입을 다물어 줄까?

한우아는 하루 종일 마음을 쓴 끝에 이렇게 기분이 고조되어 있던 참이었는데, 온 성의 웃음거리가 되고 싶지 않았다! 내일 아침, 모두가 그녀가 무엇 때문에 비연에게 복만루를 양보했는지, 무엇 때문에 후문으로 도망쳤는지 이야기하게 두고 싶지 않았다!

어떻게 하지?

우 대인이 더 이상 기다릴 수 없어 강한 태도로 말했다.

"한 삼소저, 이 일은 제가 반드시 정왕 전하께 보고드리겠습니다. 제가……."

한우아가 다급한 가운데 꾀를 내어 급하게 말을 잘랐다.

"우 대인, 가서서 여 지배인에게 물어보세요! 여 지배인이 승낙한다면 본 소저는 아무 말도 하지 않겠어요. 지배인이 승낙하지 않는다면, 그건 이제 우리가 신경 쓸 일이 아닌 거고요. 본 소저 입장에서는 이건 사적인 모임이고, 정왕부에서 본 소저를 초내한 섯노 성왕 전하께서 본 소저와 사적으로 사귀고자 하심이니……. 고비연이 친우들을 초대한 것도 사적인 교류고 예부와는 상관없는 문제지요. 예부가 초대하고 제대로 대접하지 못하는 문제와는 달라요. 너무 긴장하지 마세요. 황상과 정왕 전하께서 탓하시거나, 상관 부인 일행이 불만이라도 제기하면 제가 대신 그 죄를 받겠어요."

한우아는 이제 다른 일은 생각하지 않고 그저 눈앞의 재난을 피할 생각뿐이었다! 이 뜨거운 감자를 복만루의 지배인에게 밀어 버릴 수 있다면 가장 좋았다. 그리고 유일한 선택이기도 했다. 복만루의 지배인이라면 당연히 복만루를 전세 내는 거래를 좋아할 테니, 비연을 거절할 거라 생각했다.

한우아의 말을 들은 우 대인이 잠시 생각하는 듯하더니 이치에 맞는다고 결론을 내렸다. 그는 심지어 한우아가 상당히 총명하다고 생각하게 되었다.

한우아의 말은 지극히 이치에 맞았다. 만 공공이 한우아를 모시는 형식으로 복만루에 온 것이나, 비연이 상관 부인 일행을 데리고 복만루에 온 것이나, 모두 사적인 교류에 지나지 않았다. 예부가 그녀들을 정식으로 초대한 것과는 사정이 달랐다. 이 이치대로 생각하면, 복만루에 들어올 수 있는가 없는가는 비연 자신의 능력 문제였다!

우 대인이 다급하게 물러 나갔다. 그는 복만루의 여 지배인을 찾지 않고 바로 대문 밖의 비연에게로 갔다. 그리고 아주 듣기 좋은 말을 늘어놓기 시작했다.

"고 대약사, 오늘 밤의 연회는 비록 사적인 연회지만, 본관이 예부상서로서 귀빈들을 만났으니 또 태만하게 굴 수 없겠습니다. 고 대약사와 귀빈들께서 본관의 체면을 생각하셔서, 본관으로 하여금 황상을 대신하여 주인 된 도리를 하게 해 주시기 바랍니다."

'사적인 연회'라는 말을 듣는 순간 비연은 우 대인의 뜻을 알아챘다. 하지만 이것이 하소만의 뜻인지, 아니면 한우아의 뜻인지는 확신할 수 없었다.

그러나 누구의 뜻이건 그녀는 오늘 어디 다른 곳으로는 가지 않을 것이다. 그녀는 반드시 복만루에서 식사할 생각이었다.

비연이 웃으며 말했다.

"우 대인, 실례했습니다. 제가 생각이 짧았어요. 오늘 밤의 이 연회는 확실히 사적인 연회죠. 방금 우 대인을 난처하게 만들어서는 안 되는 거였는데……."

말을 마친 그녀는 성큼성큼 복만루 대문 안으로 들어가 소리쳤다.

"여봐라, 지배인을 불러와라!"

막지도 못하고 들통도 나고

비연이 소리치자 주변을 둘러싸고 있던 사람들이 모두 깜짝 놀랐다. 우 대인도 경악하여, 서둘러 들어가 나지막한 목소리로 달랬다.

"고 대약사, 귀빈들 앞에서 이렇게까지 하셔야겠습니까? 이렇게 하시면 정왕 전하의 체면은 어찌 되겠는지요? 제가 한턱 내는 것으로 하고, 사미각으로 모시겠습니다. 어떠신지요?"

비연이 그를 상대하지 않고 다시 소리쳤다.

"여봐라, 어서 여 지배인을 불러와라! 그렇지 않으면 나도 예를 갖추지 않겠다!"

이때 위층의 한우아와 하소만은 좌불안석이었다. 한우아는 감히 아래층으로 내려가지 못하고 있다가, 하소만이 아래로 내려가는 것을 보고 계단참으로 달려가 몰래 엿보기 시작했다.

여 지배인이 총총히 달려 나왔다. 그리고 비연의 차갑고 엄숙한 얼굴을 본 그는 바로 절망하고 말았다.

그도 방금 점원으로부터 전 어멈이 자리를 예약했었다는 말을 들었다. 오늘 밤 자리를 예약한 사람이 적지 않았기에 그는 원래 하소만에게 복만루 전체를 내주고 싶지 않았다. 그러나 하소만이 명에 따라 일하는 것이라고 해 어쩔 수 없이 승낙했던 것이다. 비연이 자리를 예약했다는 사실을 미리 알았다면 분명 하소만에게 그 사실을 전했을 것이다.

비연은 단순히 어약방의 우두머리가 아니라 화월산장을 장악하고 있기도 했다. 산장주의 말에 따르면, 복만루는 비연의 것이라 해도 지나치지 않았다.

여 지배인이 하소만에게 구원을 청하는 눈길을 몇 번이고 던졌으나, 하소만은 그를 상대하지 않았다. 지배인은 어찌해야 할지 알 수 없어, 그저 비연을 잘 모르는 척할 수밖에 없었다.

그가 진지하게 말했다.

"고 대약사, 정말로 죄송합니다. 오늘 밤 복만루는 전세 계약을 맺었습니다. 부디 양해해 주십시오."

이 말을 들은 한우아가 매우 만족해했다. 그녀는 비연이 이렇게 뻔뻔하게 난입해 들어오리라고는 생각지 못했다. 그러나 앞으로 상연될 희극이 상당히 기대되었다!

비연은 담담한 가운데 엄숙한 표정을 짓고 말했다.

"우리 저택의 하인이 한 시진 전에 와서 자리를 예약하고 요리까지 정했다는데, 그때는 어째서 상황을 설명하지 않았지?"

여 지배인은 비연과 눈도 제대로 맞추지 못하고 억지로 담담한 척 대답했다.

"갑작스러운 일이 있었습니다. 정말로 죄송합니다."

비연이 차갑게 반문했다.

"죄송하다는 말 한마디면 끝날 일 같은가?"

그렇다면 무엇을 어떻게 할 수 있다는 걸까? 명을 받았다는 하소만과, 새로이 이곳을 장악하게 된 비연 중에서 누구를 선택하라는 말인가?

여 지배인은 식은땀을 흘리면서도 진지하게 말했다.

"고 대약사, 오늘 밤 전세 낸 곳은 바로 정왕부입니다. 다른 날에 다시 오시기 바랍니다!"

탁!

비연이 탁자를 내리쳤다. 그녀의 눈동자에 경고의 의미가 깊게 배어 있었다.

"여 지배인, 사업을 할 때는 크건 작건 손님의 신분을 따지지 않고 선후를 따져야 하는 것 아니었나? 내가 하루 전에 예약한 것이었다면야 취소해도 되겠지. 한데, 한 시진 전에 자리를 예약하고, 문 앞까지 왔는데 들어오지 못하게 하는 건 사람을 너무 무시하는 처사 아닌가! 이곳의 신용을 어디에 넘겨 버린 거지? 오늘 반드시 이곳에서 식사를 해야겠으니, 자리를 안배할 것인지 아닌지는 알아서 하도록!"

이 말을 듣자 그 자리에 있던 우 대인이나 위층에 몸을 숨기고 있던 한우아, 그리고 밖에서 구경하던 모든 이들이 경악하는 동시에 가소롭게 여기기 시작했다.

오늘 이곳을 전세 낸 사람이 정왕 전하라는 걸 알면서도 '손님의 신분을 따지지 않고 선후를 따져야 하는 것'이라고 말하다니? 비연은 뜻밖에도 만 공공의 체면을 생각하지 않고 여 지배인을 위협하고 있었다! 정말이지 너무 대담하지 않은가. 정왕부도 분명 이 일을 그대로 넘길 수 없을 테니, 스스로 치욕을 불러들이는 꼴 아닌가!

게다가 여 지배인은 복만루를 전세 내 주면서 거액을 받은 데다 또 정왕 전하의 체면도 생각해야 했다. 그러니 어찌 비연에게 자리를 안배할 수 있겠는가? 그리고 여 지배인이 비연의 위협을 무서워할 게 뭔가? 그는 아마 더 이상 그녀에게 예를 갖추지 않을 것이다!

여 지배인은 경악하여 다시 한번 하소만에게 구원을 바라는 시선을 던졌다. 그러나 하소만은 여전히 그를 상대하지 않았다. 여 지배인은 이제 필사적이 되었다. 그는 자신이 하소만의 일을 망치는 것에 대해 더 이상 신경 쓰지 않기로 했다.

그의 생각에, 비연 때문에 하소만의 일을 망친다 해서 정왕 전하가 그를 추궁할 것 같지는 않았다. 그러나 비연을 분노하게 한다면 그녀는 반드시 추궁해 올 테고, 정왕 전하도 분명 그에게 꾸짖음을 내릴 것이다.

"옳습니다!"

적막 속에서, 여 지배인이 갑자기 비연에게 깊이 허리를 굽히며 간곡하게 사과했다.

"고 대약사, 말씀하신 바가 옳습니다! 손님의 신분을 따지지 말고 선후만을 따져야 하는 것이지요. 장사를 하는 사람이라면 그 원칙을 지켜야 합니다. 확실히 오늘 복만루가 타당하지 못하게 일을 처리하였습니다. 고 대약사, 안으로, 어서 안으로 드시지요. 예약하신 방은 남아 있습니다. 소인이 바로 주방에 말해 요리를 올리게 하겠습니다!"

이 말에 모두가 멍한 표정을 지었고, 한우아도 눈을 휘둥그렇게 떴다. 도저히 이해할 수 없었다. 여 지배인이 그 거액을 포기한다고? 정왕 전하의 체면도 생각하지 않고? 이, 이게 어떻게 가능한 일이지?

한우아가 경악하고 있는 동안, 여 지배인이 하소만에게 말했다.

"만 공공, 죄송합니다. 이리 되었으니 오늘 식사는 무료로 제공하겠습니다. 소인이 만 공공과 한 삼소저께 죄를 청하는 뜻으로 말입니다."

이건……. 이 말은 또 무슨 의미지?

모두 의아하게 여겼다. 여 지배인은 마땅히 정왕 전하에게 죄를 청해야 하는 것 아닌가? 그런데 어째서 만 공공과 한 삼소저에게 죄를 청하는 걸까? 설마 오늘 복만루를 전세 낸 게 정왕 전하가 아니라 하소만과 한 삼소저인 걸까? 그래서 여 지배인이 비연을 안으로 들이기로 한 걸까?

하소만이 복만루를 전세 내려 한 것은 미래 정왕부의 여주인에게 잘 보이기 위함일까, 아니면 미래 정왕부의 여주인이 사람들의 이목을 끌기 위해 하소만에게 복만루를 전세 내게 한 걸까? 순식간에 사람들 사이에서 의견이 분분했다.

여 지배인이 바란 것은 바로 이것이었다! 그는 정말로 정왕 전하의 체면을 상하게 할 수는 없었다. 그러므로 하소만에게 이 일의 책임을 떠넘길 수밖에 없었다.

그가 어쩔 수 없다는 눈빛을 보내자 하소만이 미소로 화답했다. 사실 하소만도 이런 결과를 바라고 있었다.

우 대인은 잠시 생각하다가, 갑자기 고개를 들어 한우아를 바라보며 의심스러운 눈빛을 보냈다. 멍한 표정을 짓고 있던 한우아는 그제야 정신을 차리고 도망치듯 방으로 들어가다가 하마터면 넘어질 뻔했다.

그녀의 얼굴이 새빨갛게 달아오르고 심장은 빠르게 뛰고 있었다. 속도 불편해졌다!

그녀는 자신이 총명하다고 자만하고 있었다. 그런데 상황이 이리될 수 있다고 왜 생각하지 못했을까! 그녀는 비연을 막지 못했을 뿐 아니라 숨기려던 것마저 탄로 나고 말았다! 너무나 창피한 일이었다!

한우아는 제대로 앉아 있지도 못하고 창밖 후원을 바라보며 서성거렸다. 대체 어떻게 해야 할까? 비연이 와서 빚을 갚으라고 하면, 그녀는 정말로 얼굴을 들고 다닐 수 없게 된다!

이때, 비연은 이미 여 지배인의 뜻을 이해하고 있었다. 그녀는 하소만에게 무시하는 눈길을 던졌다.

그녀는 결코 일부러 여 지배인을 위협해 정왕 전하의 체면을 깎으려 한 것이 아니었다. 이 일은 공적으로건 사적으로건 그녀의 방식이 이치에 맞았다.

오해였음을 알게 된 지금, 비연은 더욱 마음이 편안해졌다. 심지어 조금 기쁘기도 했지만 그녀는 곧 그 기분을 무시해 버렸다.

비연이 재빨리 문밖으로 나가 상관 부인 일행에게 마차에서 내릴 것을 청했다. 당정은 무척 유쾌한 표정이었고, 호 부인은 눈을 내리깔고 있었다. 상관 부인은 마차에서 내리며 배를 문지르더니 투덜거렸다.

"배가 고파 죽겠네. 한우아, 그 천박한 계집이 내가 온 것을 알면서 무슨 깡다구로 이곳을 전세 낸 거지? 두고 보라지. 내가 반드시 그 계집을 손봐 줄 테니까!"

비연 일행은 복만루로 들어가자마자 곧바로 이 층으로 올라갔다. 그런데 방으로 들어선 당정이 창밖을 가리키며 웃음을 터뜨렸다.

"연아, 어서 봐 봐! 한 삼소저가 후문으로 도망치고 있어!"

비연이 보니 정말로 한우아가 혼자 후원을 통해 도망치고 있었다. 그 꼴이 무척 낭패해 보여, 그녀도 참지 못하고 큰 소리로 웃기 시작했다. 비연은 한우아가 빚 때문이 아니라 그저 체면을 구겨서 도망치는 거라고만 생각했다.

상관 부인도 그 모습을 흘깃 보더니 가볍게 냉소했다.

비연이 한참 웃다가 마음을 모질게 먹고 밖으로 나가 여 지배인에게 명령했다.

"나가서 한 삼소저가 이미 떠났다고 말하고, 복만루는 평소처럼 문을 연다고 하도록!"

아직 구경하던 사람들이 흩어지기 전이었다. 이 소식이 퍼져 나가면 모두 한우아가 후문으로 도망쳤다는 걸 알게 될 테고, 꽤 많은 헛소문을 만들 수 있을 것이다!

물론 비연은 헛소문을 만드는 것을 좋아하지 않았지만, 그리고 정왕 전하의 혼사에 참견하지 않기로 마음먹었지만…… 그러나 그녀는 여전히 참을 수 없었다. 비연은 자신이 아주 나쁜 사람이라 생각하면서도, 그래서 즐거웠다.

그녀는 속으로 맹세했다.

'이번이 마지막이야. 앞으로는 정왕 전하에게 신경 쓰지 않겠어.'

비연 일행은 고대하던 정진 요리를 아주 늦게 먹게 되었지만, 모두 맛있게 먹으며 즐거워했다.

비연은 상관 부인 일행에게 객잔을 안배하려 했지만, 모두 고씨 저택이 누추하다 하지 않고 그곳에서 머물고 싶다고 했다. 특히 당정은 비연과 같은 침상에서 자고 싶다고 했다. 덕분에 그날 비연은 아주 늦게야 잠들 수 있었다.

다음 날 그녀가 깨어났을 때, 진양성 안에는 그녀의 상상을 완전히 뛰어넘는 소문이 퍼지고 있었다…….

선머슴, 흥미 없다

무엇 때문에 진양성 안의 소문이 비연의 상상을 완전히 뛰어 넘게 되었을까?

그 이유는 바로 비연이 화제의 초점이 되었기 때문이었다!

전날 밤, 상관 부인 등의 신분을 아는 이들은 사실 많지 않았 다. 그런데 누군가가 일부러 소문을 퍼뜨린 모양이었다.

어젯밤 복만루 사건은 비연이 신농곡 영예 이사라는 신분에 상관 부인과 호 부인까지 끌어들여 한우아를 괴롭힌 것으로 되 어 있었다. 게다가 그 원인이란 것이 바로, 비연이 정왕 전하를 사모해 온 지 오래인데, 정왕부에서 일할 때도 정왕의 환심을 사지 못하자 지금 한우아에게 질투하고 있다는 것이었다!

비연이 눈을 가늘게 뜨고 혀를 찼다.

"속도 한번 정말 빠르네! 하소만, 이 녀석 능력이 점점 더 대 단해져 가는데!"

한우아의 낭패한 모습을 가려 주면서 더러운 물을 비연에게 뿌리는 방식이라니! 하소만이 부채질한 것이 아니라면 단 하룻 밤 만에 소문이 이렇게나 퍼졌을 리 없지 않은가? 한우아에게 이만한 능력이 있다고는 결코 믿지 않았다.

비연은 조용히 하소만을 마음속 장부에 기록해 두었다. 그러 나 화가 나기는 했어도 걱정이 되지는 않았다. 어쨌든 지금의 그녀는 과거와 많이 달라졌으니까.

천무제는 이미 그녀를 상당히 신임하고 있었다. 그녀와 현 공상회가 교류한 것을 알고도 그녀를 의심하지 않을 정도니까. 아마 이 소문들은 천무제가 오히려 그녀를 좀 더 중히 쓰는 계기가 될 것이다.

천무제는 정왕에게 한우아를 아내로 맞이하게 해서 천염국과 한가보가 결맹하도록 할 생각이었다. 그러나 그와 동시에, 한가보가 천염국의 힘이 아닌 정왕의 힘이 될까 봐 근심하고 있었다.

하지만 미래 정왕의 측비인 비연이 신농곡의 지지를 얻고, 거기에 상관 부인과 호 부인의 도움까지 얻을 수 있다면 한우아에 필적할 수 있었다. 그렇게 되면 천무제가 바라는 평형을 이루게 된다!

이런 일이 없다 해도, 그녀가 정왕부 측비로 들어가게 되면, 천무제는 분명 그녀가 한우아를 질투하며 정왕의 총애와 신임을 쟁취하기를 바랄 것이다.

비연이 생각하고 있노라니 전 어멈이 노파심에서 달래듯 말했다.

"대소저, 어쨌든 바깥사람들은 모두 소저를 그렇게 생각한단 말이에요. 우리 아예 소문을 진짜로 만들어 버리고, 한우아와 싸우는 게 좋겠어요! 대소저, 이 늙은이 말을 한 번만 믿어 주세요. 오래 산 이 늙은이의 사람 보는 눈이 틀릴 리 없어요. 정왕 전하는 정말로 대소저를 좋아하고 계세요!"

"그분이 좋아하는 건 나 하나만이 아닌걸! 그분이 계속 나를 좋아한다면, 나는 더더욱 그분을 좋아하지 않게 될 거야!"

비연의 이 말은 마음에서 우러나온 말이었다.

그녀는 자신이 앞으로 한우아와 암투를 벌일 수밖에 없다는 걸 알고 있었다. 그러나 그런 일을 생각하기에는 아직 너무 일렀다.

지금 상황으로 보건대, 정왕 전하와 한우아는 곧 혼사를 치를 것이다. 정왕 전하는 분명 기씨 가문을 제어한 후 구혼과 관련한 일을 진행하시겠지. 그때 그녀가 정왕부에 측비로 들어가는 건 조금 이른 감이 있다.

아무래도 비연은 정왕 전하가 한우아와 혼사를 끝내기를 기다려야 할 것 같았다. 아니, 정왕 전하가 동쪽 변경의 판세를 완벽하게 장악할 때까지 기다려야 할지도 모른다. 그때까지는 태자가 습격당한 일의 진상을 공개할 수 없고, 천무제도 그녀에게 상을 내릴 이유가 없으니까.

현재 가장 중요한 것은 내일이 바로 부처님 오신 날이라는 것이었다. 내일 오전에 대자사에서는 부처를 목욕시키는 의식이 융중하게 거행될 것이다. 그리고 이 의식은 기씨 가문을 통제하는 데 있어 관건이 될 것이다.

기씨 가문을 장악하고 나면 정왕 전하는 한가보와 혼인을 맺는 동시에 정식으로 천무제에게 대항하기 시작하실 거다. 그때가 되면 그녀는 아마 궁 안에 상주하게 될 테고, 지금보다 훨씬 바빠질 게 분명했다.

지난번 화월산장에서 그들은 기씨 가문을 처리하는 문제에 대해서만 이야기했을 뿐, 정왕 전하가 어떻게 천무제를 상대할지는 언급하지 않았다.

천무제를 상대하는 것은 기씨 가문을 손보는 일보다 훨씬 어려울 것이다. 천무제 뒤에는 대황숙도 있으니까. 어떤 의미에서 보면, 대황숙은 어둠 속에 숨어 있는 데 비해 그들은 밝은 곳에 있었다! 절대적으로 오래 끌 수밖에 없는 전투가 될 것이다.

물론 비연이 가장 관심을 두고 있는 것은 언제나 빙해였다. 다만 지금과 같이 중요한 시기에는 그녀도 정왕을 재촉할 생각이 없었다.

비연은 생각에 잠긴 채 위층으로 올라갔다. 당정을 깨울 생각이었다.

이때, 몰래 비연의 상자며 옷장 등을 뒤지던 당정이 발걸음 소리를 듣고 재빨리 침상으로 돌아가 막 잠에서 깬 척했다. 비연이 웃으며 물었다.

"일어났어요?"

당정이 기지개를 켜며 침상에 다시 드러누웠다.

"연아, 네 침상 정말 편하다. 여기서 떠나고 싶지 않아."

비연이 재빨리 그녀를 일으켰다.

"게으름 그만 부리고 준비해요. 대자사에 가야 하니까. 오늘 밤은 대자사에서 머물게 될 거예요."

대자사는 교외에 있으니 일찍 출발해야 했다. 다음 날 아침에 출발하면 시간에 맞출 수 없었다.

당정이 주변을 정리했고, 상관 부인 등도 건너왔다. 모두 함께 식사한 후 그들은 출발 준비를 서둘렀다.

그들이 대문 밖으로 나갔을 때, 기마복을 입은 우람한 몸집의 남자가 팔짱을 낀 채 그들의 마차에 기대서 있는 것이 보였다. 그는 입가에 세상과 불화하는 듯한 미소를 띠고 있었는데, 한참 동안 기다린 것처럼 보였다.

정역비였다!

그의 눈에는 오로지 비연만이 존재했다. 그녀가 눈동자에 비친 순간 그의 입매가 더 큰 각도를 그리며 위로 올라갔다.

상관 부인이 자못 궁금한 듯 나지막한 목소리로 말했다.

"저자는 대체 누구지? 무엇을 하고 있는 거야?"

당정이 웃으며 속삭였다.

"천염국의 정 대장군, 정역비죠. 아마 우리에게 식사를 청하러 왔을 거예요!"

지난번 당정은 바로 이 대문 앞에서 정역비와 마주쳤었다. 정역비는 비연과 함께하고 싶은 마음에 그녀에게 식사하러 가자고 청했고, 결과적으로 그녀에게 호된 말을 들었다.

당정은 아주 잘 알고 있었다. 당시 정역비는 아주 예의 바르고 간절하게 말했었다.

'이리 만난 것도 인연인데, 저에게 당 소저에게 식사를 청할 영광이 있을지 모르겠군요?'

상관 부인은 상황을 이해할 수 없었고, 호 부인은 아예 흥미가 없는 듯했다. 당정이 웃으며 속삭였다.

"연아, 저 녀석이 어째서 아직도 네 곁을 맴돌고 있는 거야?"

비연이 대답하기도 전에 정역비가 다가왔다. 그는 상관 부인과 호 부인에게 읍한 후 자신을 소개했다. 그러나 당정은 공기 취급을 하며 눈길 한번 보내지 않았다.

그가 웃으며 말했다.

"약녀, 대자사로 출발할 예정이겠지? 거참 우연이군. 나도 대자사로 가려는 참이니 호위하도록 하지. 가자고!"

비연이 쓰게 웃으며 말했다.

"정 대장군께 그런 수고를 끼칠 수야 없지요! 진묵, 앞에서 길을 열어 줘."

진묵이 즉시 말을 끌고 마차 앞으로 가더니, 채찍을 한번 휘둘러 정역비의 말을 쫓아 버렸다. 비연은 사실 그런 뜻으로 한 말이 아니었지만, 그 모습을 보고 저도 모르게 피식 웃을 뻔했다.

정역비가 눈을 가늘게 뜨고 진묵을 노려보았지만, 진묵은 여전히 무표정한 얼굴로 미동도 하지 않았다. 비연은 그 기회를 틈타 정역비를 밀어 버리고 상관 부인 등을 마차에 오르게 했다.

상관 부인과 호 부인은 비연과 정역비의 관계에 대해 얼마간 짐작이 가는 듯, 정역비에게 말을 걸지 않고 마차에 올랐다. 그러나 당정은 마차에 오르지 않고, 큰언니처럼 비연을 제 뒤로 잡아끌어 감추듯 하며 말했다.

"연아, 너도 마차에 오르렴! 언니가 저자를 쫓아 줄 테니까."

그녀의 목소리는 크지 않았지만 정역비가 듣기에는 충분했다. 물론 당정이 의도한 바였다.

안 그래도 비연이 간절히 바라던 바였다. 그녀는 재빨리 마차 안으로 쏙 들어갔다.

정역비는 그런 비연을 막지 않았지만 당정을 상대하지도 않았다. 그는 웃으며 휘파람을 불어 달려간 말을 불렀다. 그리고 몸을 굴려 말 위에 올라타더니 마차 뒤로 따라붙었다. 분명 대군을 지휘하는 대장군이면서도, 이 순간 그의 모습은 어떻게 보아도 충성심 넘치는 시위에 지나지 않았다.

봉황을 닮은 당정의 눈이 천천히 가늘어졌다. 그녀는 정역비가 이런 식으로 비연 곁을 맴도는 것을 경멸하고 있었다. 게다가 본인이 공기 취급마저 받으니 조금 더 화가 났다. 그녀는 성큼성큼 걸어가 도전적인 얼굴로 그를 바라보았다.

"보아하니 정 대장군께서 이번에는 감히 본 소저에게 식사를 청하기 어려우신 모양이지?"

정역비는 당연히 지난번 일을 기억하고 있었다. 그때 당정이 여자 옷을 입고 있었던 것도 기억하고 있었다. 그녀는 약녀를 제외하고, 그의 초청을 거절한 유일한 여자였다.

그는 당정을 위아래로 훑어본 후에 가볍게 코웃음 쳤다.

"본 장군은 선머슴에게 별 흥미가 없다!"

선머슴이라고? 당정이 화가 나서 점점 더 도전적인 목소리로 외쳤다.

"그래? 하지만 본 소저는 너에게 흥미가 있지. 본 소저가 너에게 식사를 청하려 하는데, 응할 배짱이나 있을지 모르겠군?"

애비, 본 왕은 아주 만족한다

그녀가 식사를 청한다고?

당정의 오만한 모습에 정역비가 가볍게 혀를 내둘렀다.

그의 눈가에 장난기가 어렸다. 기회였다! 이 선머슴을 해결하면 약녀에게 접근하는 것이 쉬워질지 모른다.

정역비가 호쾌하게 대답했다.

"본 장군은 염치 불고하고 호의를 받아들이도록 하겠다. 청하도록!"

당정은 그가 제 올가미 속으로 들어오지 않을까 걱정하던 참이었기 때문에, 이 말을 듣자 속으로 흥분했다. 기회였다. 한번 제대로 경고해 줄 생각이었다. 정역비가 앞으로는 비연에게 치근덕거리지 못하도록, 그래서 비연에게 귀찮은 일이 생기지 않도록!

"기다려!"

당정은 마차 쪽으로 가서 일행에게, 자신은 조금 늦게 가겠다고, 먼저 가라고 이야기했다.

상관 부인과 호 부인은 당정에 대해 마음을 푹 놓고 있었다. 그녀들이 보기에, 당정이 타인을 괴롭히지 않으면 그것만으로도 족했다. 당정은 절대 누군가에게 괴롭힘을 당할 인물이 아니었다.

비연은 당정에 대해 마음을 놓을 뿐 아니라 정역비에 대해서도 안심하고 있었다. 정역비는 겉으로 보기에는 건들건들해 보이지만 실제로는 품행이 올바르다는 걸 그녀는 아주 잘 알고 있었다. 그러니 당정이 그와 함께 있다 해도 별다른 일이 벌어지지 않을 것이다.

이렇게 당정과 정역비는 식사하러 가고, 비연은 상관 부인 등과 동행해 대자사로 향했다.

진양성에서 대자사까지는 약 한 시진이 조금 넘는 여정이었다.

상관 부인과 호 부인의 신분이 신분이다 보니, 대자사에 도착하자마자 천무제가 보낸 사람이 와서 그들을 청했다.

비연은 어약방 대약사로서 함께하기에 불편한 점이 있었고, 또 바쁘게 처리해야 할 일도 있었다. 예를 들자면, 부처를 목욕시키는 성수라든지, 손님들에게 대접할 약선 채식 요리 등에 있어 어약방이 대자사에 협력 중이었던 것이다.

비연과 상관 부인 등은 잠시 헤어져 각자의 일을 하러 갔다.

오후가 될 때까지 비연은 바쁘게 일했다. 그러다 문득 당정이 아직 오지 않았다는 사실을 깨달았다. 그녀는 비록 당정과 정역비에게 무슨 일이 있을 거라고는 생각하지 않았지만, 당정이 지각하지는 않을까 걱정되기 시작했다!

정역비가 거친 성격이라는 거야 유명하니, 조금 늦는다고 해도 천무제가 그에게 뭐라 하지는 않을 거다. 그러나 당정은 다르다. 그녀는 신농곡을 대표하는 입장이라 수많은 눈이 주시하고 있다. 당정이 늦는다면 체통을 잃을 뿐 아니라 신농곡의 체면마저 떨어뜨리게 될 것이다.

비연은 당정이 가까스로 이 기회를 쟁취했다는 걸 알고 있었다. 그러니 당정이 신농곡으로 돌아간 후 비판받는 일이 생기지 않기를 바랐다.

비연은 하던 일을 다른 사람에게 맡기고 과감하게 말을 준비시켰다. 직접 진양성에 다녀올 생각이었다.

비연이 떠난 지 얼마 되지 않아, 대자사 쪽으로 오는 행렬과 마주쳤다. 행렬 앞뒤로 시위들이 호위하고 있었고, 중간에 마차가 있었다.

비연의 눈 아래로 복잡한 빛이 스쳐 갔다. 그녀는 재빨리 진묵과 말에서 내려 한쪽으로 길을 비켰다. 한눈에 이 행렬이 정왕 전하의 행렬임을 알아보았던 것이다. 규칙대로라면 정왕 전하는 앞쪽 마차에 타고 계실 것이다.

보름이나 보지 못했다. 그런데 이런 식으로 만나게 될 줄은 몰랐다.

비연은 살짝 놀랍기도 했다. 정왕 전하는 이미 대자사에 계시리라 생각하고 있었는데. 천무제도 이미 도착해 있었으니까. 그녀가 다른 이들에게 물었을 때, 흰우아도 도착한 상태라는 답이 돌아왔었다.

비연은 조용히 기다렸다. 마차가 그녀 앞에서 멈춰 섰다. 휘장이 올라가며 마차 안에 있는 사람이 보였다. 바로 군구신이었다. 본래도 고귀한 품격을 지닌 그가 화려한 정장을 차려입으니, 더더욱 가까이할 수 없을 만큼 높은 곳에 있는 것처럼 보였다.

그러나 비연은 다른 의미에서 깜짝 놀랐다. 그녀는 한눈에 그가 수척해진 것을, 미간에 피로가 쌓인 것을 알아보았던 것이다. 겨우 보름 보지 못한 사이에 어찌 이리 마른 걸까? 대체 얼마나 바쁘게 일했기에! 어젯밤 잠을 제대로 자지 못한 걸까?

얼굴의 피곤한 기색은 숨기려야 숨길 수 있는 게 아니었다. 그녀는 당장이라도 그에게 휴식을 취하라고 하고 싶을 지경이었다.

비연이 막 입을 열려고 했을 때, 군구신이 먼저 차갑게 물었다.

"어디 가고 있지?"

"성으로 돌아갑니다. 전하, 안색이 좋지 않으십니다. 괜찮으신지요?"

군구신은 대답하지 않고 다시 물었다.

"지금 이 시간에, 성에는 왜 돌아가려는 것이냐?"

비연은 그렇게 많이 털어놓고 싶지 않기도 하고, 그러나 대답하지 않을 수도 없어 이렇게 말했다.

"사적인 일입니다."

군구신의 눈가에 불쾌한 빛이 스쳐 갔다. 그러나 그는 그 기분을 드러내지 않고 다시 물었다.

"하소만에게 듣기로, 네가 어젯밤 복만루에 귀빈 몇 사람을 초대했다고 하던데?"

66

비연은 잠시 침묵하다가 곧 명쾌하게 대답했다.

"그렇습니다!"

그녀는 어제 한우아의 체면을 깎아내리는 동시에 그의 체면도 무시한 셈이니, 그 죄를 물으려는 걸까?

비연이 조용히 기다렸다. 그러나 정왕은 한우아에 대해 언급하지 않을 뿐 아니라, 그녀의 대답에 매우 만족스러운 기색이었다.

그가 그녀를 잠시 보더니 갑자기 웃기 시작했다. 아주 옅은 미소였지만, 그 누구라도 그가 웃고 있다는 사실을 뚜렷하게 알아볼 수 있었다.

그가 말했다.

"내 애비愛妃가 이렇게 빨리 질투를 할 줄이야. 부황도 아주 만족하시겠지만, 본 왕은 더욱 만족스럽다. 앞으로도 계속 그리 행동해도 좋다."

말을 마친 군구신이 휘장을 내리고 마부에게 출발하라고 일렀다.

비연은 순간 돌이 되기라도 한 양 멍하니 굳어 버렸다.

애비?

그 말속에 숨은 뜻을 이해하고 있었지만, 또한 그의 말은 농담처럼도 들렸다. 혹은…… 희롱처럼!

그는 농담을 즐기는 사람이 아니며, 여자를 희롱하는 사람은 더더욱 아니었다. 그런데 대체 왜 그런 걸까? 무슨 좋은 일이 있었기에 저리도 기분이 좋은 거지? 한우아에 관련된 그 사소한 일들을 두고 그녀와 실랑이는커녕, 농담을 건넬 정도로 기분이 좋은 이유는 뭘까?

비연은 또한 인정하지 않을 수 없었다. 그 맑고 나지막한 목소리가 '애비'라고 말했을 때 몹시도 듣기 좋았다는 것을. 말로는 도저히 표현할 수 없는 어떤 느낌이 그 안에 들어 있었던 것이다.

"주인님, 갈까?"

갑자기 진묵이 그녀의 생각의 흐름을 끊었다. 비연은 그제야 자신이 길에서 사색에 빠져 있었음을 의식했다.

예전에는 허튼 생각을 할 수 없는 신분이었다. 그리고 지금은 허튼 생각을 해서는 안 되는 상황이었다!

저리도 높은 곳에 있는 남자, 신과 같이 금욕적인 왕이 아내를 맞이하기에 앞서 저런 농담을 한다고? 그에게 더욱 실망할 수밖에 없었다!

비연은 제 이마를 한 대 치며 스스로를 일깨웠다. 자꾸 이렇게 무서운 고민에 빠지지 말자.

그녀가 다시 자신을 한 대 치려 했을 때 진묵이 그녀의 손목을 잡았다. 그리고 그녀를 바라보며, 평온하고도 진지한 눈빛으로 담담하게 말했다.

"안 돼, 아플 거야."

그는 말을 끝내자마자 바로 그녀의 손을 놓아주고 다시 물었다.

"갈까?"

그는 무표정한 얼굴이었지만 비연은 비밀이라도 들킨 것처럼 어색해졌다. 그녀는 다급하게 그의 시선을 피하며 말 위에 올라탔다.

비연이 진양성으로 돌아가지 않았다면 당정은 정말로 늦었을 것이다. 당정과 정역비 사이에 무슨 일이 있었는지는 모르겠지만, 두 사람은 복만루에서 잔뜩 취해 있었다. 비연이 도착했을 때는 둘 다 막 술에 취해 쓰러진 다음이었다.

비연이 부축해 일으킬 때였다. 당정이 갑자기 마른 구역질을 두어 번 하더니, 어디서 난 힘인지 비연을 밀쳐 내고는 의자에 엎드려 미친 듯이 토해 냈다.

비연은 당정이 사레가 들리지 않는지 지켜보면서 사람들에게 따뜻한 물을 가져오게 했다.

당정은 물만 나올 때까지 토하더니 끝내 정신을 잃고 말았다. 비연은 일단 그녀에게 술 깨는 약을 하나 먹이고, 사람들에게 데리고 돌아가라고 시켰다. 그리고 자신은 정역비를 사납게 한 대 걷어찼다.

"여자와 술을 마시면서 양보하는 법도 모르다니? 이렇게 사람을 괴롭히는 법이 어디 있담? 내가 잘못 봤지! 나쁜 놈!"

비연이 가고 얼마 되지 않아 정역비도 미신 술을 도하기 시작했다. 그 기세는 당정보다 더 흉흉해, 쓸개즙까지 토할 듯했다. 지난번에 고운원이 그의 위장을 치료해 주지 않았다면, 정역비는 당정과 식사 한번 한 것만으로도 목숨을 잃었을 것이다.

그는 당정과 약속했다. 그가 먼저 취하면 앞으로 비연에게 치근덕거리지 않기로. 또 당정이 먼저 취한다면 당정이 그를 도와주기로.

정역비는 원래 당정을 여자로 생각하지 않았던 데다 이런 내기까지 하게 되니 더더욱 양보할 수 없었다. 아니, 죽어도 양보할 수 없었다!

그의 주량은 아주 좋은 편에 속했는데, 누가 알았겠는가. 당정도 호걸이라, 술로는 누구에게도 지지 않았다!

그들은 결국 무승부를 이루었다.

비연이 직접 당정을 데리고 성을 나섰고, 대자사에 도착했을 때는 이미 밤이 깊어 있었다.

그녀는 일부러 곁문을 택했지만, 승방에 도착하기도 전에 군구신과 한우아와 마주치게 되었다.

언제라도 처분을 기다리겠습니다

정왕 전하와 한우아가 걸어오는 것을 보고 비연은 놀라기는 했지만 발걸음을 멈추지는 않았다. 그러나 한우아의 손에 연화등이 들려 있는 것을 보고는 저도 모르게 발걸음을 늦췄다.

분명했다. 정왕 전하가 한우아와 함께 연화등을 달러 가고 있었다.

그가 그리도 피곤해 보이니, 일찍 쉬러 갔을 거라 생각했다. 내일 중요한 일도 있고, 뜻하지 않은 사고에도 대비해야 하니까. 그런데…… 한우아와 이러고 싶은 기분이 있었단 말이지?

'정말 시시해!'

비연이 속으로 중얼거리며 재빨리 앞으로 나갔다. 그리고 한우아를 무시한 채 침착하게 몸을 굽혀 절했다.

"정왕 전하를 뵙습니다."

술기운이 심한 당정을 오는 내내 시중들다 보니 비연에게서도 술 냄새가 묻어났다. 군구신은 그녀가 술을 마셨다 생각하고 바로 미간을 찌푸렸다. 그는 비연에게 대수롭지 않게 물이보려다가, 한우아가 같이 있는 것을 생각하고 엄숙하게 꾸짖듯 말했다.

"고 대약사, 불문 앞에서, 그것도 재계 기간인데 이리 터무니없이 굴다니. 체통이 어찌 되겠는가?"

한우아도 비연과 당정을 만나 무척 놀라고 있었다.

그녀의 눈가에 경멸이 스쳐 갔다. 한우아는 재빨리 코를 쥐더니 싫은 표정을 지었다.

"고 대약사, 미안하지만 멀리 좀 떨어져 줘요! 술 냄새가 너무 짙네!"

여기에 외부인은 없고, 빚에 대한 일은 정왕 전하도 잘 알고 계시니 한우아는 비연이 빚을 갚으라고 할 것이 걱정되지 않았다. 뿐만 아니라, 오히려 이 기회에 비연을 자극시켜 정왕 전하 앞에서 빚 이야기를 하게 만들고 싶었다.

지난 몇 달 동안 그 빚이 마치 악몽처럼 그녀를 따라다녔다. 그녀는 지금도 의모에게 그 사실을 감추고 있었다. 그리고 어젯밤도 바로 그 빚 때문에 낭패한 꼴을 당한 것이나 마찬가지였다. 하소만이 도와주지 않았다면 그녀는 진양성 최고의 웃음거리가 되었을 것이다.

하소만이 감히 그렇게 그녀를 도운 것은 정왕 전하가 그녀에게 마음을 두고 있다는 증명이었다. 또한 정왕 전하가 비연에게 마음이 없다는 증명이기도 했다!

어찌 되었건, 그녀는 비연에게 입을 열게 할 방법을 생각해야 했다. 가장 좋은 것은 비연에게 모욕을 가하는 것이다. 지금 정왕 전하의 마음속에 자신이 있는 이상, 분명 그녀가 빚 독촉을 당하게 두지 않을 것이다!

비연이 한우아를 공기 취급하면서 군구신에게 답하려 했다. 그러나 한우아가 다시 끼어들었다.

"전하, 이곳이 불문 안인 것은 말할 것도 없고, 지금은 재계 기간인데도 이러하니……. 평소에 어떤 아가씨가 한밤중에 이렇게 술에 취하나요? 지금 비연이 데려오는 당 소저는 또 어디서 저렇게 취했는지 모르겠네요. 제대로 단속하지 않으면 대체 어떻게 어약방을 관리할 수 있을까요? 제가 보기에, 지금 제대로 처벌하지 않는다면 후에 분명 술에 취해 문제를 만들 것 같아요!"

비연은 물론 한우아의 말에 담긴 경멸과 무시를 알아들었다.

그녀는 한우아를 흘깃 보고 마음속으로 후회했다. 그때 그렇게 가볍게 빚을 정왕 전하에게 떠넘기지 말았어야 했는데! 그리하지 않았으면, 그녀가 그 돈은 받지 못한다 해도, 온 현공대륙에 대고 한우아가 빚을 갚지 않는다고 떠들 수 있었을 텐데!

정왕 전하 앞이기도 하고, 또 당정을 데리고 들어가는 일이 급해 비연은 참을 수밖에 없었다. 그녀는 여전히 한우아를 상대하지 않고 진지하게 말했다.

"정왕 전하의 가르침이 옳습니다. 제가 당 소저에게 술을 마시게 해서는 아니 되었습니다. 일단 당 소저를 쉬게 한 후 전하의 처분을 기다리겠습니다."

비연은 당연히 책임을 자기에게로 돌렸다. 당정이 멋대로 술을 마셨다는 것을 한우아가 알게 되면 분명 이 일을 신농곡에 알릴 테고, 그리되면 당정에게 귀찮은 일이 생길 것이다.

그녀는 정왕 전하가 정말로 화가 난 것인지, 아니면 왕야로서의 자세를 한우아에게 보여 주기 위해 그러는 것인지 알 수 없었다. 그리고 혼사 후에 그들의 관계를 한우아에게 이야기할지 하지 않을지도 알 수 없었다.

그녀가 아는 것은, 그가 정말 화가 났다 해도 그녀는 무섭지 않다는 것이었다!

그들의 협력 관계를 생각하면, 그녀가 더한 사고를 친다 해도 그가 대신 뒤처리를 해 줄 터였다. 그런데 겨우 이 정도 일쯤이야.

비연이 당정에게 술을 마시게 했다는 말을 듣고 군구신은 더욱 불쾌해졌다. 그는 분명 그녀에게, 그녀가 밖에서 술 마시는 걸 아주 싫어한다고 암시한 적이 있었다!

그가 냉랭하게 말했다.

"일단 쉬러 가도록. 본 왕이 반드시 제대로 처벌하겠다!"

비연은 그가 그저 한우아에게 들으라 한 말이라 생각하고 몸을 굽히며 절했다. 때문에 고개를 드는 찰나, 그녀 입가에는 잔잔한 미소가 떠올라 있었다.

그 모습을 본 군구신은 마음속에 더욱 화가 치밀어 올랐다.

한우아는 비연이 빚을 독촉하지 않는 것을 보고 조급한 나머지, 말을 고르지 않고 말했다.

"전하, 바로 지금 여기서 처벌해야 합니다. 이렇게 아녀자의 도리를 지키지 않고, 염치도 모르는 여자라면 절에 머물 자격이 없습니다. 내일 목불성전[1]에 참가할 자격이 없음은 당연하

고요!"

아녀자의 도리를 지키지 않는다! 염치도 모른다?

군구신의 눈빛이 지독히도 차가워졌고, 비연도 발걸음을 멈췄다.

비연은 화가 났다. 도저히 참을 수가 없었다. 그녀는 정왕의 체면을 생각해서 이 일을 크게 만들고 싶지 않았다. 그리고 한우아는 정왕이 자신을 비호한다 생각하고 있으니, 그녀도 그의 체면을 생각해 만사 조심해야 하는 것 아닌가?

그녀가 나지막한 목소리로 진묵에게 분부했다.

"당정 언니를 데려다줘."

진묵이 떠나자 비연은 바로 한우아에게로 한 걸음 한 걸음 다가갔다. 눈을 가늘게 뜬 비연은 비록 키는 작았지만 전신에서 차가운 패기가 흘러넘치고 있었다. 이런 차가움과 패기는 타고난 것이지 배울 수 있는 게 아니었다. 지금의 그녀를 보면 누구라도, 자신도 모르게 두려워하며 그녀에게 굴복할 수밖에 없을 것이다.

한우아도 겁을 먹었다. 그러나 그녀는 여전히 그 자리에 서 있었고, 심지어 조금 기쁘기도 했다. 비연이 지금 무엇을 할 수 있을까? 기껏해야 빚 이야기를 할 것이다. 가장 좋은 것은 비연이 차용증을 꺼내 그녀의 얼굴에 던지는 것이었다!

한우아는 긴장하고 또 흥분한 상태로 기다리고 있었다. 그러나 누가 알았을까? 비연이 그녀 앞에서 발걸음을 멈추더니, 바로 손을 올려 그녀의 얼굴을 사납게 내리쳤다.

찰싹!

한우아는 얼이 빠지고 말았다!

군구신은 무표정한 얼굴로 미동도 하지 않았다.

비연이 다시 손을 들어 한우아의 다른 쪽 뺨을 사납게 내리쳤다.

찰싹!

군구신은 여전히 움직이지 않았다.

비연은 화가 난 나머지 군구신의 반응은 신경 쓰지 않고 있었다.

양쪽 귀싸대기를 맞은 한우아는 정신이 없어 피하거나 반격하는 것도 잊은 상태였다.

비연이 다시 한번 손을 들었을 때, 어두운 곳에 몸을 숨기고 있던 망중이 참지 못하고 나타나 비연을 제지했다.

"고 대약사, 한 삼소저는 귀빈이시니 무례하시면 안 됩니다!"

이렇게 중요한 시기에 비연이 이렇게 행동한다면, 아무리 정왕 전하라 해도 처리하기 어려울 수 있다!

비연이 사납게 망중을 노려보았다.

"손을 놔!"

이때 한우아가 마침내 정신을 차렸다. 그녀는 불타오르는 두 뺨을 만지더니, 울음소리를 내며 군구신에게 제 몸을 던졌다.

"정왕 전하!"

군구신이 손을 들어 막았으나, 한우아는 그의 팔을 안은 채 큰 소리로 울기 시작했다.

"정왕 전하, 저 대신 어떻게 좀 해 주세요! 고비연이 너무 심하지 않습니까! 또 우리 한가보를 너무 능멸하는 처사 아닌가요!"

비연은 아직 화가 가라앉지 않았지만 '한가보'라는 단어를 듣자 참을 수밖에 없었다. 그녀는 한가보는 두렵지 않았지만, 이렇게 중요한 때에 귀찮은 일을 만들어 내일의 큰일을 망치고 싶지 않았다!

그녀는 망중의 손을 쳐 내고 군구신에게 냉랭하게 말했다.

"정왕 전하, 언제라도 처분을 기다리겠습니다. 전하 뜻대로 하십시오!"

말을 마친 그녀는 고개조차 돌리지 않고 그 자리를 떠났다.

군구신이 한우아를 망중에게로 밀어내며 차갑게 명령했다.

"모셔다드리고, 바로 태의를 불러라. 하소만에게 제대로 시중을 들라 전하고!"

한우아는 '태의'라는 단어를 듣자 자신의 얼굴에 상처가 났음을 의식했다. 회복되지 않는다면 내일 그녀는 목불성전에 참석할 수 없었다!

그녀는 다급한 나머지 우는 것은 물론이고, 군구신에게 치근덕거리는 것조차 잊었다. 얼굴을 감싼 채 다급하게 망중을 따라갔다.

그리고 망중은 '제대로 시중을 들라'는 명을 듣고, 하소만을 대신해 안타까워하고 있었다.

정왕 전하는 분명 한우아가 오늘 이 일로 비연을 못살게 굴기를 바라지 않으실 거다. 그리고 이 중요한 시기에 한우아가 황상에게 고할 기회를 주고 싶지도 않으실 거다. 하지만 전하가 직접 몸을 굽혀 한우아를 위로할 생각도 없으실 테니, 이 일은 하소만이 처리하는 수밖에 없었다.

망중이 속으로 생각했다. 탓하려면 하소만이 한우아를 좋게 보았던 걸 탓해야 하지 않을까? 그렇지 않았다면 한우아도 여기서 정왕 전하와 만나고 있을 리 없고, 정왕 전하에게 연등을 달러 가자고 치근덕거리지도 않았을 테고…… 비연과 만나는 일도 없었을 테니까.

군구신은 비연을 쫓고 있었다. 그러나 그녀가 머무는 방 밖에 도착하자 발걸음을 멈추고 말았다. 오늘 밤 그녀가 돌아오기를 유난히도 기다리고 있던 차였는데, 이런 일이 생길 거라고는 상상도 하지 못했다.

그는 피곤한 기색이 완연한 미간을 찌푸리며 어쩔 수 없다는 듯 가볍게 탄식하고는 몸을 돌렸다. 제 방으로 돌아가 야행복으로 갈아입은 그는 오랫동안 손대지 않았던 은색 가면을 썼다가 금방 다시 벗어 버렸다.

사실, 그는 이미 예전에 제 약속을 저버렸다. 물론 그녀에게 한 약속이라기보다는 자기 자신에게 한 약속이었다. 그가 보름 동안 바쁘게 일하며 며칠 동안이나 쉬지 못한 것은, '다시 만나기' 위해서였다.

좀 더 기다리자. 곧이다…….

고요하지 않은 밤

방 안이 고요했다.

군구신은 조용히 은빛 가면을 잘 넣어 두고 야행복도 다시 갈아입었다. 그리고 두 손으로 머리를 받친 채 침상에 누웠지만 잠이 들지는 않았다. 오늘 밤은 도저히 잠들 수 없을 것 같았다.

얼마 지나지 않아 망중이 와서 나지막한 목소리로 보고했다.

"전하, 안심하십시오. 한 삼소저 쪽은 하소만이 처리 중입니다."

군구신은 대답하지 않았다. 이 일에는 아무 느낌이 없는 것 같아 보였다.

한가보의 소 부인이 부황과 교분을 쌓으려 한다는 정보를 알지 못했다면, 그도 하소만에게 그런 시간 낭비를 시키지 않았을 거다. 소 부인이 한우아를 그에게 시집보내기로 하면서도, 그를 배제하고 부황과 교류하려 한다는 것은 그를 너무 쉽게 본 처사였다.

남방에는 3대 세력이 있다. 한가보, 상관보, 그리고 현공상회. 세 세력 간 관계는 겉으로 보이는 것처럼 단순하지 않았다.

게다가 매우 기괴한 점은, 이 세 가문이 빙해에서 가장 가까운 곳에 위치해 있으면서도 빙해에 대해 어떤 움직임도 보이지 않는다는 점이었다. 하지만 그가 그 증거를 찾아내지 못한다고 해서 그들이 빙해에 관심이 없다고는 도저히 믿을 수 없었다.

그 세 가문 중에서 한가보와 상관보는 그다지 두렵지 않았다. 그가 가장 꺼리는 상대는 역시 현공상회의 그 속을 알 수 없는 승 회장이었다.

지기를 만나면 술 천 잔도 적다고 했던가. 그와 승 회장은 술자리에서 지기가 되었으나, 서로에 대해 아는 것은 술일 뿐 사람이 아니었다.

한가보는 원래 남방에서 은거하던 가문이었고, 상관보는 유서 깊은, 남방 최대의 가문이었다. 오로지 현공상회만이 창립된 지 채 20년이 되지 않은 데다, 아무 기반도 없이 맨주먹으로 일어난 곳이라 할 만했다. 심지어 승 회장의 내력이나 본명조차도 아는 사람이 아무도 없었다. 하지만 군구신의 직감은 승 회장 뒤에 있는 그 무엇이 분명 놀랄 만한 것일 거라고 속삭이고 있었다.

그가 물었다.

"상관 부인이 부황과 무슨 이야기를 했지?"

망중은 갑자기 웃음을 참을 수 없는 모양이었다.

"전하, 상관 부인이 무슨 이야기를 하셨을 것 같습니까?"

군구신은 이런 식의 대화를 좋아하지 않았다. 그가 눈을 뜨고 차갑게 노려보자 망중이 우물쭈물하더니 재빨리 대답했다.

"전하, 상관 부인께서는 고 대약사를 칭찬하시고, 또…… 또한 삼소저를 폄하하셨습니다. 한 삼소저가 최근 수년 동안 벌인 부끄러운 일들을 낱낱이 고하시더군요."

군구신이 자리에서 일어나 앉았다. 그도 깜짝 놀랐던 것이다. 아무리 그래도 그렇지, 너무 상궤에서 벗어나는 행동 아닌가?

망중이 다시 말했다.

"호 부인도 반 시진 정도 함께 앉아 계셨지만 한 마디도 먼저 입을 열지는 않았습니다. 전하, 현공상회와 한가보가 꼭 한 가문이라 할 수는 없지만, 상관보와 현공상회는 절대적으로 한 가문이지 않습니까? 승 회장의 유일한 아들인 상관영원도 어머니의 성을 따르고 있습니다. 곧 머리를 올리는 열다섯 살이 되는데, 여전히 상관보에 머물고 있고요."

군구신은 상관 부인의 태도가 승 회장의 태도를 대신한다고 생각하지는 않았다. 다만 소문에 따르면 상관 부인과 한가보의 소 부인 사이가 나쁘다 하니, 이 세 사람 사이의 관계는 고민해 볼 만했다.

남방에 가기 전에 이미 승 회장에 대해 조사하게 했건만 안타깝게도 아직도 별다른 정보를 얻지 못하고 있었다.

군구신이 창가로 다가가 하늘을 바라보다가 담담하게 입을 열었다.

"한 시진 남았다. 기다려라."

피로한 기색이 역력한 그의 얼굴을 본 망중이 안타까운 마음에 말했다.

"전하, 안심하고 주무십시오. 제가 지키겠습니다. 시간이 되면 반드시 깨워 드리겠습니다."

군구신은 아무 말 없이 손을 내저어 그를 물러가게 했다. 그리고 자신은 계속 창가에 기대어, 미간을 찌푸린 채 하늘의 별들을 바라보았다. 가을에 들어서는 시기, 달이 밝게 빛나고 별들이 서쪽으로 흐르고 있었다. 대자사 전체가 잠든 것처럼 고요하고 아름다웠다.

그러나 지금 잠을 이루지 못하는 사람은 군구신만이 아니었다. 비연 역시 당정 곁에 앉아 얼굴을 부풀리고 있었다. 아직 화가 가라앉지 않았지만 후회도 막심했다.

정왕 전하와 규칙을 정할 때 어째서 한우아를 떠올리지 못했을까?

비연은 규칙을 하나 더했어야만 했다. 한우아를 제대로 단속하라고, 절대로 그녀에게 귀찮은 일을 만들지 말라고 말이다!

천무제만 반대하지 않는다면 그녀는 더 이상 정왕 전하의 체면을 생각하고 싶지도 않았다. 한우아가 다시 자신을 괴롭힌다면, 그녀가 크게 사고를 치고 정왕 전하에게 수습하게 한다 해도 상관없을 것 같았다!

비연이 그렇게 혼자 화를 내고 있는데, 당정이 잠꼬대하는 소리가 들렸다.

"연아…… 연아, 돌아와! 연아, 어디 있어? 돌아와! 연아, 가지 마, 가면 안 돼! 연아, 보고 싶어, 가지 마…….."

비연은 놀라서 고개를 돌렸다. 당정이 취해서…… 꿈에서 그녀를 보고 있을 줄이야! 당정 언니 꿈에 무슨 일이 벌어졌기에 그녀에게 가지 말라고 하는 걸까?

비연이 재빨리 당정의 손을 잡아 주었다.

"언니, 나 여기 있어요. 계속 여기 있으니까 무서워 마요!"

그러나 당정은 여전히 중얼거렸다.

"연아, 어디 있니! 대체 어디 있는 거야……. 흑흑, 언니를 놀라게 하지 말아 줘, 응? 연아, 보고 싶어."

그녀는 잠꼬대를 하다가 급기야 울기까지 했다. 당정의 눈가에서 맑은 눈물이 흘러내려 베개를 적셨다.

비연이 재빨리 그녀의 눈물을 닦아 주었다.

"언니, 일어나 봐요. 악몽을 꾸고 있는 거야? 나 여기 있는데, 언니……."

당정은 깨어나지 않았고, 눈물도 멈추지 않고 흘렀다. 비연은 더 이상 그녀를 깨우지 못하고 한참을 기다리다가, 다시 깊이 잠든 걸 확인한 다음에야 그녀의 손을 놓으며 중얼거렸다.

"꿈에서 내가 어떻게 나왔기에…… 정역비 때문에 놀라서 이러는 건가? 무서워 마요. 나중에 내가 그 녀석을 혼내 줄 테니까!"

한차례 하품을 한 비연이 침상에 누워 당정을 안고는 중얼거렸다.

"언니, 언니가 정말 내 언니라면 얼마나 좋을까! 그럼 우리 함께 집에 돌아가면 될 텐데……."

깊은 밤.

승방의 다른 구석에서는 한우아가 양 볼에 약을 붙인 채, 붉어진 눈으로도 감히 눈물을 흘리지 못하고 있었다. 그녀는 하소만을 보내 주지 않고 계속 원망의 말을 늘어놓았다. 하소만은 그야말로 정신이 붕괴될 지경이었지만, 인내심을 발휘해 계속 그녀를 달랬다.

"한 삼소저, 그 말씀은 너무합니다. 정왕 전하의 성격이 어떠하신지는 잘 아시지 않습니까. 그분이 가장 싫어하는 일이 바로 근거 없는 말로 시비를 걸거나 다른 이를 비방하는 것입니다. 이 노비가 보기에, 소저께서 전하께 가서 울며 하소연하시는 것보다는 대범하게 이 일을 넘기시고, 고비연을 한번 용서해 주시는 편이 낫습니다. 내일은 부처님을 목욕시키는 예식이 있는 날이고, 이 일은 당 소저와도 관련이 있으니까요. 정왕 전하께서도 분쟁 없이 편하게 넘기고 싶으실 겁니다! 삼소저, 어째서 이해 못 하시는지요? 정왕비가 되신다면 비연을 어떻게 손봐 주시건, 그때 마음대로 하셔도 되지 않습니까?"

한우아 옆방에는 상관 부인과 호 부인이 머물고 있었다. 두 사람은 나란히 누운 채 대화를 나누고 있었다.

상관 부인이 물었다.

"호금, 네가 보기에 정왕 그 아이가 어떤 것 같아?"

호 부인이 졸린 목소리로 답했다.

"본 적이 없는데."

상관 부인이 다시 물었다.

"그럼 연아, 그 아이는? 어때?"

호 부인이 답했다.

"네가 좋아하면 나도 좋아."

상관 부인이 퉁명스럽게 말했다.

"난 네 의견을 묻고 있는 거야!"

호 부인은 그제야 눈을 뜨더니 진지하게 말했다.

"네 부군과 소 부인은 정왕이 상대하기 어려운 사람이라는 데 의견을 같이했지. 천무제와의 교분을 통해서만 정왕을 억누를 수 있고, 그래야 후에 운한각이 군씨 황족을 제어할 가능성이 생긴다고 말이야. 너도 운한각의 그 주인님이 어떤 분이신지 알잖아. 그분은 복수만을 원하시는 게 아니라 현공대륙 전체를 집어삼킬 생각이시지! 한우아가 말을 안 듣는 것은 상관없고, 오늘 네가 한가보에 대해 한 말들은…… 이번에 돌아가면 소 부인이 분명 찾아오겠지. 기다려 봐."

상관 부인이 호 부인의 말을 듣지 못한 것처럼 중얼거렸다.

"알아챘지? 정왕은 연아에게 마음이 있다고! 정왕이 한우아를 비로 맞으면, 연아가 울지도 몰라."

호 부인이 대꾸하려 하자 상관 부인이 다시 중얼거렸다.

"하지만 연아가 정말로 우리가 찾는 사람이라면, 연아가 정왕과 함께 있는 것도 아주 귀찮은 일이지! 정왕 그 녀석은 다른 사람 밑에서 참고 견딜 사람이 아니야! 다른 일은 상관없지만, 그들 둘에 대한 일만은…… 내가 지켜봐야겠어!"

이 말을 들은 호 부인이 눈을 흘기고는 몸을 돌려 잠을 청했다. 상관 부인의 마음속에는 이미 결론이 정해져 있었고, 그녀의 의견을 들을 생각은 원래 없었던 것이다…….

잠을 이루지 못하던 이들도 점차 잠에 빠졌다.

하늘이 밝아 올 무렵, 군구신이 소리 없이 천무제의 침실 밖에 나타났다…….

사실, 손바닥 뒤집듯이 쉬워

깊은 밤, 인기척 없이 고요했다.

막 단약을 복용한 천무제는 침상 위에 가부좌를 틀고 앉아 조용히 기다리고 있었다. 그런 그의 곁에는 매 공공과 두 늙은 모사가 서 있었다.

군구신 역시 밖에서 소리 없이 기다리고 있었다.

차 석 잔 마실 시간이 지나자 흰 옷을 입은 사자 둘이 군구신 앞에 나타났다. 두 사람 모두 눈보다 흰 옷을 입고, 얼굴에도 흰 가면을 쓴 채 눈만 드러내고 있었다.

대황숙과 천무제는 특별히 훈련된 흰 매를 통해 밀서를 호송한 다음, 다시 전문 사자를 통해 전달하고 있었다.

군구신이 요즘 이렇게 피곤한 이유는, 바로 보름 동안 영술을 사용해 직접 흰 매를 쫓았기 때문이다. 그는 두 번이나 진양성과 북쪽 변경을 오가며, 밀서 전달 경로며 대황숙의 소재지를 확인했다. 그와 동시에 사자를 잡아 감금하고 자신의 수하들로 바꿨다. 덕분에 보름 동안 대황숙과 천무제가 주고받은 밀서는 모두 군구신의 손을 거쳤다.

그는 마침내 대황숙이 무엇 때문에 북쪽 변경에 은거하고 있는지 알게 되었다. 그러나 군구신이 현재 관심을 두고 있는 건 대황숙에 관한 것이 아니라, 내일 목불성전이 얼마나 화려할지에 대한 것이었다!

사신이 공손하게 밀서를 바쳤다. 군구신은 밀서를 열어 대강 훑어보고는 매우 만족스러워했다. 부황이 그와 비연의 혼사에 대해 대황숙의 의견을 물었고, 대황숙이 승인했다. 동시에, 가능한 한 빨리 정비 후보도 정하라고 재촉했다.

이 보름 동안 군구신은 모든 밀서를 훑어보았지만, 그저 보기만 할 뿐 아무 일도 하지 않았다. 그러나 오늘 밤부터는, 부황이 받는 밀서건 대황숙이 받는 밀서건 모두 그가 끼어들 작정이었다!

군구신이 진짜 밀서를 잘 갈무리한 후, 미리 준비한 밀서를 사자에게 건넸다. 그러고는 여전히 벽에 기대선 채 소리 없이 기다렸다.

두 시위가 순찰을 돌다가 군구신이 문밖에 서 있는 것을 보고도 보지 못한 척, 바로 몸을 돌렸다.

아마 대황숙에게 대항하는 것은 좀 더 어려울 것이다. 그러나 천무제를 비롯해 천염국 전체를 장악하는 것은 군구신에게 있어 사실 손바닥을 뒤집는 것만큼이나 쉬운 일이었다. 결코 비연이 생각하는 것처럼 그렇게 어렵지만은 않았다.

이 3년 동안, 그는 최신을 다해 친무제에게 협조하고 태자를 보좌하며 외적에 대항했다. 사실 그는 이미 천염국을 장악한 것이나 마찬가지였다. 다만 다른 이들이 눈치채지 못했을 뿐. 천무제와 대황숙의 경계가 너무 늦은 셈이었다.

천무제와 대황숙은 군구신이 권세며 지위에 별 흥미가 없고,

북쪽 변경을 떠날 때 대황숙과 약속한 것을 지키려 하며, 자신의 잃어버린 기억을 되찾으려 한다고만 생각하고 있었다.

군구신은 믿고 싶지 않았다. 그때 입었던 중상이며 잃어버린 기억이, 그와 가장 가까운 두 어른과 상관있다는 사실을. 더욱이 그들이 자신을 군씨 가문의 적장자로 대하는 것이 아니라 허수아비로 만들려 한다는 사실 역시도.

그는 가능한 한 빨리 빙해의 수수께끼를 풀고, 택아에게 안정된 황위를 물려준 다음, 잃어버린 기억을 전심전력으로 되찾고 싶었다. 꿈속의 개나리가 만발한 그 정원을 찾아내고 싶었다.

그러나 그들이 택아에게 한 행동은, 그리고 그가 화월산장에서 기억해 낸 그 말은 군구신이 지금까지 희망해 왔던 것이 사치스러운 갈망에 불과했다는 사실을 증명했다.

그들은 그를 실망시켰을 뿐 아니라 분노하게 했다.

최대한 빨리 그들을 절망하게 만들 것이다!

방 안, 천무제가 밀서를 읽었다. 그가 깜짝 놀라 밀서를 두 모사에게 건네주었다.

밀서를 읽은 두 모사도 서로 얼굴만 쳐다볼 뿐이었다.

대황숙은 비연을 정왕의 측비로 세우는 걸 반대하고 정비로 세울 것을 주장했다. 또한 이번에 목불성전에서 사혼을 선포하라고 명령했다. 서신에는 적지 않은 이유가 적혀 있었는데 핵심은, 정왕이 곧 그들의 손에서 벗어날 수도 있으니 그가 어떤 식으로건 강해질 기회를 주는 모험을 무릅쓸 수 없다는 것이었다.

"그 계집애를 정비로 세운다, 이건……."

천무제는 밀서에 대해서는 의심을 품지 않았다. 다만 대황숙의 안배에 대해서는 조금 당황스러운 듯 곁에 있는 두 모사에게 물었다.

"이리하면, 어떻겠는가?"

사실 그도 잘 알고 있었다. 정왕을 훌륭한 가문 출신 규수와 짝지어 주면 위험도가 올라간다. 그러나 천무제는 혼인을 통해 결맹할 기회를 낭비하고 싶지도 않았다. 태자는 아직 어리고, 천무제 자신의 명은 길지 않다. 정왕의 혼사는 최고의 기회였다.

그는 한우아를 배제한 채 계속 적합한 후보를 물색하고 있었다. 천염국에 도움이 되는 동시에 정왕에게 이용당하지 않고, 자신의 손에서 벗어나지 않을 사람을 찾고 싶었다.

두 모사가 여전히 생각에 빠져 있을 때, 매 공공이 참지 못하고 나섰다.

"황상, 노비가 대담하게 한 말씀 올려도 되겠습니까."

천무제는 그가 끼어드는 것이 싫어 거절하려 했다. 그러나 모질게 마음먹은 매 공공이 다급하게 치고 들어왔다.

"이 일은 고 대약사와 관계있습니다!"

천무제가 껌찍 놀렸다.

"뭐라고? 그 계집애가 무슨 계책이라도 냈다더냐?"

매 공공은 재빨리 복만루에서 벌어진 일이며 진양성에 퍼진 소문을 보고했다.

천무제는 최근 목불성전에 신경 쓰느라 궁 밖의 일은 전혀 신경 쓰지 않고 있던 참이었다. 그는 이 이야기를 듣고 분노했다. 이미 정왕에게 다른 정비 후보를 찾겠다고 이야기한 바 있었던 것이다.

천무제가 탁자를 내려치며 외쳤다.

"그렇다면, 정왕이 아직도 한우아를 맞을 생각을 버리지 않았다는 것이냐? 흥, 한우아! 진양성에 온 지 이틀이 지났는데 지금까지 짐에게는 인사 한번 오지 않았겠다. 아주 배짱이 넘치는군!"

매 공공이 하고 싶었던 말은 사실 이것이 아니었다. 단지 비연을 돕고 싶었을 뿐. 그가 서둘러 말했다.

"황상, 상관 부인께서 오늘 고 대약사를 몇 번이나 칭찬하셨잖습니까. 이 늙은 노비가 보기에, 고 대약사가 어젯밤 감히 한삼소저와 다툰 것도 배후에 상관 부인이 있었기 때문이 아닌가 싶습니다. 소문이 거짓이 아닌 모양입니다! 고 대약사에게 사혼을 내려 정왕비로 세우신다면, 고 대약사는 분명 은덕에 감사하고 충성을 다해……."

여기까지 들은 모사가 입을 열었다.

"황상, 정왕이 감히 이렇게 겉으로만 복종하는 척하고 속으로는 따르지 않으니, 대황숙께서 말씀하신 대로 더 큰 기회를 주어서는 아니 될 말입니다. 정왕에게 혼인을 통해 다른 세력과 결맹하게 하느니, 차라리 고 대약사와 인연을 맺어 주고, 그김에 현공상회, 상관보와 교분을 맺는 것도 나쁘지 않습니다."

천무제의 시선이 다시 밀서 쪽으로 향했다. 그는 한참 동안 망설이다가 결국은 결심을 굳히고 매 공공에게 나지막하게 말했다.

"가서 주지를 들라 해라! 내일 귀빈들 앞에서 짐이 정왕에게 경종을 한번 제대로 울려 줄 것이야! 그리고 한 삼소저도 알게 되겠지. 천염국이 정왕 마음대로 되지 않는다는 걸!"

매 공공이 크게 기뻐하며 재빨리 답했다.

"황상, 고 대약사도 분명 놀라고 기뻐할 것입니다!"

천무제가 큰 소리로 웃었다.

"그 애도 만족하겠지!"

매 공공이 밖으로 나오기 전에 군구신은 소리 없이 자리를 떠났다. 모든 것이 그가 생각한 대로였고, 매우 만족스러웠다. 마침내 안심하고 내일을 기대하며 잠들 수 있었다.

매 공공이 총총히 자리를 떠난 후, 계속 담장 구석에 몸을 숙이고 있던 어린 태자가 크게 숨을 몰아쉬었다. 그도 몰래 엿들으러 온 참이었는데, 황형이 오는 것을 보고는 감히 꼼짝도 하지 못하고 숨어서 지켜보고 있었다. 그러다 황형이 대황숙의 사자를 다루는 걸 보고는 경악한 참이었다.

태자는 잠시 기다렸다가 조심스럽게 빠져나왔다. 그러나 생각지도 못하게, 바로 그때 빗문이 갑자기 열렸다!

깜짝 놀란 태자가 그 자리에 얼어붙은 채 눈을 휘둥그렇게 뜨고 방 안에서 걸어 나오는 사람을 바라보았다. 바로 부황이었다!

그와 동시에, 등 뒤에서 누군가가 태자를 잡아끌었다. 잠시 그림자가 흔들리는가 싶더니 태자는 하늘로 솟은 듯 땅으로 꺼진 듯 사라져 보이지 않게 되었다.

천무제가 고개를 돌렸으나 아무것도 보이지 않았다. 뭔가 이상한 느낌에 그는 후원까지 성큼성큼 걸어갔지만 그곳은 텅 비어 있었다. 그는 자신이 착각했다고 여기고 더 이상 깊이 생각하지 않았다.

안전한 곳에 도착한 태자가 여전히 창백한 얼굴로 덜덜 떨고 있었다. 그리고 그런 태자를 구한 이는 바로 어린 사미승 염진이었다.

재미있는 연극이 시작될 거야

태자가 계속 제 명치를 두드렸다. 너무 깜짝 놀란 나머지, 방금 염진의 속도가 얼마나 빨랐는지도 신경 쓰지 못하고 있었다.

그는 자신이 부황에게 발견되었다면 황형의 일을 망치게 되었을지는 확신할 수 없었다. 그러나 부황이 그를 그대로 놓아주지 않았을 거라는 사실만은 확신했다.

태자가 제 가슴을 두드리며 숨을 헐떡였다.

"위험했어, 정말로!"

염진이 잠시 생각에 잠긴 듯하더니, 곧 눈을 가늘게 뜨고 웃었다.

"이제 괜찮아."

태자가 대자사에 온 첫날 염진이 찾아왔고, 둘은 좋은 친구가 되었다. 태자와 짝하며 염진은 예전보다 더 많이 웃게 되었다. 그리고 태자 역시 염진이 있었기에 대자사에서 그렇게 오랫동안 온순하게 버텼던 것이다.

대지기 염진보다 한두 살 많았고 기도 조금 더 컸다. 게다가 어른스러운 성격이었으니 본래 형 노릇을 해야 했다. 그러나 언제나 담담한 염진 앞에서 태자는 항상 동생이 된 것 같았다.

태자는 겨우 정신을 차리자마자 바로 정색하고, 염진의 코를 찌르며 물었다.

"자고 있었던 거 아니야? 말해 봐, 날 미행한 거야? 아니면 우리 부황이랑 황형의 말을 엿들으려고?"

염진이 두 손가락 사이에 태자의 손가락을 끼워 옮긴 다음 진지하게 말했다.

"자기도 몰래 듣고 있었으면서."

태자가 눈을 가늘게 떴다.

"그래서, 본 태자를 위협하겠다?"

염진도 눈을 가늘게 떴지만 웃음기로 가늘어진 눈이었다. 그가 봄바람처럼 속삭였다.

"택아, 많이 영리해졌구나."

태자는 마치 모욕이라도 당한 듯 씩씩거리며 손을 쳐 내고는, 염진을 상대하지 않겠다는 듯 곁의 풀밭에 앉았다. 염진이 옆에 앉아도 돌아보지 않았다. 그러나 얼마 지나지 않아 결국은 머리를 염진의 어깨에 기대더니 괴로운 듯 물었다.

"염진, 우리 황형이 위험하고…… 또 나쁜 일을 하는 걸까? 황형은 모든 사람을 계산에 넣고 행동하니까…… 황형이 가장 좋아하는 고 대약사까지 포함해서 말이야. 고 대약사가 황형을 싫어하면 어쩌지? 그리고 대황숙이 알면 분명 황형을 가만두지 않을 텐데……."

염진이 태자의 등을 쓸어 주었다. 그의 손은 아주 작았지만 부드럽게 움직였다. 그리고 왜인지는 알 수 없었지만 태자에게 따뜻한 힘을 전해 주었다. 마치 모든 번잡한 생각과 씁쓸한 고통을 소리 없이 가라앉히는 것처럼. 이 세상에서 가장 커다란 힘은 바로 온유함이 아닐까?

염진이 말했다.

"택아, 전하는 어른이셔. 우리는 아직 아이들이고. 아이가 어른 걱정을 할 필요는 없는 거야."

태자가 염진을 바라보며 매우 낙담한 듯 말했다.

"하지만 걱정이 되는걸."

염진이 제 반짝이는 머리통을 만지며 진지하게 말했다.

"택아, 그럼 너도 출가하는 게 어때? 주지 스님께서 그러셨는데, 출가하면 육근[2]이 맑아지고, 욕망도, 구함도, 걱정도 없어진다고 하시더라. 아, 무서운 것도 없어진대!"

태자가 염진을 한참 동안 바라보더니 갑자기 제 머리를 감싸고 멀리 떨어졌다.

"싫어!"

염진이 살랑살랑 따라가며 말했다.

"택아, 우리 일찍 자야지. 내일은 분명 시끌벅적할 거야. 내가 널 데리고 몰래 구경 가 줄게."

다음 날.

날이 희미하게 밝아 올 무렵에 천무제, 군구신, 그리고 황족들이며 왕공 귀족들, 문무 대신들이 속속 대자사의 주 전각으로 모여들었다. 그리고 주지와 승려들의 인도하에 모두 불경을 외우기 시작했다.

---

2 六根 불교 용어로, 눈, 귀, 코, 혀, 몸, 뜻을 뜻함.

불경 소리가 장중하고도 낭랑하게 대전에서 천천히 퍼져 나가, 대자사 전체는 물론이고 숲속 깊이 잠들어 있던 모든 것을 깨웠다.

아침 예불을 끝내니 동쪽이 밝아 왔다. 군구신이 천무제와 함께 대전을 나오며 나지막하게 속삭였다.

"부황, 소자가 함께 아침 식사를 하겠습니다."

천무제의 눈가에 차가운 빛이 스쳐 갔으나, 곧 평소와 같이 온화한 말투로 말했다.

"그럴 필요 없다. 가서 일을 보도록 해라. 오늘…… 부황을 실망시키지 말아 다오."

천무제의 이 말은 기씨 가문과 관련한 이야기이기도 했지만 동시에 조소를 품고 있었다. 그는 군구신이 알아듣지 못하리라 생각했지만, 군구신은 그 의미를 명백하게 알아들었다.

군구신이 말했다.

"예, 알겠습니다."

천무제와 군구신은 각자의 길로 향했다.

그들이 떠나자 비연은 겨우 시선을 거둬들였다. 그녀가 아무리 영리하다 해도, 천무제와 군구신 사이에 오가는 미묘함을 알아볼 수는 없었다!

비연은 사람들 사이를 둘러보다가 기 대장군을 발견했다. 그는 부처 앞에서 무엇인가를 기다리고 있었다.

곧 기 대장군 부인이 옆문으로 들어왔다. 그리고 부부가 나란히 선 채 불전에 머리를 조아렸다. 마치 무엇인가를 기원하듯이.

기욱이 개선하기를 기원하고 있을까? 아니면 기욱이 영원히 돌아올 필요가 없기를 기원하는 걸까?

마음에 물어 부끄러움이 없는 자는 기원할 필요가 없다. 마음에 물어 부끄러움이 있는 자는 기원한다 해도 헛수고일 뿐이다.

비연이 부처를 완전히 믿지 않는 건 아니었다. 다만 그녀는 부처란 마음에 담아 두는 일종의 약속이라고 생각했다. 악을 저지르지 않고, 선을 행하도록 인도하는 약속. 악인이 부처에게 머리를 조아린다고 죄를 벗을 수는 없는 것이다.

비연의 입가에 조소가 떠올랐다. 그러나 그녀는 곧 그 자리를 떠났다. 목불성전은 진시[3]에 시작될 예정이었다. 늦지 않으려면 어서 당정을 깨우고, 자신도 준비해야 했다.

해가 떠오르고, 새벽 공기 중에 향내가 자욱하게 퍼지고 있었다. 고요하던 대자사가 점차 시끌벅적해졌다. 가장 시끌벅적한 곳은 대전이 아니라 대전 동쪽의 원형 제단이었다.

이 거대한 제단의 이름은 약불성단으로, 한가운데에 약사여래상을 모시고 있었다. 약사여래상은 입상으로, 10척도 넘는 키에 한 손에는 약사발을 들고, 다른 손은 시무외인[4]의 형태를 하고 있었다. 장엄한 모습이었지만 만물을 바라보는 눈은 자애로웠다.

신농곡의 신상이 사람들로 하여금 두려움을 느끼게 했다면,

---

3 오전 7~9시

4 부처가 중생의 두려움을 없애 주기 위하여 나타내는 형상.

눈앞의 이 불상은 평온하고 경건한 마음이 들도록 만들어 주었다. 주변이 아무리 시끄럽더라도, 마음이 아무리 요동치고 있다 해도, 이 불상을 바라보고 있으면 어느새 안정을 되찾을 수 있었다.

불상 등 뒤로 불상보다 높은 대가 세워져 있었는데, 생화로 장식되어 있었다. 바로 불상을 목욕시키기 위한 용도였다.

천무제와 대자사의 주지가 나란히 서고, 군구신은 그 뒤에 섰다. 상관 부인, 호 부인, 당정, 한우아 등 귀빈이 군구신과 나란히 섰고, 그 뒤에 황족들이 섰다. 네 번째 줄에는 천염국의 문무백관과 보통 손님들이 서고, 승려들이 그 주위를 둘러쌌다. 비연은 네 번째 줄에 있었다.

주지의 인도로 모두 경을 외우기 시작했다. 비연은 전날 밤 제대로 자지 못한 데다 아침에 또 일찍 일어났기에 정신이 없었다. 고개를 숙이고 경을 외우는 척하며 사실은 졸고 있었다.

그녀는 속으로 다행이라고 생각했다. 정왕 전하가 모든 것을 안배해 둔 상태니, 사실 오늘 그녀가 할 일은 없는 거나 마찬가지였다. 그녀는 그저 재미있는 연극을 관람하면 그만인 것이다.

한참 후에야 경전 외우기가 끝났다. 두 승려가 거대한 점괘 통을 들어 올렸다. 비연은 그제야 정신을 다잡았다. 연극이 이제 시작되는구나!

대자사 뒷산에는 천불동이라는 동굴이 하나 있었다. 그 안에는 3천 개가 넘는 작은 불상들이 있었는데, 매년 대자사 목불沐佛 의식에서 주지가 추첨의 방식으로, 인연이 있는 사람을 한

명 뽑아 그 3천 불상을 씻기게 했다.

그 작은 불상들을 씻기는 것은 여래상을 목욕시키는 것과는 달랐다. 단순히 성수로 적시는 게 아니라 정말로 깨끗하게 닦아야 했기에 서너 달 내에도 끝내기 힘들었다. 즉 시간과 정력을 모두 소모하는 힘든 일이었지만 사람들은 모두 뽑히기를 갈망했다. 왜냐하면 3천 불상을 닦으면 삼대의 죄업을 닦아 내고, 천불동의 보우하심을 얻을 수 있다고 여겼기 때문이었다.

사람들이 지켜보는 가운데 주지가 향을 사르고 추첨을 시작했다. 주지가 뽑는 것은 바로 사주팔자였다.

주지가 과연 누구를 뽑을 것인가?

너무 갑작스럽게, 너무 놀라워

대자사는 군씨 황족에 의해 국사로 봉해진 지 10년이 채 되지 않았지만, 원래 긴 역사를 지니고 있었다. 현공대륙에서 가장 많은 향을 피우는, 가장 영험한 사찰 중 하나였던 것이다. 군씨 황족이건 권문 대신이건 혹은 사방에서 모인 귀빈이건, 모두 부처와 인연이 닿아 3천 불상을 목욕시키는 기회를 얻어 삼대의 죄를 씻을 수 있기를 갈망했다.

웅혼하고 장중한 약사여래 제단을 둘러싼 승려들을 제외한 나머지 이들은 계속 나지막한 목소리로 경을 외우며, 모두 고요한 마음으로 주지의 움직임을 지켜보고 있었다. 불교는 인연을 중시하나 세상 사람들은 억지로 구하려 하기 마련이니, 고요한 가운데 분위기가 점차 긴장되어 갔다.

고풍스러운 점괘 통에 긴 대나무 막대기가 수십 개 들어 있었다. 막대기 중 절반에는 종이가 묶여 있었는데, 그 종이 위에는 어제 적어 낸 사주팔자가 적혀 있었다. 나머지 절반에는 아무것도 없으니, 추첨을 한다고 인연이 맞는 사람이 반드시 있는 것도 아니었다.

주지는 점괘 통 앞에 서서 합장하고 눈을 감았다. 그가 입 안으로 무엇인가를 외웠는데, 다른 사람들은 그가 무엇을 외우는지 도무지 알 수 없었다.

한참 후 그가 갑자기 멈추더니, 눈을 감은 채 손을 뻗어 대나무 하나를 뽑았다. 공교롭게도 종이가 매달린 막대기였다. 누군가가 뽑혔다! 모두가 더욱 긴장했다. 뒤쪽에서 가부좌를 틀고 있던 사람들도 목을 길게 빼고 살펴보았다.

주지가 두 손으로 대나무 막대기를 높이 들더니, 뒤에 있던 약사여래불에게 세 번 절했다. 그리고 다시 몸을 돌려, 묶여 있는 종이를 풀어 사람들 앞에서 천천히 펼치기 시작했다. 종이 위의 사주팔자는 무엇일까? 누구의 것일까?

주변의 승려들은 여전히 불경을 외우고 있었지만 사람들은 이 순간이 더없이 고요하다고 생각했다. 마치 소리라고는 들리지 않는 조용한 세계가 되어 버린 것 같았다.

주지가 종이를 보더니 고개를 들어 모두를 바라보았다.

모두 두근거리며 기다리고 있었다. 상관 부인이 언제부터인지 모르게 호 부인의 손을 잡고 있었고, 언제나 고상하고 냉랭하던 호 부인의 얼굴도 긴장한 듯 보였다. 비연 곁의 당정은 저도 모르게 입술을 깨물고 있었으며, 당정 옆에 앉은 한우아도 합장하며 계속 기도하고 있었다.

비연은 조금도 긴장하지 않았다. 주지가 누구를 뽑았을지 이미 알고 있기 때문이었다. 당정의 표정을 정확히 볼 수는 없지만, 옆모습만으로도 그녀의 기분을 알 수 있었다. 비연이 참지 못하고 속으로 웃고 말았다.

다시 다른 사람들도 바라보았다. 적지 않은 이들이 당정보다 더 긴장된 반응을 보이고 있었다. 사람마다 대체 얼마큼의 죄를 짊어지고 있기에, 모두 이렇게 경건한 마음으로 긴장하고 있는 걸까?

아마 그들이 믿는 것은 이 의식이 아닐 거다. 그들이 필요로 하는 건 자신이 자신에게 수여할 위로일지도 모른다.

비연의 시선이 마지막으로 천무제의 굽은 등으로 향했다. 그는 스스로를 위로할 필요를 느끼지 않을 거다. 그의 야심이 곧 그의 신앙이며, 동시에 스스로를 위로하는 방법일 테니까.

그렇다면 정왕 전하는 어떨까?

이렇게 긴장된 분위기에서 비연은 뜻밖에도 정신을 팔고 있었다. 주지가 입을 열었을 때에야 겨우 정신을 차렸다.

"무오, 경신, 경술, 정축."

주지의 말이 끝나자 모두 침묵에 휩싸였다. 그러나 갑자기 대장군 기세명이 흥분하여 방석 위에서 일어났다. 그리고 체통도 잃고 소리쳤다.

"노부의 사주팔자로다! 노부가 인연이 있는 사람이었다!"

기 대장군 부인도 흥분을 감추지 못하고 함께 일어나, 약사 여래상을 향해 몇 번이고 절을 올렸다. 주변 사람들은 실망한 기색을 감추지 못했으나, 대부분 기 대장군에게 축하 인사를 건넸다.

천무제와 군구신이 고개를 돌리자, 기세명이 마침내 자기가 체통을 잃은 것을 자각하고는 서둘러 읍하며 예를 행했다.

비연은 이 모습이 우습기도 하고 놀랍기도 했다. 기세명 부부가 경건한 불교도라는 사실을 알고 있긴 했지만 저렇게까지 흥분하며 기뻐할 줄은 몰랐던 것이다. 기세명은 너무나 기쁜 나머지 곧 눈물이라도 흘릴 기세였다.

지난 보름 동안, 동쪽 변경에서 세 번이나 첩보가 날아들었다. 기욱은 적이 없는 영웅으로, 전투에서 진 적이 없었다. 그러나 이 모든 것은 사실 소씨 가문이 암중에서 도운 덕분이었다.

그녀와 정왕 전하는 적의 계략을 그대로 이용하기로 했다. 진양성에서 암중에 기세명을 제어하고, 기세명으로 하여금 기욱에게 명을 내리도록 하여 기씨 가문과 소씨 가문의 협력을 장악할 생각이었다. 그렇게 하면 천염국은 기씨 가문의 힘을 빌려 소씨 가문에게서 이익을 얻어 낼 수 있는 동시에, 진정으로 만진국을 공격할 수 있었다. 그리고 전투가 안정된 후 다시 이간책을 써서 기씨 가문과 소씨 가문을 반목하게 하면, 그때 이 연극은 더더욱 화려해질 것이다.

기세명을 제어하는 것은 쉬운 일이었지만, 암중에서 제어하며 소문이 퍼져 나가지 않게 하거나 기욱의 의심을 사지 않기는 무척 힘든 일이었다. 대자사의 목불성전이 가장 좋은, 그리고 유일한 기회였다!

모두 다시 고요함을 회복했다. 주지는 사람들에게 부처를 목욕시킬 성수를 사서오세 했다. 3천 불상을 씻어 낼 성수는 약사여래상을 목욕시키는 성수와 나눠 쓰게 되어 있었고, 여기에는 의식이 필요했다.

기세명이 앞으로 나가, 주지의 인도하에 성수를 담은 항아리에서 세 표주박을 떠낸 다음 약사발에 부었다. 그다음 그는 두 승려의 안내를 받아 천불동으로 갔다. 모든 것이 아주 순조로웠다.

비연은 비록 모든 것이 잘될 걸 알고 있었지만, 그래도 이제야 남몰래 안도의 한숨을 내쉬었다. 남은 것은 진정한 목불 의식으로, 모두 차례대로 약사여래상 뒤의 높은 대 위로 올라가 성수로 불상을 적시면 된다.

천무제가 주지와 함께 높이 있는 대로 올라갔다. 군구신이 그다음이었고, 상관 부인이 세 번째였다. 천무제가 상관 부인을 얼마나 중시하는지 여기서 알 수 있었다.

모두 인내심 있게, 차례대로 위로 올라갔다. 비연은 무료하다는 생각에 빨리 의식이 끝나기만을 기다리며 천불동을 계속 흘깃거리고 있었다.

가까스로 의식이 끝났다. 모두 원래의 자리로 돌아와, 주지의 인도하에 다시 불경을 외우기 시작했다. 그렇게 불경을 세 번 외우자 목불 의식이 완전히 끝났다. 사람들은 천무제가 자리를 뜨기를 기다리고 있었다.

그러나 천무제는 자리를 뜨지 않았을 뿐 아니라, 오히려 주지에게 옆으로 비키라고 손짓했다. 그는 황금빛 용포를 정돈한 다음 불상 앞으로 걸어 나가 말했다.

"짐이 정왕의 혼사를 근심한 지 오래되었는데, 어젯밤 약불대전에 머물며 하룻밤을 생각한 끝에 마침내 마음을 결정하였다. 오늘이 마침 길일이고, 신하들 모두와 귀빈이 함께 있으니 짐은……."

천무제는 여기까지 말한 후 잠시 멈추고 군구신을 바라보았다. 군구신은 생각한 바가 있었지만 일부러 의아하다는 표정을 지었다. 그러자 천무제는 매우 만족스러워했다.

이 순간, 거대한 제단은 주지가 인연이 있는 자를 발표할 때보다 더욱 고요해져 그야말로 소리 없는 세계로 변해 버렸다. 모두 놀라고 있었다. 너무나 의외였고, 너무나 갑작스러웠다. 다들 알다시피 목불성회는 혼사를 선포하기에 타당한 자리가 아니었던 것이다!

그러나 그 자리에 있는 이들은 모두 보통 사람들이 아니었다. 놀란 것은 놀란 것이고, 곧 이것에 어떤 의미가 숨어 있는 것은 아닌지 고민하기 시작했다.

비연도 놀라는 와중에 고민 중이었다. 그녀는 천무제가 이렇게 성대한 모임, 그것도 외빈들이 자리를 채운 곳에서 정왕 전하의 혼사를 발표하는 것은 특히나 한가보의 체면을 생각했기 때문이라고 생각했다. 소 부인에게 충분한 성의를 표시하기 위해서라고.

다만, 천무제가 스스로 혼사를 선포하기보다는 정왕 전하가 모두의 앞에서 한우아에게 구혼하는 편이 더 나았겠지만…….

사혼, 정왕의 정비

비연이 남몰래 고민하며 저도 모르게 군구신의 그 크고 외로운 뒷모습을 바라보았다.

주변이 너무 고요하기 때문일까, 그의 뒷모습에서 옅은 외로움이 배어 나왔다. 그녀는 심지어 이 외로움이 그의 뒷모습에 밴 것인지, 아니면 그녀 자신의 마음에 배어 있는 것인지 구분할 수 없었다.

분명 그녀 자신의 것이겠지! 곧 좋은 일을 맞이할 텐데, 그가 외로울 일이 무엇일까? 하지만…… 그녀는 또 무엇 때문에 외롭단 말인가?

고요한 가운데 천무제가 여전히 군구신을 보며 계속 말했다.

"짐이 기쁜 일을 하나 선포하고자 한다!"

비연은 그제야 정신을 차리고는 고개를 숙인 채 마음을 정리했다. 그리고 주변의 낮은 속삭임에 귀를 기울였다.

사람들은 대부분 그녀와 비슷한 추측을 하고 있었다. 천무제가 직접 이 두 달 동안의 소문을 사실로 증명하려 한다고. 정왕 전하가 일어나 한우아에게 정식으로 구혼할 거라고. 심지어 여자들 중에는 한우아를 부러워하고 질투하는 경우도 있었다.

상관 부인, 당정, 그리고 호 부인이 약속이나 한 듯 비연을 바라보고 있었다. 당정은 특히 화가 나 죽을 지경이었다! 비록 비연이 그녀에게 계획을 멈춰 달라고 부탁하긴 했지만…… 그래도 그녀는 목불 의식이 끝난 후에 한우아의 본모습을 드러나게 할 작정이었다. 그러나 이제 기회가 사라져 버린 것이다!

지금 이 순간 유일하게 기뻐하는 사람은 한우아였다. 그녀는 기뻐서 어쩔 줄 몰라 하고 있었다!

그녀에게도 이번에 진양성에 가면 천무제가 혼사를 이야기하리라는 예감이 있긴 했다. 그러나 천무제가 이렇게 융중하고 공개적인 곳을 선택하여 선포하리라고는 생각지도 못했던 것이다!

그녀는 두 손을 꼭 모아 쥔 채 자중해야 한다고, 담담하게 있어야 한다고 중얼거렸다. 그러나 그녀는 정말로 환호하고 싶은 마음을 억제할 수 없었다. 그녀는 참고 또 참았지만 결국은 참을 수 없어 몰래, 같은 줄에 앉아 있는 정왕 전하를 바라보았다. 뭐라 형용할 수 없이 잘생긴 그의 옆얼굴을 보니 그녀의 심장이 더욱 격렬하게 뛰기 시작했다.

잠시 후 정왕 전하가 그녀에게 걸어와 사람들 앞에서 구혼할 것이다. 그 생각만으로도 미친 듯이 뛰던 심장이 순식간에 멈춰 버릴 것 같았다. 심지어 숨마저 제대로 쉴 수 없을 지경이었다. 정왕 전하가 구혼할 때 무슨 말을 할까? 예물로는 어떤 것을 줄까?

그녀는 과거 소 부인을 만났을 때 이 생의 모든 운을 다 쓴 것이 틀림없다고 생각했다. 그러나 오늘 그녀는 자신이 원래 하늘이 낸 행운아라는 사실을 깨달았다!

한우아는 생애 최고의 순간을 기다리고 있었다. 그리고 주변 사람들 모두 천무제의 다음 말을 기다리고 있었다.

천무제는 지금도 군구신을 바라보고 있었다. 그가 이렇게 한 마디에 한 번씩 멈추는 것은 일부러 그러는 것이었다. 모두를 기다리게 하기 위해서가 아니라, 정왕에게 시간을 주기 위해서.

그는 정왕이 '부황께서 원하시는 대로 하면 된다'라고 말했던 것이 진실인지 거짓인지 알고 싶었다. 정왕이 감히 자신에게 미간을 찌푸릴지도 보고 싶었고, 반대하고 싶은 표정이라도 보일지 알고 싶었으며…… 모두가 보는 앞에서 그를 제지하려 할지도 궁금했다!

이미 정왕에게 아주 명백하게 이야기했다. 한우아는 양녀일 뿐 한가보의 정통 핏줄이 아니니 정비 후보에 넣을 수 없다고. 정왕은 분명 그가 지금 선포하려는 사람이 한우아가 아니라는 사실을 알고 있을 것이다.

군구신은 무표정한 얼굴로 천무제의 시선을 받아 내고 있었다! 그러나 천무제는 여전히 불만스러웠다. 그의 눈동자에 언뜻 경멸의 빛이 스쳐 가는가 싶더니 마침내 사람들을 바라보며 외쳤다.

"매 공공, 성지를 선포하라!"

성지?

이 말에 모두가 아연실색했다!

성지라니, 대체 무슨 뜻인가?

사혼이다! 그렇다면 구혼하겠다는 것이 아니란 말인가?

천염국 사람이 아닌 한우아에게 천무제가 사혼을 명할 권리는 없었다. 천염국 여자들만이 사혼을 명받을 수 있었다!

어째서 이렇게 된 걸까?

한우아는 놀란 나머지 제대로 서 있지도 못하고 두어 걸음 뒷걸음질 쳤다. 도저히 믿을 수가 없었다.

계속 고개를 숙이고 있던 비연이 갑자기 얼굴을 들었다. 그녀 역시 매우 놀랐다. 비록 천무제가 그녀를 정왕의 측비로 세우겠다고 했지만, 이 순간 그녀는 여전히 자신에 대해서는 생각하지 않고 있었다. 천무제는 태자 습격 사건의 진상을 공포한 후에야 그녀에게 상을 내릴 수 있을 테니까.

비연은 놀라는 가운데 뭔가 이상하다는 생각이 들었다. 점차 불안이 엄습해 왔다. 천무제는 계속 정왕의 혼사를 통해 연맹을 맺고 싶어 했다. 그러므로 그는 결코 천염국 출신 여자를 정왕 전하의 정비로 들이려 하지 않을 것이다. 바꿔 말하자면, 이 사혼의 대상은 분명 측비였다!

그러나 무엇 때문에 정비를 세우기 전에 먼저 측비를 세운단 말인가? 심지어 이 자리에 한우아가 있다는 사실도 신경 쓰지 않는다고? 사혼을 명받은 사람이 대체 누구지? 다른 세작일까?

천무제는 이러한 행동으로 모두에게, 정왕이 완벽하게 자신의 손바닥 위에 있다고 말하고 있었다. 혼인과 같은 큰일조차도 그는 마음대로 생각을 바꿀 권력이 있다고. 한가보도 천염국에 있어서는, 사람들이 생각하듯 그렇게 중요한 존재가 아니라고. 한마디로 말해서 천무제는 이 행동으로 사람들 앞에서 정왕과 한우아에게 본때를 보여 주려는 것이었다!

보름 동안, 대체 무슨 일이 벌어진 걸까? 정왕 전하가 모반을 일으키려는 것을 천무제가 눈치채기라도 한 걸까?

비연은 군구신의 뒷모습을 바라보며 점점 더 불안해하고 있었다. 그러나 그 순간, 매 공공이 높은 소리로 외쳤다.

"어약방 대약사 고비연, 나와서 성지를 받으라!"

뭐라고? 그녀라고?

일순간, 사람들이 경악한 표정으로 비연을 바라보았다. 특히 한우아는 아예 얼이 빠진 듯했다.

비연도 다른 이들과 마찬가지로 경악하고 있었다. 그녀의 심장이 쿵쾅거리며 뛰는 가운데, 눈을 휘둥그렇게 떴다.

어떻게 그녀일 수 있지? 동쪽 변경의 일이 정리되고, 기씨와 소씨 가문이 결탁한 일이며 태자 습격 사건의 진상을 대중에게 공포한 후에 그녀를 정왕의 측비로 봉하겠다고 하지 않았던가? 어째서 이렇게 된 거지?

비연이 바로 천무제를 바라보았다. 천무제도 마침 그녀를 바라보고 있었다. 그는 그녀에게 의미심장한 눈길을 보내더니 바로 시선을 옮겼다. 이게 무슨 뜻일까?

"어약방 대약사 고비연, 나와서 성지를 받으라!"

매 공공이 다시 소리쳤다. 비연은 겨우 정신을 차리고 재빨리 앞으로 나가 무릎을 꿇었다.

그녀는 여전히 냉정함을 유지하고 있었다. 천무제가 어떤 방식으로 정왕 전하를 대하기로 했는지 모르겠지만, 최소한······ 최소한 그녀는 믿고 있다. 그렇지 않다면 이렇게 그녀를 측비로 세우겠다는 성지를 내리지 않았을 테니까. 그러니 그녀는 냉정을 유지하면서, 앞으로 펼쳐질 상황에 적절히 대처해야만 했다. 그러지 않으면, 그녀와 정왕 전하는 이 바둑을 두기도 전에 먼저 패배하게 될 테니까!

비연이 무릎을 꿇고 조용히 귀를 기울였다. 그러나 들으면 들을수록 뭔가가 이상했다. 성지에 적힌 내용이 아무리 봐도 측비를 세우는 내용이 아니었던 것이다. 바로 이 순간, 매 공공이 잠시 숨을 고르더니 계속 읽어 나갔다.

"……그러한 고로 짐은 성지를 내려, 너를 구황자 정왕의 적비에 봉하며, 사흘 후 대혼을 올리도록 한다."

적비? 어떻게 된 거지?

비연은 더 이상 담담하게 버틸 수 없어 재빨리 고개를 돌려 군구신을 바라보았다. 그리고 거의 동시에 사람들이 모두 아연 실색했다. 심지어 승려들조차 경악한 표정이었다.

매 공공이 비연에게 성지를 받으러 나오라 했을 때, 모두 비연이 측비가 되리라 생각했지, 정비가 될 가능성이 있다고는 아무도 생각하지 않았던 것이다!

모두 경악하고 있는 가운데, 한우아가 갑자기 매 공공을 가리키며 외쳤다.

"너, 너…… 잘못 읽었지! 하, 대담하구나! 너, 너…… 다시 제대로 읽으란 말이다! 제대로 보라고!"

한우아는 분노와 수치, 경악과 의문으로 가득 차 온몸을 떨고 있었다…….

소자가 반드시 최선을 다하겠습니다

상당수 사람들이 한우아의 말이 옳다고 생각했다.

이 사혼은 정말 너무 이상했다. 천무제가 이유도 없이 한우아와 한가보를 포기하고, 평범한 출신에 기씨 가문과 혼약을 맺은 적 있는, 그리고 군중 앞에서 정역비에게 청혼받은 여자를 정왕 전하의 정비로 세우려 하다니! 분명 한가보에게는 일종의 모욕이었다! 그리고 정왕 전하 입장에서도 어찌 모욕이 아닐까?

점점 더 많은 사람들이 매 공공을 바라보았다. 심지어 비연 자신도 매 공공이 잘못 읽은 것은 아닌지 의심하고 있었다. 도저히 다른 이유를 떠올릴 수 없었던 것이다.

그러나 매 공공은 한우아를 바라보며 엄숙한 어조로 말했다.

"한 삼소저, 성지가 아이들 장난도 아닌데 어찌 그런 우스갯소리를 하시는지요? 황상 앞이니 자중하시기 바랍니다!"

이 말에 사람들도 그제야 매 공공이 잘못 읽은 것이 아님을 깨달았다. 만약 그랬다면 천무제가 벌써 꾸짖었을 것이다. 그러나 이 순간 천무제는 장중하고 엄숙한 표정을 지은 채 그대로 서 있었다. 그는 정말로 비연을 정왕의 정비로 세울 작정이었다!

매 공공이 눈을 들어 모두를 훑어보았다. 황족들이며 문무 대신들은 즉시 입을 다물었다. 외부에서 온 귀빈들도 더 이상 공개적으로 이야기하기 민망한 상황이 되었다.

장내가 고요해지자 매 공공이 성지를 들고 큰 소리로 재촉했다.

"고 대약사, 어서 빨리 성지를 받으라!"

비연이 다시 한번 군구신을 바라보았다. 그가 조금이라도 반응을 보여 주기를 바랐다. 하다못해 눈짓이라도 한번 해 주었으면! 그러나 정왕 전하는 여전히 고개를 숙이고 있었다. 그는 시종일관 이 장내에서 가장 조용하게, 조용하다 못해 고독해 보이는 사람이었다.

그는…… 그는 놀라지 않은 걸까?

사실 그녀에게는 정비와 측비는 큰 차이가 없었다. 그들은 결국 연극을 하는 것에 지나지 않으니까. 마지막 순간 그녀는 정왕부를 떠날 테니까.

하지만 그에게는 완전히 다른 상황이었다. 그가 원하는 정비는 한우아였다! 아무리 두 마음을 먹었다 해도, 분명 한우아에게 더 깊은 마음을 주지 않았던가. 게다가 한가보는 확실히 그에게 큰 도움이 될 터였다.

그와 천무제 사이에 대체 그녀가 알지 못하는 무슨 일이 있었던 걸까? 그는 가만히 참고 견뎌 내기로 한 걸까, 아니면 천무제에게 압박을 받아 어쩔 수 없기 때문일까?

"고 대약사……."

매 공공이 작은 소리로 속삭였다. 비연은 군구신이 고개를 들기를 기다리지 못하고, 어쩔 수 없이 손을 내밀어 공손하게 성지를 받았다. 천무제가 자신까지 의심하게 하고 싶지 않았다.

"황상의 은덕에 감사드립니다!"

그녀가 성지를 든 채 천무제를 향해 절했다. 그러자 천무제가 웃는 얼굴로 다가오더니, 직접 몸을 굽혀 그녀를 일으켜 주었다. 그러더니 귀에 대고 속삭였다.

"애야, 짐이 너에게 준 이 선물이 마음에 드느냐?"

비연은 잠시 멍해졌다가, 다급하게 물었다.

"황상, 어찌 미리 말씀하지 않으셨나요. 저는 황공하기만 합니다."

천무제는 그 말에 답하지 않고, 인자하게 웃는 얼굴로 말했다.

"일어나거라! 사흘 후면 너는 짐을 달리 부르게 될 거다."

비연이 억지로 웃음을 짜냈다. 이때, 매 공공이 군구신에게 말했다.

"정왕 전하, 황상께서 전하의 혼사 때문에 고심하신 지 오래입니다. 어서 은혜에 감사하시지요."

군구신이 조용히 앞으로 나와 절했다.

"부황의 은덕에 감사드립니다!"

천무제가 그를 보며 무슨 말인가 하고 싶은 듯했지만 하지 않고 한참을 있다가, 겨우 이렇게만 말했다.

"너도 일어나거라. 짐은 네가 가능한 한 빨리 우리 군씨 자손들을 낳아 주기를 기대하고 있다!"

군구신은 여전히 평온한 얼굴에 크지 않은 목소리로, 그러나 한 단어 한 단어 뚜렷하게 대답했다.

"예, 소자가 반드시 힘을 다하겠습니다."

비연은 그가 연극을 하고 있다는 사실을 알면서도, 이렇게 많은 사람들 앞에서 그런 말을 들으니 부끄러워지고 말았다. 그녀의 볼이 발갛게 달아오르다 못해 귀며 목까지 모두 붉어지고 말았다.

비연 외에 그 자리에 있던 여자들은 모두 민망해하고 있었다. '힘을 다하겠다'라는 말이 정왕 전하의 입에서 나오니 정말로 놀라웠던 것이다. 그 의미를 잠시 생각해 보노라니 마음이 걷잡을 수 없이 들뜨며 허황된 생각으로 빠져 버렸다. 정왕 전하와 같이 금욕적인 사람이 어떻게 저렇게 평온하게, 또 당연하다는 듯이 그런 말을 할 수 있는 걸까?

그러나 한우아는 오히려 비연에게 더더욱 원한을 품게 되었다. 비연을 노려보는 그녀의 눈에 살기가 배어 있었다.

천무제는 군구신의 대답에 만족한 듯, 그의 어깨를 가볍게 두드리며 말했다.

"짐을 따라오너라."

천무제와 군구신이 떠나자마자 한우아가 비연 앞으로 빠르게 달려오더니, 손을 들어 올렸다! 그러나 거의 동시에 당정이 달려와 제때 한우아의 손목을 잡았다.

일순간 모든 사람들이 총명하고 이지적이며 시림들을 잘 이해해 주는, 그리고 너그럽고 호방하기로 이름 높은 한 삼소저가 어떤 사람인지 보게 되었다. 그녀가 방금 매 공공을 질책했던 것은 경악하여 나온 행동이었다 치더라도, 이 순간 그녀는 절대적으로 원한을 품고 비연을 질투하고 있었다!

상관 부인이 즉시 냉소했다.

"쯧쯧! 한 삼소저, 정말이지 청출어람이라더니! 본 부인은 계속 소 부인이 가장 대담하다 여겨 왔는데, 네가 소 부인보다 훨씬 담력이 센 모양이야. 하하! 그런데 담력은 있는데 머리는 없는 모양이니, 군씨 황족이 왜 너를 마음에 들어 하지 않았는지 알겠군!"

이 말은 조소인 동시에 경고였다. 이런 장소에서 한우아가 비연을 때릴 수 있고 없고를 떠나, 그녀가 손을 쓰는 순간 한가보와 천염국이 결맹할 가능성은 철저히 무너지고 만다. 그리고 더욱 중요한 것은, 한가보의 체면도 잃게 될 것이다!

이 말에 한우아가 멈칫했다. 자신이 충동적이었음을 겨우 깨달은 듯했다. 그녀는 사람들을 바라보았다. 모두의 눈에 떠오른 것은 의문이 아니라 경멸이었다. 심지어 적지 않은 이들이 그녀에게 손가락질하고 있었다.

세상에, 그녀가…… 그녀가 어떻게 이렇게나 참지 못했을까?

그녀의 시선이 비연의 얼굴로 향했다. 더더욱 원망스러웠다. 하지만 한우아는 심호흡을 하며 자신을 달랬다. 어떻게 된 일인지 정확히 알아보기 전에는 참아야만 한다. 이미 자신의 명성을 훼손하다시피 했는데, 이 이상 의모의 체면까지 망가뜨리거나 정왕 전하를 난감하게 만들 수는 없었다.

정왕 전하는 분명 핍박받은 것이다. 비연, 저 천한 계집이 정왕 전하를 배신하고 천무제와 무슨 수작이라도 벌이는 것이 분명하다! 반드시 명확하게 조사하여 본때를 보여 줄 테다!

한우아는 당당한 한가보의 삼소저인 자신이, 비연과 같이 몰락한 가문의 여식에게 졌다는 사실을 믿을 수 없었다. 신농곡 영예 이사라는 이름이 아무리 크다 해도 결국은 이름에 지나지 않는다. 그러나 한우아 그녀의 손에는 실재하는 권력이 있다. 소 부인이 그녀를 한가보의 계승자로 내정하고 있으니까!

"고비연, 정왕 전하를 얽어맸다 해서 그게 뭐 대단한 능력인가? 정왕 전하가 좋아하는 사람은 결국 나인데! 기다려!"

한우아가 나지막한 목소리로 말한 후 당정의 손을 뿌리치고 몸을 돌려 달려갔다.

비연은 사실 당정이 도와주지 않았다 해도 한우아를 막을 수 있었다. 심지어 그녀는 사람들이 보는 앞에서 한우아에게 따귀를 두 대 정도 때릴 만한 담력도 있었다. 내키지 않았을 뿐! 이 순간 그녀의 머릿속을 가득 채운 것은 정왕 전하와 천무제였다. 그 부자가 대체 어찌 된 걸까?

곧 사람들이 비연을 둘러싸고 축하의 인사를 건넸다. 어떤 이들은 진심이었고, 어떤 이들은 가식이었다.

천염국의 황족이며 귀족, 문무 대신은 물론이고 초청받아 온 외빈들도 비연과 정왕의 혼사에 대해 모두 각각의 생각이 있었다. 상관 부인 등이 비연을 지지하지 않았다면, 분명 석지 않은 이들이 이런저런 말을 만들어 냈을 것이다. 왜냐하면 상당수의 사람들이 보기에 비연은 천무제가 정왕을 압박하기 위한 바둑알에 불과했기 때문이다. 천무제와 정왕 사이에는 분명 꽤 큰 갈등이 있는 것이다……

비연의 마음도 번잡해 사람들에게 대응할 여유가 없었다. 그녀의 심정을 이해한 당정이 재빨리 사람들을 밀어내고 비연을 잡아끌었다. 그러나 그녀들이 총총히 제단을 떠나려 했을 때 누군가와 마주치게 되었다.

바로 제단 옆에 한참 동안 서 있던…… 정역비였다!

교사, 정역비의 절망

비연과 당정이 동시에 고개를 들어, 자신들이 부딪친 사람이 정역비라는 것을 발견했다.

정역비는 오늘 아침에야 대자사에 도착했다. 늦었기 때문에 제단 밖에서 기다렸는데, 사혼의 과정을 직접 목격하게 될 줄은 꿈에도 생각지 못했다.

그는 마치 석상이라도 된 것처럼 꼼짝도 하지 않고 비연을 바라보고 있었다. 그의 눈에는 더 이상 평소와 같은 무뢰한 웃음기는 없었다. 텅 빈 눈으로 멍하니 비연을 쳐다보고 있을 뿐이었다. 성지를 들은 후 지금까지도 정신을 차리지 못한 모양이었다.

정역비는 모든 것이 진짜라는 걸 믿을 수 없다는 듯, 혹은 이미 이 잔인한 사실을 믿을 수밖에 없다는 듯, 온 세상을 잃어버린 표정으로 절망하고 있었다. 비연은 그의 이런 모습을 본 적이 없었다. 물론 당정도 이런 그는 처음이었다.

비연은 무슨 말이라도 하고 싶었지만 뭐라 해야 할지 알 수 없었다. 그이 시선이 그녀를 불안히게 했다. 그러나 그녀는 매우 이성적으로, 이것도 결국 좋은 일이라고 생각했다.

당정도 멍한 표정을 지었으나 곧 얼굴에 웃음기가 떠올랐다. 그녀는 비연을 놓고 정역비를 벽까지 밀어냈다. 그리고 손등으로 그의 뺨을 툭툭 치며 무시하듯 웃었다.

"깨어나, 깨어나라고! 이제 마음을 죽이겠어? 하하! 이럴 줄 알고 이 누님이 어제 상대해 주지 않은 거라고!"

정역비는 여전히 미동도 없이 비연을 보고 있었다.

"이제 꿈에서 깰 때라고, 정 대장군! 사흘 후면 연아를 왕비마마라 불러야 할걸! 이 누님 말을 듣고 어서 해탈하라고! 착하지!"

당정은 그의 뺨을 톡톡 두들긴 다음 다시 비연에게도 뛰어왔다. 정역비의 절망한 얼굴을 보니 그녀는 즐거울 뿐 아니라 속까지 풀리는 느낌이었다. 마치 커다란 원한을 갚은 후의 통쾌한 감정과 비슷하다고나 할까. 어제 술자리에서, 그녀는 술을 마시다 하마터면 죽을 뻔했단 말이다!

그녀가 비연 앞에서 깡충 뛰어오르며 깔깔 웃었다.

"연아, 상대할 필요 없어. 가자!"

비연은 결국 아무 말도 하지 않고, 심지어 정역비를 한번 쳐다보지도 않고 그 자리를 떠났다. 지금처럼 복잡한 상황에, 공적으로건 사적으로건 정역비까지 끌어들이고 싶지 않았다!

비연과 당정이 멀어진 다음에도 정역비는 그 자리에 못 박혀 있었다. 제단에 있던 사람들이 잇달아 나오며 그를 보았다.

정역비는 호방하고, 어디에도 구속받지 않는 사람이었다. 교류하는 이가 많은 만큼 사이가 좋지 않은 사람도 많았다. 이 순간 이 많은 이들 중에는 우물에 돌을 던지는 심정으로 그를 조소하고 싶은 사람도 있었고, 그를 위로하고 싶은 사람도 있었다. 그러나 그들 중 누구도 공개적으로 기분을 표현하지는 않았다. 이것은 아주 민감한 일이니까.

그러나 기씨 가문의 서 부인이 사람들 사이에서 걸어 나오자, 자리를 뜨려던 이들도 잇달아 발걸음을 멈췄다. 기욱은 현재 동쪽 변경 전사들의 기둥이었고, 황상으로부터 새로 총애받고 있었다. 서 부인은 기욱의 어머니로서, 자연스럽게 아무것도 무서워하지 않았다.

서 부인이 정역비를 조소하는 기색 없이 단정한 자세로 꾸짖기 시작했다.

"정 대장군, 본 부인이 자네에게 이렇게 많이 이야기할 필요는 없네만, 오늘 대자사, 그것도 부처 앞에서 만나게 되었으니 본 부인이 자네와 자네 자당에게 한마디 충고하고 싶군. 인과는 윤회하고, 선악은 응당 그에 맞는 보답을 받게 되어 있으니, 양심에 거리끼는 일은 적게 하도록 하게. 우리 기씨 가문이 선을 행하고 덕을 쌓으니, 오늘 그 보답을 받고 있지 않은가. 자네들도 스스로 알아서 잘해야지 않겠나!"

이것은……

정역비는 말할 것도 없고 주변 사람들도 화를 내기 시작했다! 어찌 이런 사람이 있을까? 경건하게 예불을 올리는 한편 악행을 저지르다니. 가장 혐오스러운 것은, 선을 행하거나 불도를 행한다는 이름 아래 악행을 저지르면서두 스스로는 선이리 생각하는 것이다! 자신은 보우하심을 얻을 수 있으리라 믿으면서!

이 일은 사람들을 분노하게 했을 뿐 아니라 두려움에 떨게 했다!

정역비가 주먹을 쥘 때 뼈가 꺾이는 소리가 들렸다. 서 부인이 그 소리를 듣고 한마디 더 하려 하자 정역비가 갑자기 날카롭게 외쳤다.

"닥쳐!"

"자, 자네, 감히……."

서 부인의 말이 끝나기도 전에 정역비가 주먹을 휘둘렀다. 그 모습을 보고 곁에 있던 이들이 서둘러 그를 막아 서 부인으로부터 떼어 놓았다. 정역비가 분노로 눈을 붉히며 손을 휘두르더니, 몸을 돌려 성큼성큼 그 자리를 떠났다.

이때 멀리서 방관하던 팔황자 군한인이 재빨리 그를 쫓아갔다. 군한인은 천무제의 금족령 때문에 계속 궁에 갇혀 있었다. 대자사의 목불성전이 아니었다면 절대로 밖에 나오지 못했을 것이다. 정역비의 병이 나았을 때에도 그는 정역비를 방문할 수 없었다.

아무도 없는 곳에 도착하자 군한인이 재빨리 그를 불렀다.

"정역비!"

고개를 돌린 정역비는 매우 놀랐다. 석 달이 넘도록 보지 못했던 팔황자가 거기 서 있었기 때문이다.

정역비도 바보가 아니었다. 팔황자가 천무제에 의해 연금당했을 때, 팔황자가 겉으로 보는 것처럼 간단한 상대가 아니라는 걸 눈치챘다. 강호를 꿈꾸는 서자에게 다른 마음이 없었다면, 천무제가 아무 이유도 없이 그렇게 경계할 리 없었다. 바꿔 말하자면 군한인은 모든 사람을, 그리고 정역비를 속이고 있었다!

정역비는 마음속으로 짚이는 게 있었지만 얼굴에 드러내지 않고 가볍게 탄식했다.

"팔전하, 오랜만입니다. 뵙자마자 저의 이런 낭패한 몰골을 보여 드리게 되었으니, 하하!"

군한인은 곧 궁으로 다시 돌려보내질 예정이기에 시간이 얼마 없었다. 그는 더 이상 속마음을 숨기지 않고, 정역비와 어깨동무를 하며 속삭였다.

"부황이 이렇게 너를 대하는데, 괜찮은 것이냐?"

정역비는 살짝 멈칫할 뿐 아무 말도 하지 않았다. 그러자 군한인이 다시 말했다.

"그때 기세명이 일부러 시간을 끌어, 전투에서 승기를 잡을 기회를 놓쳤지. 결국 정 노장군께서 전투 중에 돌아가셨다! 부황이 묵인하지 않았다면 기세명에게 그럴 만한 배짱이 있었을까? 기욱은 전투에서 몇 번 이기지도 않았는데, 서 부인은 일개 아녀자로서 감히 이렇게 너를 가르치려 하고 말이다. 기욱이 개선하기라도 하는 날에는 이 조정에 너희 정씨 가문이 설 자리가 있을지 모르겠군?"

정역비가 침묵했다. 군한인의 눈가에 날카로운 빛이 스쳐 갔다.

"형제, 지금도 정왕에게 충성을 바치고 싶은가?"

이 말에 정역비가 마침내 눈을 들었다. 인정하지 않을 수 없었다. 군한인은 그와 오래 교류했고, 그를 아주 잘 알고 있었다.

정역비는 확실히 계속 기다리고 있었다. 부친이 세상을 떠난 후에도 분노와 원한을 억누르며 기다린 것은, 언젠가 정왕 전하가 황위를 계승하는 날 그에게 충성을 바치기 위해서였다! 하지만 그가 사랑하는 여자가 정왕 전하의 비가 될 줄은 꿈에도 생각하지 못했다.

정역비가 눈을 드는 것을 보고 군한인은 제 말이 옳았음을 알았다. 그가 소리 내어 웃기 시작했다.

"우리 부황께서 오늘 사혼을 내리시면서, 실제로는 정왕의 위엄을 꺾으신 거지. 우리 부황은…… 정왕에게 손을 쓰기로 하신 거야! 정왕도 이제 가망이 없어!"

주변에 발걸음 소리가 들려오자 군한인은 감히 오래 머무를 생각을 하지 못하고 재빨리 말했다.

"대혼까지 아직 사흘이 있다. 네가 마음에 둔 사람을 빼앗아 오자. 우리 크게 한탕해 보자고! 잘 생각해 봐. 최근 수년 동안 나는 궁 밖에 적지 않은 사람들을 키워 두었고, 언제라도 너를 도울 수 있다! 일부러 너를 속였던 게 아니다. 언젠가 너에게 제대로 변명하도록 하지."

군한인은 이 말까지 마친 후 총총히 떠났다.

정역비는 두 주먹을 꽉 쥔 채 그 자리에 서 있었다. 군한인이 한 말을 모두 들었지만 이 순간, 그의 머릿속은 텅 비어 있었다. 아무것도 생각하고 싶지 않았고 그저 술이 마시고 싶었다.

주 부장이 오는 것을 보고 정역비가 냉랭하게 말했다.

"가서 술을 가져와라! 많을수록 좋다!"

주 부장은 초조했다. 임 노부인이 몸이 편치 않아 특별히 그에게 수행하라고 하면서, 이 사흘 동안은 정 장군이 다시 술을 마시지 못하게 하라고 신신당부했던 것이다.

주 부장이 달래기 시작했다.

"장군, 불가의 땅입니다. 일단 성으로 돌아가시는 게 어떻겠습니까. 어떻게 드시건 제가 함께하겠습니다!"

정역비가 중얼거리기 시작했다.

"인과는 윤회하고, 선, 악은 보답을 받는다? 하하, 하하!"

그는 냉소하다가 갑자기 몸을 돌려 멀리 엄숙한 청동 불상을 가리켰다.

"본 장군은 바로 이 청정한 불가의 땅에서 신나게 마셔야겠다! 천자가 우리 정씨 가문을 핍박하니, 본 장군이 한번 보고 싶군. 부처조차 우리 정씨 가문을 핍박하려 할지!"

주 부장이 다시 달래려 했지만 정역비가 노성을 질렀다.

"본 장군에게 술을 가져와라! 아니면 군법에 따라 처벌을 하겠다!"

이에 주 부장도 어쩔 수 없이 명령에 따를 수밖에 없었다.

이때, 비연은 당정과 함께 승방에 돌아와 있었다. 상관 부인과 호 부인도 비연을 찾아와 둘러싸고, 대체 어찌 된 일인지 묻기 시작했다.

누가 곳곳에서 압박을 받을까

상관 부인 등의 관심 앞에서 비연은 감히 그녀들과 눈도 맞추지 못했다. 그녀와 정왕의 진정한 관계며 천무제의 계산 등은 당연히 말할 수 없었다. 그녀는 대체 어떻게 대답해야 할지 몰라 아직도 머뭇거리고 있었다.

당정이 조급한 나머지 직접적으로 물었다.

"연아, 그렇게 이것저것 고려할 필요 없어. 그냥 우리에게 말해 주기만 하면 돼. 시집을 가고 싶은 거야, 아니면 가고 싶지 않은 거야? 이건 평생이 걸린 문제라고. 가고 싶지 않다면 언니가 반드시 방법을 생각해 낼게!"

상관 부인과 호 부인도 서로 눈빛을 교환했다. 상관 부인이 입을 열려고 했을 때, 호 부인이 바로 그녀를 노려보았다. 그러나 안타깝게도 상관 부인은 꿋꿋하게 입을 열었다.

"그래, 이건 평생이 걸린 문제지. 잘 생각해야만 한단다."

호 부인의 표정이 복잡했다. 그녀는 남몰래 상관 부인을 한 대 쳤지만 상관 부인은 무시해 버렸다.

이미 충분히 복잡한 상황이었다. 비연은 당정과 상관 부인까지 끌어들이고 싶지 않았다. 이 순간 그녀의 머릿속을 가득 채우고 있는 것은 정왕 전하의 상황이었다. 마치 뜨거운 솥 위에 올라간 개미처럼 다급한 심정이었다.

당정이 그녀를 재촉했다.

"말을 해 봐. 무슨 말 못 할 사정이라도 있는 건 아니겠지?"

비연은 재빨리 부인했다.

"아, 아니에요! 나, 나는…… 나는 정왕 전하를 아주 좋아해요! 나는……."

당정이 의심스럽다는 듯이 노려보자 비연은 마음이 켕겨 왔다. 그러나 당정이 갑자기 박수를 치더니 웃으며 말했다.

"내가 그럴 줄 알았지! 원래부터 그런 줄 알았다고!"

비연은 남몰래 안도의 한숨을 내쉬었다. 당정이 웃으며 상관 부인 등에게 계속 말했다.

"예전에 물어봤는데, 아니라고 하더라고요! 뭐라더라, 그냥 숭배하고 추앙하는 거라나? 여자가 남자를 숭배하고 추앙한다는 게 뭐예요? 마음을 주었다는 이야기지!"

상관 부인이 비연에게 눈웃음을 치며 말했다.

"얘야, 사실 나도 알아봤다. 정왕이 너에게 마음이 있는 것을……."

그녀는 말을 하다 말고 잠시 망설이더니 그 이상 이야기하지 않았다.

비연은 어찌할 바를 몰라 그저 인정할 수밖에 없었다. 그러나 당정이 계속 이야기를 늘어놓자 서둘러 말을 끊고는, 아직 공무가 있다는 핑계로 그녀들에게 먼저 쉬러 갈 것을 권했다. 자신은 느지막이 가서 어울리겠다고 하면서.

문을 나서는 순간, 비연은 바로 정왕 전하를 찾아 대체 무슨 일이 벌어진 건지 물을 수 없어 한스러울 지경이었다. 그녀는 천무제가 머무는 작은 정원으로 향했다. 이 중요한 시기에 정왕 전하를 만나는 건 어리석은 짓이었다. 다른 이의 눈에 뜨이면 문제가 커질 테니까.

비연이 떠나자마자 호 부인이 직접 문을 닫았다. 상관 부인은 끝내지 못한 이야기를 마저 하기 시작했다.

"보아하니 정왕은 한우아에게 전혀 뜻이 없어. 한가보에게만 욕심이 좀 있었던 모양이지! 하하, 한우아가 정말로 소 부인의 꽃놀이를 제대로 망쳐 놓았는데!"

호 부인이 참지 못하고 상관 부인을 노려보았다.

"꼭 너희랑 소 부인이 같은 길을 걷지 않는 것처럼 말하는군. 일깨워 주겠는데, 네 부군과 소 부인이 연맹을 맺으려던 건 천무제야. 정왕이 아니라고! 그 애가 정왕 편에 서 버리면 귀찮아지는 건 너희라고!"

상관 부인이 눈썹을 치켜세우더니 큰 소리로 웃었다.

"귀찮아지는 건 우리라고? 어머나, 꼭 너는 우리랑 같은 길을 걷지 않는 것처럼 말하네!"

호 부인이 냉랭하게 말했다.

"본래 같은 길이 아니니까. 네 부군은 지금도 상관보가 운한 각의 일을 돕지 않게 하고 있어. 네 부친과 오라버니도 별 흥미가 없고. 당연히 나도 흥미가 없지. 난 그저 너에게 일깨워 주고 싶을 뿐이야."

상관 부인이 반박하려 했을 때 당정이 말을 끊었다.

"됐어요, 그만해요. 모두 왜들 그러세요! 외숙과 소 부인이 정왕을 꺼린다 해서 운한각의 주인님이 반드시 꺼릴 거라는 보장도 없잖아요! 쓸데없는 걱정들은 그만두세요. 우리 연아는 제 마음에 드는 사람에게 시집갈 거고, 저는 어서 혼수라도 준비해 줘야겠어요!"

상관 부인이 그녀를 흘겨보다가 가볍게 웃었다.

"하하! 너 정말 그 애를 네 동생, 연아라고 생각하는구나?"

운한각이 찾는 사람의 아명 역시 연아였고, 당정은 어린 시절부터 언제나 그녀를 연아라 불렀다.

"그 애가 정말 연아라면 제일 좋겠지만, 아니라 해도……."

당정은 어깨를 으쓱했다.

"동생이 하나 더 생긴 셈 쳐도 괜찮죠, 뭐!"

상관 부인이 팔꿈치로 호 부인을 쿡 찔렀다.

"쓸데없는 걱정은 그만하고. 당정이 혼수를 준비한다니 우리도 예물을 준비해야겠는걸!"

비연이 천무제의 정원에 도착했을 때, 천무제는 보이지 않고 매 공공만 남아 있었다. 비연이 입을 열기도 전에 매 공공이 소리 내어 웃으며 축하의 말을 건넸다. 그러자 비연의 눈가에 날카로운 빛이 스치는가 싶더니 재빨리 그를 옆으로 잡아끌어 속삭였다.

"매 공공, 이렇게 놀라운 일은…… 분명 매 공공이 저를 많이 도와준 거겠지요? 어찌 된 일이에요?"

매 공공은 원래 공을 가로챌 생각이 있었는데 이 말을 듣자 더욱 의기양양해졌다.

"고 대약사, 다른 것은 이 늙은이가 말하기 어렵고…… 너무 많이 알아 봤자 좋을 일도 없을 겁니다. 다만 이것만은 말씀드리지요. 이 일은…… 성왕의 생각이십니다!"

성왕?

"대황숙?"

비연이 깜짝 놀랐다. 그러나 세세히 생각해 보면 천무제가 태도를 이렇게 빨리 바꿀 다른 이유가 없긴 했다! 혹시 정왕 전하가 대황숙의 행적을 쫓다가 발견되기라도 한 걸까?

그녀는 일부러 황공한 표정을 지으며 긴장한 목소리로 물었다.

"대황숙께서는 궁에 계시지 않잖아요. 이 일은……."

매 공공이 그녀의 말을 잘랐다.

"고 대약사, 성왕께서는 고 대약사를 중히 쓰실 겁니다. 장래에 앞날이 무궁하게 열릴 터인데, 그때 가서 이 늙은이를 잊으시면 안 됩니다! 사실 황상께서는 망설이셨지만, 제가 몇 마디 권하자 바로 결정하셨지요!"

비연이 재빨리 고맙다고 말했다. 그녀는 몇 가지 더 묻고 싶었지만 매 공공이 바로 화제를 돌려 혼인과 관련한 일을 이야기하기 시작했다. 비연은 억지로 화제를 원래대로 바꾼 다음에, 걱정하는 척 말했다.

"매 공공, 황상께서 그리하시면 정왕 전하가 저에 대해 분명 경계심을 품으실 텐데요. 제가 정비로 정왕부에 들어간다 해도 여러 가지로 제약이 있지 않을까요?"

매 공공이 큰 소리로 웃기 시작했다.

"고 대약사, 그리 총명하시면서 알아채지 못하시다니. 황상께서는 정왕 전하에게 예의를 지킬 생각이 없으신 것을. 황상께서 버티고 계시니, 고 대약사는 마음 놓고 정비가 되시면 됩니다! 힘을 내어 군씨 가문의 적장손을 낳는다면, 이 늙은이가 보증하건대, 정왕부는 고 대약사 수중에 들어가는 것이나 마찬가지일 겁니다!"

비연의 등줄기가 서늘해 왔다. 대체 무슨 일이 있었는지는 모르지만 자신의 추측이 틀리지 않았다는 것만은 확실했다. 정왕의 상황이 결코 좋지 않다! 정왕 전하와 그녀가 먼저 손을 쓰기도 전에 천무제와 대황숙이 먼저 손을 쓰고 있는 것이다!

매 공공은 더 이상 이야기하고 싶지 않은 듯했고, 그녀도 억지로 요구하지 않았다. 가능한 한 빨리 방법을 생각해, 정왕 전하를 만나 명확하게 물어야겠다고 생각할 뿐이었다.

대혼은 사흘 후였다. 부처님 오신 날도 사흘 후면 끝난다. 그러나 대자사의 작은 의식이며 소소한 활동에 그녀가 반드시 참가할 필요는 없었다. 상관 부인 등이 편히 있을 수 있도록 조처한 후 그녀는 비밀리에 화월신정에 한번 다녀와야 했다!

하지만 비연이 승방에 돌아왔을 때 상관 부인 등은 보이지 않았다. 하인이 말하기를, 천무제가 직접 상관 부인 등을 연못가로 초청했다고 했다. 오늘 밤 그곳에서 연회를 열어 대접할 예정이니, 그녀는 더 이상 그들을 신경 쓰지 말고 먼저 성으로 돌아가 혼사를 준비해도 좋다는 전갈이었다.

비연이 대자사를 일찍 떠날 수 있어 다행이라고 막 생각하고 있을 때, 매 공공이 한 늙은 여관을 데려왔다. 그녀는 바로 오랫동안 천무제의 시중을 들었던 진 여관이었다.

진 여관은 풍속이며 혼인과 관련한 습속도 잘 알고 글도 알아, 매파 역할을 하기에 가장 좋은 인재였다. 황족의 혼사라면 언제나 진 여관이 맡기 마련이었다.

천무제는 비연의 부모가 이미 세상을 떠났고, 가문에는 능력이 부족한 어른 둘만 있는 것을 감안해, 진 여관으로 하여금 비연과 함께 고씨 저택으로 가서, 결코 예를 잃는 일이 없도록 비연의 시중을 들라고 명령했다.

매 공공이 떠난 후 비연의 표정은 그야말로 복잡했다. 그러나 그녀가 입을 열기도 전에 진 여관이 말했다.

"고 대약사, 시간을 그르치면 안 됩니다. 내일까지는 돌아가야 합니다. 해가 뜨기 전에 고씨 저택에 도착해야 하지요. 신부는 대혼 전 사흘 동안 반드시 규방에 있어야 하고, 대문 밖으로는 나갈 수 없는 법입니다. 외부인과도 만날 수 없고요! 황족에게 시집가는 일은 보통 사람에게 시집가는 것과는 다른 법이지요. 지켜야 할 규칙이 많습니다. 앞으로 사흘 동안, 저를 힘들게 하지 말아 주세요. 이 늙은이가 온 힘을 다해, 고 대약사가 영광스럽고도 순조롭게 시집갈 수 있도록 도와 드릴 테니까요."

비연은 정왕 전하도 그런지는 알 수 없었으나, 자신은 이 사흘 동안 여러 가지로 제어받으리라는 사실을 확신하게 되었다.

그녀는 그저 정왕 전하가 방법을 생각해, 그녀를 찾아와 주기만을 바랄 수밖에 없었다.

　곧, 그녀는 진 여관과 함께 성으로 돌아가는 마차에 올랐다.

소자는 그녀를 아주 좋아합니다

그날 밤, 천무제는 매우 융숭한 연회를 열어 상관 부인 등을 대접했다.

천무제는 이 기회에 상관 부인과 교류하고 싶었을 뿐 아니라, 정왕은 이미 대세가 아니며 교류할 가치가 없다는 것을 일깨워 주고 싶었다. 그러므로 천무제는 이 연회에 군구신을 참석시키지 않았다.

사실 비연이 매 공공을 찾아왔을 때 군구신은 방 안에 있었다. 다만 비연이 발견하지 못했을 뿐이었다. 제단을 떠난 후 천무제는 아무 말도 하지 않고, 군구신에게 방 안에서 기다릴 것을 명했던 것이다.

연회는 밤이 깊어 끝났다. 천무제는 술과 음식을 배부르게 먹고 기분이 아주 좋았다. 그는 단약을 몇 알 먹은 후 방 안으로 들어갔다. 그리고 군구신을 보자 일부러 정신없는 척했다.

"신아, 이렇게 늦었는데 어찌 왔느냐?"

군구신의 태도는 변함이 없었다. 공손한 동시에 소원하게 말했다.

"부황께서 소자에게 여기서 기다리라 하셨기에, 계속 기다리고 있었습니다."

천무제는 일부러 막 생각났다는 듯한 모양새를 해 보였다.

"아이고, 부황의 기억력이! 쯧. 저녁은 먹었느냐?"

"먹었습니다."

그러자 천무제는 매 공공에게 바둑판을 가져오라 일렀다.

"앉거라. 부황이 오늘 기분이 좋으니, 너와 바둑이나 한 판 두고 싶구나. 오늘은 부황에게 양보할 필요 없다!"

"예."

대답한 군구신은 자리에 앉았다.

두 사람은 침묵 속에서 돌을 놓았다. 한참 후, 천무제가 갑자기 입을 열었다.

"듣자 하니 한 삼소저가 예정보다 일찍 떠났다는구나. 상관 부인 말이 맞았어. 그 아가씨는 교양이라고는 전혀 없는 모양이다. 간다고 인사 한번 하지 않는 걸 보면."

군구신은 아무 말도 하지 않았다.

천무제가 다시 말했다.

"신아, 부황이 비연 그 계집애를 너에게 주려 하는데, 어떠하냐? 마음에 드느냐?"

"부황께서 기쁘시다면 소자도 기쁩니다."

군구신의 대답에 천무제가 큰 소리로 웃으며 말했다.

"정비를 맞이하는 것은 평생의 일이거늘, 어찌 부황이 기쁘면 너도 기쁘다 하느냐? 부황에게 말해 보아라. 그 계집애를 좋아하느냐? 네가 좋아하지 않는다면…… 부황도 강요하지 않으마. 지금도 늦지 않았다."

부자 두 사람은 각자 다른 마음을 품고 사교적인 말을 하고 있는 동시에, 피차 서로의 마음을 이해하고 있었다. 천무제는 분명 고의로 군구신을 자극하고 있는 것이다.

군구신이 갑자기 눈을 들더니 웃으며 말했다.

"부황께 말씀드립니다. 소자는 비연을 아주 좋아합니다."

그의 웃음은 마음에서 우러나오는 것이었다. 조금은 환희에 가깝고, 조금은 쓸쓸하고, 또 조금은 잔인한. 물론 그는 어떻게 웃건 항상 보기 좋은 모습이었다.

천무제가 놀라며 속으로 생각했다. 대황형이 억지로 이 아이의 기억을 지운 후, 이 아이는 거의 웃지 않았다. 그런데 지금 이런 순간에 갑자기 웃다니? 순순히 복종하는 걸까, 아니면…… 일부러 도전하는 걸까?

천무제는 군구신의 마음을 도무지 이해할 수 없었지만 고민하고 싶지도 않았다. 어찌 되었건 그는 마음을 여리게 먹지 않을 것이다.

그는 계속 이 아들이 자신에게 조금 더 친근하게 굴기를 바라고 있었다. 그러나 그가 바라는 친근함은 절대적인 복종, 결코 다른 마음을 먹지 않는 복종이었다.

3년 동안 노력했으나 성과가 없어 그도 포기할 수밖에 없었다. 그에게 남은 날은 얼마 되지 않았고, 황형이 돌아오기 전까지는 결코 마음을 무르게 먹을 수 없다.

"좋다면 됐다! 대혼 후에 그 계집애를 데리고 북방에 한번 다녀오너라. 대황숙도 분명 기뻐하실 게다."

"기세명은……."

군구신의 말이 끝나기도 전에 천무제가 말을 잘랐다.

"그 일은 네가 걱정할 필요 없다. 천불동 그곳은, 짐이 사람을 보내 놓았으니까."

천무제의 시선이 다시 바둑판 위로 떨어졌다. 그의 눈가에 사납고 음험한 빛이 스쳐 갔다.

그는 이미 모든 것을 안배했다. 그는 천천히 정왕의 권력을 회수할 것이고, 정왕이 감히 반란을 일으킨다거나 하면 그도 결코 손에 정을 남기지 않을 것이다!

군구신도 고개를 숙였다. 마음에 짚이는 것이 있었다. 천무제가 천불동에 보냈다는 사람은 사실 그의 사람이었다. 그는 이미 궁중의 금군마저 장악하고 있었다. 그것도 절대적으로. 그는 언제라도 천무제를 통제할 수 있었으나 아직 좀 더 기다려야 했다.

밤하늘이 짙어 가고, 방 안은 고요했다. 바둑돌을 내려놓는 소리만이 들려올 뿐이었다. 이때, 창가에 쪼그리고 앉아 엿듣던 어린 태자와 염진이 망중에게 들켜 입을 틀어막혔다.

태자가 망중을 노려보았다. 흑백이 분명한 그 눈이 마치 방울처럼 커다랗게 보였다. 염진은 망중을 바라보며 살며시 웃었는데, 눈이 마치 두 개의 초승달처럼 기느다랗게 휘었다.

망중이 소리 죽여 말했다.

"태자 전하, 염진 스님, 소인이 전하께는 말씀드리지 않겠습니다. 하지만 지금 당장 돌아가셔야 합니다. 그러시겠습니까?"

태자와 염진이 고개를 끄덕이자 망중은 그들을 놓아주었다.

두 아이는 화가 난 듯했지만 감히 또 어떻게 하지는 못하고, 소리 없이 벽을 타고 올랐다. 망중은 그들이 다시 올까 봐, 원래 있던 자리에서 계속 지키기 시작했다.

태자는 염진을 자신의 방으로 데려간 다음, 근심 가득한 표정으로 중얼거렸다.

"우리 황형이 나쁜 일을 하려는 게 틀림없어! 분명해! 대황숙이 황형을 그대로 두지 않을 텐데, 어쩌지? 고 대약사가 알게 되면 황형을 미워할지도 몰라! 그들 둘은…… 좋은 결과가 있으려나? 아, 어째서 난 빨리 어른이 될 수 없는 걸까!"

그는 마치 조그만 영감이라도 된 것처럼 몇 번이고 탄식했다. 염진은 그런 그를 보며 미간을 찌푸렸다.

태자가 네 번째로 탄식했을 때, 염진이 작은 점괘 통을 꺼냈다. 그 안에는 젓가락 길이의 대나무 막대기가 열 개 정도 들어 있었다.

염진이 아주 진지하게 말했다.

"택아, 하나 뽑아 봐!"

태자가 눈을 빛냈다.

"좋아!"

태자가 두 손으로 점괘 통을 잡고 살짝 흔든 다음 대나무 하나를 뽑았다. 재빨리 살펴보니 대나무 위에는 그저 '일곱 번째 제비'라고만 적혀 있었다.

그가 다급하게 물었다.

"염진, 일곱 번째 제비가 무슨 뜻이야?"

염진이 점괘를 기록한 책을 한 권 꺼내 대조해 보더니 말했다.

"일곱 번째 제비는 제일 좋은 제비야. 안심해. 정왕 전하께는 아무 일 없을 거야."

태자는 무척이나 기뻐했다. 그리고 다시 두 번째, 세 번째, 네 번째 제비를 뽑았다. 그가 바라는 일은 아주 많았기 때문이다. 그가 뽑는 제비를 책과 대조해 보면 모두 제일 좋은 제비였다.

태자는 그 대나무가 염진이 골라 놓은 거라는 사실을 알지 못했다. 그리고 염진은 그를 말리는 것을 포기하고, 한옆에 누워 자고 있었다.

밤이 깊어 삼경이었다. 대자사 전체에 적막이 내려앉았다. 불당의 등불만이 흔들리며 부처의 얼굴을 비추고 있었다. 당정은 사원 전체에서 산책할 만한 곳은 모조리 다녀 본 후, 막 돌아가려던 참이었다. 제단 근처에 사람이 하나 보였다. 그녀가 돌아가 보니, 정역비가 불상 앞에 앉아 술을 술병째 들이켜고 있었다.

"아이고, 이 녀석…… 배짱이 대단하네!"

당정이 성큼성큼 걸어가 보니, 정역비는 술기운이 잔뜩 올라온 상태였다. 손에는 술병이 하나밖에 들려 있지 않았지만 그 모습을 보면, 분명 다른 곳에서 꽤 마신 것 같았다.

"어젯밤 취한 것으로 부족했나? 정말 죽고 싶은 건가?"

그렇게 중얼거리면서도 당정은 위로 올라가지는 않고, 옆의 화단에 앉아 팔짱을 끼고 지켜보기 시작했다.

곧 정역비도 당정을 발견했다. 그가 눈썹을 치켜세우며 그녀를 보더니, 무시하듯 가볍게 코웃음 치고 계속 마시기 시작했다. 당정은 다시 그에게 술을 한 병 건넬 수 없어 안타까울 지경이었다. 어쨌든 그녀도 시간을 마냥 버릴 수 없어, 코웃음을 치고 돌아가기로 마음먹었다.

그녀가 몸을 일으켰을 때 정역비가 소리쳤다.

"이봐, 약녀는? 돌아갔어?"

그는 방금 약녀의 승방에 갔었으나 그녀가 이미 떠났다는 이야기를 들었다.

당정이 무시하듯 돌아보며 물었다.

"이봐? 이봐가 대체 누구야?"

정왕이 반대하지 않으면 나도 반대하지 않아

당정이 팔짱을 끼고 불쾌한 표정을 지었다. 정역비가 술에 취한 채 다가와 그녀를 위아래로 훑더니, 큰 소리로 웃기 시작했다.

"본 장군이 생각해 냈다. 너는 선머슴이지!"

여자가 남장을 하는 것과 선머슴이라는 것은 완전히 다른 이야기였다. 당정은 어린 시절부터 지금까지 남자 옷을 입고 지냈지만, 그녀를 선머슴이라고 부른 사람은 정역비가 처음이었다. 그것도 한 번이 아니라 여러 번!

그녀는 화가 나서 두 눈을 가늘게 뜨고 차가운 목소리로 말했다.

"정역비, 한 번만 더 그렇게 부르면 본 소저는 예의를 차리지 않겠다!"

정역비는 취해 있었다. 그가 웃으며 한 글자 한 글자 힘주어 외쳤다.

"선, 머, 슴!"

그 순간 당정의 주먹이 날아갔다. 그것은 아주 정확히 정역비의 코에 명중했고, 곧 붉은 피가 두 줄기 흐르기 시작했다. 정역비가 손을 뻗어 코 아래를 문지르며 멍한 표정을 지었다.

당정은 정말로 예의를 차리지 않았다. 곧바로 다리를 들어 그를 사납게 걷어찼다. 그 발길질에 날아간 정역비가 바닥에서 천천히 고개를 들었다. 반쯤은 여전히 취해 있었고, 반쯤은 당혹한 듯한 얼굴이었다. 곧 그가 딸꾹질을 하더니 바닥에 엎어졌다.

"다시 함부로 불러 봐. 본 소저가 너를 만날 때마다 패 줄 테니까!"

당정은 그에게 주먹을 휘둘러 보인 후 몸을 돌려 걷기 시작했다. 그러나 얼마 가지 않아 정역비가 등 뒤에서 외치는 소리가 들렸다.

"선머슴, 돌아와! 선머슴, 본 장군 있는 데로 돌아오라고! 본 장군에게 아직 대답해 주지 않았잖아. 약녀는 어디 갔어? 선머슴, 거기 서라고! 약녀는 집에 돌아간 게 아니잖아. 본 장군은…… 본 장군은 그냥 약녀에게 한마디만 하고 싶을 뿐이야! 딱 한마디만! 어째서 본 장군을 기다려 주지 않은 거지?"

당정은 발걸음을 멈췄다가 다시 빠른 속도로 걷기 시작했다. 어쨌든 이 녀석은 앞으로 감히 연아에게 치근덕거리지 못할 테니, 그녀도 이 일에서 손을 뗄 수 있을 거다. 가장 좋은 것은, 누구라도 저 녀석의 지금 모습을 발견하고 천무제와 정왕 전하가 있는 곳에 고하는 것이겠지. 그들이 저 녀석을 제대로 손봐 주도록 말이다!

정역비는 여전히 소리치고 있었다. 당정이 몇 걸음 더 걷다가 갑자기 발을 멈추고는 중얼거렸다.

"저렇게 자꾸 불러 대다가…… 연아에게 안 좋은 일이 있으면 어떻게 하지? 아주 골치 아픈 놈이잖아, 저거!"

그녀는 재빨리 돌아가 정역비 앞에 쪼그리고 앉은 뒤 날카롭게 외쳤다.

"정역비, 어서 그 입 다물지 못해? 정말 연아를 좋아한다면 연아를 귀찮게 하지 말아야지! 지금 한밤중이야. 이렇게 떠들어 대면 다른 사람들이 듣잖아. 그럼 연아가 무슨 꼴이 되겠어! 연아는 너를 구해 줬다던데, 양심이라는 걸 좀 가져 보지? 연아를 위해 생각이란 걸 좀 해 보란 말이야!"

정역비의 현재 모습으로는 당정의 말을 이해할 수 있을지도 미지수긴 했다. 그는 당정을 한참 보다가 중얼거렸다.

"나는…… 나는 한마디만 묻고 싶다고. 딱 한마디만."

당정이 무시하듯 말했다.

"연아에게 너를 좋아하는지 아닌지 묻고 싶은 거지? 내가 대신 말해 줄게. 연아는 너 안 좋아해! 안 좋아한다고! 그러니까 너도 마음을 죽여!"

정역비가 눈을 들어 당정을 바라보았다. 취기 가득한 눈에 갑자기 슬픈 빛이 떠올랐다. 아주 짙은, 아주아주 짙은, 영원히 변하지 않을 듯한 슬픈 빛이었다. 그가 말했다.

"나도 예전부터 알고 있었어."

당정이 살짝 멈칫했다. 왜인지 모르게 마음이 살짝 이려 왔다. 견디기 힘든 것도 아니고, 막힌 듯한 감정도 아니고, 그저 조금 불편한 느낌이 들었다. 그녀는 재빨리 정역비의 시선을 피하며 중얼거렸다.

"예전부터 알았으면 억지로 그러지 말았어야지! 재미있었

어? 대장군이나 되어 가지고 여자 때문에 취하지 않나…… 창
피하지도 않아? 네 수하의 병사들이 비웃지나 않을까 걱정되지
는 않고? 이 누님이 말해 주겠는데…….”

당정이 중얼거리는 가운데 정역비도 중얼거리고 있었다.

“나는 그냥, 그냥 묻고 싶었어. 약녀, 약녀도 정왕 전하에게
시집가고 싶은 건지……. 시집가고 싶은 게 아니라면 본 장군
이 목숨을 버려서라도 분명히…… 반드시 그녀를 데리고 가 주
려고. 본 장군이…… 목숨을 두 번이나 빚졌으니까, 이 생에 한
번 갚고, 또 다음 생에…… 다음 생에 다시 한번 갚아야 해.”

당정은 저도 모르게 말을 멈추고 말았다. 정역비를 바라보는
그녀의 눈빛이 점차 복잡해졌다. 그녀는 계속 이 녀석은 은혜
를 원수로 갚는 배은망덕한 놈이라 생각했었다. 그런데…….

당정은 머리를 흔들며 속지 말자고 중얼거렸다. 남자가 취해
서 하는 말은 분명 진심이라고 누가 말했던가. 그보다는, 술에
취하면 듣기 좋은 말만 하는 남자들이 훨씬 많지. 그렇고말고.

당정이 생각에 빠져 있는데, 정역비가 갑자기 그녀의 손을
꽉 잡았다.

“이거 놔!”

놀라기도 하고 화도 나서 당정이 그를 떨쳐 내려 했다. 그러
나 정역비가 다시 그녀를 바라보며 말했다.

“선머슴, 너, 나 대신 약녀에게 한마디만 전해 줘…… 나 대
신 한마디만. 약녀가 나를 좋아하지 않는 건 상관없어. 하지만
약녀가 자기가 좋아하지 않는 사람에게 시집가는 건 안 돼. 그

러니까 말해 줘. 3년 전 내 부친께서 전쟁터에서 돌아가셨을 때, 조정의 문무백관이 모두 기세명에게 한마디도 하지 않았는데…… 정왕 전하만이, 정왕 전하만이 사람들 앞에서 기세명에게 승기를 놓친 것을 질책하셨어. 정왕 전하만이 대신들 앞에서 내 부친의 공적을 이야기하셨다고……. 황상이 결국은 기씨 가문에게 중벌을 내리지는 않으셨지만, 그래도 정왕 전하의 말씀, 나는 모두 기억하고 있어. 평생 기억할 거야."

여기까지 이야기한 정역비의 눈가가 젖어 들었다. 취하지 않았다면 아마 이런 이야기를 하지 않았을 것이다. 그는 바보가 아니었고, 천무제와 정왕 전하 사이의 미묘한 관계를 눈치채고 있었다. 그는 계속 정왕 전하에게 숭배와 존경을 표해 왔을 뿐, 은혜에 감사한 적은 없었다.

이 순간 그는 분명 취해 있었고, 제정신이 아니었다. 그는 지금 고집스러울 정도로 솔직했다. 그리고 당정의 손을 부러뜨릴 기세로 꽉 잡고 있었다.

"그러니까 약녀에게 말해 줘. 나 정역비는 이번 생에 절대로 정왕 전하에게 부끄러운 일을 할 수 없다고. 정왕 전하가 반대하지 않으면 정역비도 반대하지 않아. 하지만…… 하지만 나는 약녀를 데리고 가 줄 수 있어. 정왕 전하가 핍박당하셨으니, 그저 약녀가 시집가고 싶지 않다고만 하면 내가 목숨을 걸고라도 도와주겠다고!"

당정은 어쩐지 멍한 기분이 되어 손목의 통증조차 느끼지 못할 정도였다. 그녀는 이 무엇에도 구속받지 않는 듯한 건달 같

은 사내가 실제로는 이렇게 정과 의리를 중시하는 사람이라고
는 생각지 못했던 것이다.

　그녀의 가슴이 마침내 꽉 막혀 버린 것 같았다. 감동한 가운
데 뭐라 말하기 어려운 괴로운 느낌이었다. 붉게 젖은 그의 눈
을 바라보며, 갑자기 그가 웃던 모습이 사실 전혀 싫지 않았다
고, 지금 울고 있는 모습보다 훨씬 보기 좋았다는 생각을 했다.

　정역비는 이 말을 하느라 모든 힘을 다 써 버린 모양이었다.
말은 마친 그는 천천히 당정의 손을 놓더니, 취해서 쓰러졌다.

　당정이 머뭇거리다가 정역비의 핏자국을 닦아 주고 그를 업
었다. 정역비의 무게 때문에 하마터면 넘어질 뻔했다. 그녀는
한 주먹으로 그를 쓰러뜨릴 능력은 있었지만, 그를 업을 힘은
없었던 것이다.

　그녀는 그를 부축해 제단 밖으로 끌고 나오다가, 갑자기 술
병이 생각나 그것을 주우러 갔다. 대자사에서 술을 마시는 것
은 대죄에 속하니, 흔적을 없애 줄 생각이었다.

　당정은 정역비를 승방에 데려다 놓을 생각이었다. 그러나 문
안으로 들어서니 주 부장이 기둥에 꽁꽁 묶여 있는 게 보였다.
심지어 입도 수건으로 막혀 있었다. 정역비가 그를 묶어 놓고
술을 마시기 시작한 게 분명했다.

　주 부장은 당정을 보고 매우 놀랐다. 당정은 정역비를 침상
에 눕힌 후 그를 풀어 주었다. 주 부장이 다급하게 물었다.

　"당 소저, 우리 장군에게 대체 무슨 짓을 하신 겁니까?"

　"나는……."

당정은 화가 나서 말문이 막혔다. 아니, 아가씨인 그녀가 그와 같은 대장군에게 대체 무슨 짓을 할 수 있단 말인가? 저들은 정말로 그녀를 선머슴이라 생각하는 걸까?

그녀가 퉁명스럽게 말했다.

"본 소저가 예에 어긋나는 일을 한 것 같은데, 그래서 뭐 내고 싶은 의견이라도?"

주 부장은 이해할 수 없다는 표정을 지었다. 당정은 다시 침상 가까이 다가가 앉으며 말했다.

"본 소저는 가지 않겠다. 장군이 깨기를 기다렸다가 책임을 져야지."

주 부장은 더더욱 경악했다. 그는 방금 너무 조급한 나머지 그렇게 물었을 뿐인데. 당정과 정 장군이 술을 겨루는 걸 보았기 때문에 그는 당정을 선머슴이라고 생각하고 있었다. 그러나 정 장군에게 예에 어긋나는 일을 할 정도로 당정이 능력 있다고는 결코 생각지 않았다.

이 순간 그는 이렇게 생각할 수밖에 없었다. 혹시 우리 장군이 술에 취해 이성을 잃고 당 소저에게 무슨 짓이라도 한 건 아닐까?

주 부장이 어찌 생각하는지 당정이 알 리 없었다. 그녀는 주 부장을 내쫓고 편한 자리를 찾아 앉았다. 그녀는 기다리고 있었다. 정역비가 깨어나면, 비연과 정왕 전하가 사실은 서로에게 마음이 있으니 아무 걱정 하지 않아도 좋다고 말해 줄 생각이었다…….

너를 돕는 게 아니니 오해하지 마

　방 안에 한참 앉아 있던 당정이 저도 모르게 침상 쪽을 바라보았다.

　정역비는 조용히 누워 있었다. 훅 끼쳐 오는 술 냄새가 아니라면 그가 취했다는 걸 알아채지 못할 정도였다. 그녀는 정역비 이 녀석의 술버릇이 괜찮은 편이라 생각했다. 보통 때라면 그는 분명 그녀처럼, 술에 취하면 바로 잠들고, 말을 많이 하지 않을 듯했다.

　잠시 망설이던 당정이 조심스럽게 그에게 가까이 다가갔다. 그리고 진지하게 정역비의 얼굴을 들어 올려 보았다. 그가 조용할 때는 평소의 건들거리는 기운은 전혀 보이지 않고, 강직한 군인다운 느낌이 좀 더 충만해진다는 걸 발견했다. 몹시도 강인해 보이는 인상이었다.

　당정은 그가 건들거리는 모습을 보았고, 취한 모습도 보았다. 그러나 그가 진정으로 강인할 때의 모습은 본 적이 없었다. 그녀는 이 잘생긴 녀석이 창을 비껴들고 말에 올라타, 얼굴 가득 모래 먼지를 맞으며 전쟁터를 누빌 때의 모습을 상상도 할 수 없었다.

　그녀의 시선이 저도 모르는 사이에 그의 코를 따라 계속 아래로 내려가다가, 살짝 까칠하게 수염이 남아 있는 턱까지 내려갔다. 당정은 문득 제가 그를 몰래 훔쳐보고 있음을 깨닫고는 재빨리 곁에 있는 긴 의자로 돌아갔다. 정역비가 아주 잘생기긴 했지만, 잘생긴 남자라면 충분히 많이 보아 온 그녀다. 그의 얼굴에 흔들리지 않을 것이다!

당정이 무릎을 안은 채 잠시 무언가를 고민하는 듯하다가 다시 멍한 표정을 지었다. 그리고 얼마 지나지 않아 바다의 포승줄 쪽으로 무심결에 시선이 갔다. 주 부장을 묶었던 포승줄이었다.

미혼의 남자와 여자가 한 방에 있는 건 안전하지 않았다. 하물며 저 녀석은 술도 마신 상태잖아? 그의 술버릇이 괜찮아 보이기는 하지만, 그저 그렇게 보이는 것일 뿐이고!

한참 생각하다가 과감하게 포승줄을 주워 들었다. 그리고 정역비를 침상에 꽁꽁 묶은 후에야 겨우 안심했다.

그녀는 하품을 몇 번 한 다음 긴 의자에 웅크리고 잠을 청했다.

다음 날, 당정이 아직 꿈에 빠져 있을 때 정역비가 깨어났다.

눈앞이 흐릿하고 두통이 있었다. 이마를 문지르기 위해 손을 들려는 순간, 뭔가 이상한 느낌이 들었다. 맹렬하게 눈을 떴다가 철저하게 정신이 들고 말았다. 자신이 침상에 묶여 있었던 것이다. 그는 곁의 긴 의자에 잠들어 있는 딩징을 발견하지 못하고, 고개를 든 채 소리쳤다.

"주 부장!"

갑자기 들려온 고함 소리에 당정은 사람 전체가 튕기듯 일어나다, 하마터면 긴 의자 아래로 굴러떨어질 뻔했다. 정역비도 그제야 그녀를 발견하고는 얼이 빠졌다. 어젯밤 일이 전혀 기억나지 않았다. 주 부장이 자신을 묶어 두었다고만 생각했는데 당정을 발견하니 얼이 빠지지 않는다면 그게 이상한 일이었다. 그러나 그는 곧 정신을 차리고 더 큰 목소리로 외쳤다.

"선머슴, 본 장군을 풀어 줘!"

당정은 제 가슴을 두드리며 놀란 마음을 진정시키느라 그를 상대할 여유가 없었다. 그녀는 일단 물을 한 잔 따른 후 그에게 다가갔다. 그리고 그를 내려다보며 물었다.

"지금 누구에게 선머슴이라 하는 거지?"

정역비가 반문했다.

"여기 다른 사람이 있나?"

당정이 바로 손에 들고 있던 물을 그의 얼굴에 쏟아 버렸다. 정역비가 머리를 흔들며 노한 눈으로 그녀를 바라보았다. 당정은 그 시선을 보고도 코웃음을 쳤다.

그러나 이게 어찌 된 일일까. 정역비가 두 주먹을 쥐고 사납게 흔들자 그의 몸을 단단하게 묶고 있던 포승줄이 함께 흔들렸다. 당정이 눈을 휘둥그렇게 떴다. 그녀는 정역비의 무예가 이렇게 뛰어날 줄은 몰랐던 것이다.

그녀가 무의식적으로 도망치려 했다. 다급해진 정역비가 일어나 앉자마자 그녀의 손을 잡아 제 쪽으로 사납게 끌어당겼다. 당정이 그의 품 안으로 쓰러지며 그대로 정역비와 함께 침상에 쓰러지고 말았다.

두 손을 정역비의 탄탄한 가슴 위에 얹고 가까운 거리에서 그를 바라본 당정은 그만 멍해지고 말았다. 정역비 역시 여자가 제품 안으로 뛰어든 것은 평생 처음인지라 멍한 표정을 지었다.

얼마 지나지 않아 두 사람이 거의 동시에 정신을 차렸다. 정역비가 한 발 빨리 당정의 허리를 감싸 안더니, 몸을 뒤집어 그녀를 제 아래로 보냈다!

당정이 멈칫했지만 곧 손을 뻗어 정역비의 목을 졸랐다. 정역비도 미리 대비하고 있다가 그녀의 손을 잡아 침상 위로 눌렀다.

"개새끼, 놓지 못해?"

"대체 어찌 된 거냐고? 네가 왜 여기 있는 거야? 본 장군에게 무슨 짓을 한 거냐고!"

두 사람은 동시에 소리쳤다. 한 사람은 사자같이, 다른 한 사람은 호랑이 같은 기세로 분노하고 있었다.

당정은 이런 질문을 다시 들을 거라고는 상상도 못 하던 차였다! 설마 정역비 스스로도 그녀와 같은 여자에게 무슨 일이라도 당할 수 있다고 생각하는 걸까? 아니다, 정역비는 주 부장보다 더 그녀를 아가씨로 보지 않고 있었다!

"본 소저가 너에게 무슨 짓을 했다고?"

당정이 눈을 가늘게 뜨고 한 단어, 한 단어, 명확하게 말했다.

"정역비, 잘 들어. 본 소저는 어젯밤 너랑 같이."

정역비가 알고 싶었던 건 그녀가 무엇 때문에 자신을 침상에 묶어 두었느냐 하는 거였다. 그런데 이런 말을 듣자 그만 얼이 빠지고 말았다. 당정은 그 기회를 틈타 그를 밀어내고 옆으로 피했다.

넋이 나간 그의 표정을 보고 그녀가 무시하는 표정으로, 잘도 속아 넘어간다고 비웃으려 했다. 그때 정역비가 자못 흥미가 간다는 듯 웃기 시작했다.

"선머슴, 먼저 본 장군과 잔 다음에 본 장군을 묶은 거야, 아니면 본 장군을 묶은 다음 본 장군과 잔 거야?"

당정은 그 의미를 이해할 수 없어, 일부러 무시하는 듯한 표정으로 반문했다.

"먼저 묶으면 어떻게 잘 수 있지?"

정역비의 웃음소리가 더욱 커졌다.

그런 일이 정말로 발생했다면 어떻게 이렇게 아무 느낌도 없을 수 있을까? 게다가 묶어 놓고 어떻게 자는지도 이해하지 못하는 걸 보면 이 여자는 분명 세상 물정 모르는 규방 규수임이 분명하거늘, 무슨 풍류를 아는 척하는 건지! 그러나 이렇게 풍류를 아는 척하는 여자를 보는 건 또 처음이었다.

정역비가 한 걸음 한 걸음 당정에게 다가가더니, 입 끝을 슬며시 올리며 사악하게 미소 지었다.

"어떻게 자느냐고? 본 장군을 다시 한번 묶어 보는 게 어때? 본 장군이 제대로 가르쳐 줄 수 있는데?"

이 말에 당정은 바로 자신의 거짓말이 들통났다는 것을 알았다. 그러나 그녀는 여전히 담담한 표정으로 말했다.

"필요 없어! 그저 너랑 농담을 한 것뿐이니까. 설마 본 소저가 너를 마음에 들어 한다고 생각하는 건 아니겠지! 가서 거울이나 한번 보는 게 어때?"

정역비가 말없이, 점점 더 사악하게 웃으며 가까이 다가왔다. 당정은 무심결에 뒤로 물러났다. 한 걸음, 두 걸음…… 어느새 등이 벽에 부딪쳤다. 더 이상 물러날 곳이 없었지만 그녀는 여전히 평온한 얼굴이었다.

"정역비, 본 소저는……."

그녀의 말이 끝나기도 전에 정역비가 갑자기 한 손으로 벽을 짚고 몸을 굽혔다. 마침내 당정도 당황하고 말았다.

"정역비, 본 소저가 경고하겠는데……."

정역비의 손이 갑자기 벽을 타고 미끄러져 내려오더니 그녀의 어깨를 잡았다. 그에게서는 더 이상 장난기가 보이지 않았다. 그는 날카로운 눈빛으로, 심지어 잔혹해 보이는 표정으로 물었다.

"말해! 어젯밤 대체 어떻게 된 거지?"

당정이 깜짝 놀라 서둘러 어젯밤 벌어진 일을 간단하게 이야기했다. 정역비가 갑자기 손을 떼더니 몸을 돌렸다. 감추려고 노력 중인 것 같았지만 그의 뒷모습은 여전히 쓸쓸해 보였다.

정역비가 담담하게 말했다.

"당 소저, 입을 잘 관리하길 바랍니다."

당정은 저도 모르게 가볍게 탄식했다.

"내가 일부러 남아 있었던 건, 당신이 바보 같은 짓이라도 저지를까 봐 걱정되어서였어! 말해 두겠는데, 정왕 전하는 연아를 좋아해. 그리고 연아도 정왕 전하를 좋아하지. 그들 두 사람은 서로 좋아하는 사이니까 당신이 걱정할 필요 없어! 그리고 어젯밤 일은…… 결코 다른 사람에게 이야기하지 않을 거야.

연아에게도 말하지 않을 거야."

그러자 정역비가 사납게 몸을 돌리더니 진지하게 물었다.

"정왕 전하와 연아에 대한 소문을 믿는 거야?"

당정도 진지해졌다.

"연아가 나에게 직접 정왕 전하를 좋아한다고 말했어. 정왕 전하가 연아를 좋아하는지는…… 용기가 있으면 정왕 전하께 가서 직접 물어봐! 어쨌든, 내가 할 수 있는 말은 여기까지야!"

말을 마친 당정은 자리를 뜨려다가 문 앞에서 다시 고개를 돌렸다.

"정역비, 본 소저는 연아를 위해 이런 거야. 당신을 도우려는 게 아니라! 오해하지 마!"

정역비는 그 자리 못 박힌 듯 서 있느라 그녀가 무슨 말을 하는지 제대로 듣지 못했다. 그의 귀에는 그저 '용기가 있으면 정왕 전하께 가서 직접 물어봐!'라는 말만이 메아리치고 있었다.

이때, 군구신은 성으로 돌아가는 마차 안에 있었다. 천무제는 특별히 자신의 심복들로 하여금 군구신을 수행하고, 대혼준비를 돕도록 명령했다……

챙겨야 할 것은 모자라지 않게

군구신은 다음 날 오전에 정왕부에 도착했다. 불천성회의 다섯째 날이었다. 이제 대혼까지 이틀이 남아 있었다.

그는 후원에서 약욕을 한 후 수면을 취했다. 이 이상 쉬지 않으면 그녀를 아내로 맞이할 힘이 없을 것 같았다.

천무제의 심복은 하소만과 인사한 후 군구신의 침실 밖을 지켰다. 하소만은 땀을 닦으며 긴장한 표정으로 목록을 보고 있었다. 정왕 전하가 잠들기 전 그에게 이야기했기 때문이었다.

"챙겨야 할 것은 단 하나라도 모자라서는 안 된다."

미리 준비해 두었지만 혹시 무슨 작은 일 하나라도 빼먹어 전하를 불쾌하게 만들까 봐 두려웠다. 인정하고 싶지도 받아들이고 싶지도 않았지만, 그는 이제 완벽하게 이해하고 있었다. 그의 주인은 평생 비연의 손바닥 위로 올라가기로 한 것이다. 그것도 철저하게.

"삼서는…… 빙서, 예서, 영서. 응, 모두 있고!"

하소만이 목록을 보며 중얼거렸다.

"육례는…… 납채, 문명, 납길, 납정, 청기……. 황상께서 내리신 사혼이니 이것들은 다 필요 없지. 영취? 응, 의식 준비가 끝났고, 예복도 준비되었고. 또 뭐가 있지?"

하소만이 한참 고민하다가 갑자기 제 허벅지를 쳤다.

"맞아! 침상을 배치해야지! 그걸 잊을 뻔했네!"

하소만이 준비하러 가려 했을 때 시위 한 명이 오더니 나지막한 목소리로 말했다.

"만 공공, 한우아 소저가 밖에서 기다리고 있습니다."

하소만은 애당초 정왕 전하가 무엇 때문에 자신으로 하여금 한우아의 시중을 들게 했는지 이해하지 못했다. 그러나 지금은 대강 그 뜻을 짐작하고 있었다. 그러니 이 순간 굳이 한우아를 만날 이유가 없었다. 게다가 그는 한우아의 가식을 겪을 만큼 겪은 후였다.

"나를 못 찾았다고 해라!"

하소만이 잠시 생각하다가 한마디 더 덧붙였다.

"정왕 전하를 뵙고 싶다 하면, 정왕 전하께서는 황상 곁에 계시니 황상을 찾아가라고 하도록."

문 앞에서 기다리고 있던 한우아는 이 말을 듣자 마음이 서늘해 왔다. 천무제는 그녀를 만나기를 바랐고 또 의모와의 협력을 바랐으나, 그녀는 천무제를 만나러 가지 않았던 것이다!

그녀는 이미 의모에게 소식을 보냈다. 결코 이대로 진황성을 떠날 수는 없었다. 그녀는 비연을 지켜보고 싶었다. 의모의 지시를 기다리며, 비연이 웃음거리가 되는 모습을 지켜볼 작정이었다.

천무제가 사혼을 내렸다는 소식이 퍼져 나가자 진양성 전체가 시끌벅적해졌다. 비연은 사람들이 조소하는 대상이 되었다. 지금 진양성에서는, 세 살 먹은 아이도 그녀를 안다 해도 과언이 아니었다.

누군가는 비연이 운이 좋아 참새 주제에 봉황 흉내를 내게 되었다고 말했고, 누군가는 비연이 재수 없는 존재라 정왕 전하가 비슷한 상대와 반듯하게 혼사를 치를 기회를 망쳐 버렸다고 했다. 또한 비연이 정왕의 정비가 된다 해도 총애를 받지 못할 거라 예언하기도 했다. 심지어 정왕부가 혼례를 제대로 준비하지 않고, 정왕 전하가 직접 비연을 맞이하러 가지 않을 거라는 데 돈을 거는 자도 있었다.

한우아도 이런 관점에 전적으로 동의했다. 그녀가 보기에, 천무제가 사혼을 내렸다 해도 결국은 정왕부와 고씨 가문의 일일 뿐이었다. 그녀가 아는 정왕 전하라면, 설령 천무제를 거역할 수 없어 혼례를 치른다 해도 비연과의 혼례에 마음을 다하지는 않을 것이다.

이 혼례는 분명 대충 해치우는 그런 모양새가 되겠지! 또한 고씨 가문의 재력을 생각하면, 비연에게 혼수를 해 주면 얼마나 해 주겠는가? 이 혼례에서 비연은 망신을 당하고 웃음거리로 전락할 운명이었다! 한우아는 그렇게 스스로를 위로하며, 정왕부를 떠나 객잔에 머물기 시작했다.

이때 하소만은 물건들을 산더미처럼 준비해 놓고 정왕 전하의 침상 옆에서 기다리고 있었다. 평소라면 그도 시끄럽게 굴생각을 하지 못했겠지만 침상을 배치하는 일이니만큼 조금 대담해질 수 있었다.

그가 당장 정왕 전하를 깨우지 않는 것은 길한 시간이 되기를 기다리고 있었기 때문이다. 침상을 배치하는 일은 길시인지 아닌지가 중요했다.

계속 기다리던 하소만이 길시가 되자마자 과감하게 제 주인을 깨웠다. 깊이 잠들어 있던 군구신이 불쾌한 표정으로 깨어났다. 그러자 하소만이 재빨리 말했다.

"전하, 침상을 배치하러 왔습니다."

군구신은 멈칫하더니, 곧 몸을 일으키며 물었다.

"얼마나 기다린 거지? 어째서 본 왕을 좀 더 일찍 깨우지 않았느냐?"

하소만이 웃으며 말했다.

"전하, 침상을 배치하려면 길시를 기다려야 합니다. 길시에 침상을 배치해야만 앞으로 전하께서 왕비마마와 함께 주무실 때 같은 꿈을 꿀 수 있고, 부부간 마음도 하나가 되니까요!"

군구신이 고개를 끄덕였다. 사실 그는 그런 예의며 풍속을 잘 알지도 못하고, 믿지도 않았다. 그러나 이 순간 그는 별다른 의문 없이, 매우 즐거운 표정으로 받아들이고는 긴 탁자에 기대선 채 지켜보기 시작했다.

하소만이 시종 몇 명을 불러 일을 돕게 한 후 주문처럼 외우기 시작했다.

"침상은 창을 향하게 하고, 장롱은 안채를 향하게 하되, 문은 장롱 건너편이어서는 안 되고, 거울이 침상을 비추어서는 안 되며……."

군구신은 그 모습을 조용히 바라보았다. 피곤했지만, 어느새 입가에 잔잔한 미소가 떠오르기 시작했다. 스스로 깨닫지 못하는 사이에 너무나 즐거워진 모양이었다.

하소만이 침상을 배치한 후 새로운 침상 용품들을 옆에 놓아 두었다. 그것들은 열여덟 가지나 되었는데, 모두 길한 붉은색이었다.

한참 후, 마침내 일을 마친 하소만이 말했다.

"전하, 혼례 하루 전에 다시 침상을 정리하러 오겠습니다. 쉬시지요."

그들이 나간 후 군구신은 다시 침상에 누웠다. 그는 원래 침상 중앙에 누웠으나 갑자기 오른쪽으로 살짝 물러났다. 그리고 무슨 생각을 했는지 눈을 감았다. 그런 그의 입가에서는 시종 미소가 떠나지 않았다.

그날 오후, 하소만이 하인 여럿에 특별히 천무제의 심복 둘을 뽑아 빙서와 예서, 그리고 예물을 고씨 저택에 떠들썩하게 전달하도록 했다. 빙서는 약혼과 관련된 서류였고, 예서는 예물 목록이었다.

사실 황제가 사혼을 내렸으니 이런 예의 절차는 생략하고 예물만 보내도 괜찮은 상황이었다. 그런데 하소만이 이렇게 성대하게 준비하니, 사람들이 다시 흥미를 갖고 떠들기 시작했다.

안타깝게도, 세상 사람들은 여전히 정왕 전하가 천무제를 거역할 수 없어 부득이하게 하는 일이라 생각하고 있었다.

비연은 별생각 없이, 이 기회에 정왕 전하가 어떤 상황인지 물어보려 했다. 그러나 예물을 가져온 이 중 한 명이 천무제의 심복임을 눈치채고는 말을 아꼈다.

오후가 되었다. 비연은 전 어멈을 밖으로 내보내 소식을 알아보도록 했다. 전 어멈은 화가 나서 씩씩거리면서도, 동시에 어쩔 수 없다는 표정으로 돌아왔다. 그녀는 몰래 정왕부 주변을 한 바퀴 돌았으나, 매 공공이 사람들을 끌고 들어가는 걸 보고 재빨리 저택으로 돌아왔다고 했다.

전 어멈이 솔직하게 말했다.

"대소저, 정왕 전하를 보는 것은 말할 것도 없고, 정왕부 근처에도 감히 못 가겠더라고요. 정왕부 앞뒤로 시위들이 가득한데, 모습만 보면 꼭 궁전을 지키는 시위들 같았어요. 하마터면 매 공공과도 부딪칠 뻔했습니다!"

비연은 매우 불안했다.

얼마 지나지 않아 화월산장으로 보냈던 진묵도 돌아와 말했다.

"산장주도 이 일은 잘 모른다던데. 주인님이 잠시 동안은 가만히 있었으면 좋겠대. 모레 정왕 전하가 주인님을 맞으러 오면 직접 물어보면 되지 않느냐면서."

산장주가 '잠시 동안은 가만히 있으라'고 했다는 이야기를 듣고 비연은 적이 안심했다. 정왕 전하의 상황이 그렇게까지 최악은 아닌 듯했기 때문이다.

비연은 원래 밤이 되면 진묵을 시켜 정왕부를 한 번 더 정탐해 볼 생각이었지만, 결국 그만두고 말았다. 천무제는 의심이 많으니, 정왕 전하는 물론이고 그녀도 남몰래 주시하고 있을 것이다.

비연은 방 안에서 예물 상자를 하나하나 살펴보며 저도 모르게 탄성을 내질렀다. 전 어멈은 밖에서 들은 소문에 대해서는 말하지 않고, 그저 웃으며 말했다.

"대소저, 이 예물을 보면 정왕 전하께서 분명 마음을 써서 보내신 게 틀림없어요. 정왕 전하께서 연금당한 상태는 아니신 듯하니 너무 걱정 마셔요."

그녀도 그에게 부족하지 않게

비연이 반응을 보이지 않자 전 어멈이 나지막하게 달래기 시작했다.

"대소저, 정비는 측비와 다릅니다. 정비는 조강지처고, 아무렇게나 얻는 것이 아닙니다. 정왕 전하 마음속에 원래 대소저가 자리 잡고 있었던 게 분명해요. 설사 이번에 핍박받아 어쩔 수 없었다 치더라도, 결코 대소저를 푸대접하지 않으실 거예요! 보세요, 이 삼서육례를……. 할 수 있는 건 전부 다 하고 계시잖아요."

이 말에 비연의 마음속에 무어라 표현하기 어려운 감정이 일어났다. 심사가 어찌나 복잡한지, 그녀로서는 이것이 어떤 감정인지 생각하고 싶지도 않았다.

전 어멈이 다시 말했다.

"대소저, 걱정하지 마시고, 또 이상한 생각일랑 하지 마세요. 내일이 지나고 모레 아침이 되면 정왕 전하께서 대소저를 안아 가마에 올려 주실 테니, 그때 전하와 귀엣말을 하실 수 있어요."

비연은 원래 전혀 긴장하지 않은 상태였다. 심지어 혼례를 치른다는 느낌조차 없었다. 그러나 전 어멈의 말을 들으니 이유 없이 긴장하기 시작했다. 심지어 궁금하기도 했다. 이 혼례가 연극이 아니라 진짜 혼례라면…… 신랑이 신부를 안아 올릴 때가 되면 두 사람은 귀엣말을 주고받을 수 있을까?

"대소저, 그때가 되면 정왕 전하는 대소저를 업고 가마에 오르실 수도 있고, 대소저를 안고 가마에 오르실 수도 있어요. 정왕 전하께서 어떻게 하고 싶어 하시는지 보고……."

비연의 심장이 저도 모르는 사이에 거세게 뛰기 시작했다.

"됐어, 이제 그만! 가서 일이나 해!"

비연은 가지고 있던 금표를 모두 전 어멈에게 내주며, 전부 금화로 바꿔 오라고 했다. 정왕 전하와 천무제가 내린 상에 어약방에서 받은 녹봉, 정왕 전하가 한우아 대신 갚은 12만 금에 그녀가 약왕정에서 채취한 비싼 약재들을 팔아 모은 돈까지 합하니 모두 50만 금가량이 되었다.

50만 금의 혼수라면 사실 꽤 많은 금액이었다. 부유한 가문의 규수라 해도 그만큼의 혼수를 한다고는 말할 수 없을 만큼의 금액이었다. 그러나 황가의 혼례라면, 이 금액으로는 결국 초라한 느낌이 들 수밖에 없었다.

비연은 원래 남들이 어떻게 보는지에는 관심 없었다. 게다가 이 혼사는 진짜도 아니니 그렇게 신경 쓸 이유도 없다고 생각했다. 그러나 정왕부에서 보내온 예물을 보고, 전 어멈이 달래는 말을 들으니, 이 혼례를 함부로 할 수는 없다는 생각이 들다. 챙겨야 할 것은 챙기고, 부족한 부분이 없도록 해야 할 것 같았다!

그녀에게 있어 혼례를 치른다는 것은 중요한 일이다. 그러니 정왕 전하에게도 아내를 맞이한다는 것은 중요한 일일 것이다! 평생 단 한 번 있는 일이니, 연극이라 해도 서로 홀대할 수는 없는 것이다.

혼수는 여자 쪽의 체면을 의미할 뿐 아니라, 어떤 의미에서는 남자 쪽을 얼마나 중시하는지 드러내는 것이기도 했다. 천무제가 대자사에서 정왕 전하에게 그렇게 위풍을 부린 이상, 상당수 사람들이 정왕의 세력이 한풀 꺾였다고 여길 것이다. 그러니 그녀는 최선을 다해 이 일을 성대하게 치러 내야 했다.

그녀는 세상 사람들에게 외치고 싶었던 것이다. 정왕 전하가 그렇게 재수 없는 상황에 처한 것은 아니라고, 그리고 그렇게 울적한 상황만은 아니라고. 아무것도 없는 초라한 여자를 맞이하는 것이 결코 아니라고!

비연이 진지하게 명령했다.

"전 어멈, 전장에 가서 보물 상자를 몇 개 달라고 해서 금화를 그 안에 넣어. 가능한 한 호사스럽게 장식도 하고."

50만 정도의 금표를 금화로 바꾸면 수레로 너덧 대 분량은 될 거다. 아주 영리한 사람이 아니라면 총액을 계산하기 어려울 테고, 그 황금빛에 눈이 멀어 액수가 적지 않다고만 여길 것이다.

전 어멈이 떠난 후 비연은 고 이야와 왕 부인에게 가서, 고 노야가 몸의 원주인에게 남긴 혼수를 요구했다. 그러나 이게 웬일일까. 그녀의 혼수를 이미 고 이야가 탕진해 버렸다는 것이다!

단 한 푼도 남아 있지 않다는 것을 알게 된 비연은 화가 나서 탁자를 내려쳤다. 그리고 그 자리에서 고 이야와 왕 부인에게 차용증을 쓰게 했다. 앞으로 다달이 일정액을 받는 방식으로 상환반을 생각이었다.

그러나 차용증이 혼수가 될 수는 없었다. 비연은 주판을 튕겨 본 후, 약왕정 안의 비싼 약재를 전부 꺼내 커다란 상자 셋에 나눠 넣었다. 그리고 자신의 명의로 된 물건 중 쓸 만한 것이 또 뭐가 있는지 고민하다가, 곧 화월산장을 떠올리고 피식 웃고 말았다! 아무래도 혼수를 고민하다가 미쳐 버린 것 같았다.

화월산장의 영패와 열쇠가 자신에게 있다 해도, 결국 화월산장은 정왕 전하의 것 아닌가. 게다가 화월산장이 그녀와 관계 있다는 사실을 폭로할 수도 없었다.

이때 진 여관이 시녀들을 데리고 들어왔다. 비연은 더 이상 생각을 이어 나갈 여유가 없었다.

다음 날은 불천성회 여섯째 날로, 혼례까지는 이제 하루밖에 남아 있지 않았다. 비연은 동원할 수 있는 것은 전부 동원했으나 결국은 두 가지뿐이었다. 금화 열 상자와 약재 세 상자.

전 어멈이 한번 살펴본 후, 예서 위에 열심히 기록한 뒤 비연에게 보여 주었다. 혼수는 혼례를 치르는 날 신랑이 신부를 맞이하러 오는 의식 후에 정왕부로 보내지게 되어 있었지만 예서는 미리 보내야 했다.

예서를 읽어 본 비연은 여전히 부족하다는 생각이 들었다. 그러나 그녀는 정말 최선을 다했다. 천무제가 보내 준 진 여관이 그녀를 위해 몇 가지를 준비해 주었지만, 모두 내일 써야 하는 예복이니 머리 장식이니 하는 것들이었다.

비연이 미간을 찌푸리고 있는 것을 보고, 전 어멈이 참지 못하고 한마디 했다.

"대소저, 됐습니다! 부모님도 안 계시고, 고 이야와 왕 부인이 대소저를 그렇게 대하는데…… 스스로 혼수를 이만큼이나 많이 준비한 것만으로도 대단한 거예요! 진양성 전체에 어느 아가씨가 대소저만 한 능력이 있겠어요? 정왕 전하도 마음속으로 다 알고 계실 거고, 대소저를 탓하지 않으실 거예요."

비연도 어쩔 수 없이 웃고 말았다.

"전하께서야 당연히 나를 탓하지 않으시겠지. 설사 내가 정말 시집가는 거라 해도 전하께서는 혼수에 연연하지 않으실걸. 다만 나는…… 전하의 체면을 살려 드리고 싶을 뿐이야."

전 어멈이 고개를 끄덕이더니 감격에 겨운 목소리로 말했다.

"대소저, 이미 충분해요. 이 늙은이가 감히 해서는 안 될 말을 하는 걸 용서해 주세요. 사실 대소저의 부모님이 살아 계셨다 해도 이만큼 많은 혼수를 해 주셨을 거라고는 단언할 수 없어요. 고씨 가문이 어떤 상황인지 진양성 사람들은 모두 알고 있는걸요. 대소저, 안심하세요. 내일 번쩍거리는 금화 상자를 하나씩 가지고 나가면, 사람들 눈이 다 멀어 버릴걸요!"

전 어멈은 좋은 뜻으로 한 말이었지만, 본래 아무 생각 없던 비연은 '부모님이 살아 계셨다 해도'라는 말에 어쩐지 쓰라린 마음이 들었다.

그녀의 부모는 대진제국의 황제와 황후였다! 그녀가 부모 아래서 정말로 혼사를 치르는 거였다면…… 부모는 아마 혼수 행렬이 10리에 걸쳐 늘어지게 준비해 주셨겠지.

사실 비연을 정말로 쓰라리게 한 것은 혼수 문제가 아니라 부모가 없다는 사실이었다. 부모가 있다면 그녀가 가질 수 있는 것이 혼수뿐일까!

예전에는 수없이 많이 부모의 모습을 상상하곤 했다. 그러나 빙해에서 돌아온 후 그녀는 더 이상 상상조차 하지 못하게 되었다.

생각하는 순간 머릿속에, 꿈에서 부친이 몸을 돌리던 그 순간이 떠올랐기 때문이다. 하늘도 놀랄 만큼 잘생긴, 그러나 피로 얼룩져 있던 그 얼굴이.

비연은 곧 마음속 쓰라림을 무시하고 스스로에게 중얼거렸다.

'이건 연극일 뿐이잖아. 진짜가 아니라고. 이 연극을 해야만 빙해의 수수께끼에 다가갈 수 있어. 부모님에게도 집에도 조금 더 가까워질 수 있어…….'

비연이 자리를 뜨려 했을 때 고 이야와 왕 부인이 갑자기 찾아왔다. 두 사람 모두 입을 다물지 못할 정도로 웃으며 기뻐하고 있었다.

"연아야, 좋은 일이다. 세상에 이런 일이 있다니! 누군가가 선물을 두고 갔단다! 이제 혼수 걱정은 하지 않아도 괜찮아!"

"연아, 그 예물이 얼마나 대단한지……. 누가 그것을 보냈는지 알겠니?"

"하하, 하하하! 상관 부인과 호 부인이다!"

고 이야와 왕 부인이 말을 끝내기도 전에 하인 여럿이 줄줄이 들어왔는데, 모두 보물 상자를 짊어지고 있었다. 하인들은 상자를 내려놓고 나가더니 또 바로 상자를 짊어지고 들어왔다. 이렇게 여러 번 반복하니, 상자들이 방 안에서 방 밖으로 쭉 늘어서 결국은 정원 전체를 차지하게 되었다.

이게 대체 얼마일까?

그의 반응을 알고 싶어

방이며 정원을 가득 채운 상자들을 보며 고 이야와 왕 부인은 바보같이 웃어 댔다. 전 어멈이 세어 보니 모두 50상자였다!

비연도 눈을 휘둥그렇게 떴다. 상자 안에 무엇이 들어 있는지도 몰랐지만, 이미 그 기세에 깜짝 놀랐던 것이다.

하인들이 물러가자 고 이야가 예물 목록을 꺼냈다. 그 의기양양하게 기뻐하는 모습을 보면 마치 그가 이 혼수를 준비하기라도 한 것 같았다.

비연은 정신을 차리고 진지하게 목록을 들여다보다가, 깜짝 놀라 차가운 숨을 들이마셨다!

"상관 부인과 호 부인이 어디 계시죠? 이렇게 큰 예물은 받을 수 없어요!"

50개의 상자를 가득 채운 것은 바로 금괴였다! 50상자의 금괴라니, 대체 금이 얼마나 들어 있는 걸까?

고 이야가 큰 소리로 웃으며 대답했다.

"연아, 지금 너는 손님을 만날 수 없는 몸이다. 그래서 내가 너 대신 받았단다. 하지만 나를 탓하면 안 된다. 상관 부인과 호 부인이 말씀하시기를, 네가 이 예물을 받지 않으면 그 두 가문의 체면을 세워 주지 않는 거라고 하더구나. 그렇게 되면 너를 다시는 보지 않겠다고 하셨다!"

비연이 믿지 않자 왕 부인이 재빨리 곁에 있던 진묵을 끌어 당겼다. 물론 진묵은 바로 그녀의 손을 떨쳐 냈다.

왕 부인이 다급하게 말했다.

"진묵도 그 자리에 있었으니 물어봐! 게다가 상관 부인이 또 뭐랬더라? 네가 받지 않으면 현공상회를 얕보는 거라고도 했어!"

비연이 진묵을 바라보자 진묵이 성실하게 고개를 끄덕였다. 비연은 울 수도 웃을 수도 없는 기분이었다. 그러나 곧 이해할 수 있었다. 이것은 사실 축하 예물이 아니라, 상관 부인과 호 부인이 특별히 그녀에게 혼수를 마련해 주며 예물이란 명의로 보낸 것에 불과했다! 그녀들은 고씨 가문이 혼수를 많이 준비할 수 없다는 사실을 알고 있는 것이다.

비연의 마음이 따뜻해졌다. 그녀는 잠시 망설이다가, 이 후한 예물을 호쾌하게 받아들이기로 했다. 이렇게 따뜻한 애정을 선물로 받았는데 그녀들의 호의를 거절하느니, 대범하게 받아들인 후 나중에 기회를 보아 배로 보답하는 게 좋을 것 같았다!

비연은 직접 상자를 열고 황금빛 찬란한 금괴를 보며 그들의 마음을 기억해 두었다. 그때 집사가 총총히 달려왔다.

"이야, 대소저, 또 예물을 가져온 사람이 있습니다! 후문으로 오고 있습니다!"

고 이야와 왕 부인이 기뻐 어쩔 줄 몰라 하며 서둘러 달려 나갔다.

얼마 지나지 않아, 방금 전과 마찬가지로 하인들이 상자를 짊어지고 요화각 정원으로 들어왔다. 이번에도 금괴로 가득 찬 상자 50개였다! 당정이 신농곡의 이름으로 비연에게 더해 주는 혼수였다.

당정은 고 이야기를 통해, 이것은 노집사의 뜻이며, 비연에게 신농곡을 친정으로 여길 것을 당부했다.

비연은 신농곡에 이만한 재력이 있다는 걸 의심하지 않았으나, 그래도 여전히 놀라운 마음뿐이었다!

어쨌든 비연은 그렇게 믿기로 했다. 당정 혼자의 뜻으로는 이만한 거액을 움직이기는 어려울 테니까.

신농곡에서 보내온 예물을 받은 이상, 장래 자신이 신농곡 사람이라는 것을 부정할 수 없게 되었다! 다행히도 노집사는 그녀에게 계속 우호적이었다.

비연은 두 곳에서 온 예물을 예단에 더해 적어 정왕부로 보냈다.

이 예물들은 그저 금괴라기보다는 인맥이라 말하는 편이 옳았다. 정왕 전하도 천무제도 명백하게 깨달을 것이다. 이 인맥들을 장악한 비연은 정왕 전하와 협력하는 데 있어 그렇게 피동적이지 않을 것이고, 동시에 천무제도 그녀를 더욱 중시할 수밖에 없을 것이다!

곧, 진 여관이 소식을 듣고 달려왔다.

비연은 진 여관이 정말로 혼례를 도우러 온 것이 아니라 감시하러 왔다는 사실을 잘 알고 있었다. 그녀는 심지어, 정왕 전하와 혼례를 치른 후에도 천무제가 진 여관을 그녀 곁에 남겨 시중을 들게 하지 않을까 의심하고 있었다.

그러나 비연의 생각과 달리 진 여관은 이 이틀 동안 최선을 다했다고 할 만했다. 일이 크고 작음을 따지지 않고 모두 질서 정연하고 타당하게 안배했다. 진상을 모르는 사람이 보았다면, 분명 고씨 가문에서 거액을 내고 초빙해 온 이라고 생각할 것이다!

견식이 넓은 진 여관도 금괴 상자 백 개를 보고 놀라 얼이 빠졌다. 그녀는 한참 동안 멍한 표정을 짓고 있다가 겨우 정신을 차리고 어찌 된 일인지 물었다.

비연이 대답하려 할 때 전 어멈이 다급하게 나섰다.

"진 여관, 이건 고씨 가문 일이니 어디서 온 금괴인지는 신경 쓸 것 없어요. 그냥 제대로 일만 하면 되는 거야! 아휴, 상자 하나하나가 다 무거우니, 상자 하나에 마차 한 대를 안배해도 지나친 건 아니겠죠?"

진 여관이 비연을 바라보았지만, 비연이 입을 열 기색조차 보이지 않자 더 이상 묻지 않고 대신 진지하게 대답했다.

"고 대약사, 상자 하나에 마차 한 대라면 마차가 백 대 필요합니다. 제가 준비하도록 시키겠습니다."

진 여관이 이렇게 말하자 그제야 모두, 이 혼수를 하나하나 늘어놓으면 그 기세가 얼마나 대단할지 깨달았다.

모든 이들이 기대감 가득 찬 눈으로 바라보니 비연도 속으로 살짝 기대하기 시작했다. 내일 얼마나 시끌벅적할지, 정왕 전하가 이 혼수들을 보고 어떤 표정을 지을지.

진 여관이 자리를 뜬 지 얼마 되지 않아, 시녀들 여럿과 함께 예복을 가지고 다시 들어왔다.

비연이 고씨 저택에 돌아온 다음 날 새벽, 진 여관은 스물이 넘는 예복을 가져와 비연에게 입어 보게 했다. 예복마다 어울리는 신발이며 머리 형태, 화장, 머리 장식이 모두 달랐다.

그녀는 장장 하루에 걸쳐 비연을 꾸미더니, 마침내 예복 네 벌, 머리 장식 네 종류, 신발 네 켤레를 골랐다. 그중 두 벌은 봉황 장식을 한 관에 아름다운 수를 놓은 예복으로, 혼례 당일 입을 것과 예비용이었다. 그리고 다른 두 벌은 궁중 의상으로, 궁에 들어가 문안을 올릴 때 입을 것과 역시 예비용이었다.

진 여관이 가져온 옷들은 당연히 왜소한 편인 비연에게 잘 맞지 않았다. 무엇을 입을 것인지 결정한 진 여관은 즉시 재봉사를 불러와, 비연의 몸에 맞춰 옷을 짓게 했다. 시간이 촉박했지만 다행히도 제시간에 맞춰 옷을 지을 수 있었다.

비연이 모든 예복을 다시 입어 보며 점검을 끝냈을 때는 날이 어두워져 있었다. 정왕부로 보냈던 이들도 돌아와, 정왕 전하를 만나지는 못했고 예서는 시위에게 건넸다고 말했다.

진 여관이 이런저런 설명을 끝낸 후 비연에게 일찍 잠자리에 들 것을 권했다. 다음 날 길시는 아주 이르지는 않았지만, 비연은 일찍 일어나 화장을 해야 했다.

비연도 피곤한 상태였다. 그러나 침상에 누워도 잠이 오지 않았다. 멍하니 천장을 바라보며 눈을 굴리던 그녀는 얼마 지나지 않아 베개 아래에서 약방문을 조심스럽게 꺼냈다. 꽤 오랫동안 망할 얼음을 떠올리지 않은 것 같았지만 그를 잊은 적도 없는 것 같았다.

빙해에서 헤어진 후 지금까지 그를 본 적이 없었다. 진양성에 돌아오지 않은 걸까? 어디 간 거지? 그녀가 혼례를 치른다는 사실을 그도 들었을까?

사실 그녀가 혼례를 치르는 것과 그는 아무 관계도 없다. 하지만 이 순간…… 어째서 갑자기 그가 생각난 걸까? 그리고 어째서…… 갑자기 이렇게 조금…… 조금이지만 괴로운 걸까?

아니, 괴로운 것이 아니다. 그냥 알고 싶은 거다. 그녀가 혼례를 치른다는 걸 알면 그가 어떤 반응을 보일지.

그에게는 이목이 되어 줄 이도 많고 인맥도 많으니, 진양성에 있지 않다 해도 이 소식을 알 수밖에 없다! 벌써…… 사흘이나 되었으니까!

비연이 여기까지 생각했을 때 갑자기 문 두드리는 소리가 들렸다! 이 시간에, 누구일까?

비연은 침상에서 튕기듯이 일어났다. 그러나 그녀는 자신이 꽤 흥분했다는 사실을 인지하지 못하고 있었다.

하지만 문을 열었을 때 그녀의 눈에 비친 사람은 망할 얼음이 아니라 진묵이었다. 비연은 깜짝 놀랐다. 진묵이 한밤중에 그녀를 찾아오다니!

그녀가 다급하게 물었다.

"무슨 일이라도 있어?"

진묵이 대답했다.

"주인님, 내일 내가 화장해 주고 싶어."

부탁하는 말투도, 물어보는 말투도 아니었다. 조용하고 평온한, 사람을 편하게 만들어 주는, 그러나 그 속을 알 수는 없는 그런 말투였다. 비연은 그가 원래 그런 성격이라는 걸 알기에 탓하지 않고, 웃으며 말했다.

"그래 준다면야 내가 고마울 일이지!"

진묵이 여전히 고요한 표정으로 고개를 끄덕였다.

"그러고 싶어."

본 장군은 안심했다

비연의 동의를 얻은 진묵이 몸을 돌려 그 자리를 떠났다. 아래층으로 내려가는 그의 입가가 살며시 위로 올라갔다. 고요하고 순수한 그 미소는, 그가 무척 즐거워하고 있다는 사실을 보여 주었다.

자신의 방으로 돌아간 그는 바로 잠자리에 들지 않고, 비연에게 줄 그림을 벽에 걸어 놓은 채 열심히 고민하기 시작했다.

원래 잠이 오지 않던 비연은 실망감이 더해지니 더욱 잠이 오지 않았다. 창문을 연 그녀는 창가에 엎드린 뒤 고요한 정원을 바라보았다. 아무 생각 없는 것 같기도 하고, 무언가를 기다리고 있는 것 같기도 했다.

진 여관이 여전히 바쁘게 일을 보며 정원을 돌아다니다가 비연을 보고 손을 흔들었다. 그러나 비연은 그런 진 여관을 발견하지 못했다.

"고 대약사! 어찌 아직 주무시지 않는 거예요? 어서 주무세요!"

겨우 정신을 차린 비연이 켕기라도 한 듯 재빨리 창을 닫았다. 그리고 망할 얼음의 약방문을 여전히 꽉 쥔 채 침상에 머리를 묻었다. 사실 그녀도 알고 있었다. 자신은 그를 기다리고 있었다. 다만 감히 인정할 수가, 아니, 인정하고 싶지 않았을 뿐이었다.

이때 정왕부는 여전히 흥성거리고 있었다.

풍속에 따르면 하소만은 침상을 정리할 자격이 없었다. 그래서 특별히, 경험이 풍부한 늙은 여인을 불렀다. 군구신도 곁에 앉아 그녀를 지켜보고 있었다.

여인은 먼저 원앙침을 올리고, 용과 봉황이 수 놓인 이불을 덮었다. 침상 위가 온통 붉은빛으로 변하니, 차가운 기운이 감돌던 군구신의 침궁에 떠들썩한 분위기가 조금은 더해진 것 같았다. 여인은 계속 축복의 말을 입 안으로 외우며 침상 위에 땅콩, 연자, 대추 등의 마른 과일을 올려 두었다.

정리를 끝낸 여인이 잠시 망설이다가, 하소만을 잡아끌더니 속삭였다.

"만 공공, 낙홍파를 지금 준비해 둘까요, 아니면 내일 밤에 직접 안배하시겠어요?"

하소만의 눈가에 날카로운 빛이 스쳐 가더니 역시 다급하게 속삭였다.

"지금 준비하지."

그는 다음 날 밤에 감히 방해할 배짱이 없었다. 게다가 그는 망중과 내기를 했던 것이다. 정왕 전하와 고 대약사의 연극이 진짜가 될 수 있을지, 어쨌든 증거를 얻을 수 있을지. 정왕 전하는 혼례와 관련된 풍습을 잘 모르니, 늙은 여인을 시켜 말한다면 전하도 의심하거나 화를 내지 않으실 것이다.

늙은 여인이 새하얀 수건을 꺼내더니 군구신에게 공손하게 건넸다.

"정왕 전하, 낙홍파입니다. 받아 두셨다가 내일 신방에 화촉을 밝히실 때⋯⋯."

늙은 여인이 웃으며 군구신의 귓가에 대고 낙홍파의 사용법을 설명했다. 그런 다음 겸사겸사, 초야에 반드시 알아야 할 일이나 해야 할 일도 가르쳐 주었다. 군구신의 얼굴이 조금 굳는가 싶더니 곧 고요한 표정으로 말없이 설명을 들었다.

늙은 여인의 말이 끝나지 않을 듯이 계속되었다. 점점 더 많은 이야기가, 점점 더 자세한 내용이 흘러나오는 것을 보고 곁에 있던 하소만조차 호기심을 느끼기 시작했다. 점차 군구신의 잘생긴 얼굴에 난처한 빛이 어리기 시작했다.

"됐다!"

군구신이 냉랭하게 말을 끊었지만 늙은 여인은 안심할 수 없다는 듯, 검은 표지의 제목 없는 서적을 한 권 꺼내 그에게 건넸다.

"전하, 이 책은⋯⋯ 내일 왕비마마와 함께 감상하셔요. 다른 분부가 없으시면 저는 이만 물러가겠습니다."

여인이 나간 후 하소만도, 제 주인이 그 검은 책을 펼치는 걸 보고 연기처럼 빠져나갔다.

군구신은 제목 없는 책을 펼치는 순간 잠시 얼이 빠진 듯하더니 곧 다시 덮어 버렸다. 조금 화가 난 것 같기도 하고 부끄러운 것 같기도 했다. 그러나 얼마 지나지 않아 그는 참지 못하고 웃어 버렸다.

이때 망중이 총총히 건너왔다.

"전하, 정 대장군이 뵙고 싶어 합니다. 오늘 밤 전하를 뵙지 못하면 가지 않겠다고 합니다."

정역비가?

군구신은 매우 놀랐다. 그는 낙홍파를 책 사이에 끼워 한옆에 놓아 둔 후 몸을 일으켰다.

후원 정자에서 뒷짐을 진 채 기다리고 있노라니 곧 망중이 정역비를 데려왔다. 정역비는 잠시 침묵하는 듯하다가 바로 본론으로 들어갔다.

"정왕 전하께서는 한씨 가문의 삼소저를 취하고 싶으신 듯하더니, 어찌하여 고 대약사의 평생을 망치려 하십니까?"

군구신이 입을 열기도 전에 망중이 노하여 질책했다.

"정 대장군, 그건 무슨 말입니까?"

그러나 정역비는 망중을 상대하지 않고 계속 말했다.

"전하, 제가 오늘 온 것은 그저 답을 얻고 싶어서입니다."

군구신이 냉랭하게 물었다.

"정역비, 이 일이 너와 무슨 상관이지?"

그러자 정역비가 전혀 망설이지 않고 진지하게 말했다.

"고 대약사는 제 목숨을 구해 주었습니다. 저는 과거 고 대약사에게 약속했습니다. 고 내약사의 일은 세 일이나 마찬가지고, 또한 정가군의 일이나 마찬가지입니다! 이 혼사, 고 대약사가 원하지 않는다면…… 그리고 전하께서 진심이 아니시라면, 저는…… 기필코!"

군구신이 몸을 돌리더니 갑자기 소리쳤다.

"방자하다!"

정역비가 한쪽 무릎을 꿇고 계속 말했다.

"전하, 전하께서는 황명을 결코 어기실 수 없는 것이 아닐 겁니다. 저 역시도 그러합니다! 예전에 전하께서 제 부친을 위해 말씀해 주셨던 것이 아니라면, 저는 결코 지금까지 참지 않았을 겁니다. 3년 동안, 저는 계속 전하를 기다리고 있었습니다! 전하께서 명령 한 번만 내리신다면, 저는 비참하게 죽는 한이 있더라도 아쉬워하지 않을 겁니다! 다만 저는 전하께서 고 대약사의 종신대사를 그르치고, 전하 자신도 억울하실 일을 하지 않기만을 바랄 뿐입니다."

이 말에 군구신은 깜짝 놀랐다. 그는 마침내 정역비가 찾아온 진정한 뜻을 알게 된 것이다. 정역비는 그가 황명에 불복종하고 모반을 일으키는 것을 도우러 온 것이다!

그는 금군을 장악하고 있을 뿐 아니라 부황의 이목도 장악하고 있었다. 또한 불천성회를 틈타 기씨 가문을 제어하는 데도 성공했다. 지금 남은 것은 정역비뿐이었다!

지금 그가 다룰 수 있는 인마로도 정가군과 균형을 맞추기에는 충분하지만, 정가군에 손을 쓸 의사는 없었다. 첫째로는 시간이 얼마 없기도 하고, 둘째로는 관망하며 상황을 보고 싶었기 때문이다!

사실 그가 그때 정 대장군을 위해 연설했던 것은 정가군을 자기편으로 끌어들이기 위해서가 아니라 진심에서 우러나온 것이었다. 그런데 정역비가 그의 은정을 기억하리라고는 전혀 생각지 못하고 있었다.

군구신은 지금까지 정역비를 대수롭지 않게 여긴 적이 없었다. 야생마 같은 존재라 생각했을 뿐. 누군가에게 순종하는 일은 말할 것도 없고, 그렇게 쉽게 고삐를 채울 수 있는 존재가 아니라고.

예전에 부황과 함께 정역비에 대해 여러 번 이야기를 나눈 적이 있었다. 정역비는 말 그대로 후생가외, 즉 두려워할 만한 젊은이로, 기세명에게 결코 뒤지지 않는 존재였다.

군구신은 이렇게 중요한 시기에 정역비에게서 진심을 듣게 되리라고는 생각지 못하던 참이었다.

정역비가 두 손을 모아 쥐고, 고집스러울 정도로 진지한 눈빛으로 말했다.

"정왕 전하, 부디 거듭 고려해 주십시오!"

군구신은 그런 그를 잠시 바라보다가 가볍게 웃기 시작했다. 그리고 몸을 숙여 정역비의 귀에 대고 잠시 속삭인 후, 어깨를 두드려 준 뒤 그 자리를 떠났다.

정역비의 안색이 순간 창백해졌다. 한쪽 무릎을 꿇고 두 손을 모아 쥔 그 모습 그대로 넋이 나가 버린 것만 같았다.

방금, 군구신은 그의 귀에 대고 딘 두 가지 사실만을 밀했나.

"본 왕은 비연을 좋아한 지 이미 오래다. 그녀가 아니라면 혼례를 치르지 않을 것이다!"

그리고 군구신은 또 말했다.

"정역비, 본 왕은 이미 모반의 뜻을 굳혔다!"

망중은 제 주인이 정확히 무슨 말을 했는지는 몰랐지만 대강 짐작은 할 수 있었다. 그가 앞으로 나오더니 속삭였다.

"정 대장군, 너무 늦었습니다. 돌아가시지요."

정역비는 그제야 정신을 차리고 망중을 바라보더니 갑자기 웃기 시작했다. 그의 커다란 웃음소리는 마치 자조하는 듯하기도 하고 기뻐 보이기도 했다. 동시에 어쩔 수 없는 고통에 괴로워하는 것 같기도 했다.

그는 이제 알았다. 전부 알아 버렸다!

당정은 그에게, 그럴 만한 배짱이 있으면 정왕 전하를 직접 찾아가 보라고 했었다. 그리고 지금 그는 답안을 얻었다.

당정의 확신에 찬 목소리 덕분에 이미 예상은 하고 있었지만, 정왕 전하에게서 진실을 들으니 그는 웃음을 참을 수가 없었다. 웃다 못해 울고 싶을 지경이었다. 그는 망중의 팔을 잡고 큰 소리로 웃었다.

"잘됐어! 아주 잘됐다고! 약녀가 복이 있어! 아주! 하하, 망시위, 본 장군이 말해 두겠는데, 다른 사람이었다면 본 장군은 절대 인정하지 않았을 거야. 하지만 정왕 전하께서 말씀하시니 본 장군도 받아들일 수밖에! 하하, 완전히 받아들일 수밖에! 본 장군……은 이제 안심이다!"

한참 웃고 있던 정역비의 눈가가 젖어 들었다. 그는 망중의 팔을 놓은 후 도망치듯 그 자리를 떠났다.

군구신은 멀지 않은 곳에서 정역비의 웃음소리를 듣고 있었다. 그러나 발걸음을 멈추지 않았다. 그의 발걸음은 심지어 조금 무겁게 느껴졌다. 지금 그는 '평생을 그르친다'라는 말을 떠올리고 있었다.

군구신은 침궁으로 돌아가지 않고 지붕 위로 뛰어올랐다. 그리고 그 위에 누운 채 한 손으로는 머리를 받치고, 다른 한 손으로는 은색 가면을 꺼내 썼다. 그러나 어디에도 가지 않고 그저 그렇게 누운 채 하늘 가득한 별들을 바라보았다.

이때, 작은 그림자 두 개가 침궁 안에 나타났다…….

아주 위험하다. 베개 밑에 숨기자

태자는 그날 밤새도록 가장 좋은 점괘를 뽑은 후, 황형에 대해 더 이상 걱정하지 않았을 뿐 아니라 제 인생에 대해서도 희망을 품고 있었다.

그는 반드시 황형의 혼례를 직접 봐야겠다고 야단법석을 부렸다. 군구신은 어쩔 수 없이 비밀리에 태자를 이틀 동안 정왕부에 머물도록 해 주었다. 어린 사미승 염진도 함께 정왕부에 머물게 되었다.

황형과 하소만이 모두 없는 틈을 타, 태자가 염진을 끌고 몰래 침궁으로 들어갔다. 그리고 두 아이는 호기심에 가득 찬 눈으로 침상 위에 쌓여 있는 견과류를 바라보았다.

어린 태자가 물었다.

"염진, 저런 걸 왜 침상 위에 놔둔 걸까?"

어린 염진이 반짝이는 제 머리를 만지며 한참 고민해 보았지만 도무지 알 수 없었다.

"실수로 흘린 거 아닐까?"

태자가 침상 위로 올라가 대추 두 알을 집었다. 그리고 한 알은 염진에게 주고 한 알은 자신의 입 안으로 넣었다. 대추를 깨무는 순간, 태자는 바로 눈을 가늘게 뜨고 중얼거렸다.

"응…… 맛있다! 염진, 어서 먹어 봐. 진짜 맛있어!"

염진은 침을 꼴깍 삼키며 머뭇거렸다.

"택아, 이러면…… 안 되지 않을까?"

태자는 다시 땅콩을 한 알 집어 맛을 보고는 감탄했다.

"정말 맛있는걸. 어서 먹어 봐!"

염진은 거절했을 뿐 아니라 태자를 침상에서 끌어 내렸다. 그러자 태자가 진지하게 말했다.

"염진, 이것들은 분명 하소만, 그 바보가 흘린 걸 거야. 아니면 이런 게 왜 침상 위에 있겠어? 먹어, 아무 문제도 없을 테니까!"

그러더니 용안 열매를 하나 들어 향을 맡더니 한입 가득 넣었다. 그 만족스러운 표정을 보면 누구라도 함께 게걸스럽게 먹고 싶어질 수밖에 없었다.

염진은 다른 문제라면 나이 많은 승려들에게도 지지 않을 만큼 어른스러웠지만, 맛있는 걸 보면 자제력을 잃곤 했다. 그도 조심스럽게 대추를 깨물었다. 곧 끈적하게 달콤한 맛이 입 안 가득 찼다. 이제 태자가 재촉할 필요도 없었다. 염진은 침상 위로 빠르게 기어올랐다.

이렇게 두 아이는 군구신의 널찍한 침상 위에 가부좌를 틀고 앉아 견과류의 맛을 음미하기 시작했다. 그러면서 그들은 약속이나 한 듯 주머니도 가득 채웠다. 대자사이 승려 형들에게도 맛을 보여 주고 싶었던 것이다.

곧 침상 위의 견과류는 전부 사라졌다. 태자는 침상에서 내려오며 특별히 이불의 주름도 신경 써서 펴 두었다.

두 아이는 방 안을 한 바퀴 돌며, 신혼을 위한 방도 그다지 볼 만한 것은 없다고 생각했다.

두 아이가 방을 떠나려는 순간, 태자가 탁자 위에 놓인 책에 눈길을 주었다. 표지가 온통 검고, 글자라고는 한 글자도 쓰여 있지 않은 것이 신기했다. 어린 태자가 호기심에 찬 눈으로 그 것을 보았다.

"염진, 이리 와 봐. 이게 무슨 책이지?"

어린 염진이 다가가 보니, 태자는 이미 책 안에 끼워진 흰 수 건을 꺼낸 참이었다. 두 아이는 궁금한 표정으로 수건을 자세히 살펴보았다.

태자가 말했다.

"황형의 수건은 아닌 것 같은데."

염진도 말했다.

"자수가 없는 걸 보면 여자 것도 아닌 것 같고……. 그냥 땀 을 닦는 수건 같지도 않고."

두 아이는 약속이나 한 듯 검은 책을 바라보았다. 태자가 손 을 뻗어 책을 펼치려 했을 때 하소만이 갑자기 들어왔다. 태자 와 염진은 동시에 고개를 들었고, 하소만은 태자의 손이 검은 책에 얹혀 있는 것을 보고 깜짝 놀랐다.

하소만의 몸이 머리보다 빠르게 반응했다. 그는 거의 덮치듯 이 그 책을 빼앗아 품 안에 꼭 끌어안고는 소리쳤다.

"건드리면 안 됩니다!"

태자와 염진은 깜짝 놀라, 그 자리에 선 채 미동도 하지 않았 다. 어쨌든 그들은 몰래 들어와 음식도 훔쳐 먹었으니 마음에 켕기는 것이 있었던 것이다.

하소만은 얼굴마저 창백해진 상태였다. 심장도 거칠게 뛰고 있었다. 아이가 보아서는 안 될 물건을…… 태자와 염진이 보았다면 정왕 전하는 결코 그를 용서하지 않았을 것이다!

그는 가볍게 몇 번 기침한 후 공손하게 말했다.

"태자 전하, 염진 사부, 신혼을 위한 방에는 금기가 아주 많습니다. 그래서 정왕 전하께서는 이곳에 아무도 들어오면 안 된다고 이미 분부하셨답니다. 밤이 깊었으니, 이만 돌아가 잠자리에 드시지요."

이 모습을 보고 태자는 마침내 자신이 주인이라는 사실을 인식했다. 갑자기 켕기는 마음이 사라졌다. 그는 자기보다 겨우 세 살 많을 뿐인데 늘 박정하게 말하고, 좀스럽게 이것저것 따지기나 하는, 그리고 늘 하인들을 못살게 구는 것 같은 하소만에게 좋은 인상을 갖고 있지 않았다.

태자는 가볍게 코웃음을 치고, 머리를 높이 쳐든 채 몸을 돌려 나가려 했다. 염진도 살랑거리며 그를 따랐다.

하소만은 속으로 안도의 한숨을 내쉬며 몸을 돌렸다가 침상 위의 견과류가 전부 사라진 것을 발견했다.

"태자 전하, 잠시만요!"

태자와 염진은 결국 켕기는 것이 있긴 하니, 나란히 발걸음을 멈추었다. 하소만이 물었다.

"그…… 방금 침상 위 견과류를 보지 못하셨는지요?"

태자와 염진은 하소만이 견과류를 가져가려고 온 모양이라 생각했다.

태자가 대답했다.

"보지 못했다. 분명 누군가가 먹어 치웠겠지."

염진도 조금 겸연쩍어하며 덧붙였다.

"분명 누가 먹었을 거예요!"

그들은 이 말을 남기고 재빨리 도망쳤다. 자신들이 거짓말을
한 건 아니라고 생각하면서.

하소만은 바로 어찌 된 일인지 알아차리고 손바닥으로 제 이
마를 쳤다. 자신이 참는 수밖에 없었다!

사실 그는 자신보다 겨우 세 살 적은, 그리고 생각은 짧은데
선량해 괴롭히기 쉬운, 그래서 정왕 전하에게 일거리를 잔뜩
안겨 주곤 하는 태자에게 딱히 좋은 인상을 받고 있지 않았다.
어쨌든 그는 다시 늙은 여인을 불러들여 정리하게 하는 수밖에
없었다.

하소만은 검은 책을 들고 잠시 고민하다가, 그것을 원앙침
아래에 숨겨 두었다. 낙홍파는 여전히 탁자 위에 놓여 있었다.

밤이 깊어도 군구신은 침궁으로 돌아가지 않았다. 비연도 여
전히 뒤척거리고 있었다. 그리고 날이 밝기를 기대하는 사람은
그들 두 사람만이 아니었다.

고씨 저택에서 가장 가까운 객잔.

호 부인은 이미 잠들어 있었지만 상관 부인과 당정은 아직
방으로 돌아가지 않은 상태였다.

당정은 급한 전갈을 두 개 보냈다. 하나는 운한각에 보내는

것으로, 비연이 정왕의 비가 된다는 내용을 담고 있었다. 다른 하나는 신농곡 노집사에게 보내는 것으로, 자신이 일단 금괴 50상자를 보낸 사정을 설명했다.

그녀는 노집사의 심사를 꿰뚫고 있었다. 나중에 노집사가 너무 많이 보냈다고 책망한다 해도 그녀는 현공상회와 상관보를 들어 막을 작정이었다. 비연은 반은 신농곡 사람이니, 신농곡이 현공상회와 상관보가 합쳐 보낸 50상자보다 많이 보내면 많이 보냈지 적게 보낼 수는 없었다!

상관 부인은 난간 위에 앉아 자신이 혼사를 치르던 시절을 떠올리며 승 회장을 그리워하고 있었다. 당정은 그녀와 등을 맞대고 앉아 저도 모르게 정역비를 떠올렸다.

'그 녀석, 정왕 전하를 감히 찾아가지는 못했을 거야. 또 그렇다고 어디서 술을 마시고 있는 것도 아닐 텐데…….'

그리고 바로 이 객잔에서, 한우아 역시 잠들지 못하고 있었다. 그녀는 침상 위에 누운 채 늘 가지고 다니는 공기봉리를 만지작거리며 어서 날이 밝기를, 내일 웃을 일을 기다리고 있었다.

그리고 수백 리 밖 만진국 남부에서는 백리명천이 이제 막 비연과 군구신이 혼례를 치른다는 정보를 받은 참이었다. 그는 못가에 엎드린 채 그대로 굳어 버렸다. 언제나 웃음기 가득히던 눈에서도 반짝임이 사라졌다.

시종이 의아해하며 물었다.

"삼전하, 괜찮으신지요?"

백리명천이 겨우 정신을 차리고 대답했다.

"괘…… 괜찮다."

언제나 방탕하게 풍류를 즐기던 그가 뜻밖에도 시종 앞에서 어색해했다. 그는 분명 당황하고 있었다. 시종에게 제 마음속 비밀을 들킨 것처럼, 그리고 스스로도 제 마음속 비밀을 발견한 것처럼…….

익숙하다, 경국지색

백리명천의 난감해하는 표정을 보고 시종이 깜짝 놀랐다!

삼전하를 잘 이해하고 있는 그들은 물론이고, 삼전하를 잘 알지 못하는 외부인이라 해도 삼전하가 난처한 표정을 짓거나 부끄러워할 수 있는 사람이라고는 생각하지 못할 것이다.

백리명천도 자신의 반응에 놀란 듯했다. 갑자기 뒤로 물러나더니 물속으로 잠수해 버렸다. 연못을 한 바퀴 돌고서야 물에서 나온 그는 얼굴의 물기를 닦아 냈다. 그리고 언제나처럼 매혹적이고 나른하게 웃기 시작했다.

"그래서, 혼례가 언제라고?"

"사혼 때 사흘 후라고 말했으니, 바로 내일입니다."

시종의 대답에 백리명천의 표정이 다시 한번 굳었다.

또 한참이 지나고 시종이 속삭였다.

"삼전하……."

그러나 백리명천은 이번에는 난처한 표정을 짓지 않았다. 그는 이상할 정도로 갑자기 화를 내며 소리쳤다.

"어째서 좀 더 빨리 보고하지 않았지?"

주인의 기분을 짐작할 수 없는 것은 이번이 처음이었다. 시종이 다급하게 대답했다.

"진양성에서 여기까지 정보가 오는 데 가장 빨라도 사흘은

걸립니다. 저도 방금 급전으로 받은 소식입니다! 삼전하, 분노를 삭이십시오!"

백리명천은 그 이상 묻지 않았다. 주변은 고요하고, 달빛 아래 물결이 반짝이고 있었다. 밤의 적막 속에서 백리명천의 호흡 소리만이 뚜렷하게 들렸다. 분명 평소보다 조금 무거울 뿐 아니라 어지러웠다.

그러고 싶지 않아도 머릿속에 계속 비연이 해맑게 웃는 모습이 떠올랐다. 그에게 나쁜 짓을 저지른 후 교활하게, 양심이라고는 없는 듯하던 그 모습.

혼을 잃고 기백만이 남아 있는 것 같던 백리명천이 중얼거렸다.

"연아, 본 황자가 아직 너와 계산을 끝내지 않았는데, 어찌 시집을 간다는 거지? 어째서……."

그는 중얼거리다가 점차 물속으로 들어가 하룻밤 내내 떠오르지 않았다.

동쪽이 희끗희끗 밝아 오기 시작했다!

진양성 안, 비연은 밤새도록 잠을 이루지 못했다. 눈에는 핏발이 가득 서고 작은 얼굴에는 실망감이 가득했다. 그것은 숨기려 한다고 숨겨지는 것이 아니었다.

날이 밝도록, 그녀가 기다리는 사람은 결국 오지 않았다.

문밖에서 전 어멈이 부르는 소리가 들렸다.

"대소저, 일어나셨어요?"

비연이 겨우 몸을 일으켰다. 그녀는 약방을 보고 또 본 다음 몸 안에 감추며, 마음속으로 중얼거렸다.

'망할 얼음, 다시 열흘을 주겠어. 열흘 안에 내 앞에 나타나지 않으면, 이 약방문을 정왕 전하께 드리고 말 테다!'

비연이 문을 열자 전 어멈과 진 여관이 예복이며 머리 장식 등을 가지고 들어왔다. 그리고 전 어멈이 비연의 시중을 드는 동안 진 여관은 비연의 머리를 빗기기 시작했다.

"한 번 빗으면 이 인연이 끝까지, 두 번 빗으면 백년해로, 세 번 빗으면 자손이 가득, 네 번 빗으면 부귀와 장수가 함께하고."

그렇게 중얼거리며 비연의 머리를 빗긴 진 여관이 머리를 틀어 올린 뒤 진주가 달린 비녀며 떨잠을 달아 주었다. 그러자 비연은 갑자기 자신이 변한 것 같은 느낌이 들었다. 몸은 여전히 왜소했지만, 더 이상 세상 물정 모르는 어린 소녀 같지 않았다. 오히려 무어라 말할 수 없는 기운이 피어오르며 자신이 보기에도 매우 아름다워 보였다.

비연뿐 아니라 전 어멈과 진 여관도 그 사실을 깨달았다. 예전에 예복을 고를 때는 몸에 딱 맞지 않았고, 머리도 제대로 꾸미지 않은 상태였기에 비연이 어떤 모습인지 제대로 짐작하지 못했다. 심지어 비연의 마른 몸이나 기운으로는 이 장중하고 화려한 차림을 제대로 소화하지 못하는 것은 아닐까 걱정하기도 했다

그러나 지금 보니 비연은 높은 신분에 걸맞게 장중하고 호화스러운 의상을 완벽하게 소화했다. 결코 옷에 눌리는 느낌 없이, 오히려 무어라 표현하기 어려운 존귀한 느낌까지 풍기고

있었다. 다른 명문가의 여식들은 물론이고, 황족이나 공주가 온다 해도 결코 지지 않을 듯했다.

화장을 해 주기 위해 방에 들어온 진묵은 비연의 그런 모습을 보고도 전혀 놀라지 않았다. 이미 그녀의 잠재력을 알아보고 있었던 모양이었다. 그는 다른 이들을 모두 내보내고, 비연에게 눈을 감게 한 다음 화장을 시작했다.

전 어멈과 진 여관은 굳게 닫힌 방문 앞에서 기다리고 있었다. 그러자 고 이야와 왕 부인이 오더니, 얼마 되지 않아 당정도 왔다.

혼례 전 사흘 동안은 외부인을 만날 수 없지만 혼례 당일에는 가능했다. 당정은 일부러 문을 막고 신랑에게 장난을 치기 위해 온 참이었다! 사실 상관 부인도 함께하고 싶어 몸이 근질근질했지만 호 부인에게 저지당해 오지 못했다. 어쨌든 그녀들의 신분은 당정과는 또 달랐던 것이다.

얼마 지나지 않아 방문이 삐걱 소리를 내며 열렸다. 모두 앞다투어 방 안으로 들어갔다. 그러자 경대 앞에 앉아 있던 비연이 고개를 돌리며 미소 지었다. 바로 그 순간, 모든 이들의 넋이 나가 버리고 말았다.

가인이 세상을 벗어나 홀로 고고하다는 말이 있지 않은가. 그것은 바로 비연을 두고 하는 말이 아닐까! 한번 돌아보면 성이 기울어지고, 다시 한번 돌아보면 나라가 망한다는 미인! 한번 웃으면 그 아름다움이 지극하여 다른 여인들은 모두 빛을 잃게 된다는 미인!

반듯한 이마에 가느다란 눈썹, 붉은 입술에 새하얀 이. 하늘이 내린 절세의 미인을 어찌 아름답다는 한마디로 설명할 수 있을까?

눈앞의 비연은 방금까지의 비연과 전혀 다른 사람 같았지만, 동시에 완벽하게 동일한 사람이니 모두 한눈에 알아볼 수 있었다.

얼굴 생김새를 변화시킨 것도 아니고 화장이 진한 것도 아니었다. 유일한 변화는 마른 얼굴이 살짝 둥글어진 것뿐이었다. 턱도 그렇게 뾰족하지 않고, 광대뼈도 그렇게 드러나지 않았다. 원래, 살집이 있던 사람이 마르면 예뻐지는 것처럼 마른 사람도 살집이 붙으면 예뻐지는 거였다!

진 여관이 계속 경탄했고, 전 어멈은 기뻐서 어쩔 줄 모를 지경이었다.

"대소저, 이 늙은이가 말했잖아요. 원래 바탕이 좋다니까요. 얼굴도 예쁘고. 그냥 너무 말랐던 거지. 살을 조금만 찌우면 절세미인이라고 내가 계속…… 보세요! 이 늙은이가 잘못 보지 않았다니까!"

진 여관도 기뻐했다.

"정왕 전하께서 오늘 밤 고 대약사를 보시면 아마 더욱 좋아하게 되실 겁니다!"

진 여관은 이 말을 하자마자 바로 자신이 실수했음을 깨닫고 입을 다물었다. 다행히도 그 자리에 있던 누구도 눈치채지 못한 것 같았다.

비연은 사실 아직 거울을 들여다보지 않은 상태였다. 그녀는 약간 기쁘기도 하고 또 부끄럽기도 한 동시에 살짝 기대하는 마음이 들었다. 당정이 왔다는 사실조차 눈치채지 못하고 그저 진묵을 한번 바라본 다음, 천천히 몸을 돌려 거울에 비친 자신을 바라보았다. 그리고 저도 모르게 외치고 말았다.

"어머, 예뻐라!"

말을 한 다음에야 자화자찬했음을 깨달았지만 비연은 즐겁게 웃기 시작했다. 그러자 더욱더 사랑스러워 보였다.

당정은 사람들 뒤에서 거울 속 비연을 바라보았다. 그녀는 기쁨이 넘치는 와중에도 비연의 얼굴이 어쩐지 눈에 익어 보인다고 생각했다. 그러나 아무리 생각해도 어디서 본 얼굴인지 기억할 수 없었다.

당정은 운한각에서 찾고 있는, 비연과 똑같이 이름에 '연' 자가 들어가는 어린 소녀, 그녀의 어린 주인님을 떠올렸다. 비연이 그 소녀와 그렇게 닮은 것 같지는 않았지만 당정은 확신할 수 없었다. 그 어린 주인이 실종되었을 때는 겨우 여덟 살이었으니까.

여자가 열여덟이 되면 외모가 크게 변하는 것은 말할 것도 없고, 남자라 해도 스무 살이 되면 열 살 때와는 완전히 다른 모습으로 변하지 않는가! 그런데 어째서 이리도 익숙한 걸까?

당정은 어린 시절부터 지금까지 봐 온 미인들을 모두 떠올리며 한 번씩 비교해 보았지만 도무지 알 수가 없었다. 아무래도 전날 밤 제대로 자지 못해 착각을 일으킨 것 같았다.

그때였다. 거울 속에서 당정을 발견한 비연이 무척 기뻐하며 재빨리 몸을 돌렸다.

"언니!"

당정이 정신을 차리고, 재빨리 다가가 농담을 건넸다.

"쯧쯧, 내 동생이 이런 미인인 줄 알았다면 살을 좀 더 찌운 후에 시집보낼걸. 그랬다면 정왕 전하에게서 예물을 더 많이 받아 낼 수 있었을 텐데!"

이 말에 모두가 큰 소리로 웃었다. 비연이 그녀를 잡아끌고, 그 풍성한 예물에 대한 감사의 인사를 했다. 당정이 속삭였다.

"나에게 고마워할 것 없어. 내가 보낼 수 있는 양이 아니었는걸, 뭐. 신농곡이 보낸 거야. 아, 그리고 나는 문을 막으러 왔어. 아무리 황제 폐하께서 내리신 혼사라 해도, 정왕 전하가 그렇게 쉽게 너를 맞아 갈 수는 없을걸!"

비연은 정왕 전하를 만나고 싶어 안달하던 참이었기 때문에 당정의 이 말에 울 수도 웃을 수도 없는 심정이 되었다. 그러나 감히 반대 의견을 낼 수도 없었다. 정왕 전하가 분명 이 언니를 다룰 수 있겠지?

곧 비연은 규방으로 돌아갔다. 봉황관을 쓰고 다시 붉은 천을 머리에 쓴 그녀는 침상에 앉아 기다리기 시작했다. 당정이 곁에서 한가로이 이야기를 하기 시작했다.

그리고 정왕부 쪽, 군구신도 모든 준비를 마친 다음이었다.

영친, 정왕의 약속

군구신이 문을 나서기도 전에, 융숭하고 성대한 영친[5] 행렬이 정왕부 문가에 늘어서 있었다. 그중 가장 눈을 끄는 것은 대오 중앙에 있는 호화로운 장식의 가마, 팔인교였다.

주위는 이미 구경꾼들로 가득했다. 사람들은 영친 행렬이라 해 봤자 간단할 거라 생각했는데, 성대하게 늘어서 있는 걸 보고 놀라 사방에서 수군거렸다.

상당수의 사람들이 의아해했지만 그래도 대부분은 이 행렬이 정왕 전하가 천무제에게 보여 주기 위해 꾸민 것이라고 생각했다. 사람들 틈에 숨어 지켜보던 한우아도 그렇게 생각했다.

그녀는 지금 팔인교 오른쪽에 서 있었다. 크고 호화로운 가마가 점점 눈을 찔러 오는 것 같았지만 그녀는 결코 시선을 돌리지 않았다. 하지만 자신이 저 가마 위에 올라탔더라면 어땠을지 상상하는 것을 멈출 수 없었다.

한우아는 정왕 전하의 영친 행렬이 융숭하고 화려할수록 비연의 혼수가 더욱더 초라해 보이리라 생각했다. 그녀는 바로 그 순간을 기다리고 있었다!

군구신은 평생 처음으로 붉은 예복을 입었다. 그는 이 경사

---

5 고대 중국 혼례에서 신랑이 신부 집에 가서 아내를 맞이하는 의식.

스러운 붉은색과 완벽하게 어울렸고, 평소의 냉랭하고 신비스러운 느낌 대신 몹시 활기차 보였다. 또한 평소보다 좀 더 잘생기고 존귀해 보였다.

그가 침궁을 떠난 지 얼마 되지 않아 망중이 누군가와 함께 걸어오는 것이 보였다. 바로 정역비였다! 군구신은 불쾌했다. 오늘은 그 누구에게도 방해받고 싶지 않았다.

그러나 그의 생각과 달리 정역비는 그 앞에 한쪽 무릎을 꿇고는 진지하게 말했다.

"정왕 전하, 오늘 전하께서 고씨 가문의 대소저를 맞이하러 가실 때 제가 말을 끌겠습니다."

군구신은 놀라고 말았다.

정역비가 고개를 들더니 가볍게 웃으며 말했다.

"전하, 허락해 주시지요!"

영친 행렬은 너무 빨리 움직여서는 안 되기 때문에 확실히 정왕의 말을 끌어 줄 사람이 필요했다. 그러나 그것은 보통 시종이 맡는 일이었다.

정역비가 이 일을 하겠다고 하는 것은, 이 기회를 빌려 세상 사람들에게 정씨 가문의 입장을 밝히려 하는 것이었다. 또한 그가 정왕 전하와 비여의 혼사를 인정했음을 알리고자 하는 의도도 있었다. 그는 이런 내용을 굳이 설명하지 않아도 정왕 전하가 이해할 거라 믿었다.

군구신은 확실히 이해했고, 그렇기에 깜짝 놀랐다! 그러나 곧 정역비의 그 가벼운 미소를 바라보며 자신도 환하게 웃기 시작했다.

"좋다! 본 왕이 허락하지!"

정역비가 크게 기뻐하며 말했다.

"정왕 전하께 감사드립니다!"

그리고 바로 일어나, 먼저 문밖으로 성큼성큼 걸어 나갔다.

정역비가 측문을 통해 정왕부 밖으로 나가는 순간, 주변이 시끌벅적해졌다. 모두들 그가 병부를 예물로 삼아 어약방에서 비연에게 구혼했다는 사실을 알고 있었다. 그런데 그가 오늘 이 자리에 나타날 줄이야! 게다가 정왕부에서 나올 줄이야!

대체 뭘 하려는 거지?

모두가 지켜보는 가운데 정역비는 여전히 웃는 얼굴로 행렬을 따라 성큼성큼 걸었다. 마침내 팔인교 앞 거대한 한혈마 앞에 멈춰 선 그가 말고삐를 잡더니, 말을 정왕부 대문 앞으로 끌고 갔다.

이건……

당당한 천염국의 대장군이 정왕 전하의 마부 역할을 하러 왔다는 건가? 그렇다면 이미 정왕 전하의 사람이 되기로 한 걸까? 그래서 천무제가 사혼을 내려도 아무 불만이 없는 걸까?

지금까지 꽤 많은 사람들이, 정왕이 비연을 아내로 맞이하면 한가보의 조력뿐 아니라 정가군도 잃게 될 것으로 추측하고 있었다. 그러나 지금 보니 상황이 완전히 반대가 아닌가!

시끌벅적하던 소리가 점차 줄어들고 적막이 그 자리를 대신 채웠다. 모든 이들이 멍하니 놀라고 있었다. 바로 그때, 군구신이 대문 밖으로 나왔다. 그는 행렬을 흘깃 보더니 매우 만족스러운 표정을 지었다.

군구신이 한 걸음 한 걸음 계단 아래로 내려오자 정역비가 즉시 한쪽 무릎을 꿇고 다른 한 다리를 세웠다. 주변이 쥐 죽은 듯 고요했다. 군구신은 조금의 망설임도 없이 정역비의 다리를 밟고 말 위에 올랐다. 하소만이 명령하자 음악이 울려 퍼지며 영친 행렬이 마침내 출발했다!

정왕부에서 고씨 저택까지는 거리가 꽤 있는 편이었다. 시끄러운 행렬이 움직임에 따라 주변의 관중들은 더더욱 많아졌다. 그들 대부분이 행렬을 구경하며 따라갔다. 그 기세만 보면 진양성 사람들이 모두 거리로 나온 것 같았다.

한우아는 사람들에게 밀리다가 얼마 지나지 않아 인파에서 내팽개쳐지고 말았다. 점점 멀어져 가는 정왕 전하의 뒷모습을 보자 그녀는 화도 나고 억울하기도 하여 하마터면 고함을 지를 뻔했다. 그러나 결국 참아 냈다. 그녀는 자신이 정왕 전하를 만나려면, 반드시 혼례가 끝난 후 사적인 자리에서 만나야 한다는 걸 알고 있었다.

몸을 일으킨 한우아는 길을 돌아 고씨 저택을 향해 달려갔다! 비연이 웃음거리로 전락하는 모습을 뵈야민 그녀의 분노와 억울함이 가라앉을 것 같았다.

고씨 저택, 요화각.

비연이 당정과 이야기를 주고받고 있었다. 그런 그녀에게는 보통 신부라면 응당 보일 긴장감이 전혀 없었다. 그러나 전 어멈이 들어와 그녀의 머리에 붉은 천을 씌워 주며 곧 길시가 된다고 말하자, 비연도 부지불식간에 긴장하기 시작했다.

곧 길시가 된다. 이 말은 정왕 전하가 곧 도착한다는 의미였다. 무의식적으로 손수건을 꽉 쥔 비연은 그제야 자신이 긴장했음을 깨달았다. 그러나 곧 혼례를 치를 거기 때문에 긴장한 것인지, 아니면 곧 정왕 전하를 만나 진상을 알게 되리라는 생각에 긴장한 것인지는 스스로도 알 수 없었다.

혼례 때문에 긴장한 거라면…… 하지만 그녀는 이것이 그저 연극에 지나지 않는다는 사실을 그 누구보다도 잘 알고 있었다.

정왕 전하를 만난다는 생각에 긴장한 거라면…… 그렇다 해도 긴장할 이유가 없지 않은가! 어차피 이렇게 된 이상, 기껏해야 진상을 알고 싶을 뿐인데. 대체 왜 이러는 걸까?

긴장해서일까, 시간이 아주 빠르게 흘러갔다. 멀리 음악 소리가 들려오자 비연은 저도 모르게 붉은 천을 끌어 내리고 다급하게 물었다.

"전하께서 오셨나요?"

당정이 참지 못하고 피식 웃고 말았다.

"아이참, 왜 그리 급한 거야! 겨우 사흘 보지 못했을 뿐인데!"

진 여관이 다급히 비연에게 다시 붉은 천을 씌웠다.

"고 대약사, 기억하세요. 지금부터 이 붉은 천은 정왕 전하만이 벗겨 주실 수 있는 겁니다. 그렇게 잡아끌거나 하면 길하지가 않아요!"

"아……."

비연은 더 이상 함부로 움직일 수도 없었다. 그녀의 심장이 쿵, 쿵, 점점 더 빠르게 뛰고 있었다.

음악 소리며 폭죽 소리가 점점 더 크게 들렸다. 아무래도 고씨 저택 대문 앞에 도착한 것 같았다. 이제 비연은 물론이고 당정마저 긴장하기 시작했다. 당정은 문가로 달려가 바깥의 동정에 귀를 기울였다.

차 한 잔 마실 시간이 지나자 문밖에서 발걸음 소리가 한바탕 들려왔다. 아무래도 상당수의 사람들이 오고 있는 것 같았다. 비연은 손에 쥐고 있던 손수건을 계속 비비다가, 밖에서 들려오던 발걸음 소리가 멈추자 저도 모르게 손을 붉은 천 쪽으로 가져갔다. 진 여관이 노려보며 다급하게 그녀의 손을 눌렀다.

"고 대약사, 이 늙은이가 간청했잖아요. 움직이지 마세요. 정왕 전하께서 문밖에 계십니다!"

비연이 온순하게 손을 내려놓았다. 사실 그녀는 정왕 전하가 문밖에 있는지 한번 보고 싶었을 뿐이었다.

바로 이때 문 두드리는 소리가 들렸다. 곧이어 군구신의 목소리도 들려왔다. 그의 목소리는 여전히 맑고 서늘했지만 평소보다 좀 더 진지하게 들렸다.

"비연, 본 왕이 너를 맞으러 왔다. 문을 열어라."

붉은 천 안에서 비연이 입술을 깨물었다. 갑자기 그녀는 정말로 혼례를 치르는 것 같은 기분이 들었다. 문밖에 있는 저 남자와 혼례를 치르는 것 같은 착각이.

그때였다. 당정이 외쳤다.

"정왕 전하, 축하드립니다! 연아가 저에게 문제를 하나 내라고 하더군요. 연아가 정왕 전하의 대답에 만족한다면 제가 문을 열어 드리지요. 연아가 만족하지 못한다면, 스스로 방법을 생각해 들어오셔야 합니다."

당정은 사실 긴장되어 죽을 지경이었지만 담담하게 말을 마쳤다.

비연은 당정이 이렇게 문을 막을 줄은 몰랐기에 다급하게 말했다.

"언니, 이러지 말아요. 내가 언제……."

그러나 그녀의 말이 끝나기도 전에 군구신이 진지하게 물었다.

"무슨 문제지?"

당정이 기뻐하며 냉큼 대답했다.

"연아는 전하께서 연아를 얼마나 좋아하는지 묻고 싶어 해요."

비연은 마침내 더 이상 참지 못하고 붉은 천을 재빨리 걷어냈다. 그리고 당정을 죽일 듯한 눈빛으로 쏘아보았다.

당정은 고개를 돌리더니 전혀 무섭지 않다는 듯 생긋 웃었다. 그와 동시에 문밖에서 군구신이 답하는 소리가 들려왔다.

"약수가 3천이어도 물 한 표주박만을 취하며, 세 번의 생을 윤회하더라도 한 사람만을 기다릴 것이다. 본 왕은 이 생에 영원히 첩을 들이지 않을 것이다."

본 왕은 그녀를 안고 싶다

군구신이 당정의 질문에 대답한 순간, 문 안팎의 모두가 무어라 형용할 수 없는 적막에 휩싸였다.

냉정하고 과묵한 정왕 전하가 사람들 앞에서 이렇게 달콤한 말을 하실 줄이야! 그것도 저렇게 진지하게! 저렇게 패기 있게! 진 여관이 비연에게 붉은 천을 다시 씌워 주는 것도 잊을 정도였다.

비연은 그야말로 멍하니 굳어 버렸다! 약수가 3천이어도 물한 표주박만을 취하며, 세 번의 생을 윤회하더라도 한 사람만을 기다릴 것이다! 이건 그녀가 정왕 전하에게 했던 말이 아닌가? 그는 기억하겠다고 했었다……. 그리고 정말로…… 기억하고 있었다!

그러나 당시 비연은 정왕 전하에게, 한우아를 좋아한다면 일편단심으로 대하라는 뜻으로 말한 거였다. 남는 마음 조각을 그녀에게 주거나 하지 말라는 그런 의미였는데…… 정왕 전하는 그 말을 그대로 인용해 그녀에게 대답했을 뿐 아니라 영원히 첩을 들이지 않겠다는 약속까지 더했다!

설마 그때 정왕 전하가 그녀의 뜻을 오해했던 걸까? 그녀가…… 그가 자신에게 일편단심으로 대하기를 바란다고? 하지만…… 그렇다 해도 뭔가 맞지 않다!

비연의 머릿속이 복잡해졌다. 아무리 고민해도 이 일은 뭔가 이상했다. 너무 이상했다!

그러나…… 분명 이상하다 생각하면서도 그녀의 심장은 미친 듯이 뛰고 있었다. 심지어 그런 말을 하는 그의 모습을 보고 싶었다.

그의 눈빛은…… 따뜻할까? 따뜻?

생각이 여기에 이르자 비연은 저도 모르게 손으로 제 명치께를 눌렀다.

"만족하는가?"

문밖에서 들려오는 군구신의 목소리가 꽤 따뜻하고 부드럽게 들렸다. 비연은 도무지 어떻게 대답해야 할지 알 수 없었다.

아니, 사실 대답할 필요도 없었다. 진 여관과 당정이 정신을 차린 모양이었다. 진 여관이 재빨리 비연에게 붉은 천을 씌웠고, 당정도 서둘러 대답했다.

"만족했어요! 정왕 전하, 연아는 아주 만족스럽다고 합니다. 연아가 기억할 거예요! 평생 기억하겠다네요!"

뭐라고?

비연이 당황하는 사이 당정이 문을 열었다. 비연은 뭐라 말하려다 문이 열리는 걸 보고는 바로 멈추고 말았다. 심지어 미동도 할 수 없었다. 쿵쾅거리며 뛰고 있던 심장이 이제 더더욱 빠르게 뛰었다.

당정과 전 어멈은 감동한 나머지 아무 말도 하지 못했다. 문밖에 있던 사람들도 머리를 들이밀고 보면서도 감히 시끄럽게 굴지는 못했다.

　고요한 가운데 비연은 자신에게 다가오는 발걸음 소리를 똑똑히 들을 수 있었다. 정왕 전하가 그녀에게 다가오고 있었다. 한 걸음, 또 한 걸음. 그리고 마침내 멈췄다. 그가 왔다! 그가 지금 그녀 앞에 서 있다!

　비연이 무의식적으로 손수건을 꽉 쥐었다. 군구신이 몸을 굽히더니 커다란 손을 그녀의 긴장한 작은 손 위에 얹었다. 왜 이러는 걸까? 그녀가 긴장한 걸 알아채기라도 한 걸까?

　비연은 더욱 긴장했다.

　군구신이 느릿느릿, 부드럽게 그녀의 손을 잡아끌었다. 그리고 그녀의 작은 손을 제 커다란 손 안에 잡더니, 그녀의 손에 부드럽게 입을 맞춘 다음 천천히 꽉 잡았다.

　세상에!

　비연은 그야말로 굳어 버리고 말았다!

　정왕 전하가 그녀의 손에 입을 맞췄다?

　사람들 모두 자신도 모르게 숨을 멈추고 있었다. 단지 입맞춤 때문만은 아니었다. 그보다는 이 순간 정왕 전하가 보여 주는 따뜻한 모습 때문이었다! 가장 귀한 보물을 어루만지는 듯한 조심스러운 손길!

　그는 비연의 불안을 가라앉히는 듯하면서도 동시에 그녀를 놀라게 하고 있었다. 원래, 냉정하던 남자가 여자에게 부드럽게 대하기 시작하면 이렇게…… 이렇게 따뜻할 수 있는 거였다!

　비연은 긴장으로 머릿속이 텅 비어 버리는 것 같았다. 꿈을 꾸는 것만 같았다. 너무나 아름다운 꿈, 그러나 결코 사실이 아닌 것만 같은!

군구신이 바로 그녀의 손을 놓아주지 않고 방금 했던 말을 다시 한번 되풀이했다.

"비연, 본 왕이 너를 맞이하러 왔다."

이 말을 듣는 순간 비연은 지금이 실제 상황이라는 것을 알아차리고 겨우 정신을 다잡을 수 있었다.

"전하, 저는……."

정신을 다잡았다 해도 무어라 대답해야 할지 모르기는 마찬가지였다.

"저, 저는……."

사실 그녀의 대답은 필요하지 않았다. 군구신은 이미 확신하고 있었으니까. 그러나 진 여관이 노래를 시작하려 하자 그는 눈빛으로 제지했다. 설령 단 한마디라 해도 그녀의 대답을 듣고 싶었던 것이다.

"저, 저는……."

비연이 긴장한 기색으로 한참 고민하더니, 결국 뭐라 대답해야 할지 몰라 웅얼거리고 말았다.

"응……."

군구신은 잠시 멈칫하더니, 곧 입꼬리를 살짝 들어 올리며 웃었다. 그리고 사랑스러워 견딜 수 없다는 듯 속삭였다.

"바보."

바보?

익숙한 느낌이 마음을 스쳐 갔다. 그러나 안타깝게도 지금 이 순간의 그녀는 깊이 생각할 여유가 없었다.

정왕이 만족하는 걸 보고 진 여관이 겨우 입을 열었다.

"길시가 되었습니다. 정왕 전하께서는 신부를 업고 밖으로 나가 가마에 오르시지요!"

군구신이 잠시 머뭇거리더니 물었다.

"본 왕은 비연을 안아서 데려가고 싶다. 그래도 괜찮은가?"

그의 목소리는 아주아주 작았지만 비연은 똑똑히 들을 수 있었다. 붉은 천 아래 그녀의 얼굴이 새빨갛게 달아올랐다.

진 여관은 본래 군구신의 사람이었다. 그녀가 보기에, 풍속이며 의식이 아무리 중요하다 해도 제 주인이 원하는 것만큼 중요한 것은 없었다!

그녀가 재빨리 고개를 끄덕였다.

"물론 그러셔도 되고말고요."

군구신의 입가에서는 미소가 떠나지 않았다. 그가 다시 한번 몸을 굽히더니, 비연의 손을 잡아 제 목을 끌어안게 한 다음 그녀를 안아 올렸다. 조금도 힘들지 않은 듯 자연스럽고도 패기 있는 동작이었다.

비연은 이미 완벽하게 함락당한 상태였다. 그녀는 이게 대체 어찌 된 일인지 묻고 싶어 사흘 내내 초조하게 기다리던 것도 잊었다. 심지어 자신이 계속 그를 거절해 왔다는 사실도 잊었다.

이제 그녀는 무엇이 잘못되었는지, 얼마나 잘못되었는지 생각할 겨를도 없었다. 남은 것은 그저 느낌뿐. 확신에 가까운 느낌뿐이었다.

정왕 전하가 예전에 그녀에게 좋아한다고 했던 것은 결코 쉽게 뱉은 말이 아니었던 것이다. 또한 다른 마음을 먹었던 것도 아니었다. 정왕 전하는 그녀를 아주 좋아한다. 정왕 전하는 진심으로 그녀를 아내로 맞이하고 싶어 한다.

비연은 그에게 안긴 채 살짝 굳어 있었다. 그녀의 심장만이 계속 요동치듯 뛰고 있었다.

군구신은 패기 있고도 다정하게 그녀를 안은 채 한 걸음 한 걸음 요화각 밖으로 나갔다. 키가 크고 곧은 몸매의 그에 비해 비연은 아주 작고 연약해 보였다. 그렇게 대조를 이루어서일까? 군구신은 그녀를 지키기 위해 태어난 것처럼 보였고, 비연은 그의 패기 있는 따뜻함을 독점하기 위해 태어난 것처럼 보였다. 그들의 그림자는 자연스럽고 아름답게 한 쌍을 이루고 있었다.

그는 마치 이대로 그녀를 안은 채 계속 걸어가려는 것만 같았다. 그들 앞에 펼쳐진 길고 긴 세월을 걸어 운명의 끝에 다다를 때까지, 그리하여 이 생을 끝내고 다음 생, 또 다음 생까지.

군구신이 비연을 안은 채 고씨 저택을 나섰을 때, 문밖의 시끄러운 소리는 바로 사라지고 말았다. 모든 이들이 깜짝 놀라 아무 소리도 내지 못한 채 그들을 바라보았다.

모두들 정왕 전하가 비연을 업지도 않을 거라 생각했다. 그녀와 함께 걸어 나오기만 해도 괜찮은 거라고. 그러나 모두의 생각과 달리 정왕 전하는 입가에 미소를 머금고, 비연을 안은 채 걸어 나왔다!

그리도 차갑고 냉정하던 사람이었건만, 웃기 시작하니 너무나 잘생기고 따뜻해 보였다. 마치 사월의 봄바람이 살며시 불어와 인간 세상 모든 꽃이 피어나는 것처럼.

모든 이들이 고요함 속에서 주시하는 가운데, 비연을 안고 고씨 저택을 나온 군구신이 그녀를 가마 안에 다정하게 내려놓았다. 그리고 직접 휘장을 내려 주었다.

군구신이 말 위에 올라타자 진 여관이 바로 소리쳤다.

"가마를 올려라!"

음악 소리가 울려 퍼지며 적막을 깨트렸다. 연주는 경쾌하고 기쁜 와중에도 장중함을 잃지 않았다.

영친 행렬이 움직이며 장관을 이뤘다. 행렬이 반쯤 갔을 때에야 주변 구경꾼들이 겨우 정신을 차리고 시끌벅적하게 떠들기 시작했다. 그러나 얼마 지나지 않아 그들은 다시 눈을 휘둥그렇게 뜨고 말았다.

고씨 가문의 혼수 행렬이 정왕 전하의 영친 행렬 뒤를 바짝 따르고 있었다. 준마가 끄는 수레가 측문을 통해 나오기 시작했는데, 수레마다 커다란 보물 상자가 놓여 있었다. 그런데 수레가 한 대, 또 한 대, 그리고 또…… 사람들은 끊이지 않고 나오는 수레의 대수조차 셀 수 없었다.

이게…… 비연의 혼수라니!

본래 봉황인 것을

커다란 보물 상자를 실은 수레들이 끊임없이 거리로 빠져나왔다. 간신히 시끌벅적해졌던 사람들은 다시 한번 쥐 죽은 듯 고요해졌다.

얼마나 지났는지도 알 수 없었다. 비연의 혼수 행렬이 마침내 모두 빠져나왔다. 비록 그 자리에 있던 이들 중 수레의 수를 정확하게 센 사람은 아무도 없었지만, 최소한 백 대는 넘는다는 것을 모두 알아챘다.

안 그래도 성대한 정왕 전하의 영친 행렬을 백 대가 넘는 수레가 뒤따르니, 행렬 전체가 더욱 호호탕탕하게 장관을 이뤘다. 지금까지 현공대륙에서 치러진 어떤 혼례도 이렇게 성대한 적이 없었다.

그 자리에 있던 수많은 이들은 비연이 웃음거리가 되는 것을 보러 온 참이었다. 그러나 비연은 웃음거리가 되지 않았을 뿐 아니라, 이 혼례에서 가장 주목받고 있었다!

수레 백 대가 넘는 혼수라니, 이것은 비연 자신의 체면을 세우는 일일 뿐 아니라 정왕 전하의 체면을 세우는 일이라고도 말할 수 있었다!

이 혼수들, 설마 가짜인 건 아닐까?

그러나 비연에게 정왕 전하와 군씨 황족을 속일 만한 배짱이 있을 것 같지는 않았다. 일단 이런 일을 거짓으로 치르면 결코 덮을 수 없었다. 그리고 일단 드러나면 비연과 고씨 가문은 체면을 잃을 뿐 아니라 큰 죄를 얻게 될 것이다!

행렬이 멀어지자 고씨 저택 앞에 있던 이들은 겨우 정신을 차리고 분분히 따르기 시작했다. 그리고 사람들 사이에 숨어 있던 한우아는 놀라서 안색마저 창백해진 상태였다.

그녀는 정왕 전하가 직접 비연을 안고 나온 걸 보고 경악했을 뿐 아니라, 비연의 혼수를 보고 더욱 의아해하고 있었다.

아니야!

믿을 수 없었다. 고씨 가문이 어떤 상황인지 그녀는 아주 잘 알고 있었다.

비연도 기껏해야 이 반년 동안 좀 득세했을 뿐이니, 아무리 능력이 있다 해도, 설사 어디선가 도둑질을 해 왔다 하더라도, 단시간 내에 그렇게 많은 혼수를 모으는 건 불가능했다!

결코 사실일 리 없다! 분명 무엇인가가 있다!

한우아는 점점 더 화가 났다. 급기야 이성을 잃은 그녀는 모질게 마음먹고 행렬을 쫓기 시작했다. 그리고 행렬이 골목을 도는 순간, 몰래 돌멩이를 하나 들어 말 한 필을 향해 날렸다.

돌멩이에 맞은 말이 깜짝 놀라 바로 앞발을 높이 쳐들었고, 수레도 균형을 잃었다.

보물 상자가 수레 밖으로 떨어지며 덮개가 열리는 바람에 모두의 앞에 금괴 한 무더기가 드러났다. 동시에 시위들이 소리쳤다.

"조심해라, 자객이다!"

찰나의 순간, 주변에 매복하고 있던 시위들이 잇달아 나타났다. 양쪽에서 길을 열고 있던 관병들도 바로 창을 고쳐 잡으며, 구경하던 백성들을 뒤로 물러서게 했다.

다른 때라면 '자객'이라는 말을 듣는 것만으로도 모두 깜짝 놀라 도망쳤을 것이다. 그러나 지금 이 순간, 모든 이들은 상자 안에 가득한 금괴를 보며 눈만 휘둥그렇게 뜨고 있었다.

구경꾼들 모두 수레 위 보물 상자 안에 무엇이 들어 있는지 궁금해하던 차였다.

그러나 기껏해야 능라니 주단이니 머리 장식이니 하는 것들이 들어 있으리라 생각했다. 설마 상자 안이 금괴로 가득 차 있을 줄은 아무도 상상하지 못했던 것이다!

금괴로 가득 찬 상자라니, 저 안에 금이 대체 얼마나 들어 있는 걸까? 저렇게 많은 보물 상자 중 금괴가 들어 있는 것이 단지 이 상자 하나뿐일까?

한우아는 얼이 빠진 채 미동도 할 수 없었다. 심지어 시위가 범인을 잡으러 오는 데도 도망치는 것조차 잊었다. 바로 그랬기에 그녀는 시위의 의심을 피할 수 있었다.

행렬 전체가 멈췄다. 망중이 직접 살펴본 후 곧 군구신에게 달려가 보고했다.

"전하! 혐의가 가는 사람도, 도망치는 사람도 없습니다. 누군가가 말을 습격했을 뿐, 자객은 아닌 듯합니다. 한 삼소저가 사람들 사이에 있는 걸 보았는데, 혹시……."

군구신이 나지막하게 말했다.

"경계를 강화하고, 조심스럽게 매복하도록. 그리고 한우아를 주시하라."

시위들의 수는 결코 적지 않았다. 군구신 역시 자객을 두려워하지 않았다. 하지만 이렇게 좋은 날 방해를 받는 건 피하고 싶었다.

망중은 수하들을 시켜 방어 태세를 갖추는 동시에 직접 한우아를 주시하기 시작했다.

마부가 말을 안정시켰고, 전 어멈이 직접 금괴들을 주웠다. 그녀가 막 보물 상자의 덮개를 덮었을 때, 곁에 있던 진묵이 다시 상자의 덮개를 열었다.

"진 시위, 무엇……."

그러나 진묵은 아무런 설명도 없이 다음 수레 곁으로 다가가더니 보물 상자의 덮개를 열었다. 다시 다음 수레로 향했다.

그 모습을 본 전 어멈은 바로 그의 뜻을 이해하고, 역시 앞으로 달려가 보물 상자들을 하나하나 열기 시작했다.

이렇게 전 어멈과 진묵이 사람들 앞에서 모든 보물 상자의 덮개를 열었다.

상자 안은 차란하게 빛나는 금괴로 가득 차 있었다. 상자 뚜껑이 하나 열릴 때마다 그 화려함에 눈이 멀 지경이었다.

거리는 이제 소리 없는 세계로 변했다.

구경하던 이들은 말할 것도 없고 정왕부에서 나온 사람들조차 이 장면에 경악했다. 물론 그중 가장 놀라고 있는 사람은 바로 하소만이었다.

백 필의 준마에, 금괴 백 상자가 거리를 가득 채우다니, 이건 대체 무슨 장면일까?

이 상자들이 전부 금괴로 가득 차 있으리라 생각한 사람은 아무도 없었다! 설사 상자 안에 보통 물건들이 들어 있다 하더라도, 이만한 수량이면 사람들을 놀라게 하기에 충분했다.

그런데 금괴라니?

진양성 명문가의 여식은 말할 것도 없고, 부유한 가문의 아가씨나 천염국의 공주라 해도 이만한 혼수를 갖출 수는 없었다!

대체 비연이 몰락한 가문의 여식이라 말한 사람이 누구였던가? 비연이 나무를 타고 올라 봉황으로 변할 거라고 웃었던 사람은?

비연이 본래 봉황이었던 것을!

음악이 다시 연주되기 시작하더니 행렬이 계속 앞으로 나갔다. 사람들은 점차 웅성거리기 시작했다. 그들은 모두, 정왕 전하가 보물을 얻었으니 천무제가 후회할 거라 말했다.

상당수의 사람들이 비연의 혼수가 어디서 온 것인지 추측했다. 누군가는 고씨 가문이 몰래 숨겨 두었던 거라 말했고, 누군가는 비연이 신농곡 영예 이사로서 짧은 기간 안에 재물을 불릴 방법을 알았을 거라 말했다.

심지어 신농곡이 보낸 혼수가 아닌지 추측하면서, 신농곡이 이렇게 비연을 중시하는 걸 보면 단지 영예 이사로만 여기는 게 아닌 것 같다고 말하는 사람도 있었다…….

216

사람들은 이제 비연과 한우아를 비교하기 시작했다. 꽤 많은 사람들이 비연의 뒷배가 한가보에게 지지 않는다고 여기기 시작했다. 비연 자신의 능력이 한우아보다 월등한 것은 물론이고.

한우아는 비록 현행범으로 잡히지는 않지만, 눈앞에 가득한 금괴며 주변의 말소리가 바로 그녀에게는 최고의 심판이었다!

개인의 능력을 논하자면, 그녀가 철저하게 패배했다.

뒷배를 논한다 해도, 그녀가 아마 질 것 같았다.

그녀는 12만 금의 차용증 때문에 신농곡에서 크게 망신을 당했다. 그 후 여러 달 동안 비연을 피해 다녀야 했을 뿐 아니라 당정에게 계속 재촉당했고, 의모를 속여야 했다. 그러나 비연이 쉽게 가져가는 혼수 한 상자만으로도 12만 금이 훌쩍 넘어 보였다.

한우아는 참지 못하고 고민하기 시작했다. 오늘 시집가는 것이 그녀였다면 의모가 그녀에게 금괴 백 상자를 주었을까?

한가보에게는 분명 그만한 재력이 있었다. 그러나 의모가 그녀에게 그만큼을 주었을 리 만무했다.

한우아는 그 자리에 못 박힌 듯 서서 더 이상 영친 행렬을 쫓지 않았다. 정말로 괴로웠다!

그녀는 이런저런 생각을 하다가 갑자기 허리에 달고 있던 공기봉리를 꽉 쥐었다.

아직 지지 않았다. 그녀에게는 마지막 패가, 가장 큰 패가 남아 있었다.

정왕 전하는 핍박당했을 뿐 실제로는 한우아 그녀를 좋아한다! 그러니 비연의 혼수가 아무리 대단하다 한들 무슨 소용 있을까?

그녀는 기다릴 작정이었다. 의모가 명령을 내리기를, 그리고 알맞은 시기가 오기를. 그녀는 가능한 한 빨리 정왕 전하와 사적으로 만날 기회를 만들 것이다!

영친 행렬이 계속 앞으로 움직이고 있었다.

군구신은 금괴로 가득 찬 상자들을 보고도 놀라지 않았다.

그는 본래 진 여관에게 혼수를 준비해 줄 것을 명했으나, 진 여관에게서 상황이 돌아가는 이야기를 듣고 그만두었다.

그가 바라는 것은 비연이라는 사람, 그리고 그가 갈망하는 것은 비연의 마음이었다. 다른 것은 아무것도 필요 없었다.

그러나 그렇다 해도 등 뒤에서 황금빛이 장사진을 이루는 모습을 보니 매우 만족스러웠다.

비연도 가마가 멈춰 섰을 때 살짝 훔쳐보려 했지만, 대체 무슨 일이 벌어진 건지 알 수 없었다. 다만 자객이 들었구나 할 뿐이었다.

붉은 천을 내리고 냉정을 되찾은 뒤 다시 한번 전체적인 개요를 생각했다. 하지만 아무리 생각해도, 정왕 전하가 오늘 보인 태도 외에 다른 의문점은 생각나지 않았다.

그는 분명 한우아를 아내로 맞이하고 싶어 하지 않았던가. 그런데 그녀에게 그리도 다정하게 대하다니, 그것이야말로 유일한 의문점이었다!

어째서일까? 설마…….

비연이 고민하고 있는 동안 영친 행렬이 정왕부에 도착했고, 가마가 멈춰 섰다.

군구신이 말에서 내리더니, 풍습에 따라 직접 가마의 문을 걷어차러 갔다……

미인, 소원 성취하다

음악과 폭죽 소리가 멈추는가 싶더니 군구신이 가마의 문을 가볍게 발로 찼다. 평온하던 비연의 마음이 바로 긴장되기 시작했다.

진 여관이 가마 밖에서 축복의 말을 읊는 것이 들렸다. 다시 음악이 연주되고, 폭죽 소리가 들리며 주변이 시끌벅적해졌다.

비연이 진 여관의 부축을 받아 가마에서 내렸다. 진 여관은 정왕부 대문 앞 화로 위를 넘어가게 했다. 군구신이 화로 뒤에 서서 기다리고 있었다.

황족의 혼례는 보통 사람들의 혼례와 달리 이 이후의 예식이 없었다. 군구신이 비연을 맞이해 왕부로 들어서면 바로 신방에 들게 되어 있었다.

진 여관이 비연의 손을 군구신에게 건네고는 웃는 얼굴로 계속 축복의 말을 늘어놓았다. 비연은 긴장한 나머지 작은 손을 저도 모르는 사이에 가볍게 쥐었다.

진 여관의 축복의 말이 끝났다. 비연은 이제 군구신이 그녀를 문 안으로 이끌 거라 생각했다.

그러나 이게 웬일인가.

군구신이 다시 한번 몸을 굽히더니 그녀의 손을 제 목에 얹게 했다. 그리고 패기 있게 그녀를 안아 올린 다음 성큼성큼 대문 계단을 걸어 올라갔다.

등 뒤에서 환호성이 터졌다. 정왕 전하의 저런 모습이 어디 핍박당한 것이라 하겠는가. 스스로 바라던 혼사임이 분명했다! 신부의 집 대문을 나설 때 안아 나오고, 신랑의 집 대문을 들어갈 때 안아 들어간다.

정왕 전하는 신부를 대체 얼마나 아끼는 걸까!

이 순간 비연의 심장은 어지럽게 뛰고 있었다. 마침내 정왕 전하와 이야기를 나눌 기회가 왔지만 그녀는 아무 말도 하고 싶지 않았다. 그저 이대로 조용히 그에게 안긴 채 정왕부로 들어가고 싶었다.

그래, 아무것도 생각하지 말고…… 이 순간의 느낌에 따라도 되는 걸까?

안 된다!

비연이 마침내 입을 열었다.

"전하……."

"응?"

군구신의 주의력은 전부 그녀에게 쏠려 있었다. 덕분에 주변이 아무리 시끌벅적해도 바로 그녀의 목소리를 알아챌 수 있었다.

비연은 정왕부로 오는 내내 고민한 끝에 마음속으로 어느 정도는 확신하고 있었다. 하지만 그래도 여전히 황공한 마음이 들어 잠시 머뭇거리다가 물었다.

"전하, 설마…… 한우아를 좋아하시는 게 아닌가요?"

군구신이 살짝 놀라며 발걸음을 멈췄다.

비연이 계속 말했다.

"한우아를 맞이하려 하셨던 것은…… 그저 한가보 때문이었던 건가요?"

그가 다른 사람을 맞이하고 싶었다면 지금 이렇게 그녀를 아껴 줄 리 없지 않은가? 이 이유밖에는 떠오르지 않았다. 정왕 전하가 감언이설이나 일삼는 연극의 고수라고는 결코 믿고 싶지 않았다.

생각은 복잡하고 마음은 긴장되었다. 비연은 겨우 이 정도만을 추측할 수 있을 뿐이라 얌전히 그의 대답을 기다리고 있었다.

그러나 군구신은 묵묵부답인 채로 계속 앞으로 걸어갔다. 사실 비연의 추측은 반만 맞은 셈이니 대답하고 싶지 않았다.

하지만 문턱을 넘어서기 직전에 결국 발걸음을 멈추고 말았다. 그리고 살짝 고개를 숙여, 그녀와 아주 가까운 거리에서 속삭였다.

"비연, 네가 그리 생각한다면…… 본 왕의 마음속에…….."

그가 웃더니, 그녀에게 더욱 가까이 고개를 숙였다. 그리고 귀에 대고 속삭였다.

"본 왕의 마음속에 너 한 사람만 있다고는 생각하지 않느냐?"

붉은 천 아래 비연의 얼굴이 바로 붉게 달아올랐다.

정왕 전하는 한우아를 좋아하지 않는다. 정왕 전하는 비연 그녀를 좋아한다고 직접 말한 적이 있다.

그렇다면…… 정왕 전하의 마음속에는 그녀 한 사람만 있는 것이다!

그녀는 당연히 이 이치를 알고 있었다. 그러나 일부러 그 생각을 접으려고 노력하며 묻지 않았다. 그저 그와 한우아가 어찌 된 일인지, 또 천무제가 갑자기 생각을 바꿔 사혼을 내린 것은 어찌 된 일인지 알고 싶었을 뿐이다.

어째서 그런 중요한 일은 이야기해 주지 않고!

비연은 부끄러움으로 얼굴을 붉히면서도 뭔가 이상하다는 것을 느꼈다.

한참 생각하던 그녀가 불현듯 깜짝 놀라 물었다.

"전하, 혹시…… 혹시 계속 한우아를 이용하고 계셨나요? 황상조차 속이시고? 설마, 설마 황상을 자극해서 저를 정비로 세우시게 한 건가요? 전하……."

말을 하는 동안 점점 더 확신이 들었다. 모든 게 앞뒤가 들어맞았다.

정왕 전하는 계속 신중하게 한 걸음 한 걸음 조심해 왔다. 일부러 한우아를 떠들썩하게 정왕부로 들였고, 천무제로 하여금 정왕과 한우아의 혼인은 정왕 자신과 한가보의 연맹일 뿐이라고 생각하게 만들었다.

어째서 이걸 진작 깨닫지 못했을까? 정말 바보 같았구나!

그런데 정왕 전하는 한우아를 좋아하지 않을 뿐 아니라 혼인을 통해 한가보의 조력을 얻을 생각조차 없으셨던 걸까? 정왕 전하는 일부러 천무제를 자극하여, 천무제로 하여금 혼담을 포기하게 만드신 걸까?

생각하면 생각할수록 이상했다. 아무래도 비연 자신도 올가미에 걸린 것 같았다.

그렇게 비연이 고민에 빠져 있는 동안 군구신은 문턱 앞에 멈춰 서 있었다. 등 뒤에서 모든 이들이 의아한 눈빛으로 그들을 바라보고 있었다. 그쪽에서 보면 군구신이 비연에게 귓속말을 하는 게 아니라 입을 맞추는 것처럼 보였던 것이다.

그리고 이 순간 모두 같은 생각을 하고 있었다.

대체 들어가지 않고 저기 서서 뭘 하고 있는 거지? 설마 참으려 해도 참을 수 없는 지경인 걸까? 정왕 전하처럼 금욕적이고 냉정한 분이 어째서 저리도 참지 못하고…… 뭐가 그렇게 급한 거지? 아무리 좋아한다 해도 그렇지!

비연에게 대체 무슨 능력이 있어 정왕 전하를 저런 상태로 만든 걸까? 설마 미혼약이라도 쓴 건 아니겠지? 아니, 비연은 약사니, 정말 그런 약을 갖고 있을지도 모른다!

비연은 다급하기도 하고 화가 나기도 해서 진지하게 물었다.

"정왕 전하, 제 추측이 맞았군요!"

군구신이 마침내 입을 열었다.

"하하, 그렇게 확신하는 건가?"

비연은 원래 8할 정도 확신하고 있었다. 그러나 군구신이 이렇게 반문하니 다시 흔들리기 시작했다.

오늘 그가 보여 준 다정한 모습에 이런 추측을 했을 뿐이었다. 만약 오늘 그의 모습이 단지 연기일 뿐이라면…… 단지 감언이설이라면…… 그렇다면 그녀의 추측은 전부 틀린 것이 되고 만다.

군구신이 가볍게 미소 짓자 그녀의 마음속 확신은 이제 5할 밖에 남지 않았다.

비연은 지금의 자신이 무척 싫었다.

그녀는 본래 담담하고 침착한 사람인데, 그의 앞에만 서면 어딘가 뒤엉키며 아득한 심정이 되곤 했다. 그뿐인가? 그녀의 생각도 어지러워지곤 했다! 마치…… 망할 얼음 앞에서 그랬던 것처럼.

설마 그녀가 정말로 정왕 전하를 좋아하고 있는 걸까? 그녀가 망할 얼음을, 그리고 영 오라버니를 좋아하는 것처럼 그렇게?

비연은 다시 한번 그런 자신에게 경악하고 말았다. 그녀 안에서 부끄러움, 자책, 죄악감, 초조함이 뒤엉키고 있었다.

세상에, 자신이 대체 누구를 사랑하는지 알지 못하는 것처럼 고통스러운 일이 또 있을까! 비연은 그저 도망치고만 싶었다.

군구신은 길게 이야기하지 않고 갑자기 높은 문턱을 넘었다. 비연은 그에게 안긴 채 정왕부 대문 안으로 들어갔다.

그녀는 그의 아내가 되었고, 결코 되돌릴 수 없게 되었다.

군구신이 속으로 중얼거렸다.

'비연, 네가 확신하건 아니건, 지금 이 순간부터 너는 나 군구신의 여자가 되었다.'

문 안으로 들어선 그는 바로 침궁으로 향했다. 그리고 그녀를 그 넓은 침상 위에 내려놓았다.

비연은 붉은 천으로 시야를 가리고 있었지만 자신이 신방에 들어왔음을 알 수 있었다. 자리에 앉자마자 바로 붉은 천을 젖히며 물었다.

"정왕 전하, 어서 말씀해 주세요. 대체 어찌 된 일인가요? 황상께서는 무엇 때문에 사혼을 내리신 건가요!"

생각이 어지럽고 마음도 혼란스러웠다. 더 이상 그의 생각을 짐작하고 싶지 않았고, 자신의 마음도 들여다보고 싶지 않았다. 그저 얼굴을 붉힌 채 노한 듯한 눈으로, 그가 상황을 설명해 주기를 기다렸다!

그러나 군구신은 그런 그녀를 보며 넋이 나가 있었다.

아름다워…….

촛불 아래, 부끄러워하며 분노하는 그녀가 너무나도 사랑스러웠다. 예전의 세상 물정 모를 것 같던 소녀와 완전히 다른 느낌의 미인이건만, 또한 명명백백하게 그녀 자신이었다.

군구신은 그야말로 정신이 나가 있었다. 분명 비연이 열여덟 살이고, 나이보다 어려 보일 뿐이라는 건 알고 있었다.

하지만 이 순간, 처음으로 그의 연인이 성년이 된 여자라는 걸 깨달았다.

그의 여자.

익숙한 느낌이 갑자기 마음속에 솟구쳤다. 그러나 눈앞의 장면에 익숙한 느낌을 받는 것이 아니라, 이 순간 자신의 감정을 익숙하게 여기고 있었다.

마치 아주 오래전부터 한 소녀가 자라기를 기다려 왔던 것 같은 느낌.

그 소녀가 미인이 되어 그의 아내가 되는 순간을 기다려 왔
던 것 같은 느낌.

그리고 지금 그 꿈이 사실이 된 것 같았다.

어째서일까?

이제부터는 기다릴 필요 없다

이유 모를 익숙한 느낌이 마음속에서 타오르기 시작하자 두통이 시작되었다. 군구신은 미간을 찌푸린 채 생각을 더듬기 시작했다.

비연이 그의 대답을 기다리지 못하고 갑자기 몸을 일으켰다.

"정왕 전하, 대답해 주세요!"

바로 이때 발걸음 소리가 들려왔다. 비연은 더욱 다급해졌다.

"전하, 대답해 주세요!"

군구신이 정신을 다잡고 말했다.

"네가 알고 싶은 것 모두 본 왕이 밤에 대답해 주겠다! 너……도 쓸데없이 걱정할 필요 없다."

그녀가 쓸데없이 걱정하고 있다고?

비연은 계속 묻고 싶었지만 진 여관이 들어왔다.

진 여관은 비연이 붉은 천을 쓰지 않고 있는 걸 보고 당황했다. 그녀는 정왕 전하가 너무 급한 나머지 붉은 천을 벗겼다고 생각하고는, 빠르게 달려와 비연을 다시 자리에 앉히고 붉은 천을 씌워 주었다. 그리고 초조한 목소리로 말했다.

"정왕 전하, 예에 맞지 않습니다! 너무 서두르시면 안 됩니다!"

군구신은 아무 말도 하지 않았다. 비연도 잠시 머뭇거렸으나 감히 입을 열 엄두를 내지 못했다. 그녀는 천무제가 보낸 이 심복 여관마저 군구신에게 매수당했다고는 생각지 못했던 것이다.

진 여관이 비연 대신 주변을 정리해 준 후 군구신에게 말했다.

"전하, 이 붉은 천은 함부로 벗기시는 것이 아닙니다. 전하께서는 먼저 손님들을 맞이하시지요. 밤이 되면 이 늙은이가 촛불을 밝히고 다시 전하를 모셔오겠습니다."

"알았다."

대답한 군구신은 밖으로 나갔다. 그러자 진 여관이 옥으로 만든 여의와 달콤한 술을 꺼내 배치하면서 노래하듯 읊기 시작했다.

"옥 여의로 천을 벗겨야만 서로 마음이 맞아 뜻대로 되는 법이고, 달콤한 술을 서로 나누어야 하늘과 땅이 존재하는 시간만큼 오래 함께하게 되니……."

비연은 군구신이 진 여관의 말에 따르는 것을 보고는 감히 경거망동하지 못했다.

준비를 끝낸 진 여관이 밖으로 나가려다가, 탁자 위의 낙홍파를 보고 속으로 혀를 찼다.

'만 공공 이자는 대체 일을 어떻게 하는 거야!'

그녀는 재빨리 낙홍파를 침상 위에 넓게 펼치고 다시 그 위에 이불을 덮었다. 붉은 천을 쓰고 있던 비연은 신 여관이 침상에서 뭔가 한다는 사실만 알 뿐 무엇을 하는지는 알지 못했다.

진 여관은 비연에게 붉은 천을 벗지 말 것과 침상을 떠나지 말 것을 다시 당부한 후 안심한 표정으로 신방을 떠났다. 그러나 문이 닫히는 순간 비연은 바로 붉은 천을 벗어 버렸다. 그녀는 미간을 찌푸린 채 중얼거렸다.

"쓸데없는 생각은 하지 말라니, 내 추측이 틀린 건가?"

비연의 얼굴에 초조한 빛이 떠올랐다. 그녀는 아예 봉황관까지 벗어 버리고 침상 기둥에 기댔다. 생각하면 생각할수록 복잡하게 뒤엉키는 것 같았다.

쓸데없는 생각이라, 그렇다면 더 생각한들 무엇할까? 차라리 정왕 전하가 이야기해 줄 때까지 기다리는 게 나을 것이다!

오늘 밤은 신방에 화촉을 밝히는 밤이니, 진 여관이 방해하러 오지는 않겠지?

침상 기둥에 기대어 있던 비연은 그대로 눈을 감고 쉬기 시작했다. 그러나 얼마 되지 않아 다시 눈을 뜨고 침궁을 둘러보았다. 방 안은 온통 길한 상징물로 가득 차 있었다. 창문에도 기쁠 희囍 자 장식물이 커다랗게 붙어 있었다.

비연은 잠시 머뭇거리다가 몸을 일으켜 살짝 문을 열어 보았다. 문밖에 전당으로 통하는 작은 오솔길이 있었다. 분명 비연이 지난번 왔었던 그 신비한 방일 거다. 문과 창을 닫으면 방 안 전체가 별이 가득한 밤으로 변하던 그 방.

아무도 없었지만 감히 밖으로 나갈 엄두를 내지는 못한 그녀는 곧 문을 닫았다. 정왕의 이 침궁은 아주 넓었다. 내실은 순수하게 침실로서의 기능에 집중하고 있었는데, 황화리 나무로 만든 거대한 침상에 탁자 하나, 의자 하나, 장 하나가 전부였다. 다른 물건은 아무것도 없었다.

비연은 침상으로 돌아가 앉았다. 진 여관이 언제 또 올지 알 수 없었기에 그녀는 일단 온순하게 봉황관을 쓴 다음 다시 붉은 천을 덮었다.

어젯밤 내내 잠을 자지 못한 데다 오늘 아침부터 계속 고민했기 때문에 그녀는 아주 피로했다. 침상 기둥에 기댄 지 얼마 지나지 않아 잠이 들며 천천히 침상 위로 쓰러지고 말았다.

오늘은 정왕부에서 가장 시끌벅적한 하루였다. 연회가 베풀어진 전원은 손님들이 자리를 가득 메워 매우 흥성거리고 있었다. 그러나 군구신은 계속 얼굴을 드러내지 않았다.

이 순간 군구신은 후원 정자에 있었다. 그는 술 한 잔 마시지 않았건만 멍하니 앉아 있었다.

무엇 때문에 이리 익숙한 걸까? 혹시 그가 잃어버린 기억 속에, 과거에도 이런 기대감을 품었던 적이 있었을까? 그가 잃어버린 기억 속에 어린 소녀가 존재하고 있는 건 아닐까?

군구신은 곧 이런 생각을 지워 버렸다. 잃어버린 기억을 찾으려는 것은 과거로 돌아가기 위함이 아니라, 장래 어느 방향으로 가야 할지 알기 위함이 아닌가?

부황은 이미 그의 손바닥 안에 있었다. 그는 곧 진상을 알게 될 것이다. 그러나 오늘 군구신은 그 누구에게도, 그 어떤 일 때문에도 방해받고 싶지 않았다.

비연, 정말 오랜만이다. 신방에 화촉을 밝히고 나면 우리는 다시 만나게 되겠지!

시간이 서서히 흘러갔다. 연회가 파하는가 싶더니 새로 시작되고, 밤의 장막이 내려왔다. 정왕부 전체에 등불이 올라가고 화려한 띠가 걸렸다. 술잔이 오가며 분위기는 더욱 고조되었다. 그러나 침궁 쪽은 적막에 휩싸여 있었다.

군구신은 붉은 예복을 벗고 검은 옷으로 갈아입은 후 얼굴에 은색 가면을 썼다. 그가 막 침궁 문 앞에 나타났을 때, 어두운 곳에서 지키고 있던 진묵이 갑자기 등 뒤에서 습격해 왔다.

군구신이 고개를 돌리자 진묵이 바로 손을 거두었다. 언제나 평온하던 진묵의 얼굴에 경악의 표정이 떠올랐다.

"이게······."

군구신이 냉랭하게 말했다.

"놓아라!"

진묵은 여전히 그를 놓아주지 않았다.

"당신이······ 정왕이었다니!"

군구신은 대답하지 않고 망중을 불러와 명령했다.

"진묵에게 정왕부 시위로서의 규칙을 알려 주어라!"

진묵은 스스로 확신하고 있었다. 군구신의 대답은 필요하지 않았다. 그는 마치 무엇인가 깨달은 듯 군구신을 바라보며, 곧 평소의 모습을 회복했다.

진묵은 그 자리에서 물러나려다가 곧 참지 못하고 한마디 덧붙였다.

"전하, 연아 주인님이 계속 기다리고 있었어."

고씨 저택으로 돌아온 후 비연이 은색 가면을 쓴 자객에 대해 이야기했다. 그리고 이 보름 동안 최소한 열 번은 그에게 은색 가면의 자객을 보지 못했느냐고 물었다.

진묵은 비록 이유는 알 수 없었지만, 자신이 '본 적 없다'고 대답할 때마다 비연의 눈빛에 실망이 어리는 것을 확실히 보았다.

"나를 기다렸다고?"

군구신이 놀란 듯했으나 곧 가볍게 웃기 시작했다. 진묵과 같이 능력 있는 자를 곁에 두었으니 비연은 당연히 그가 나타나기를 바라고 있었겠지.

"오늘부터는 비연이 기다릴 필요가 없을 거다."

군구신은 말을 마친 다음 큰 걸음으로 침궁 안으로 들어갔다. 진묵이 그런 그의 뒷모습을 바라보다가 한참 후 중얼거렸다.

"속이는 건, 좋지 않아."

망중이 그 말을 듣고 이상하다는 눈길을 던졌지만 진묵은 담담하게 그의 눈빛을 마주 보았다. 망중이 진지하게 말했다.

"진 시위, 네 주인님은 우리 주인님의 사람이 되었어. 우리도 모두 형제가 된 셈이지. 하지만 지켜야 할 규칙이 있으니, 지금 내가 알려 주도록 하지."

"좋아."

진묵은 무표정하게 대답했다.

침궁 안. 진 여관이 군구신보다 한 걸음 먼저 들어가 비연을 깨우고, 어시럽게 흩어진 봉황관이며 옷치림을 정리해 주었다.

"왕비마마, 제가 먼저 와서 다행입니다. 아니었으면 체통이 어찌 되셨겠어요."

비연은 몽롱한 가운데 제대로 앉아 있지도 못하다가 '왕비마마'라는 말을 듣자 정신이 화다닥 들어 바로 자세를 고쳐 앉았다. 진 여관이 마지막 의식을 끝내고 가면 정왕 전하와 진지하게 대화를 나눌 수 있다!

진 여관이 붉은 천을 씌워 준 후 문을 열었다. 군구신이 은색 가면을 쓰고 있는 모습을 보고 깜짝 놀라 하마터면 소리를 칠 뻔했지만, 다행히도 제때 멈출 수 있었다……

정왕과 망할 얼음

진 여관은 눈앞의 사람이 정왕 전하라는 걸 당연히 알고 있었다. 그러나 그가 이런 복장으로 신방에 들리라고는 꿈에도 생각 못 했던 참이었다! 이렇게 좋은 날에 정왕 전하께서는 대체 무엇을 하시려는 걸까?

진 여관이 묻는 듯한 시선을 던졌으나 군구신은 아무 말도 하지 않고 성큼성큼 안으로 들어갔다. 진 여관이 어쩔 수 없이 그 뒤를 따르며 의식을 계속했다.

"전하, 왕비마마와 어깨를 나란히 하고 앉으시지요."

군구신은 아무 말 없이 손을 내저어 진 여관을 물러가게 했다. 진 여관은 매우 불만스러웠지만 거역할 수도 없어, 소리 없이 물러 나갈 수밖에 없었다. 마침내 신방의 문이 닫혔다.

방 안은 고요했다. 비연은 영친 때처럼 긴장하지는 않았지만 저도 모르게 조금은 떨고 있었다. 그녀는 스스로에게 연극은 끝까지 해야 하는 거라고 위로했다. 천무제가 그들을 주시하며 진 여관의 보고를 기다리고 있을 테니까. 그러니 어떻게든 마지막까지 연기를 해야만 했다.

비연은 미동도 하지 않고 기다렸다. 그러나 한참 동안 기다려도 기척이 느껴지지 않았다. 그녀는 답답한 마음에 입을 열까 하다가, 다시 망설이며 아무 말도 하지 않았다.

군구신은 그런 그녀를 보고 있었다. 그의 입가에는 일말의 쓸쓸한 빛이 어려 있었다.

그가 조용히 그녀 곁에 앉았다. 비연도 누군가가 제 옆에 앉는 것을 느끼고 적이 안심했다.

군구신이 여의를 들어 붉은 천의 하단부를 가볍게 들어 올렸다. 비연은 이유 모를 긴장에 휩싸여 저도 모르게 입술을 깨물었다.

그녀는 붉은 천이 완전히 벗겨지기를 기다리고 있었다. 그러나 군구신은 그대로 동작을 멈추었다. 그는 비연의 예쁜 입술을 보고 갑자기 몸을 굽히더니, 사납게 그녀의 입술에 입을 맞췄다.

세상에! 정왕 전하가 어찌…….

비연은 놀라서 굳어 버렸다. 그 틈에 군구신이 그녀의 입술을 열고 거침없이 안으로 들어왔다.

비연은 손을 뻗어 붉은 천을 치우려고 했다. 그러나 천을 잡기도 전에 군구신이 그녀의 손을 잡더니 그녀를 침상 위로 밀어 쓰러뜨렸다!

그는 다시 그녀에게 입을 맞추지는 않았지만 계속 그녀의 입술에 머물러 있었다. 그리고 그녀의 손을 꽉 누르고 있었다. 그녀의 눈과 코는 여전히 붉은 천에 감싸인 채였다.

그는 움직이지 않았다. 비연은 놀란 나머지 발버둥 치는 것도 잊었다. 고요한 가운데 그의 호흡이 무거워지고 있었다. 그녀의 심장도 쿵쿵, 도저히 멈추지 않을 듯 빠르게 뛰고 있었다.

어째서…… 어째서 이런 거지? 정왕 전하는 이런 사람이 아니잖아! 절대로 아닌데!

설사 그녀가 그에게 아무리 실망했다 해도, 그녀는 그가 사람에게 억지로 강요하는 사람이라고는 결코 믿을 수 없었다!

말했잖아, 이건 그저 연극이라고! 진짜가 아니라고! 약속했었잖아! 말했는데…… 마음속에 다른 사람이 있다고, 당신을 좋아하지 않는다고!

비연이 겨우 정신을 차리고 사납게 몸부림쳤다.

"정왕 전하, 놓아주세요. 제가 전하를 미워하게 하지 마세요!"

갑자기 붉은 천이 흘러내렸고 그와 동시에 군구신이 그녀의 입술을 놓아주었다. 그는 깊은 눈빛으로 그녀를 바라보았다. 비연은…… 눈을 휘둥그렇게 떴다!

눈앞의 이 남자는…… 검은 옷을 입고, 얼굴의 반을 은빛 가면으로 가린 이 남자는…… 경이롭고 차가운 눈빛은…… 그는 정왕 전하가 아니었다. 그녀가 오래도록 기다려 왔던, 오랫동안 그리워하면서도 차마 인정할 수 없었던 망할 얼음이었다!

어떻게……?

비연은 재빨리 눈을 감았다. 더 이상 바라볼 수가 없었다. 환각을 보고 있는 걸까? 아니면 꿈을 꾸고 있는 걸까?

그녀는 곧 두 가지 모두 아니라는 사실을 알아차렸다. 비연은 다시 눈을 뜨고 그를 뚫어져라 바라보았다. 바라볼수록 의심이 올라왔다.

정왕 전하는? 진 여관은?

방금 꽤 오랫동안 조용했었지……. 그때 무슨 일이 생긴 걸까? 대체 어떻게 된 거지?

진 여관이 분명 정왕 전하를 불렀는데, 정왕 전하가 오시지 않은 거라면…… 설마 진 여관이 망할 얼음의 수하란 말인가?

생각할수록 경악스러웠다.

군구신의 입가에 가벼운 미소가 걸렸다. 어쩔 수 없다는 자조가 서린 웃음, 그러나 여전히 상대에 대한 애정으로 가득 찬 미소였다. 목소리를 바꾸어도 그의 말투에서는 여전히 외로움이 묻어 나왔다.

"오랜만이야. 네가…… 아주 그리웠어."

비연이 대답하기도 전에 그가 다시 입술을 떨어뜨렸다. 가볍게, 조심스럽게, 사로잡힌 듯이, 무어라 표현할 길 없이 다정하게. 그가 그렇게 비연에게 입을 맞췄다.

너무나 익숙한 입맞춤이었다. 익숙한 따뜻함, 비연이 사실단 한순간도 잊어 본 적 없는 그런.

따뜻하고 부드러운 입맞춤이 계속되는 가운데 비연은 점점 빠져들고 있었다. 그대로 함락당할 것처럼, 그리고…… 충동적으로 그에게 입맞춤을 되돌릴 것처럼!

망할 얼음, 오랜만이야. 사실 나도 당신이 그리웠어.

그러나 비연은 결국 이성을 되찾고 말았다. 물론 정신을 차렸다 해도 그녀는 그 다정함을 놓치기 아까워 조금 울고 싶을 지경이었지만.

그를 좋아한다고 인정할 수 없는 것이 아니었다. 그를 좋아할 수 없었다. 그들에게 가장 좋은 것은 서로 알지 못하는 것, 그리하여 서로를 그리워하지 않는 것이었다.

그러나 그녀와 그는 서로 알지 못하면서도 서로를 그리워하고 있었다!

갑자기 비연은 사납게 군구신을 밀쳐 냈다. 대체 어디서 나온 힘인지, 아니면 그가 너무 빠져 있었기 때문인지, 그녀는 단숨에 그를 침상에 밀어 넘어뜨렸다. 그는 하마터면 침상 아래로 떨어질 뻔했다.

비연이 차갑게 외쳤다.

"나쁜 놈, 사람을 이렇게 괴롭히고!"

군구신이 대답하지 않고 그저 깊은 눈으로 그녀를 바라보기만 했다. 비연이 침궁을 둘러보았다. 진 여관은 어디에도 보이지 않았다. 비연이 화난 목소리로 외쳤다.

"진 여관은? 이게 어찌 된 일이지? 지금 당신을 보고 싶지 않으니 어서 꺼져! 꺼지란 말이야!"

군구신이 일어나 앉더니 가볍게 미소 지었다.

"바보……."

그는 더 이상 목소리를 바꾸지 않고 원래대로의, 차갑고 나지막한 그 목소리로 말했다. 그가 비연을 맞이해 올 때 말했던 그대로, 바보라고.

비연이 당황하여 그대로 굳어 버렸다.

군구신은 여전히 웃고 있었다. 조금은 어쩔 수 없다는 듯, 그보다는 사랑스러워 견딜 수 없다는 듯한 얼굴이었다.

"바보, 신방에 화촉을 밝혔는데 본 왕에게 어디로 가라는 거지?"

비연은 그대로 못 박힌 듯 미동도 없이 그를 바라보았다. 온 세상이 고요해진 것 같았고, 시간도 모두 사라진 것 같았다. 이 세상에 오로지 그녀와 그만이 남은 듯했다.

그가…… 정왕 전하라고?

망할 얼음이 정왕 전하라니?

정왕 전하가…… 망할 얼음이라니!

어떻게 이럴 수 있지? 어떻게?

정말 어떻게 이럴 수 있는 거야!

그녀가 멍하니 바라보는 사이, 군구신이 천천히 은색 가면을 벗었다.

그였다! 정말로 정왕 전하였다!

심장이 빠르게 뛰다 못해 이제 아예 멈춰 버릴 것 같았다. 비연은 그 익숙한 얼굴을 바라보았다. 보고 또 보고.

비연이 천천히 미간을 찌푸리더니 입술을 깨물었다. 그녀의 눈가가 조금씩 젖어 들고 있었다!

갑자기 그녀가 분노를 담아 외쳤다.

"군구신! 사기꾼! 이 나쁜 놈! 망할 놈! 무뢰한!"

그렇게나 오랫동안 은혜를 마음에 새기며 정왕 전하를 존경해 왔다. 그가 마치 신과도 같은 존재라고 생각했다. 그녀는 온 힘을 다해 정왕 전하를 비호하려 했고, 성심성의껏 정왕 전하와 연맹을 맺으려 했다. 그런데…… 그런데 그는 계속 그녀를 속이고…….

그는 망할 얼음이었다! 처음부터 그는 그녀를 속이고 있었던 것이다!

"나쁜 놈, 어째서 나를 속인 거야! 말해 봐! 망할 놈, 불량배! 사람을 무시해도 어떻게! 당신이 미워! 당신이 싫다고! 어떻게 이럴 수 있어? 나에게 감히 바보라고 하고, 나, 나는…… 나는 이제 당신을 믿지 않을 거야! 이 나쁜 놈!"

비연은 도저히 냉정해질 수 없었다. 그녀는 손에 잡히는 대로 원앙침을 들어 군구신에게 던졌다. 군구신은 피하지 않았다.

그녀는 원앙침을 하나 더 던졌다. 군구신은 이번에도 피하지 않았다. 원앙침 두 개 모두 그의 얼굴을 때리고 바닥으로 떨어졌다.

비연은 정말로 화가 나서 미칠 지경이었다. 다시 손을 더듬으니 베개 아래에 있던 검은 책이 손에 잡혔다. 비연은 그게 뭔지도 모르면서 역시 잡아 군구신에게 던졌다.

검은 책이 군구신의 얼굴에 맞고 침상 위로 떨어지며 펼쳐졌다. 반사적으로 그쪽을 힐끔 봤다가 말로는 표현할 수 없는 그림을 보게 된 군구신은 깜짝 놀랐다. 그는 이 책에 대해 잊고 있었다. 게다가 책이 왜 베개 밑에 있었는지도 알지 못해 더욱 깜짝 놀랐다.

비연이 다른 베개를 하나 들어 던지려다가 그 난감한 표정을 보았다. 그리고 그의 시선을 따라 아래를 내려다보았다…….

모두 다 사기꾼

검은 책에 그려진 그림을 본 비연은 그대로 굳어 버렸다. 침궁 전체가 무어라 표현할 수 없는 적막에 빠져들었다!

고요한 가운데 비연이 천천히 눈을 들었다. 군구신 역시 눈을 들었다. 두 사람의 시선이 마주친 순간, 비연이 날카롭게 비명을 질렀다.

"꺄악!"

이 날카로운 비명에 침궁 지붕마저 흔들릴 지경이었다. 군구신은 당황했다. 이렇게 당황하는 건 태어나서 처음이었다!

그가 검은 책을 잡으려 했지만 비연의 동작이 더 빨랐다. 그녀는 검은 책을 들더니 다시 한번 그의 얼굴을 향해 사납게 던졌다.

"호색한!"

화가 나서인지 아니면 부끄러워서인지, 비연의 얼굴은 불타오르듯 붉게 달아올라 있었다.

"이건⋯⋯."

군구신이 변명하려 했지만 비연이 있는 힘을 다해 그를 걷어찼다.

"꺼져! 여기서 꺼지라고! 다 알아봤다고! 나는 평생 당신을 보고 싶지 않다고! 나쁜 놈! 사기꾼!"

"내 말 좀 들어 봐. 이것은 내 물건이 아니라고! 비연, 내 말을 좀⋯⋯."

"사기꾼, 내가 당신 말을 믿을 것 같아?"

"나는 너를 속인 적 없다고!"

"세상에, 나를 속이지 않았다고?"

"나, 나는⋯⋯."

"당신이 꺼지지 않는다면 내가 꺼지지!"

비연이 재빨리 몸을 일으켰다. 그러나 그녀가 침상에서 내려오기도 전에 군구신이 그녀를 막아섰다.

"일단 내 말을 좀 들어 봐!"

"싫다고!"

비연이 있는 힘을 다해 그를 밀었다. 군구신은 어쩔 수 없이, 일단 그녀를 침상에 쓰러뜨린 후 제 몸으로 눌렀다.

비연이 그를 밀어내려 했지만 군구신은 그녀의 두 손을 머리 위로 올려 꽉 눌렀다. 비연이 무릎으로 차려 했지만 그의 긴 다리가 그녀의 두 다리를 눌렀다.

비연은 더더욱 화가 났다. 머리카락이 마치 사자 갈기처럼 풀어지고 눈빛에는 분노가 가득했다. 그녀는 제 머리로 그의 머리를 바으려 했지만 그가 때를 놓치지 않고 그녀의 입술을 봉쇄하고 내리눌렀다.

비연은 다시 멍하니 굳어 버렸다. 그러나 군구신은 이번에는 입을 맞추지 않았다. 그의 입술이 그녀의 입술을 먹어 버리려는 듯 움직이며 그녀에게 경고하고 있었다.

"계속 난동을 부리면, 그 결과는 직접 감당해야 할 거다."

비연은 마침내 더 이상 움직일 수도 없고, 감히 움직일 생각도 하지 못하게 되었다.

그의 뜨거운 숨결이 얼굴로 훅 끼쳐 왔다. 입술에 느껴지는 그 부드러움은…… 그가 입을 맞추고 있는 것인지, 아니면 그녀에게 말을 걸고 있는 것인지 도무지 구분할 수 없었다.

그리고…… 그녀는 문득 놀라고 말았다. 그들 두 사람은 지금 그녀가 방금 보았던 그…… 그림과 아주아주 비슷한 자세를 취하고 있었다!

이제 그녀는 얼굴이 달아오를 뿐 아니라 온몸이 다 달아오를 지경이었다. 그리고 그 역시 그녀만큼 뜨거웠다.

이렇게 한참을 대치하다 보니 방 안의 온도마저 모두 올라간 것 같았다. 고요한 가운데 공기마저 어색하게 변해 갔다.

군구신이 모든 것을 내버리기라도 한 것처럼 그녀에게 입을 맞췄다. 마치 그녀를 온전히 가진 다음에야 멈출 수 있을 것처럼.

그러나 그는 이렇게 그녀에게 상처 주는 방식으로 그녀를 갖고 싶지는 않았다. 그는 그녀의 입술을 놓아주고 인내심을 발휘해 말했다.

"일단 내 이야기를 들어 줘."

비연은 온순하게 변해 있었다.

"드, 들을게."

군구신은 비록 이런 이야기를 하고 싶지 않았지만 어쨌든 변명을 해야 했다.

"그 책은…… 하인이 가져다 둔 거야. 내, 내 책이 아니야."

비연이 바로 속으로 중얼거렸다.

'거짓말!'

그러나 그녀는 재빨리 대답했다.

"다 들었으니 이만 놓아주겠어?"

군구신은 분명 조급해하고 있었다.

"나를 믿어야 해."

비연이 속으로 다시 외쳤다.

'거짓말쟁이!'

그러나 그녀는 여전히 재빠르게 대답했다.

"믿어, 믿는다고! 당신은 그런 사람이 아니잖아. 그러니까 놓아줘!"

군구신은 그녀를 놓아줄 생각이 전혀 없어 보였다.

"우리, 이야기 좀 해."

비연이 다시 속으로 중얼거렸다.

'사기꾼 주제에 무슨 이야기를 하자는 거야.'

그녀가 재빨리 억울한 표정을 지으며 말했다.

"손이 너무 아파. 다리고 아프고. 그러니까 좀…… 살살 좀."

그녀의 가련한 모습에 군구신이 손에서 힘을 풀었다. 그리고 그가 그녀의 몸 위에서 물러나려 했을 때였다. 비연이 갑자기 독침을 꺼내더니 그의 팔을 사납게 찔렀다.

전혀 예상하지 못한 군구신이 그대로 굳어 버렸다. 비연은 재빨리 침상에서 내려가 멀리 도망쳤다. 심장이 미친 듯이 뛰고 있었다. 그녀가 실수라도 할까 봐 얼마나 두려워했는지는 아마 하늘만이 알리라!

처음 만났을 때에도 그에게 손을 썼었다. 그러나 이제 그녀는 그 누구보다도 잘 알고 있었다. 그에게 손을 쓰는 게 얼마나 어려운 일인지.

그녀가 쓴 것은 가장 강한 독이었다. 생명에는 지장이 없었지만 효과가 매우 빨랐다. 아마 몇 시진 동안은 사지에 힘이 들어가지 않을 거다.

바로 망할 얼음을 위해 항시 지니고 다니던 독이었다. 과연 그에게는 효과가 있었다. 이런 방식으로 효과를 보리라고 생각한 적은 없었지만.

군구신은 곧 사지가 무력해지는 것을 느꼈다. 침상 머리에 기댄 채 겨우 안정적인 자세를 유지한 그는 미간을 찌푸린 채, 마치 깊은 물처럼 심오한 눈빛으로 비연을 바라보았다. 진심을 품고 가짜 연극을 하다 보니 연극이 진짜가 되어 버리고 만 것을, 자신까지 속일 수는 없지 않은가?

그는 그녀가 화를 낼 것을, 그리고 그를 믿지 않을 것을 알고 있었다. 오늘 밤 담판을 지어야 한다는 사실도 알고 있었다. 또한 그녀를 제어할 수만 있다면 그에게는 이길 기회가 얼마든지 있다고 생각했다. 그러나 그녀의 아프다는 말 한마디에 그는 결국 모든 경계를 풀고 말았다.

그렇게 오랫동안 고민해 왔던 승부였다. 승리할 거라는 자신도 있었다. 그러나 사실 그는 처음부터 그녀에게 패배하고 있었던 것이다.

세상 그 어떤 일도 그녀의 아프다는 말 한마디와는 비교할 수 없었다!

군구신의 입가에 잔잔한 미소가 떠올랐다. 그는 지금 자조하고 있었다.

비연이 그를 흘깃 보고는 바로 시선을 피했다. 그리고 자리에 앉아 일단 물을 한 잔 따라 마셨다. 겉보기에는 침착했지만 심장은 여전히 빠르게 뛰고 있었다. 그녀는 심지어 '망할 얼음이 사실은 정왕 전하였다'라는 걸 알게 된 후로 아직 정신을 차리지 못한 상태였다. 너무나 급작스러웠다!

어째서 이럴 수 있을까?

그녀는 지금까지 두 사람을 연결시켜 진지하게 생각해 본 적이 없었다. 그녀가 너무 바보 같았던 걸까, 그가 너무나 잘 위장하고 있었던 걸까?

그는 대체 어떤 사람인 걸까? 망할 얼음과 정왕, 그중 진짜 그의 모습은 어느 쪽일까? 어쩌면 두 모습 다 진짜가 아닌 걸까?

빌어먹을, 그녀는 뜻밖에도 그의 두 모습 전부에 마음이 움직였던 것이다!

비연은 마음속이 뒤엉켜 죽을 지경이었다. 거기에 자책감까지 더해지니 도무지 제대로 생각할 수 없었다. 마침내 그 두 사람이 동일인이라는 것을 떠올리니…… 모두 다 사기꾼이다! 생각하면 생각할수록 화가 났다.

그녀는 물을 꿀꺽꿀꺽 마시고 냉정을 되찾기 위해 노력했다.

냉정해야만 했다. 그렇지 않으면 자신이 대체 무슨 일을 저지를지 자신도 모를 지경이었다.

이렇게 군구신은 냉랭한 눈빛으로 비연을 바라보고, 비연은 한 잔 또 한 잔 물을 마셨다. 두 사람은 아무 말도 하지 않았다. 오로지 붉은 초 위 불빛만이 춤을 추며 그들의 초야를 조용히 축하하고 있을 뿐이었다.

한참 후, 비연이 물 잔을 탁자 위에 힘차게 내려놓았다. 마침내 냉정을 되찾은 것이다.

군구신에게 다가가 차갑게 노려보던 그녀가 입을 열었다.

"사혼은 대체 어떻게 된 거지? 대체 무슨 생각이야?"

그가 한우아를 아내로 맞이하는 걸 천무제가 바라지 않았다 해도, 다른 사람을 찾아 줄 수도 있었다. 그런데 왜 꼭 그녀였을까? 일이 이렇게 되기까지 그는 대체 무슨 일을 한 걸까?

그들은 일단 기씨 가문을 제어한 후 손을 잡고 천무제에게 대항하자고 이야기했었다. 그러나 그는 뜻밖에도 한마디 말도 없이 먼저 손을 썼다. 그리고 그녀조차 자신의 계획 안에 넣고, 그들의 약속을 저버리고 말았다!

군구신이 가볍게 미소 지으며 물었다.

"본 왕이 단지 너를 맞이하고 싶었다고 말한다면, 믿을 건가?"

비연은 전혀 머뭇거리지 않고 대답했다.

"믿어! 그렇게 공을 들인 건 당연히 나를 맞이하고 싶어서였겠지. 그런데 나를 맞이해서 대체 뭘 할 생각이었어?"

군구신은 여전히 웃고 있었다.

"너를…… 내 아내로 맞이할 생각이었지."

비연이 화가 나서 외쳤다.

"사기꾼! 그런 번지르르한 말은 집어넣으시지! 솔직하게 이야기하지 않으면 바로 황상을 만나 모든 것을 폭로하고 말 테니까!"

나는 당신을 좋아할 수 없어

비연이 궁에 들어가겠다고 해도 군구신은 침묵했다.

그녀는 위협을 하고 있을 뿐이었다. 그녀처럼 영리한 이가, 상황을 제대로 파악하기도 전에 경솔하게 궁에 들어갈 리 만무하지 않은가.

군구신이 대답하지 않는 것을 보고 비연은 더욱 화가 났다.

"대답하지 않을 거야?"

그녀는 군구신이 대체 무슨 일을 어떻게 꾸며 천무제가 이리 다급하게 사혼을 내렸는지 알고 싶었다. 지금 그들 부자는 대체 어떤 관계인 걸까? 그가 그녀와 예전에 세웠던 모든 계획은, 그녀가 단약으로 천무제를 위협하겠다는 계획도 모두 속임수에 지나지 않았던 걸까?

그가 대체 그녀를 얼마나 속였는지 알고 싶었다.

그를 맹우로 여겼었다. 심지어…… 망할 얼음에 대한 감정마저 접어 두고, 망할 얼음에 대한 비밀을 그에게 이야기할 마음까지 먹었다.

그러나…… 그는 대체 그녀를 무엇이라 생각한 걸까? 너무 화가 나 온몸이 편치 않을 지경이었다. 그러나 그는 여전히 동문서답으로 그녀를 희롱하고 있었다.

"말하지 않겠다는 거야?"

비연이 방을 나서려는 동작을 취하자 군구신이 입을 열었다.

"궁에 가 봐야 소용없다. 부황은 이미 연금당한 상태니까. 옥새는 네 오른쪽에 있는 장 첫 번째 칸에 있다."

이 말에 비연은 얼이 빠지고 말았다. 군구신이 이야기한 장을 바라보다가 정말로 천염국의 옥새를 발견하고 말았다!

이건…….

비연이 재빨리 군구신을 향해 몸을 돌렸다가 천천히 눈을 가늘게 뜨기 시작했다.

"다, 당신……."

천무제를 연금했다고?

사흘 전 천무제는 사람들 앞에서 사혼을 내리며 그를 제압했다. 그런데 단 사흘 만에 천무제를 연금할 수 있었다고? 이건 대체 무슨 뜻일까?

이 상황은 그가 예전부터 천무제에게 대항하고 있었고, 천염국을 장악할 능력이 있었다는 것을 의미했다. 또한 그녀의 협력이 전혀 필요 없었다는 의미이기도 했다!

동시에, 천무제는 그녀를 측비로 세워 그를 감시하려 했으나 군구신에게는 그 혼사를 거부할 능력이 있었다. 천무제의 계획을 '억이용'할 필요가 없있던 것이다!

그녀는 온 마음을 다해, 그를 도와 천염국을 취하려 했다. 그런데 그는 천무제의 사혼을 이용하여 그녀를 아내로 맞이했다!

정말로 그녀를 속이고 있는 것은 아니었다! 그렇게 공을 들인 것은 확실히 다른 이유에서가 아니라 단지 그녀를 맞이하기 위해서였다! 연극이라고 했건만, 그는 처음부터 진짜로 만들 계획이었던 것이다!

이것보다 더 가증스러운 일이 또 있을까?

비연은 화가 나서 말도 나오지 않았다. 그녀가 한 걸음 한 걸음 다가가자 군구신이 그녀의 시선을 피했다. 부황이 연금당한 일을 이야기하기만 하면 비연이 모든 것을 이해할 줄 알고 있었다.

비연이 침상에 앉아 그를 노려보았다. 그녀의 눈이 마치 직선처럼 가늘어졌다. 그녀는 그렇게 그를 노려보며 아무 말도 하지 않았다.

군구신은 처음에는 그녀의 시선을 피하려 했지만 마지막에는 눈을 들어 그녀를 바라보았다.

그의 시선을 받은 비연은 바로 몸을 일으켰다. 그리고 탁자 앞으로 달려가 물을 마시기 시작했다! 한 잔, 또 한 잔, 끊임없이 물을 마셨다! 군구신은 마음이 아파 와 결국은 입을 열고 말았다.

"비연, 너는……."

비연이 갑자기 그에게 다가오더니 차가운 눈초리로 바라보며 말했다.

"망할 얼음이 당신인 줄 알았다면, 성지를 거부하는 한이 있더라도 결코 이 혼담을 승낙하지 않았을 거야!"

군구신은 당연히 그녀가 승낙하지 않으리라는 사실을 알고 있었다. 그래서 이런 방식을 사용했다. 그래, 분명히 알고 있었지만…… 그래도 비연이 이렇게 단호하게 말하니 마음이 아파 왔다.

그가 잠시 침묵하다가 담담한 목소리로 말했다.

"미안하다!"

비연이 냉소하기 시작했다.

"미안하다는 말이 무슨 쓸모가 있지?"

군구신이 한참 동안 침묵하다가 다시 입을 열었다.

"본 왕이 결코 속이지 않았던 것이 하나 있긴 하지. 비연, 본왕은 정말로 너를 좋아한다."

비연은 그대로 굳어 버렸다.

군구신이 마치 그녀를 취하게 할 듯 다정한 눈빛으로 바라보았다.

"비연, 망할 얼음이 말했었지. 정왕도 말했었다. 오늘 밤 내가 다시 한번 말하겠는데…….'

'너를 좋아한다'라는 말이 나오기도 전에 비연이 귀를 막더니 분노한 목소리로 외쳤다.

"하지만 난 당신을 좋아할 수 없다고!"

비연조차 그 말에 깜짝 놀랐다. 그녀는 '좋아하지 않는다'가 아니라 '좋아할 수 없다'고 말했다. 마음 깊은 곳에 눌러 둔 채 결코 인정할 수 없었던 일이 이렇게 입 밖으로 나와 버린 것이다.

어째서 이런 걸까?

그녀는 비밀을 들킬까 봐 두려운 듯 재빨리 군구신의 시선을 피했다. 그러나 군구신은 이미 그녀의 속을 들여다보고 있는 것 같았다. 다만 이런 대답을 들으리라고는 상상도 못 해 얼이 빠진 듯한 표정이었다.

비연은 그를 훔쳐보다가 그가 자신을 바라보고 있는 것을 발견했다. 마음이 더욱 켕겨 일부러 조소하듯 말했다.

"정말 미안하지만, 나는 사기꾼을 좋아할 수 없다고!"

군구신이 그제야 정신을 차렸다. 그의 입가에 옅은 자조가 떠올랐다.

그는 힘없이 등을 기댔다. 아무래도 제대로 앉아 있기도 힘든 모양이었다. 그러나 그는 말없이, 그녀가 계속 원망의 말을 퍼붓기를 기다리고 있었다.

비연이 미간을 더욱 찌푸리며 생각에 잠기는가 싶더니 침상 위로 올라왔다. 그리고 독침을 하나 꺼내 군구신의 목을 겨누며 차갑게 말했다.

"이제 내가 질문을 하나 할 텐데, 번지르르한 말로 대충 넘길 생각은 하지 않는 게 좋을 거야. 다시 한번 나를 속인다면, 당신도 엽십삼처럼 살아도 죽느니만 못하게 만들어 주지!"

군구신은 아무 말도 하지 않았다. 그녀를 아내로 맞이한 이상 그의 모든 비밀을 알게 된다 해도 두렵지 않았다.

비연은 알고 싶은 게 많았지만, 가장 관심이 가는 건 역시 빙해안의 그 동굴과 관련한 것이었다. 그녀가 차갑게 물었다.

"빙해안의 그 동굴은 누가 건축한 거지?"

바로 그 동굴 때문에 그의 배후에 누군가가 있다는 걸 의심하게 되었고, 그와 그의 무리가 10년 전 빙해를 주시하고 있었을 가능성이 극히 높다는 것도 알게 되었다. 심지어 그들이 빙해의 이변과 관계있을지도 모른다고 생각하게 되었다!

빙해에 대해 대체 얼마나 알고 있을까?

비연이 그와 연맹을 맺은 가장 큰 이유는 바로 빙해 때문이었다. 그녀가 그렇게 진지하게 온갖 말로 설득했는데, 군구신은 택 태자의 일을 제외하면 다른 것은 마음에 깊이 새겨 두지 않은 것 같았다.

군구신은 그녀를 흘깃 보고, 부황과 대황숙이 그와 택아에 대해 안배한 모든 것을 차라리 이야기하기로 했다.

"그 동굴은 분명 20년 정도는 되었지. 내 추측이 틀리지 않는다면, 대황숙은 빙해에 대해 아주 잘 알고 있을 뿐 아니라 한참 전부터 주시하고 있었다. 다만 10년 전 빙해의 이변은 놓치고 말았지. 그래서 그는 내가 10년 전의 일을 제대로 조사하기를 바라고 있다. 지금까지 나는 빙해에 두 번 다녀왔다."

비연은 군구신이 이렇게 명쾌하게 답하리라고는 생각지 못했다. 그러나 이 말을 온전히 믿을 수도 없었다. 군구신은 3년 전에야 진양성에 돌아왔다. 그의 포부를 보면, 그리고 지금 드러내고 있는 진정한 실력을 보면 빙해에 대한 그의 이해가 대황숙보다 그렇게 적을 수 있을까?

비연이 대답하지 않자 군구신은 그녀가 의심하고 있다는 걸 눈치챘다. 그가 가볍게 미소 지으며 말했다.

"비연, 비밀을 하나 알려 주지."

비연은 그가 웃는 것을 보고 무척이나 화가 났다. 그녀가 한 마디 하려 했을 때 군구신이 먼저 입을 열었다.

"아마 나는 대황숙 손에 키워진 게 아닐 거야. 열네 살 이전의 기억이 전혀 없거든."

이 말에 비연이 경악했다.

군구신의 말투는 평온했다. 그는 마치 다른 사람의 이야기를 하듯이 자신의 과거를 털어놓기 시작했다.

열네 살 되던 그해 그는 중상을 입은 채 깨어났고, 기억은 전부 사라져 있었다. 부황과 대황숙은 그가 주화입마로 인해 부상을 입고 기억을 잃었다고 했다.

후에 그는 북쪽 변경으로 가서 3년 동안 요양했다. 그러나 진양성으로 돌아온 후에 한독이 갑자기 발작했다. 그러나 그때마다 그는 과거와 관련된 것들을 조금씩 떠올릴 수 있었다. 예를 들자면 개나리가 가득 피어난 정원 같은 것들을.

그는 떠오른 기억들을 부황과 대황숙에게 슬쩍 언급해 보았지만, 그들은 아무 반응도 보이지 않았다. 그의 마음속에 의심이 싹틀 수밖에 없었다.

지난번 화월산장에서 한독이 발작했을 때, 그는 어린 시절 빙해안에 있었던 기억을 떠올렸다. 그리고 자신이 들었던 그 말도 기억해 냈다. 그는 자신이 기억을 잃었을 뿐 아니라 대황숙과 부황에게 철저히 속아 왔다는 사실을 인정하게 되었다.

비연은 눈을 휘둥그렇게 뜬 채 군구신의 이야기를 듣다가 저도 모르게 묻고 말았다.

"그렇다면 당신이…… 대체 군씨 가문의 적장자가…… 맞는 거야?"

너무나 잘 아는 외로움

그가 정말로 군씨 가문의 적장자일까?

군구신이 여전히 미소 지으며 대답했다.

"나도…… 확신할 수 없다."

이 대답을 듣는 순간, 비연은 그의 얼굴에 떠오른 잔잔한 웃음에 더 마음이 아파 왔다. 그녀는 갑자기 그의 얼굴을 감싸며 화내듯 말했다.

"됐어, 웃지 마. 괴롭지도 않은 거야?"

그는 본래 잘 웃는 사람이 아니다. 그런데 이런 이야기를 하면서 어떻게 웃을 수 있는 걸까!

그녀도 어린 시절의 기억을 잃었다. 그녀 역시 자신이 대관절 누구인지, 무슨 일을 겪었는지, 이 세상에 누가 가족이고 누가 적인지 알지 못했다.

누구와 마음을 나누어도 되는지, 누구를 경계해야 하는지도 알 수 없는 외로움…… 그녀는 그 외로움을, 그 괴로움을 너무나 잘 알고 있었다! 그런데 그는 어째서 저렇게 아무렇지도 않다는 듯 웃을 수 있는 걸까?

군구신은 그녀가 자신을 만지리라 생각 못 해 조금 놀랐다. 비연 역시 자신이 너무 충동적이었음을 깨닫고, 재빨리 그를 놓은 후 멀리 떨어졌다.

군구신이 눈썹을 치켜세우며 물었다.

"이건…… 묻지 않아?"

비연은 부끄러운 마음에 그의 시선을 피하며 냉랭하게 말했다.

"설사…… 설사 지금 사실을 말하고 있다 해도, 당신이 나를 계산에 넣었다는 사실은 변하지 않아!"

군구신의 눈가에 일말의 복잡한 빛이 스쳐 갔다.

"빙해에 이변이 있던 날, 용오름 현상이 있었을 뿐 아니라 봉황허영도 나타났어. 그리고 빙해에서 봉황허영이 나타난 지 차 한 잔 마실 시간도 지나지 않아 고씨 저택에도 나타났지. 그날은 바로 네가 물에 빠진 그날이다."

비연이 다시 한번 경악했다. 그녀는 빙해의 이변이 고씨 가문과 관계있으리라고는 생각한 적이 없었다. 그것도 몸의 원주인이 물에 빠졌던 날이라니.

몸의 원주인의 여덟 살 이전의 기억은 모호했다. 심지어 물에 빠지는 순간의 기억도 명확하지 않았다. 그녀는 그 어지러운 기억을 이어받았기 때문에, 기억해 낼 수 있는 것이 거의 없었다.

예전에 몇 번이나 물에 빠질 때면, 그녀는 물에 빠지는 순간의 고통스러운 기억이 떠올라 공포에 떨었다. 그러나 그것이 몸의 원주인의 것인지, 아니면 그녀가 어릴 때의 기억인지는 구분할 수 없었다.

그녀는 꿈에서 병사들이 빙해를 내달리는 것을 보았다. 빙해에서는 두 번의 결전이 벌어졌고…… 또 사람이라고는 하나도 없는 빙해를 꿈꾼 적도 있었다.

그녀는 무엇이 악몽이고 무엇이 기억인지 구분할 수 없었다. 그저 그해 빙해에 이변이 벌어질 때 자신이 그곳에 있었다는 것, 그녀의 가족들이 그곳에 있었다는 것만을 확신할 수 있을 뿐이었다!

대체 무슨 일이 벌어졌던 걸까? 그녀는 무엇 때문에 기억을 잃은 걸까? 백의 사부는 어떻게 그녀를 데려갔을까? 그리고 고씨 가문에 다시 태어난 이유는 뭘까……. 이 안에 대체 어떤 비밀이 숨어 있는 걸까?

비연이 자신만의 생각에 빠져 있는 동안, 군구신의 시선도 그녀의 얼굴에서 떠나지 않았다. 그는 사실을 말하며 그녀를 살펴보고 있었다.

그가 말했다.

"비연, 무엇 때문에 그렇게 온갖 방법으로 빙해의 수수께끼를 풀고자 하는 거지?"

비연이 재빨리 고개를 들었다. 그제야 눈앞의 이 남자가 계속 자신을 의심하고 있었음을 깨달을 수 있었다. 어쨌든 그녀는 밍힐 얼음과 정웡 전하에게 각각 다른 이야기를 했으니까!

그녀도 계속 그를 속이고 있었다. 다만 그를 계략에 이용하지는 않았다.

비연이 고개를 돌려 다른 방향을 바라보며 침묵했다. 회피하고 싶은 것 같기도 하고 무엇인가 망설이고 있는 것 같기도 했다.

기다리고 있던 군구신의 눈빛이 점점 더 복잡해졌다. 거대한 침궁이 유달리도 조용했다.

한참이 지났다. 비연은 여전히 침묵하고 있었다. 그러나 군구신은 그 이상 캐묻지 않고 기다리고 있었다.

갑자기 비연이 그에게로 고개를 돌렸다. 그녀가 막 입을 열려고 하는데, 군구신이 더는 말할 기운도 없는 듯 힘없이 말했다.

"말할 필요 없다."

그는 그녀의 대답을 듣고 싶었지만 동시에 그녀가 계속 자신을 속일까 봐 두려웠다. 그녀가 그렇게 오랫동안 망설였으니⋯⋯ 그도 마음속에 짚이는 바가 있었다.

오늘 밤 그는 그녀를 위협하고 캐물을 작정이었지, 이렇게 허약하고 무력하게 질문할 생각이 아니었다. 캐물어서 얻는 답은 거짓일 리 없지만 이렇게 물어 얻는 답은 거짓일 수 있었다. 방금 독침에 찔리는 순간 그는 이 담판에서 자신이 질 거라는 걸 이미 깨달았다.

비연이 그를 응시하더니 입을 열었다.

"망할 얼음⋯⋯."

군구신은 그녀가 자신을 그렇게 부르리라고는 생각지 못하고 있었다. 그녀는 방금까지만 해도 몇 번이나 그의 이름을 그대로 불렀으니까.

망할 얼음이라는 이름을 입에 올리다니, 화가 조금은 사그라진 걸까?

아주 유치한 이름이었다. 그러나 아주 듣기 좋은 이름이었다. 그녀가 망할 얼음이라 부르니 마치 예전으로 돌아간 것만 같았다. 서로 알지 못하면서도 서로를 그리워하던 때로.

그러나 비연은 자신이 그를 무어라 불렀는지 전혀 의식하지 못하고 있었다.

"나는 얘기해 줄 수 있어. 하지만 믿고 안 믿고는 당신에게 달린 거야! 나는 고씨 가문의 대소저가 아니야. 나도 내가 누구인지 몰라……."

그러고는 자신의 비밀을 솔직하게 털어놓았다. 백의 사부, 기억 상실, 그리고 다시 태어난 이야기까지 포함해서. 그리고 그녀가 꾸었던 아름다운 꿈과 악몽, 네가 아니면 시집가지 않겠노라 맹세했던 영 오라버니 고남신이며, 용감하였으나 온몸이 피투성이였던 부황, 그리고 수많은 사람들의 이야기까지…….

비연은 말을 마치자 군구신의 눈을 진지하게 바라보며 물었다.

"믿을 수 있겠어?"

군구신은 그녀가 고씨 가문의 대소저가 아니라는 사실을 알고 있었다. 그러나 계속 용모가 닮은 사람이 이름을 대신하고 있다고 생각했을 뿐 신실이 이러할 거라고는 생각지 못했다!

그녀의 진지한, 그리고 긴장한 듯한 눈빛을 바라보고 있노라니 그의 머릿속에 갑자기 빙해의 동굴에서 그녀가 심장이 갈기갈기 찢기듯 울었던 것이 떠올랐다. 마치 영원히 꿈에서 깨어나지 않을 것 같던 그녀의 모습이.

원래, 그랬던 거구나!

무언가가 심장을 사납게 물어뜯는 것 같았다. 너무나 아팠다. 그는 저도 모르게 손을 뻗었다. 그녀를 제 품 안으로 잡아끌어 꼭 안아 주고 싶었다. 그러나 힘이 없었다. 그는 손을 들었다가 금세 다시 떨어뜨리고 말았다.

비연이 그의 동작을 보고 바로 뒤로 물러났다. 그녀의 맑은 눈동자에 경계심이 가득 참과 동시에 여전히 고집스러운 기색도 어려 있었다. 그녀는 반드시 그의 대답을 듣고야 말겠다는 듯 다시 물었다.

"믿을 수 있어?"

군구신도 진지했다.

"믿는다."

비연이 안도의 한숨을 내쉬었다. 그녀가 다시 말을 이으려 하자 군구신이 먼저 말했다.

"나를 믿어. 나도 영생에 대해서는 관심 없다. 네가 내 곁에 있기만 하면 반드시 그때의 일을 제대로 알아봐 줄게."

그의 곁에 있기만 하면……

비연의 마음에 쓸쓸한 기운이 퍼져 나갔다. 그녀가 억지로 웃으며 대답했다.

"군구신, 나는 당신을 좋아하지 않아! 우리의 혼사는 연극이잖아! 나는 영 오라버니에게 시집갈 거야!"

사실 그녀가 말하고 싶었던 것은, 그녀가 10년 동안 꿈에서 만나 온 영 오라버니가 여전히 살아 있는지, 여전히 그녀를 기다리고 있는지 알 수 없다는 것이었다.

전부 잊었다면 그걸로 족했을 것이다. 하지만 꿈에서도 잊지 못할 정도였는데 어떻게 쉽게 저버릴 수 있겠는가? 설사 저버리더라도 최소한 자신이 어떤 사람을, 어떤 감정을 저버리는지는 알아야 하지 않을까?

군구신도 그녀가 이럴 거라는 사실을 알고 있었다. 그렇지 않다면 그녀를 상대로 계책을 짜지 않았을 것이다. 그는 마음속 씁쓸함을 무시하고 웃으며 말했다.

"그래, 네가 방금 말했지. 그가 아니면 시집가지 않겠다고 했다던. 본 왕은 무슨 의미인지 알았다. 본 왕이 너를 곁에 두려는 것은, 다른 이유에서가 아니라 한독이 발작하는 것을 방지하기 위해서다. 비연, 본 왕의 목숨을 보전해 다오. 그럼 본 왕이 네가 집으로 돌아갈 수 있도록 방법을 찾아 주겠다. 대외적으로는 여전히 부부인 척하기로 하고. 어떠냐?"

비연은 정말로 자신이 오해했다고 생각하고는 난처한 눈길로 그를 바라보았다. 무어라 표현하기 어려운 감정이 마음속에 슬며시 피어올랐다. 그러나 그녀는 곧 상쾌하게 웃으며 말했다.

"좋아! 원래 약조했던 것은 그대로 하기로 하고!"

그러나 이게 웬일일까. 군구신이 냉랭히게 답했다.

"원래 약조했던 사람은 측비였지. 본 왕은 그 약조를 인정할 수 없다."

뭐라고?

비연은 이 문제를 의식한 적 없었다.

사기꾼! 약조조차 그녀를…… 계략에 빠트리고 있었다니!

가까스로 가라앉혔던 분노가 다시 솟구치고 있었다. 비연이 군구신을 노려보았다.

군구신이 그녀의 시선을 받으며 진지하게 말했다.

"세 가지 약조, 본 왕이 다시 정하기로 하지."

정왕의 조건

비연이 독침을 다시 군구신의 목에 가져다 댄 후 물었다.

"나와 조건을 이야기할 상황이라고 생각해?"

군구신이 위협당하면서도 화를 전혀 내지 않는 것은 아마 이번이 처음일 것이다. 하지만 그렇다 해도 그게 그가 위협을 받아들인다는 의미는 아니었다.

"한번 손을 써 보든가. 그럼 평생 이 침궁 밖으로 나가지 못하도록 만들어 줄 테니."

비연이 독침을 꽉 잡고 정말로 찌르려는 자세를 취했다. 그러나 군구신은 미동도 하지 않았다.

사실 비연도 명확하게 알고 있었다. 자신이 잠시 동안은 그를 제어할 수 있을지 몰라도 절대적인 우세를 점할 수는 없다는 것을.

비연은 영리한 사람이었다.

"내가 이야기한 그 세 가지 조건은 남겨 두고, 뭐 다른 조건을 덧붙이고 싶으면 말해 봬!"

예전의 세 가지는 바로 그들의 혼인은 유명무실하고, 서로의 사생활에 간섭하지 않을 것이며, 시기가 되면 헤어진다는 것이었다.

군구신이 잠시 생각하더니 말했다.

"본 왕이 양보하여 마지막 조건만 고치기로 하지."

비연은 깜짝 놀라는 와중에도 경계심을 늦추지 않고 말했다.

"일단 말해 봐. 들어 보고 결정할 테니!"

군구신이 깊은 생각에 빠진 듯 중얼거렸다.

"첫째, 이 혼사는 유명무실하다. 둘째, 서로에게 간섭하지 않는다. 셋째……."

비연이 조금 긴장한 상태로 귀를 쫑긋 세웠다.

군구신이 다시 깊이 생각하는 듯하더니 말했다.

"셋째, 이상의 두 조건을 모두 폐한다."

비연은 잠시 멈칫했다가 곧 그를 걷어찼다.

"당신!"

그녀가 화를 내는 걸 보고 군구신은 참지 못하고 큰 소리로 웃기 시작했다. 비연은 그제야 그가 일부러 그녀를 화나게 만들었다는 것을 깨달았다. 하, 지금도 농담을 할 여유가 있단 말이지?

비연이 다시 한번 그를 발로 찼다.

"너무해!"

그러나 그녀가 아무리 열심히 찬들 그에게는 간지러울 뿐이었다. 군구신은 그녀가 하는 대로 내버려 두었다. 대신 그녀를 바라보았다. 보고, 또 보고.

어느새 그의 입가에서는 웃음기가 사라지고, 진지한 눈빛 속에 다정한 아쉬움이 떠올랐다.

한 사람을 좋아하기 시작하면 그 상대는 인생에서 가장 놓치고 싶지 않은 풍경이 된다. 웃는 모습, 화내는 모습, 모두 아름다웠다. 보면 볼수록 그저 넋이 나갈 것만 같았다. 오늘 밤의 그녀는 정말로 아름다웠다.

화를 내던 비연은 자신도 모르게 군구신과 시선을 맞추게 되었다. 살짝 멈칫했으나 바로 몸을 홱 돌렸다. 그를 보고 싶지 않기 때문인지, 아니면 그에게 자신을 보여 주고 싶지 않기 때문인지는 스스로도 모를 일이었다. 어쨌든 그의 시선에 담긴 온도를 느끼는 순간 그녀는 불편해지고 말았던 것이다.

"군구신……."

"비연……."

두 사람이 거의 동시에 입을 열었다. 비연은 침묵했다. 군구신이 잠시 기다리다가 그녀가 말을 잇지 않는 것을 확인한 다음에야 말했다.

"세 번째 조건은, 네가 본 왕과의 부부 관계를 청산하고 싶다면 네 그 영 오라버니를 데려오라는 것이다!"

그는 그녀와 그 '영 오라버니'가 대체 어떤 관계인지 알지 못할 때도 그녀를 양보할 생각이 없었다. 지금은 상황을 이해하게 된 만큼 더더욱 양보할 생각이 없었다. 어린 시절 소꿉친구로 보낸 몇 년이 앞으로의 평생과 비교할 수 있을 리가!

비연은 군구신이 이런 조건을 이야기할 거라고는 생각지도 못했다. 그리고 자기 자신에게 묻지 않을 수 없었다. 만약…… 영 오라버니가 세상에 없다면…… 자신은 눈앞의 이 남자에게 그저 마음이 동하는 정도가 아니라 진심을 건네주어도 되는 걸까?

곧, 그녀는 이 생각을 무시해 버렸다. 과거의 기억을 되찾기 전에는 어떤 가설도 세우지 않을 작정이었다. 그녀는 갈등하게 될 것이 무서웠다. 다시는 뒤엉키고 싶지 않았다.

비연은 이런 조건을 이야기하는 군구신의 진정한 뜻을 알지 못했지만, 고개를 돌려 그에게 미소 지었다.

"좋아! 그날이 오기를 기대하고 있을 거야!"

두 사람의 담판이 끝난 셈이었다.

군구신이 물었다.

"그럼 이제 본 왕의 독을 해독해 줄 수 있나?"

그러자 비연이 달갑지 않은 듯 냉소했다.

"당신이 받아야 마땅한 벌이니까, 착하게 기다리라고!"

그리고는 침상 아래로 내려가 옷매무새를 정리한 후 밖으로 나갔다. 풀밭을 지나 별처럼 빛나는 옥석이 박힌 작은 방을 지나 다시 서재를 지났다. 그러나 비연이 마침내 침궁의 대문을 열었을 때, 한 걸음도 내딛기 전에 시위 몇 명이 그녀를 둘러쌌다.

우두머리인 듯한 시위가 비연의 앞을 막으며 공손하게 말했다.

"왕비마마, 전하께서 오늘 밤은 그 누구도 침궁을 마음대로 드나들 수 없다고 명하셨습니다."

비연이 불쾌한 듯 말했다.

"비켜라!"

시위는 비켜 주지 않았다.

"진묵과 전 어멈은 어디 있지?"

그녀의 물음에 시위가 답했다.

"모릅니다. 왕비마마, 오늘 밤 부에는 손님이 많습니다. 그러니 어서 들어가서서 불필요한 오해를 피해 주십시오."

비연은 돌아갈 수밖에 없었다. 분명했다. 군구신에게 독을 쓰지 않았다면 그녀는 아예 나오지도 못했을 것이다.

눈을 감은 채 쉬고 있던 군구신이 방으로 돌아온 그녀를 흘긋 쳐다보더니, 해독을 재촉하지 않고 다시 눈을 감았다.

비연은 그를 보며 잠시 망설이다가 저도 모르게 입술을 깨물고 말았다. 방금의 입맞춤 때문에 그녀의 입술은 조금 부어 있었다.

비연이 속으로 중얼거렸다.

'독침을 한 방 더 놓지 않은 것만도 고마울 일이지. 해독? 꿈도 꾸지 말라고!'

그녀는 서재로 가서 밤을 보내려다가 생각을 바꿔 재빨리 침상 위로 올라갔다. 군구신이 다시 눈을 떴다. 그녀가 해독을 해주기 위해 침상 위로 올라왔다고 생각하는 듯했다.

비연은 그에게 웃어 보이고는, 있는 힘을 다해 그를 바깥쪽으로 밀어냈다. 군구신은 사지가 무력한 상태였기에 그대로 밀려날 수밖에 없었다. 아니, 말할 힘조차 거의 없는 상태였다.

"뭘 하려는 기지?"

그러자 그를 침상 가장자리까지 밀어낸 비연이 생긋 웃으며 대답했다.

"아무것도 아냐!"

말을 마친 그녀는 다리를 뻗어 군구신을 침상 아래로 걷어찼다.

"망할 얼음, 봄밤[6]은 1각이라도 천금만큼 가치가 있다지. 거기서 잘 즐겨 보도록 해!"

군구신은 무어라 표현하기 어려운 표정으로 바닥에 누워 있었다! 비연은 그의 얼굴을 보고 마침내 마음이 편해졌다. 기지개를 켠 그녀는 한시름 놓고 푹 자기로 했다. 어쨌든 군구신은 내일 오후까지는 회복이 불가능할 테니까.

비연이 원앙 이불을 젖혔을 때, 침상 위에 순백의 수건이 깔려 있는 게 보였다. 그녀는 낙홍파라는 물건의 존재 자체를 알지 못했다. 그저 이게 평범한 수건이 아니고, 재질도 아주 좋다는 것 정도만 알아차렸다.

그녀는 무척 궁금했다. 이 신혼방 안의 모든 물건은 붉은빛인데 어째서 이렇게 새하얀 수건이 있는 걸까? 이건 그다지…… 길하지 않지 않나?

비연이 낙홍파를 들어 올리며 물었다.

"망할 얼음, 이건 뭐야?"

군구신은 본래 화가 나 있었지만 낙홍파를 보자 안색이 조금 나아졌다. 어쩌면 속으로 켕기는 것이 있어서인지도 모를 일이었다.

그는 제대로 대답하지 않고 그저 담담하게 말했다.

"그냥 놔둬."

---

6 남녀가 정을 나누는 밤. 첫날밤.

비연이 다시 물었다.

"이거에 무슨 뜻이라도 있는 거야? 뭐에 쓰는 물건인데?"

군구신이 잠시 침묵하다가 다시 물었다.

"정말 알고 싶어?"

비연은 점점 더 고개를 갸웃했다. 침상 가장자리에 엎드린 그녀는 낙홍파를 만지작거리며 군구신의 설명을 기다렸다.

군구신은 원래 솔직하게 말하려 했지만 비연이 낙홍파를 그렇게 가지고 노는 것을 보고는 바로 말을 바꿨다.

"신부가 원앙 자수를 놓기 위한 천이지. 기념으로 갖고 있어."

"필요 없어!"

비연은 낙홍파를 던져 버리고는 몸을 굴려 누웠다.

'바보…….'

군구신이 속으로 탄식했지만 입가에는 저도 모르게 잔잔한 미소가 떠올라 있었다. 침상 아래로 걷어차였지만 정말로 화가 난 것 같지는 않았다.

거대한 침궁이 고요해졌다. 한 사람은 침상 위에, 또 한 사람은 침상 아래에 누운 채 더 이상 아무 말도 하지 않았다.

비연은 편한 마음으로 푹 잘 생각이었다. 그러나 아무리 해도 잠이 오지 않았다.

그녀는 똑바로 누운 채 침상의 천장을 바라보았다. 군구신 역시 잠을 이루지 못하고 눈을 뜨고 있었다.

고요한 가운데 비연이 갑자기 얇은 이불을 군구신에게 던졌다. 방은 또다시 조용해졌다.

시간은 침묵 속에서 흘러갔고, 시간이 흐를수록 밤은 더욱 깊어 갔다.

정왕부의 혼례는 이미 끝났다. 그러나 정왕부를 주시하는 이들은 아직 떠나지 않고 지켜보고 있었다…….

본 황자가 미친 것이냐

고요한 밤.

정왕부 침궁 지붕에 흰 옷을 입은 남자 하나가 누워 있었다. 밝은 달이 그를 보고 있는 걸까, 아니면 그가 밝은 달을 보고 있는 걸까. 잘생긴 얼굴이 달빛에 감싸여 무척이나 고귀해 보였다.

그는 젊어 보였지만 나른한 눈빛 가운데 초월한 듯한 빛이 서려 있었다. 마치 천 년은 살아온 사람만이 가질 수 있는 해탈의 경지였다.

비연이 그를 보았다면 분명 자신의 백의 사부라 생각했을 것이다. 그러나 그가 백의 사부인지, 아니면 연운간의 그 서생 같은 고 의원인지는 그 자신만이 알고 있을 일이었다.

지붕 위에 얼마나 누워 있었을까? 한참을 기다리다가 방 안에서 아무 기척도 들리지 않게 되자 몸을 일으킨 그가 미소를 띤 채 중얼거렸다.

"성혼을 하다니, 정말로 다 컸구나."

그는 예사롭지 않은 솜씨로 주변의 시위들을 피해 그 자리를 떠났다. 그러나 정왕부를 떠나려는 순간, 멀지 않은 곳 지붕에 누군가가 있는 걸 보고 발걸음을 멈추고 말았다. 가까이 다가가 보니 한 남자가 그림 한 폭을 펼쳐 놓고 지붕 위에 앉아 있었다.

진묵이었다.

망중은 그에게 정왕부의 규칙을 알려 준 다음 거처도 안배해 주었다. 그리고 진묵은 침궁으로 되돌아가지 않았다. 그가 보기에 제 주인인 비연은 정왕과 맹우니 별다른 일이 벌어질 것 같지 않았던 것이다. 그저 비연이 속은 것이 불쾌할 뿐이었다.

진묵은 장파의 고묘를 떠난 이후 거의 매일 밤 잠을 제대로 이루지 못했다. 별다른 이유는 없고, 단지 환경이 바뀌면서 적응하기 어려워서였다. 그래서 그는 밤이 되면 대부분의 시간을 이 그림을 고민하는 데 썼다. 그리고 오늘 밤, 갑자기 예전에 사부가 '장묵지'라 불리는 종이에 대해 이야기했던 걸 떠올렸다.

종이의 질이 어찌나 좋은지 먹을 떨어뜨리고 난 후 시간이 흐르면 점차 사라진다 했던가. 그러나 그 먹의 흔적이 정말로 사라지는 건 아니고 종이에 은은하게 숨어 있는 거라 했다. 달빛을 충분히 받으면 사라졌던 먹 자국이 다시 떠오른다고.

진묵은 이 그림을 그린 종이가 장묵지인지는 확신할 수 없으나 일단 시험해 보기로 했다.

그는 그림 옆에 누운 채 눈을 감고 있었다. 잠이 든 건지, 아니면 깨어 있는 건지는 알 수 없었다.

흰 옷을 입은 남자는 한참 동안 그 그림에서 시선을 떼지 못하고 있었다. 그리고 마치 정신이 나가기라도 한 것처럼 무의식 중에 한 걸음 내디뎠다.

그 순간 진묵이 눈을 떴다. 흰 옷의 남자는 자신이 들킨 걸 알고 살짝 몸을 움직이는가 싶더니, 공중에서 사라진 듯 순식간에 보이지 않게 되었다.

진묵은 일단 그림을 챙긴 다음 그를 쫓기 시작했으나 아무것도 보이지 않았다. 그는 다시 주위를 살핀 다음, 시위들에게 묻고 나서야 겨우 안심했다.

흰 옷의 남자는 계속 주위에 있었을 가능성도 있고, 먼 곳에서 찾아왔을 가능성도 있었다. 하지만 백리명천은 분명 멀리에서 찾아온 참이었다.

그가 시간 맞춰 진양성에 오기 위해 얼마나 힘을 들였는지는 하늘만이 알 것이다. 그는 이미 한계에 도달해 있었다. 앞으로 한 달 동안은 물에 들어갈 수 없을 것 같았다.

이 순간, 백리명천은 고씨 저택의 연못가에 엎드린 채 숨을 헐떡이며 물기를 털어 냈다. 창백한 안색은 날이 이미 어두워졌음을, 자신이 늦었음을 인지하는 순간 더욱 희게 질려 버렸다.

"늦었나?"

잠시 멍한 표정을 짓던 그가 갑자기 소리 내어 웃기 시작했다. 쓸쓸하게, 자조하듯이.

"본 황자가 미쳤나 보지? 대체 뭘 한 거야? 연아, 네가 군구신에게 시집을 갔으니 됐다! 아주 좋아! 너와 군구신의 빚을 본 황자가 함께 계산할 수 있게 되었으니!"

그는 연못 밖으로 기어 나와 누워서 계속 웃다가 갑자기 멈췄다. 사람 전체가 고요함 가운데 잠겨 버린 것 같았다……

오늘 밤 고씨 저택에 온 사람은 백리명천뿐만이 아니었다. 오랫동안 얼굴을 드러내지 않던 승 회장과 그의 부인 상관정아도 있었다. 그들은 방금 연못가를 떠나 막 요화각에 도착했다.

승 회장은 북쪽 변경에 가려다가 갑자기 길을 돌아 진양성으로 온 참이었다. 상관 부인은 오랜만에 만난 남편의 팔짱을 낀 채 떨어지려 하지 않았다.

"영승, 어째서 미리 온다고 말해 주지 않았어? 당신이 돌아오지 않을 줄 알았잖아!"

승 회장은 그녀가 팔짱을 끼면 끼는 대로, 뭔가를 물어보면 물어보는 대로 상대하지 않고 제멋대로 구석구석 뒤져 보았다. 그러나 아무리 살펴봐도 실마리 하나 발견할 수 없었다.

요화각 안에 남아 있는 물건은 상당히 많았다. 그러나 전 어멈이 비연에게 주었던 그 옷은 어디로 갔는지 보이지 않았다. 어딘가에 버려진 건지, 아니면 비연이 가져간 건지도 지금으로써는 알 수 없는 상황이었다.

승 회장은 마지막 서랍까지 뒤져 보았지만 아무것도 발견하지 못했다. 상관 부인이 앞에서 그의 허리를 끌어안으며 다시 물었다.

"말해 봐. 혼례 구경을 온 거야, 아니면 내가 보고 싶어서 온 거야?"

상관 부인은 그를 방해하려는 게 아니었다. 그녀는 이미 집 안 전체를 뒤져 고씨 저택에 그들이 원하는 물건이 없다는 것을 확인한 다음이었다.

승 회장은 차가운 얼굴로 그녀를 내려다보았다. 마치 무슨 말인가 하려는 듯하더니, 잠시 바라보기만 하고 그저 단호하게 말했다.

"이거 봐!"

상관 부인이 웃으며 고개를 저었다. 분명 나이가 꽤 들었건만 남편 앞에서라면 영원히 고집 센 소녀 같았다. 승 회장도 그녀를 재촉하지 않고 화제를 돌렸다.

"천무제가 사혼을 내린 데에는 이유가 있을 거야. 대체 뭘 그리 즐기고 있던 거야? 소 부인 쪽이 이미 의견을 내놨다고."

상관 부인이 무시하듯 웃었다.

"당정이 이미 상세한 상황을 운한각에 보냈어. 운한각의 주인님은 분명 정왕에게 관심을 보이실 거야. 소 부인에게 의견이 있으면 직접 운한각에 가서 고발하라고 해! 소 부인이 키운 그 한우아는 내가 키운 개보다도 못하던걸! 그 주제에 의견은 무슨…… 우리 셋은 그저 개인적인 교류에 따라 축의금을 좀 낸 것뿐인데."

승 회장이 냉랭하게 말했다.

"소 부인은 한우아를 천무제에게 시집보낼 작정이야. 한우아가 어떤 사람인지 소 부인이라고 모르겠어?"

이 말에 상관 부인이 깜짝 놀랐다. 그러나 곧 정신을 다잡고 무시하듯 말했다.

"소 부인은 여전히 천무제와 결맹할 생각인가 보군. 하지만 지금 상황을 보면, 정왕은 절대로 천무제에게 제압당하지 않을걸."

승 회장이 다시 말했다.

"군씨 황족에 대황숙이 하나 있지. 내가 이번에 북쪽에 다녀오려는 것도 그 대황숙 때문이야. 다들 행동을 삼가면서 진양성, 이쪽의 변화를 살펴보도록 해. 당정이 말한 그 밀정도 운한 각 쪽에서 안배해 두었으니까 그렇게 전해 주고. 비연이 정왕부에 들어간 이상 예전과는 다를 거야. 조심해야 해."

상관 부인이 고개를 끄덕이며 물었다.

"또 당부할 말 있어?"

승 회장이 고개를 저었다.

"없어."

상관 부인이 다시 물었다.

"그럼, 나랑 하룻밤 보낸 다음에 갈 거야, 아니면 지금 당장 갈 거야?"

승 회장은 입술 끝을 살짝 들어 올리며 대답하지 않았다. 기분이 좋아진 상관 부인이 남편의 팔을 잡고 고씨 저택을 떠났다.

그들이 객잔에 도착했을 때, 호 부인은 잠들어 있었고 당정은 아직 돌아오지 않은 상태였다. 승 회장이 불쾌한 듯 말했다.

"어디 간 거지? 젊은 아가씨가 이렇게 늦게까지 돌아오지 않다니."

상관 부인이 웃으며 말했다.

"신방을 엿보러 간 거 아닐까? 당정, 그 아이가 글쎄 정왕을 문에서 막기도 했다니까. 아마 지금 신방에 가서 난리나 치고 있지 않나 모르겠네."

사실 당정은 이미 정왕부를 떠난 상태였다. 이 순간 그녀는 정역비와 어깨동무를 하고 술집에서 나오고 있었다.

연회가 끝난 후, 그녀는 문가에서 정역비와 마주쳤다. 그들은 한마디 말도 없이, 약속이나 한 듯 계속 마시기 시작했다. 그리고 지금 두 사람 모두 술에 취해 정신이 나간 상태였다.

정역비가 말했다.

"선머슴, 본 장군에겐 기개란 것이 있단 말이야! 본 장군이 말해 주겠는데, 본 장군은 오늘 밤 특별히 신나게 마셨으니까! 오늘 밤이 지나면! 본 장군은 평생 술을 마시지 않을 거야! 한 잔도 마시지 않을 거라고!"

당정은 완전히 취한 상태로 정역비에게 기대다시피 하고 있었다. 당정이 물었다.

"그럼 당신이 혼례를 치르는 날은? 그날도 술을 안 마실 거야?"

우리 모두 끝장이야

당정은 기분이 과히 좋지 않았다. 그녀가 정역비를 밀쳐 내고 취한 목소리로 물었다.

"정왕에게 배운 건가? 예의라고는 전혀 없네!"

그러다가 그녀는 다시 정역비를 잡아끌며 웃기 시작했다.

"하지만 봄밤은 1각이라도 천금만큼 가치가 있으니까. 정왕이 우리 연아를 보면…… 침상 아래로 내려오지도 못할걸!"

"침상 아래로 내려오지 못한다고?"

정역비가 멍한 표정을 지었다. 당정이 '너도 알면서'라는 눈빛을 보내며 더욱 비밀스럽게 웃었다. 그러자 정역비가 큰 소리로 웃더니 말했다.

"본 장군은 평생 혼인하지 않을 거다! 그러니 술을 마실 필요가 없지!"

"평생 혼인하지 않을 거라고?"

당정이 엄지손가락을 세웠다.

"영리해! 그래, 혼인은 무슨 혼인! 남자를 찾아 자신을 돌봐 달라고 하고, 또 아이를 낳아 주고…… 그게 무슨 의미야! 나는 네 그런 부분이 좋아! 혼인하지 않겠다, 좋아! 아주 좋다고!"

두 사람은 취해서 아무 말이나 주고받으며 한참을 걸었다. 그러다 당정이 객잔을 하나 발견하고는 정역비를 잡아끌었다.

객잔 직원이 두 사람을 보고 재빨리 맞이했다.

"두 분, 묵었다 가시겠습니까?"

"묵는다고?"

당정은 이곳이 자신이 머무는 객잔이라 생각하고, 정역비를 놓고는 열쇠를 찾으려고 주머니를 뒤지기 시작했다. 그러나 아무리 뒤져도 열쇠는 나오지 않았다.

그 모습을 본 정역비는 당정이 돈을 찾는다 생각하고 금화 주머니를 꺼내 직원에게 던졌다.

"열쇠!"

직원이 매우 기뻐하면서, 두 사람이 어깨동무하고 들어오던 것을 떠올리고는 열쇠를 하나만 건넸다. 그리고 직접 길을 안내해 방문을 열어 주기까지 했다.

"손님, 이 방이 우리 객잔에서 가장 조용하고 좋은 방입니다. 어서 드시지요!"

당정이 정역비를 놓고 성큼성큼 안으로 들어갔다. 그러자 직원이 문가에 서서 정역비에게 들어가라는 듯 손짓하며 말했다.

"어서 드시지요!"

정역비는 취한 나머지, 뭔가 이상하다는 것은 알았지만 무엇이 이상한지는 도무지 알 수 없었다. 그가 비틀비틀 쓰러질 듯하자 직원이 재빨리 부축해 방으로 들인 다음 침상에 눕혔다. 당정은 이미 침상에 누워 있었다.

직원이 재빨리 방문을 닫고 빠져나왔다. 그리고 금화 주머니의 무게를 가늠해 보며 중얼거렸다.

"저런 여자는 또 처음 보네. 남편이 취해서 쓰러지는 거야 그렇다 쳐도, 여자까지 저렇게 취하다니. 쯧쯧, 요즘 여자들이란!"

직원은 그렇게 가 버렸다. 방 안에서는 당정과 정역비가 서로 등을 맞댄 채 미동도 없이 누워 있었다.

그들이 계속 그렇게 움직이지 않고 잠만 잤다면 그나마 괜찮았을 것이다. 그러나 얼마 지나지 않아 당정이 몸을 일으켰다. 그녀는 멍한 표정으로 겉옷을 벗고 얇은 속옷 한 겹만을 남긴 채 다시 뒤로 눕다가 정역비의 몸 위로 쓰러지고 말았다.

정역비는 본래 혈기방장한 데다 술까지 마시니 온몸이 뜨겁게 달아오른 상태였다. 그 따뜻한 느낌이 무척 마음에 든 듯 당정이 여기를 어루만지다 저기를 어루만지다 했다.

"아주 편안해."

당정이 결국 정역비를 끌어안았다.

정역비는 제 몸 위에 올라가 있는 것이 무엇인지 알 수 없었다. 그도 여기를 어루만지고 저기를 어루만지며 그것이 무엇인지 알아보려 했고…… 곧 만져서는 안 될 무언가를 만지게 됐다.

그는 그 무언가에서 전해 오는 감촉이 무척 마음에 든 듯 멈추지 않고 더욱 열심히 어루만지기 시작했다. 당정이 저도 모르게 달콤한 신음을 냈고, 뜨거운 불길이 마른 장작을 태우기 시작하니 더 이상 수습할 길이 없게 되었다……

다음 날, 당정이 몽롱한 가운데 깨어났을 때 허리 쪽이 답답하다는 생각이 들었다. 무심결에 제 허리께를 더듬어 보던 그녀는 아주 커다란 손이 자신을 끌어안고 있다는 사실을 알게 되었다. 그녀는 당황한 나머지 바로 그 손을 떨치며 비명을 질렀다.

"꺄악!"

정역비 역시 놀라서 잠에서 깨어났다. 그가 정신을 차리기도 전에 당정이 일어나 앉더니 이불을 빼앗아 제 몸을 감쌌고……. 정역비가 벌거벗고 있다는 것을 알게 되었다.

그녀는 다급하게 이불로 제 머리까지 감쌌고, 그제야 자신도 몸에 걸친 게 없다는 걸 발견했다. 그녀는 얼이 빠지고 말았다!

정역비 역시 넋이 나갔다! 그가 재빨리 침상에서 내려가 옷을 입었다.

"당정, 우, 우리……."

정역비는 어린 시절부터 무뢰한 짓을 많이 저질렀지만 여자에게 정말로 무뢰한 행동을 한 적은 없었다! 그는 이불로 꽁꽁 감싼 당정을 멍하니 바라보다가 바닥에 찢겨진 속옷을 발견하고는 얼굴이 창백해졌다. 머릿속이 그야말로 텅 비어 버린 것 같았다.

당정은 늘 큰언니처럼 굴며 어떤 일도 무서워하지 않았다. 그러나 그녀도 결국은 세상 풍파를 겪어 보지 않은 젊은 여자였다! 이 순간 그녀의 머릿속은 그야말로 공백 상태였다.

정역비가 먼저 냉정을 되찾았다. 물론 아주 약간 냉정해졌을 뿐이지만.

그가 말했다.

"당정, 기다려, 네가…… 네, 아니 당신이…… 울지 말고. 절대 울지 말고. 일단 옷을 구해 올 테니까. 다, 당신…… 이 일은 내 잘못이고, 내가 어떻게든 책임지겠어. 그러니까 착하게 기다리고 있어. 금방, 금방 돌아올 테니까!"

정역비가 떠난 것을 확인한 다음에야 당정이 이불을 내렸다. 그녀는 바닥에 흩어져 있는 속옷 조각을 보자 바로 시선을 돌리고는 다시 볼 엄두조차 내지 못했다.

어젯밤의 일은 정확히 기억나지 않았다. 그러나 희미하게나마 기억의 편린이 떠오르기는 했다. 그리고 저 찢어진 속옷은…… 그녀가 어젯밤 얼마나 제정신이 아니었는지 보여 주었다.

그녀는 이불로 제 몸을 꼭 감쌌다. 얼굴에는 두려운 표정이 한가득이었다. 당정은 정역비가 돌아올 때까지 이렇게 멍하니 기다렸다.

정역비가 각기 다른 치수의 옷을 두 벌 가지고 돌아왔다. 그는 그녀를 제대로 쳐다볼 수도 없어 흘깃대다가 그녀가 웅크리고 있는 걸 봤다. 그리고 그녀가 울고 있다는 생각에 더욱 다급해지고 말았다.

"당정, 울지 마. 응? 이 일은 내가 꼭 책임질 테니까. 너, 아니, 당신…… 당신은 일단 옷을 입어. 우리는…… 당신이 어떻게 하고 싶건 내가 꼭 따를 테니까!"

말을 마친 그가 밖으로 나갔다.

당정은 울고 있지 않았다. 그저 이 사실을 받아들이고 싶지 않고, 공포심에 질려 멍한 상태였을 뿐이었다. 그녀는 당장이라도 자신에게 따귀를 올려붙이고 싶었다. 정역비와 술은 무슨 술을 마신다고! 그렇게 친한 사이도 아니면서!

정역비는 한참 동안 기다리다가 참지 못하고 문을 두드렸다.

"당정, 다 됐어?"

당정이 겨우 정신을 차리고 노한 목소리로 외쳤다.

"드, 들어오지 마!"

당정이 막 침상에서 내려왔을 때, 순간적으로 고통스러운 느낌이 전신으로 퍼졌다. 마치 온몸이 어딘가에 묶여 있다가 와르르 무너지는 듯한 느낌이었다.

침상 아래로 내려가지 못한다는 것이 이런 느낌이었군!

그녀는 고통을 참으며 침상에서 내려와 옷을 주워 들고는 재빨리 원래의 자리로 돌아갔다. 그리고 그제야 제 몸에 아주 많은 흔적이 남아 있음을 발견했다. 바로 정역비에 의한 흔적들이.

당황스러웠던 감정이 이제는 화로 바뀌었다. 그녀는 저도 모르게 욕설을 내뱉고 말았다.

"정역비, 이 빌어먹을!"

옷을 입은 후에도 바로 정역비를 방 안에 들이지 않았다. 대신 자리에 앉은 채 어젯밤의 일을 다시 한번 돌이켜 보았다. 어젯밤 정역비와 함께 술을 마시고⋯⋯. 그래, 술을 즐겁게 마시고, 그런 후 그가 객잔에 데려다주겠다고 했고⋯⋯. 그래, 그다음에는⋯⋯.

자신이 어떻게 이 객잔에 왔는지 도무지 떠올릴 수 없어 차라리 생각을 멈추기로 했다. 그때 다시 정역비가 문을 두드리며 조심스럽게 물었다.

"당정, 울고 있는 건 아니겠지?"

울고 있는 건 아니냐고? 당연히 울고 싶었다! 그러나 눈물이 나오지 않았다!

그녀는 심호흡을 몇 번 한 다음 정역비를 들어오게 했다. 정역비는 그녀가 울고 있지 않은 것을 보고 놀라면서도 남몰래 안도의 한숨을 내쉬었다. 이런 상황에서 당정까지 울고 있었다면 그는 더더욱 어쩔 줄 몰랐을 것이다.

그가 당정을 바라보며, 주먹을 쥐고 명쾌하게 말했다.

"당정, 당신 부모님은 어디 계시지? 본 장군이 매파를 찾아 구혼하겠어! 본 장군이 당신을 아내로 맞이하겠다!"

깜짝 놀란 당정이 입에서 나오는 대로 외쳤다.

"꿈도 꾸지 마시지!"

그녀의 부모님은 말할 것도 없고, 만약 외숙인 승 회장이 알게 된다면…… 정역비는 분명 끝장날 것이고, 그녀도 십중팔구 끝장날 것이다.

정역비는 더더욱 놀랐다. 도저히 당정을 이해할 수 없었다.

"당정, 우리……."

그는 어찌 이야기해야 할지 알 수 없었다. 문 앞에서 한참 동안 기억을 더듬어 보았지만 대체 어떻게 당정과 이 객잔에 오게 된 건지 기억나지 않았다. 그러나 어젯밤 발생한 일은…… 어느 정도 기억해 낼 수 있었다.

그는 후회하고 번뇌했으며 스스로를 원망했다. 그러나 일단 모든 감정을 가라앉히고 당정을 위로하는 게 우선이라고 생각했다.

정역비가 잠시 침묵하다가 다시 입을 열었다.

"당정, 나는······."

당정이 다급하게 그의 말을 자르며 노한 목소리로 외쳤다.

"아내로 맞이하긴 뭘 맞이해? 본 소저는 너에게 시집갈 생각이 없단 말이다! 경고하겠는데, 이 일은 아무도 몰라야 해! 만약 감히 이 일에 대해 한마디라도 밖에 흘린다면 본 소저가 반드시 너를 고자로 만들어 줄 테다!"

만약 있다면 어떻게 하지

정역비는 당정이 이런 태도를 보이리라고는 꿈에도 생각지 못하고 있었기에, 그녀의 경고를 듣자 대체 어찌 대답해야 할지도 알 수 없었다.

이 선머슴……. 아니, 아니다, 당정은 여자다! 어젯밤 확인하지 않았던가, 확실히 여자라고! 그런데 이 여자가 대체 무슨 말을 하는 거야? 남자인 그도 이렇게 복잡한데, 어떻게 저렇게 아무렇지 않을 수 있는 거지?

당정의 사나운 얼굴을 바라보던 정역비가 한참 후에야 냉정을 되찾고 물었다.

"당 소저, 본 장군이 어떻게 책임지기를 바라십니까?"

당정이 더욱더 사납게 외쳤다.

"누가 너보고 책임지래?"

정역비가 다시 한번 깜짝 놀랐다.

당정이 다시 외쳤다.

"본 소저가 말해 두겠는데, 이건 그냥 실수일 뿐이야! 그러니 아무 생각도 하지 말라고. 본 소저도 잊어버릴 테니까. 어젯밤에는 아무 일도 없었던 거라고! 너는 계속 네 밝은 앞날을 향해 가면 되는 거야. 나는 계속 내 외나무다리를 건너갈 테니까. 그럼 우리는 서로 마주칠 일도 없겠지!"

평소의 무뢰한 태도와 달리 정역비는 영웅적인 미간을 찌푸리고 있었다. 윤곽이 분명한 얼굴도 유달리 고집스러워지는가 싶더니 그가 물었다.

"당 소저, 이렇게 하는 것이 옳겠습니까?"

당정이 반문했다.

"안 될 건 뭐야?"

정역비가 그녀를 살펴보며 한참 동안 대답하지 않았다. 그의 눈빛이 점점 더 엄숙해지고 있었다.

당정은 그렇게 무뢰하던 남자가 이렇게 진지해질 수 있으리라고는 생각한 적 없었다. 지금 정역비에게서는 무어라 형용하기 어려운 남자의 매력이 풍겨 나왔다. 이런 그의 모습에 제정신이 아니었던 전날 밤이 떠오르자 당정의 마음이 조금 떨리기 시작했다. 그녀는 저도 모르게 그의 시선을 피했다.

정역비가 입을 열었다.

"당 소저, 제가 보기에는 아주 온당치 않은 방법 같습니다."

술을 마신 후 이성을 잃었다. 그가 원했건 원하지 않았건 남자로서 책임을 져야만 했다.

당정은 원래 좀 켕겼을 뿐이었지만 정역비가 진지하게 구는 모습을 보니 갑자기 무서워졌다.

이 녀석은 평범한 무뢰한이 아니었던 걸까? 왜 이리 엄숙하게 구는 거지? 그가 책임지기를 그녀가 바라지 않는데 대체 뭘 어쩌겠다는 걸까? 설마 그녀를 정말 아내로 맞이하고 싶은 걸까?

아내로 맞이할 수는 있나? 당씨 가문의 여식은 결코 외지로 시집가지 않는다고! 그럼…… 데릴사위로 들어오려고 할까?

아니다, 그가 데릴사위로 들어오고 싶다 해도 그녀가 원하지 않았다! 그를 좋아하지 않는다! 그녀는 아직 충분히 놀지도 못했고, 완수해야 할 임무도 많았으며…… 혼인 따위 하고 싶지 않았다!

정역비의 눈빛이 점점 더 진지해졌고, 당정은 점점 더 난처한 기분이 들었다.

"당 소저……."

"정역비……."

두 사람은 약속이나 한 듯 동시에 입을 열었다. 당정이 다급하게 말을 가로챘다.

"정역비, 이렇게까지 해야 해?"

그녀는 필사적으로, 일부러 조소하듯 웃기 시작했다.

"처음도 아닐 거 아냐? 하하, 이 누님이 정말로 너랑 자게 될 줄은 몰랐지!"

이 말의 의미는…… 그녀는 처음이 아니라는 걸까?

정역비의 안색이 어두워졌다.

당정이 바란 건 바로 이런 상황이었다. 그녀는 계속 정역비를 자극했다.

"잘 생각해 보라고! 연아가 너를 원하지 않았는데, 나는 더더욱 싫다고! 그러니까 본 소저에게 치근덕거릴 생각은 하지도 말라고!"

이 말에 정역비도 마침내 화가 나서 차갑게 말했다.

"당정, 당신이 그렇게나 쉬운 여자인 줄은 몰랐습니다."

당정은 속으로 안도의 한숨을 내쉬며 말했다.

"그래, 나는 바로 그런 여자라고! 만약 모두…… 나에게 와서 복잡하게 굴면, 내가 시집을 몇 번이나 가야 할 것 같아? 하하, 잘 있으라고!"

당정은 무척이나 도망치고 싶었지만 담담한 척 천천히 걸어 나갔다. 마침내 문가에 다다랐을 때 정역비가 차가운 목소리로 외쳤다.

"왕비마마에게서 멀리 떨어져! 당신은 너무 더러우니까!"

이 말을 들은 당정이 바로 발걸음을 멈췄다. 분명 일부러 오해하게 만든 건 그녀였다. 그가 자신을 혐오하게 만들고 싶었다. 그러나 이 말을 듣는 순간 그녀의 마음은 견딜 수 없이 아파 왔다. 어째서 아픈 걸까?

아니다. 그녀는 기껏해야 화를 내야 옳았다.

당정은 주먹을 쥔 채 여전히 웃었다. 미안한 기색이라고는 전혀 없는 것처럼 활짝 웃으며 말했다.

"그래? 그럼 정 대장군께서는 어서 씻으러 가지 않고 뭐 하시나!"

말을 마친 그녀가 고개조차 돌리지 않고 밖으로 나갔다.

정역비의 주먹에서 관절 꺾이는 소리가 들렸다. 치욕스러운 감정이 그의 모든 이성을 잡아먹고 있었다. 그는 주먹으로 탁자를 내리쳤다.

그의 분노는 결국 자신에게로 향했다. 절대로 술을 마시지 말아야 했다. 앞으로는 절대로 술을 마시지 않겠다!

정역비는 방을 나서려다가 문득 바닥 위의 낭자한 흔적을 떠올렸다. 그는 입술을 깨문 채 되돌아가 바닥에 흩어져 있는 옷들을 주웠다. 몸을 일으키는 순간 그는 문득 침상 위에 붉은 흔적이, 무척이나 붉은 흔적이 남아 있는 것을 발견했다. 정역비는 그대로 굳어 버렸다!

당정은 분명 처음이었다! 그녀가 그를 속였다!

정역비는 멍하니 붉은 흔적을 바라보다가 갑자기 제 따귀를 사납게 내려쳤다. 그는 그 붉은 흔적을 찢어 낸 후 바로 당정을 쫓아 나갔다. 그러나 대로로 나가도 당정은 그림자조차 보이지 않았다.

어디로 간 거지? 지금 어디 머물고 있는 걸까? 어젯밤에 말해 주었던 것 같은데…….

그러나 기억이 나지 않았다.

정역비가 가장 먼저 떠올린 것은 비연이었다. 그러나 지금 그녀를 방해하러 갈 수는 없었다. 대신 다급하게 예부로 향했다.

정역비가 당정이 머무는 곳을 알아내어 찾아갈 때까지는 반시진이 넘게 걸렸다. 당정은 욕조에 잠긴 채 멍한 표정을 짓고 있었다. 눈가가 붉어져 있었지만 그녀는 울지 않았고, 울고 싶지도 않았다.

문 두드리는 소리가 들렸다. 상관 부인과 호 부인이라 생각하고 대답하려 했을 때, 정역비의 목소리가 들렸다.

"당정, 문 열어!"

당정은 놀란 나머지 하마터면 욕조에서 튀어나올 뻔했다! 그녀의 외숙모와 호 부인이 바로 옆방에 머물고 있으니, 밖에 나갔다 해도 언제라도 돌아올 수 있었다. 이 모습을 그녀들에게 들킨다면 당정으로서는 설명할 방법이 없었다! 그리고 외숙모처럼 영리한 사람이 무슨 일인지 알아채지 못한다면 그게 더 이상할 것이다!

정역비 저 자식, 아직도 뭐가 더 남았다는 건가?

당정은 재빨리 몸을 닦으며 외쳤다.

"꺼져! 어서 꺼지라고!"

정역비가 차갑게 위협했다.

"문을 열지 않으면 내가 문을 부수겠다!"

당정이 경악했다.

"잠깐! 내가 열 테니까!"

재빨리 옷을 걸치고 다급하게 문을 열었다. 그리고 주변에 사람이 없는 걸 확인한 다음 급히 정역비를 방 안으로 끌어들였다!

"깨끗하게 씻으러 간 줄 알았더니만, 대체 뭐 하러 온 거야? 굳이 다른 사람들에게 내가 더럽다고 외쳐야겠어?"

정역비가 말없이, 침상에서 찢어 낸 혈흔을 당정 앞에 펼쳐 보였다.

당정은 처음에는 제대로 반응하지도 못하고 그저 당황했다. 그러나 그것이 무엇인지 깨달은 순간, 두 볼이 새빨갛게 달아오른 채 아무 말도 하지 못했다.

정역비는 객잔을 나온 후로 지금까지 단 한순간도 쉬지 않고 그녀를 찾아다닌 참이었다. 그는 마침내 긴 한숨을 내쉬고 당정에게로 걸어왔다.

그는 몸이 좋은 데다 키가 당정보다 머리 하나 이상 컸다. 압박감을 느낀 당정이 무의식적으로 뒷걸음질을 쳤다.

"뭐, 뭐 하려는 거야?"

정역비가 대답하지 않고 한 걸음 한 걸음 당정을 벽까지 밀어붙였다. 그런 다음 그녀의 손을 잡고, 혈흔이 남아 있는 흰 천을 쥐어 주었다.

"그렇게 본인을 낮추거나 할 필요 없습니다. 당신이 본 장군을 마음에 들어 하지 않는다면, 본 장군은 당신 뜻에 따라 아무 일도 일어나지 않았던 것으로 여길 겁니다. 그러나……."

정역비는 진지하고 엄숙한 눈빛으로 당정을 바라보았다.

"그러나 본 장군 생각에, 당신 장래의 남자는 결코 당신을 용서하지 않을 겁니다! 이 물건은 당신이 간직하도록 하고, 당신에게 좋아하는 사람이 생기기 전에 마음의 결정을 내릴 수 있다면 언제라도 본 장군을 찾아오십시오. 본 장군이 바로 응할 것입니다!"

당정은 넋을 잃었다. 그 무뢰해 보이던 남자가 이렇게 뼛속 깊이 보수적일 줄은, 이렇게 책임을 지려 할 줄은 상상도 하지 못했던 것이다.

정역비가 뒤돌아 떠나는 것을 보고 당정은 저도 모르게 다급해지고 말았다.

"정역비, 만약 내게 지금 좋아하는 사람이 있다면 어떻게 하려고?"

그러자 그가 천천히 미간을 찌푸리더니, 한참 후에야 고개를 돌려 그녀를 바라보며 담담한 목소리로 대답했다.

"미안합니다."

당정은 자신이 무엇 때문에 이런 것을 물었는지도 알 수 없었다. 사실 그녀의 마음속에는 아무도 없으니까. 다만 그저…… 정역비의 그 고요한 얼굴을 보니 묻고 싶어 견딜 수가 없었다.

그녀가 다시 물었다.

"정역비, 너는 연아를 그렇게나 좋아하는데…… 나를 책임지겠다면 아주 힘들어지는 것은 아닌지…….."

정역비가 바로 그녀의 말을 잘랐다.

"본 장군은 왕비마마께 품어서 안 될 마음을 품고 있지 않습니다. 더 이상 오해는 그만두시고 허튼소리도 그만두시지요!"

그의 엄숙하고 진지한 모습을 보자 뜻밖에도 피식 웃음이 나왔다. 그녀는 자신이 그를 전혀 이해하지 못하고 있다는 사실을 발견했다.

당정이 웃는 것을 본 정역비 역시 속으로, 이 여자의 생각을 도저히 모르겠다고 한탄했다.

결국 당정이 혈흔이 남은 천을 거둬들이며 말했다.

"이만 가 봐. 오늘 한 말은 본 소저가 기억해 둘 테니까."

정역비가 객잔을 떠날 때는 이미 점심 무렵이었다. 진양성에서는 적지 않은 이들이 정왕이 비연을 데리고 궁으로 문안을 올리러 가기를 기다리며 정왕부를 지켜보고 있었다.

　이 순간 정왕부 안, 비연은 여전히 편안하게 자고 있었고 군구신은 힘을 거의 회복한 상태였다…….

따뜻한데 또 언짢기도 하고

고요한 침궁. 침상 아래에 군구신이 누워 있었다.

"비연?"

군구신이 작은 소리로 부르고는 한참 동안 기다렸다. 침상 위에서는 대답이 들려오지 않았다. 그녀가 아직 깨지 않은 게 확실했다.

그가 소리 없이 몸을 일으켰다. 과연 침상 위의 사람은 이불도 전부 차 버린 채 달게 자고 있었다. 어젯밤 그들이 조용해졌을 때 그는 바로 잠들었다. 아마 그녀가 그보다 늦게 잠들었을 것이다.

군구신이 조심스럽게 비연에게 이불을 덮어 주었다. 그녀를 바라보다가 무심결에 손이 움직였다. 그러나 비연의 작은 얼굴에 닿기 전에 재빨리 거둬들였다. 이리 넓은 세상에서 어찌 이런 사람을 만날 수 있었던 걸까?

그녀를 보고 있노라니 갑자기 무서운 생각이 들었다. 한순간 잘못 생각하는 것만으로도, 발걸음 한번 흔들리는 것만으로도 이번 생에서는 그녀를 만나지 못했을 수도 있었다.

군구신이 비연 곁에 누워 함께 긴 원앙침을 베었다. 눈을 감았다. 보기에는 고요히 잠이 든 것 같았으나 입가에 소리 없이 가벼운 미소가 떠올랐다.

눈을 감고 잔잔하게 미소 짓는 그의 모습은 평소의 냉랭한 모습과는 전혀 달랐다. 따뜻하고 다정한 모습이 마치 한 폭의 그림 같았다.

곁에 누워 있는 비연 역시 조용히 잠들어 있었다. 두 사람이 함께 누워 있는 모습이 고요하고 아름다워 마치 시간조차 그대로 머무는 것만 같았다.

군구신은 누운 채로 체내의 독이 완전히 사라지기를 기다렸다. 힘이 완전히 회복되자 일어나 앉았다. 비연을 등진 채였다.

몸을 일으켜 나가려다가 갑자기 몸을 돌렸다. 그러더니 비연의 입술에 가볍게 쪼는 듯이 입을 맞췄다.

아주 짧은 입맞춤을 한 후 바로 몸을 일으켜 빠른 속도로 그 자리를 떠났다. 마치 자신에게 더 이상의 기회는 주지 않으려는 듯이.

문이 닫힌 후 침궁이 다시 조용해졌다. 비연은 그제야 천천히 눈을 떴다. 분명 살짝 멍해진 상태였다. 저도 모르게 제 입술을 어루만졌다. 심장이 말도 안 될 정도로 빠르게 뛰고 있었다.

사실 군구신이 부를 때 그녀는 깨어 있었다.

한참 후에야 몸을 일으켜 꽉 닫힌 방문을 바라보았다. 그에게 욕이라도 하고 싶었지만 왜인지 욕이 나오지 않았다. 아니, 오히려 희미하게 마음이 아파 왔다.

비연은 다시 몸을 눕혔다. 너무 빨리 밖으로 나가면 그녀가 자는 척했다고 군구신이 의심할지도 모른다는 생각이 들었기 때문이다.

다시 한참 누워 있자 전 어멈이 문을 두드렸다. 비연은 무척 기뻐하며 재빨리 전 어멈을 안으로 들였다. 전 어멈은 그녀가 여전히 혼례 의상을 입고 있는 것을 보고 깜짝 놀랐다.

"왕비마마, 마마와 전하께서는 어제……."

전 어멈도 다른 사람들처럼, 어젯밤 정왕 전하가 왕비마마에게 너무 과했던 나머지 비연이 이렇게 늦게까지 잤다고 생각했다. 그런데 두 사람 사이에 아무 일도 없었다니!

비연은 당연히 전 어멈이 무슨 의미로 그런 말을 하는지 알고 있었지만 아무 말도 듣지 못한 척, 시중을 들어 달라고만 말했다. 그녀는 세수를 해 화장을 지우고, 옷도 갈아입고, 맑은 정신으로 상쾌하게 침궁을 떠났다.

침궁 오른쪽이 식사를 위한 선당이었다. 그곳에는 이미 점심 식사가 준비되어 있었고, 망중과 진묵이 한편에 서 있었다. 그리고 군구신이 비연을 기다리며 하소만에게서 귓속말을 듣고 있었다.

"전하, 왕비마마께서 하인을 두 사람 데려오셨습니다. 한 사람은 아시다시피 진묵이고, 다른 한 사람은 전 어멈입니다. 전 어멈은 고씨 가문에서 수십 년 동안 시중을 들었다고 합니다. 예전에는 고 노야를 시중들었고, 심복이라 할 만했다고 합니다. 고 노야께서 세상을 떠나신 후로 왕 부인이 미워하며 잡일을 시켰다고 합니다. 얼마 전부터는 왕비마마께서 곁에 두고 시중을 들게 하셨다고 하고요."

하소만이 목소리를 더욱 낮추며 말했다.

"진묵에 비하면 훨씬 근본도 있고 믿을 만한 사람 같습니다."

군구신도 별다른 말 없이 고개를 끄덕이며 동의했다.

하소만이 다시 보고했다.

"전하, 왕비마마의 혼수도 모두 창고에 넣어 두었습니다. 예서는 여기 있습니다."

군구신은 예서를 제대로 쳐다보지도 않고 나지막한 목소리로 말했다.

"창고 열쇠를 왕비에게 주고 마음대로 처리하라고 해라. 그리고 성휘당을 정리해 침실로 꾸미도록. 본 왕은 오늘부터 거기서 잘 테니까."

하소만은 매우 의아했다. 주인처럼 강하고 패기 넘치는 사내가 어젯밤 비연을 항복시키지 못했다는 말인가? 아니, 항복시키지 못한 것이야 그렇다 치고 침실까지 내주다니…… 설마 비연이 그를 항복시킨 걸까?

하소만은 더 이상 생각을 잇지 못하고 재빨리 고개를 끄덕였습니다.

"알겠습니다. 마땅하게 처리하도록 하겠습니다."

곧 비연이 들어왔다. 하소만과 망중이 공손하게 예를 행했다.

"왕비마마를 뵙사옵니다."

비연이 어색해하며 말했다.

"됐어. 부에서는 이렇게 불러야 하고 저렇게 불러야 하고……나는 너희 주인님과 무슨……."

그녀의 말이 끝나기도 전에 군구신이 냉랭하게 말을 끊었다.

"지켜야 할 규칙이 적지 않소. 왕비, 앉으시오. 다들 물러가거라."

하소만이 즉시 물러갔다. 망중이 잊지 않고 진묵을 함께 밖으로 끌고 나가며 문을 닫았다. 이리되니 선당 안에는 군구신과 비연 두 사람만이 남았다.

비연이 선 채로 그를 노려보았다. 그러나 군구신이 눈을 들더니, 그녀의 불만을 무시하며 냉랭하게 말했다.

"이만 앉지. 식사를 시작하도록."

비연은 자리에 앉아 식사하며 저도 모르게 그를 흘끔거렸다. 군구신은 그녀가 자신을 훔쳐보는 걸 아는지 모르는지 계속 고개를 숙인 채 조용하고 우아한 자세로 식사했다. 덕분에 비연은 점차 눈치를 보지 않고 그를 똑바로 쳐다보며 관찰했다.

어젯밤 그녀는 그의 두 눈이며 얼굴을 제대로 볼 기회가 없었다. 지금 제대로 살펴보기 시작하니 그녀는 그의 눈동자가 아주 특징 있다는 것을 알 수 있었다. 정왕 전하와 망할 얼음이 사실 아주 닮아 있었던 것이다.

이렇게 고요하고도 냉정해 보이는 그를 보고 있노라니, 그녀는 대체 어느 쪽이 진짜 그의 모습인지 알 수 없었다. 어젯밤의 그 모든 것이 그렇게나 진심 같았는데, 기어을 되살려 보면 또 한바탕 꿈 같기도 했다. 그의 거친 입맞춤, 그의 고백, 그의 웃음……. 그리고 오늘 아침 그가 몰래 했던 일까지 모두 다 꿈만 같았다.

그녀는 도무지 상상조차 할 수 없었다. 눈앞의 이 남자가 더욱 무뢰하게 굴 수도 있을까? 그가 더욱 무뢰하게 군다면 어떤 모습일까?

비연이 넋을 잃고 있는데 군구신이 홀연히 눈을 들어 그녀를 바라보았다. 눈빛에는 의심이 잔뜩 서려 있었다.

예전이었다면 군구신도 그녀가 자신에게 홀려 있다고 믿었을 것이다. 그러나 지금은, 그녀가 또 심사가 틀어진 게 아닌가 싶을 뿐이었다.

그가 물었다.

"왜 그리 보는 거지?"

비연은 그제야 자신이 한참 동안 그를 바라보았다는 것을 깨달았다. 속으로 켕겨 하며 답했다.

"당신이 어떻게 이렇게 군자인 척 점잖음을 빼고 있는지 보고 있었지! 내가 정말 눈이 삐었지, 알아보지 못하다니!"

이 말은 그뿐만이 아니라 자기 자신에게 들려주기 위한 것이었다.

군구신이 무표정하게 물었다.

"그럼 이제 제대로 봤나?"

비연이 진지하게 답했다.

"제대로 봤어!"

군구신은 더 이상 아무 말 없이 고개를 숙이고 식사를 계속했다. 비연도 고개를 숙이고 입 안에 밥을 쓸어 담기 시작했다. 그러나 마음이 켕겨서인지, 먹을수록 자꾸만 난처한 기분이 들었다.

그러나 이 기분은 군구신에 의해 곧 완화되었다. 그가 그녀에게 음식을 집어 주며 상당히 부드러운 말투로 말했다.

"너무 말랐어. 좀 많이 먹도록 해. 다 먹고 나면 앞쪽에 와서 나를 찾도록. 함께 궁에 한번 다녀와야 하니까."

그가 다시 요리를 잔뜩 덜어 주고는 자리를 떠났다.

비연은 눈앞의 음식을 바라보았다. 마음이 따뜻해졌지만 또 어쩐지 언짢기도 했다. 그녀는 음식을 한참 노려보다가 결국은 조금도 남기지 않고 다 먹어 치웠다.

해가 기울 무렵, 비연은 군구신과 함께 마차에 올라 궁으로 향했다. 비연은 궁이 정확히 어떤 상황인지는 알지 못했다. 다만 군구신이 궁에 들어가는 이유가 문안을 여쭙기 위함이 아니라 천무제를 심문하기 위해서라는 사실만은 알고 있었다.

비연은 앞으로의 상황이 기대되기도 하고 또 긴장되기도 했다. 군구신 역시 심정이 복잡한 듯 길을 가는 내내 아무 말도 하지 않았다……

11년 동안 찾아다녔다

비연은 천무제 침궁으로 가는 길 내내 궁 안을 세심하게 관찰했으나 별 이상한 점은 없어 보였다. 옥새를 직접 본 게 아니었다면 군구신이 이 거대한 궁전을 장악하고 있다는 사실도, 천무제가 연금되었다는 사실도 믿을 수 없었을 것이다.

침궁 문 앞에 도착하자 비로소 비연은 그 주위를 군구신의 시위들이 지키고 있다는 사실을 발견했다. 어서방 문 앞의 태감 역시 매 공공이 아니었다.

문 안으로 들어서기 전에 비연이 군구신에게 물었다.

"황상이 오늘 조회를 하지 않으셨는데, 아무도 의심하지 않는 거야?"

"부황께서는 병을 핑계로 조회에 나가지 않으셨지. 늘 있던 일이야."

비연이 고개를 끄덕였다. 군구신이 안으로 들어가며 현재 천염국의 판세를 상세하게 설명해 주었다.

천무제는 그에 의해 비밀리에 연금되었다. 궁 안의 금군이며 시위며 하인들 모두 그가 장악한 상태였다. 천무제와 대황숙 사이에 오가는 서신 역시 그의 통제하에 있었다. 조정의 문관은 두려울 것이 없고, 무관도 정가군과 기가군만 제어할 수 있다면 충분했다. 기세명은 천불동에 갇혀 있으니 통제할 수 있었고, 정역비는 언제라도 그의 명을 들을 터였다.

이런 상황에서 그가 비밀리에 천무제를 연금한 중요한 이유는 두 가지였다.

첫째, 동쪽 변경으로 병사를 뽑아 보낼 시간을 벌기 위해서였다. 군구신이 천염국을 장악했다는 사실을 기욱이 알게 되면 분명 진양성의 형세에 의심을 품을 것이다. 그럼 군구신이 기세명의 이름으로 기욱에게 명령을 하달한다 해도 분명 의심받게 될 테고, 동쪽 변경의 판세를 제어하기 힘들게 될 것이다.

둘째, 그는 가능한 한 대황숙을 오래도록 속이고 싶었다.

천염국에는 군대가 셋 있다. 서쪽의 정가군, 동쪽의 기가군, 그리고 중앙에서 주둔하며 군씨 황족의 명령을 받는 정예군.

외부인들이 보기에 천무제는 이 정예군을 이미 3년 전에 군구신에게 넘겼다. 그러나 정예군은 사실상 무졸군과 천웅군, 두 파로 나뉘어 있는데, 군구신이 제어할 수 있는 군대는 무졸군뿐이었다. 천웅군은 아직 황숙에게 속해 있었다.

군구신은 대황숙이 진양성의 변고를 눈치채기 전에 무졸군에서 병사들을 징용해 동쪽 변경으로 보냄과 동시에 정가군의 병력을 빌려 천웅군에게 대항해야 했다. 그렇게 해야만 동쪽 변경의 전장에서 훗날 근심할 일이 없을 테니까.

비연도 어느 정도 깊이는 바는 있었다. 그러나 완전하게 파악하지는 못한 상태였는데, 군구신의 분석을 듣고는 바로 활짝 웃으며 말했다.

"엽십삼이 우리 손에 있으니, 백초국이 이 기회를 틈타 쳐들어오는 건 걱정하지 않아도 되겠군! 서쪽의 방어선은 적당히 대비하기만 해도 되겠네!"

엽십삼이라는 인질은 그렇게 가치 있는 건 아니었다. 그러나 엽십삼이 소씨 가문과 기씨 가문에게 고용되어 천염국과 만진국을 도발하려 한 사건은 군구신에게 있어 백초국을 위협할 최대의 패였다. 일단 이 사건이 공개되면 백초국과 만진국은 더 이상 결맹을 이어 나갈 수 없을 뿐 아니라 오히려 서로 적이 될 것이다. 백초국 황제는 분명 이 사건이 공개되기를 바라지 않을 것이다.

군구신이 고개를 끄덕였다.

"영리하군!"

비연은 눈이 초승달처럼 되도록 웃었다.

"그야 물론!"

의식하지 못하는 사이에 두 사람의 시선이 부딪쳤다가, 약속이나 한 듯 그대로 멈춰 버리고 말았다. 비연이 먼저 정신을 차리고 재빨리 고개를 돌렸다. 군구신도 시선을 거두고는 말없이 앞을 향해 걸어갔다.

곧 그들은 천무제의 침상 앞에 도착했다. 소 태의가 침상 가장자리에 앉아 있었다. 천무제는 눈을 감은 채 침상 위에 누워 있었는데 안색이 이상할 정도로 창백했다. 더 물을 필요 없이 상황을 알아볼 수 있었다. 천무제가 약을 끊은 것이다.

사실 천무제를 연금하는 방법은 아주 간단했다. 시위들을 움직일 필요도 없이, 그의 목숨을 이어 주는 단약만 끊으면 침상에서 일어나지 못하게 할 수 있었으니까.

천무제가 잠을 자고 있는 것인지 아니면 깨어 있는 것인지, 또 군구신과 비연이 온 것을 알고 있는지도 알 수 없는 상태였다.

소 태의가 그들을 보더니 바로 몸을 일으켰다.

"전하."

그리고 머뭇거리다가 비연에게도 예를 행했다.

"왕비마마."

비연은 이미 정왕부에서 몇 번이나 '왕비마마'라 불렸기 때문인지 뜻밖에도 빠르게 적응했다. 그녀는 담담하게 소 태의에게 고개를 끄덕였다.

군구신이 침상 가장자리에 앉아 천무제를 살펴본 다음에 말했다.

"부황께서 그런대로 편안히 주무시는 듯하니, 약을 복용하실 필요는 없을 것 같군."

이 말을 들은 천무제가 즉시 눈을 떴다. 그가 어찌 편안히 자고 있었겠는가. 허약하고 피로한 나머지 눈을 뜨고 감는 것조차 힘들 지경이었다.

그가 냉랭하게 군구신을 바라보며 말했다.

"네, 네가 아직 짐을 부황이라 부른단 말이냐."

군구신은 쓸데없는 말을 하지 않고 바로 본론으로 들어갔다.

"내가 당신을 부황이라 불러야 하는지 아닌지는 당신만이 알고 있겠지."

천무제는 이해할 수 없다는 표정이었다.

"네, 네 그 말은 무슨 뜻이냐?"

군구신은 무표정한 얼굴로 답했다.

"당신이 나보다 더 잘 알 텐데."

천무제가 바로 흥분하기 시작했다. 그러나 몸을 일으키고 싶어도 힘이 없어, 몸을 살짝 들어 올리며 그가 외쳤다.

"네 이 불효한 놈아! 이게 대체 무슨 뜻이냐? 네 황숙과 했던 약속을 잊었느냐? 굳이 친동생과 황위를 다투어야겠느냐?"

군구신이 가까이 다가앉아 천무제의 몸을 가볍게 누르며 나지막한 목소리로 물었다.

"내가 열네 살이던 해, 무엇 때문에 부상을 입고 무엇 때문에 기억을 잃었지? 그때 정말로 주화입마에 빠졌던 건가?"

이 말을 들은 천무제는 마침내 군구신이 황위를 다투려는 것도 아니고, 그와 대황형의 제어에서 벗어나려는 것도 아니라는 걸 알았다. 군구신은 그때의 일을 의심하고 있었다!

천무제는 경악한 표정을 감추지 못하고 군구신을 바라보며 오래도록 대답하지 않았다. 그때의 일은 그와 대황형 두 사람만이 아는 일이니 절대로 외부로 새어 나갈 일 없었다. 그 누구도 찾아낼 수 없는 일이었다. 그런데 이 아이가 어떻게 의심을 품게 된 걸까? 민간에 떠도는 그 유언비어 때문일까?

천무제는 경악한 것은 경악한 것이고, 너무 많이 드러내지 않아야겠다고 생각했다. 그는 군구신이 얼마나 아는지 확신할 수 없었다. 어쩌면 이 아이는 그저 의심하며 슬쩍 떠보고 있는 건지도 모른다는 생각도 들었다.

그가 재빨리 반문했다.

"당연히 주화입마였다! 그때 짐과 네 대황숙이 너를 구하기 위해 얼마나 고생했는지 아느냐? 군씨 가문 대대로 내려오던 단약을 거의 전부 써 버렸을 정도였다. 특히 네 대황숙은 네 곁에 석 달이나 머물러 있었다! 신아, 네 모든 행동이 짐을 너무나 실망시키는구나!"

"그래?"

군구신이 몸을 굽히더니 천무제의 귓가에 대고 나지막한 소리로 속삭였다.

"그때 당신들은 나를 빙해안에서…… 속여서 데려왔잖아?"

그 순간 천무제의 그림자가 그대로 굳어 버렸다. 그는 깜짝 놀란 나머지 저도 모르게 중얼거렸다.

"네 어찌……."

"내가 어찌 아느냐고?"

군구신이 가볍게 냉소했다. 그는 사실 아무것도 알지 못했다. 그저 시험해 보았을 뿐인데, 부황의 반응이 그에게 사실이 그러했다고 말해 주고 있었다. 그의 기억 속 그 목소리는 부황의 것이 아니라 대황숙의 것이었다!

천무제는 경악했고, 군구신이 다시 말했다.

"보아하니 소문이 사실인 모양이군. 나는 군씨 가문의 적장자가 아니고, 나는…… 당신들이 찾아온 대역에 지나지 않았던 모양이야!"

군구신은 말을 마치자마자 몸을 일으켰다. 천무제가 경악하여 허둥지둥했다.

"아니, 아니다…… 신아, 그게 아니야! 그게 아니야…… 너는 짐의 친아들이다. 너는 군씨 가문의 적장자야! 짐과 네 황숙이 너를 11년이나 찾아다녔다! 네 모후는 매일 눈물로 날을 지새웠지. 하지만 안타깝게도 네가 돌아오기 전까지 기다리지 못하고, 그래서 너를 보지 못하고!"

군구신은 천무제가 연극을 하고 있다고 생각했으나, '너를 11년이나 찾아다녔다'라는 말을 듣고 살짝 멈칫했다. 그리고 곁에 있던 비연과 소 태의 역시 경악했다.

군구신이 재빨리 고개를 돌려 의아하다는 듯 물었다.

"나를 11년이나 찾아다녔다고?"

그에게 간파당했다

11년 동안이나 찾아다녔다고?

그렇다면 그가 군씨 가문의 적장자가 맞는 걸까? 정말 소문대로, 태어나자마자 잃어버렸다가 후에 간신히 찾아낸 아이인 걸까?

그는 열한 살 정도에 발견되었다고 했다! 하지만 그의 기억은 열네 살부터 시작된다! 열한 살이 되기 전에는 어디에 있었던 걸까? 어떻게 자랐지? 열한 살부터 열네 살까지의 3년 동안에는 또 무슨 일이 있었을까? 대체 어쩌다 그렇게 중상을 입고 기억을 잃었을까?

군구신이 의아한 얼굴로 바라보자 천무제는 그제야 자신이 실수했음을 알았다! 그가 더욱 창백해진 얼굴로 즉시 군구신의 시선을 피했다. 그 3년 동안 발생한 일은 절대로 비밀에 부쳐야 했다. 어떤 일이 있어도 결코 입 밖에 내서는 안 될 말이었다!

군구신이 냉랭하게 말했다.

"정말로 내가 납치당했던 건가? 당신들이 나를 어떻게 찾아낸 거지?"

천무제가 잠시 머뭇거리다가 대답했다.

"확실하다, 신아. 네 발의 형태가 아주 좋잖니. 무예를 익히기에 가장 좋은 씨앗이라 할 수 있지. 게다가 네 발바닥의 주름

형태가 기이하게도 용의 형태니……. 이건 사실 군씨 가문 혈통의 특징이 아니라 네 모친, 북방의 설족 특유의 비밀스러운 혈통 특징이란다. 택아에게도 같은 것이 있다! 믿지 못하겠다면 택아를 찾아가 들여다보도록 해라! 부황은 절대 틀리지 않았다! 너는 태어난 지 얼마 되지 않아 누군가에게 납치당했고, 부황은 계속 너를 찾아다녔다!"

군구신은 깜짝 놀랐다. 그는 자신의 발바닥에 기이한 무늬가 있다는 것과 택 태자에게도 같은 것이 있다는 걸 알고 있었다. 그러나 이것이 한 혈통 특유의 상징이라고는 생각지 못하고 있었다. 게다가 부친 쪽에서 온 것이 아니라 모친 쪽에서 온 것이라니!

그는 정말로 군씨 가문의 적장자였던 것이다! 이 진상은, 군구신 입장에서는 아주 받아들이기 힘든 것이었다!

그가 침묵하는 동안 천무제는 계속 말을 이었다.

"그때 네 대황숙이 빙해안에서 우연히 너를 만나게 되었다. 하마터면 빙해에 빠질 뻔한 너를 네 대황숙이 구했지……. 그리고 네 신분을 알게 되었다."

여기까지 이야기한 천무제의 눈에 날카로운 빛이 스쳐 갔다. 군구신이 얼마나 믿어 줄지는 그도 알 수 없었다.

군구신이 천무제를 차갑게 노려보고 있었다. 이 순간의 그는 천무제는 물론이고 주변 모든 사람들을 천 리 밖으로 내쫓을 듯 냉담해 보였다.

군구신이 냉랭하게 물었다.

"누가 나를 납치했지? 11년 동안, 누가…… 나를 키운 거지?"

"신아, 부황이 미안하다! 그때 납치당한 후 너는 노예로 팔렸단다. 네 대황숙이 너를 찾았을 때는 막 도망쳐 나온 참이었다 하더구나. 만약 네 대황숙이 꼼꼼하게 살피지 않았다면 너는 아마 지금……. 신아, 대황숙은 3년 동안 네 몸을 요양시키고, 너에게 무공을 가르쳐 주었다. 그러나 안타깝게도 네가 너무 서두르다가 주화입마에 빠졌고, 하마터면 목숨을 잃을 뻔했구나……."

천무제는 무척 괴로운 척 고개를 돌렸다. 실제로는 마음속 죄책감을 가리기 위한 동작이었지만.

군구신은 확실히 군씨 가문의 적장자며 대황숙이 빙해안에서 그를 찾아냈다. 그러나 대황숙이 어떻게 그를 만났는지, 어떻게 그가 군씨 가문의 적장자임을 확인했는지에 대해서는 말하지 않았다. 그리고 3년 동안 무슨 일이 벌어졌고, 그가 어떻게 부상을 입고 기억을 잃게 되었는지에 대해서도 말하지 않았다. 아니, 천무제는 결코 사실을 말할 수 없었다.

"노예?"

군구신이 중얼거리더니 빠르게 다시 질문을 던졌다.

"그 매매상은 지금 어디 있지? 나를 판 자는 또 어디 있고?"

사실 그 문제는 천무제도 잘 알지 못하는 바였다.

"모두 네 대황숙에게 죽임을 당했다."

군구신은 바로 차가운 웃음을 터뜨렸다. 그는 몸에 항상 지니고 다니던 염주를 꺼내더니 물었다.

"부황, 말해 보시지. 노예가 이렇게 귀한 물건을 어디서 얻었을까?"

이 염주는 기남침향으로 만든 아주 귀한 물건이었다. 노예는 말할 것도 없고, 노예주라 해도 쉽게 얻지 못할 물건이었다. 군구신이 중상에서 깨어났을 때, 몸에 지닌 건 아무것도 없었지만 손 안의 이 염주만은 꼭 쥐고 놓지 않았다고 했다.

그는 지금도 이 염주가 자신에게 어떤 의미가 있는지 떠올리지 못하고 있었다. 그러나 자신에게 아주 중요한 물건이라는 것만은 확신했다.

대황숙에게 물었을 때, 그가 어린 시절부터 지니고 있던 물건이라고 했다! 지금 부황의 설명은 분명 대황숙의 말과 차이가 있었다! 대황숙이 그때 했던 이야기가 반드시 진실이라 할수는 없었지만 부황이 지금 한 말은 반드시 거짓이다!

군구신의 두 눈동자가 이를 데 없이 차가워졌다. 그는 손에 쥔 염주를 굴리며 담담하게 말했다.

"보아하니, 부황께서는 여전히 소자에게 사실을 말할 생각이 없으시군?"

천무제는 당황스럽기도 하고 수치스럽기도 했다. 그는 잠시 침묵하다가 노한 소리로 외쳤다.

"과거에 무슨 일이 있었건 너는 짐의 아들이다! 그러니 절대로 짐의 명령에 복종해야 한다! 짐이 계속 우리 군씨 일족을 영예롭게 하기 위해 대황숙을 돕듯이! 이것이 네 본분이고, 네 사명이란 말이다……."

천무제는 흥분하여 기침을 쏟아 냈다. 그러나 그는 여전히 떨리는 손가락으로 군구신을 가리키며 저주하듯 외쳤다.

"짐이 고생스럽게 너를 11년이나 찾았건만! 그리도 힘들게 너를 길러 주었건만! 이렇게 불효하다니, 이렇게 불충하다니…… 대역무도한 것! 네가 짐을 배반하고 또 대황숙을 배반했으니, 너는 군씨 황족을 배반한 것이나 마찬가지다! 이럴 줄 알았다면 짐이 그때 너를 버리는 편이 나았을 것을!"

이 말을 끝낸 후 천무제의 기침 소리는 더욱 격렬해졌다.

거대한 침궁이 적막에 휩싸이며 마치 소리 없는 세계로 변해 버린 것 같았다. 귀에 들리는 것은 오로지 천무제의 기침 소리뿐이었다.

군구신의 맑은 눈빛이 이제 아주 차가운 연못과 같이 변했다. 어떤 파란에도 놀라지 않고, 그 누구도 깊이를 알 수 없는 연못. 그는 여전히 천무제를 바라보며 한마디도 반박하지 않았다.

비연은 주먹을 쥐고 있었다. 화가 나서 온몸이 뒤틀리는 기분이었다. 그녀가 뛰쳐나가고 싶은 충동을 느꼈을 때, 소 태의가 다급하게 그녀를 막으며 속삭였다.

"왕비마마, 전하를 방해하지 마십시오. 전하께서는 아무 일 없으실 겁니다."

비연이 발걸음을 멈췄다. 그러나 군구신이 침묵하는 모습을 보니 마음이 견딜 수 없이 아파 왔다. 그녀는 군구신이 대체 어떻게 천무제의 저 이치에 맞지 않는 경멸을 참아 내는 건지 상상도 할 수 없었다!

군구신이 한참 침묵하더니 비할 데 없이 평온하게 물었다.

"군씨 일족을 영예롭게 한다……. 영생을 꿈꾸는 가주 하나의 소원을 이루는 것이 당신들의 진정한 목적 아닌가? 혹은, 이게 바로 군씨 일족이 존재한 이래의 목표라고도 하겠지. 군씨 일족이 빙해를 주목한 지 얼마나 오래되었지? 10년 전 빙해의 이변이 벌어져, 분명 당신들이 꿈꾸던 일을 망쳐 놓은 거겠지!"

이 말을 들은 천무제는 경악한 나머지 기침조차 잊었다. 제 아들이 그런 것까지 눈치챘으리라고는 생각지 못했던 것이다!

군씨 가문은 여러 해 은거해 왔으나, 사실 대부분의 은거 가문과는 달리, 명리를 떠나 무예를 수련했던 게 아니라 더 큰 이익을 좇고 있었다! 대황형이 가주의 자리에 오르기 전부터, 군씨 가문은 이미 두 가주에 걸쳐 빙해의 비밀을 탐구해 왔던 것이다.

빙해의 이변이 벌어진 그날, 대황형은 하필이면 빙해안에 있지 않았다. 그날 이후 빙해는 독에 오염되었고, 빙해 전체가 더더욱 신비하고 공포스러운 곳으로 변했다. 결국 더 이상 탐구할 방법이 없어 대황형은 모든 계획을 중단할 수밖에 없었다. 그래서 그들은 일단 10년 전 빙해에서 대체 무슨 일이 벌어졌는지 알아야만 했다!

천무제가 경악하는 가운데 군구신이 천천히 다가가, 한 단어 한 단어 힘을 주어 말했다.

"보아하니, 내가 또 옳은 말을 한 모양이군."

천무제가 맹렬하게 기침하기 시작했다. 기침이 거세지며 숨도 계속 헐떡였다. 언제라도 질식하여 죽을 것만 같았다.

군구신은 즉시 소 태의에게 약을 가져오라고 명했다. 그는 뜻밖에도 위협을 가하지 않고 직접 천무제에게 약을 먹였다.

단약의 효과는 매우 빨랐다. 천무제는 천천히 평소와 같은 기운을 회복했고, 깜짝 놀랐다. 그는 이 아들이 그가 고통스러워하는 틈을 타서 자신을 위협하리라 생각했지, 아무 조건도 없이 단약을 건네리라고는 생각지 못했던 것이다!

그는 대체 무엇을 하려는 걸까?

무서울 정도로 냉정한

본래도 마음의 평정을 잃고 있던 천무제는 더더욱 당황스럽고 불안했다. 그는 이 아들이 자신이 상상할 수 없을 만한 무슨 일을 저지른 것은 아닌가 의심하기 시작했다.

그는 온몸의 힘을 짜내 노한 소리로 물었다.

"이것은 또 무슨 뜻이냐?"

군구신은 무서울 정도로 냉정한 태도로 대답했다.

"별거 아닙니다. 효를 다하고 있을 뿐이죠. 약으로 생명을 연장할 수 있다는 걸 알면서 소자가 어찌 부황이 돌아가시게 내버려 둘 수 있겠습니까?"

천무제가 멈칫했다. 이런 대답을 들을 줄 몰랐다는 표정이었다.

군구신이 말을 이었다.

"이 단약의 효과가 확실히 좋군요. 부황께서는 계속 소자에게 이야기해 주실 수 있겠습니다!"

천무제는 그제야 정신을 차리고 차갑게 말했다.

"짐은 네 어떤 질문에도 답하지 않을 것이다! 어서 나가거라! 말해 두겠는데, 너는 네 대황숙을 속일 수 없을 것이다! 네가 대황숙을 배신하고 일족을 배신했으니, 그 결과는 스스로 처리하게 되겠지!"

군구신이 그런 그를 잠시 바라보다가 다시 물었다.

"내가 부상을 입고 기억을 잃은 것은 모두 당신들이 한 짓 아닌가? 과거에 무슨 일이 있었기에 내 기억을 지웠어야 했던 거지?"

천무제의 눈에 일말의 공포심이 어렸다. 그러나 그는 한마디도 대답하지 않았다. 방금 그는 이미 몇 번이나 탐색당했고, 더는 같은 실수를 범하지 않을 작정이었다.

두 부자는 한참 동안 대치 상태를 유지했다. 마침내 계속 평온하던 군구신이 소리쳤다.

"대답해!"

아들이 마침내 분노하는 모습을 보고 천무제는 뜻밖에도 속으로 안도의 한숨을 내쉬고는 큰 소리로 웃기 시작했다.

"짐이 이미 말했다. 짐은 너의 어떤 질문에도 대답하지 않을 테니, 능력이 있으면 짐을 죽여 보든가!"

아비를 죽이라고?

이 말을 들은 비연과 소 태의가 함께 헉, 차가운 숨을 들이마셨다. 그러나 군구신은 웃고 있었다. 그는 마치 농담이라도 들은 것처럼 미소 짓고는 소 태의에게 말했다.

"소 태의, 시중을 잘 들어 드려라. 약이 부족하면 왕비에게 부탁하면 된다."

말을 마친 그가 몸을 일으켜 나가려 하자 천무제가 다급하게 불러세웠다.

"대체 뭘 하려는 것이냐?"

군구신에게는 천무제를 위협하고 심문할 방법이 아주 많았다. 그런데 왜 하지 않는 걸까? 마음속에 대체 무엇을 숨기고 있는 걸까?

군구신은 고개를 돌리지도 않고 그저 담담하게 말했다.

"그다지 뭘 하려는 생각은 없다. 그때 내가 유괴당했을 때 당신이 나를 버리지 않은 것, 그것만은…… 당신이 내게 베푼 유일한 은정이니까. 나는 당신을 핍박하지 않을 거고, 당신은 내게 효도를 받고 있다고 여기면 돼. 그렇게 몸과 마음을 보양하여 천수를 누리라는 말이다."

군구신은 말을 마치자마자 고개조차 돌리지 않고 밖으로 나갔다. 비연은 그의 외로운 뒷모습을 바라보며 소 태의가 말한 '전하께서는 아무 일 없으실 겁니다'라는 말이 어떤 의미인지 진정으로 깨달았다.

이렇게 이성적이니 확실히 아무 일 없을 것이다! 하지만 참고 있는 걸까, 아니면 냉정하여…… 무정해진 걸까. 정말로 자기 자신에게도 무정해진 걸까?

참고 있는 거라면 대체 어떻게 참고 있는 걸까. 대체 자신에게 얼마나 무정해야 천무제가 자신을 이용하고 속이며 경멸하는 것을 보고도 안색 하나 변하지 않고 마지막 선을 넘지 않을 수 있을까?

그가 참고 있다 해도 좋다. 무정하다 해도 상관없었다. 가장 중요한 것은 방금의 그 잔인한 대화 중 그는 뜻밖에도 천무제에게서 너무 많은 일을 알아 버렸다는 것이다. 이 세상에, 저만

한 나이에 그렇게 이성적일 수 있는 사람이 얼마나 될까?

비연이 재빨리 쫓아 나갔다.

"전하…… 전하……."

군구신은 빠르게 걷고 있었다. 정신이 나간 듯 비연의 목소리조차 듣지 못하고 있었다. 비연이 달려와 그의 앞을 가로막은 다음에야 그는 겨우 정신을 차렸다.

비연의 얼굴 위로 머리카락 몇 올이 흘러내린 걸 보고 그는 무의식적으로 손을 뻗었다. 그러나 비연은 재빨리 뒤로 물러섰다. 군구신의 손이 그대로 살짝 굳는가 싶더니 곧 아래로 떨어졌다. 비연은 마치 아무 일도 없었다는 듯 시선을 살며시 피했다.

"전하, 매 공공은요? 처리하셨나요?"

"궁 안 뇌옥에 가둬 두었다."

비연이 무척 기뻐하며 진지하게 말했다.

"전하, 매 공공이 없다면 궁의 비빈들이나 다른 이들에게 의심을 살 가능성이 클 거예요. 매 공공을 매수하여 침궁 대문을 지키게 하느니만 못합니다. 게다가 매 공공이 황상을 달랠 수 있으니 좋은 기회가 될 수도 있고요."

군구신이 진지하게 물었다.

"아무 문제 없을 거라고 확신할 수 있는가?"

자신이 없었다면 이런 건의는 하지도 않았을 터였다. 비연이 진지하게 고개를 끄덕였다.

"제가 보증하겠습니다!"

매 공공은 계속 그녀에게 잘 보이려고 했다. 다시 말하자면 매 공공은 결코 틈이 없는 사람이 아니었다. 그녀는 계속 매 공공에게 은혜를 베풀 수도 있었고, 아니면 독을 쓸 수도 있었다!

비연이 이렇게 보증하자 군구신도 의심이 사라진 듯, 즉시 망중에게 명해 비연을 뇌옥으로 데려가라고 했다. 비연은 본래 그가 같이 가리라 생각했지만 군구신이 동행하지 않는 걸 보고 더 이상 아무 말도 하지 않았다.

비연이 뇌옥에 들어선 후, 일은 아주 순조롭게 풀렸다. 매 공공은 자신이 뇌옥에서 죽을 팔자라 생각했다가, 비연이 은혜와 위엄을 동시에 보이니 마음속으로 감읍하여 충성을 맹세하고 망중을 따라갔다.

일을 처리한 후 비연은 망중과 함께 궁을 떠났다. 군구신은 벌써 궁을 떠났다는 사실도 알게 되었다.

정왕부에 도착했을 때는 이미 밤이었다. 그녀는 문 안으로 들어서자마자 하소만을 불러 물었다.

"전하께서는…… 돌아오셨어?"

하소만이 깜짝 놀라며 물었다.

"왕비마마와 함께 돌아오시지 않으셨나요?"

비연이 바로 그를 노려보았다. 하소만이 재빨리 한쪽 무릎을 꿇고 공손하게 말했다.

"왕비마마, 전하께서는 아직 부에 돌아오지 않으셨습니다. 저도 전하의 행방을 모릅니다. 저는 감히 거짓을 말하지 않사오니, 마마께서 살펴 주시옵소서!"

비연은 여전히 그를 노려보았고, 하소만은 울고 싶었지만 눈물도 나오지 않았다. 하소만은 어쩔 수 없이 이렇게 말할 수밖에 없었다.

"왕비마마, 저는 사실 예전에도 전하의 행방을 몰랐습니다. 예전에 저는…… 일부러 마마께…… 조바심이 나도록 했을 뿐입니다. 제가 잘못하였습니다!"

만약 이 '계집'이 정왕부의 여주인이 되리라는 사실을 하소만이 미리 알고 있었다면, 애초에 어찌 감히 그녀를 놀릴 수 있었겠는가! 분명 매일 웃는 얼굴로 비위를 맞추어 주었을 것이다.

비연은 조금 걱정이 되어 다시 물었다.

"그럼, 전하께서 어디 가셨을 것 같아? 오늘 밤 돌아오실까?"

하소만이 재빨리 대답했다.

"예, 반드시 오실 겁니다!"

비연이 몹시 기뻐하며 물었다.

"무엇 때문에?"

하소만이 히죽 웃었다.

"왕비마마께서 부에 계시니, 전하께서는 당연히 밖에서 밤을 보내지 않으시겠지요."

비연은 화도 나고 부끄럽기도 해서 하소만을 한 대 걷어찼다.

"이 녀석, 다시 제대로 이야기하지 않으면 나도 왕비의 권력을 써 보도록 하겠다. 아주 혼쭐을 내 주지!"

하소만이 재빨리 대답했다.

"왕비마마께 말씀드립니다. 규칙에 따르면, 대혼 후 사흘 동안 전하께서는 반드시 부에 돌아오셔야 합니다. 다른 곳에서 머무실 수 없습니다……."

비연은 하소만이 여전히 제대로 대답하지 않고 있다고 생각했다. 그러자 하소만이 진지하게 설명하기 시작했다.

"전하께서 말씀하셨습니다. 대혼에 관련하여 지켜야 할 규율이 있다면 단 하나도 어기지 말라고 말입니다. 왕비마마께 드려야 하는 물건이 있다면 단 하나라도 빠트려서는 안 된다고 하셨습니다. 그렇기에 저는 규칙에 따라, 전하께서 오늘 밤 돌아오시리라 생각하는 것입니다."

비연의 마음이 살짝 떨려 오기 시작했다. 그러나 감동하는 와중에도 난처한 느낌이 들어, 그녀는 아무 말 없이 몸을 돌렸다.

식사 후, 비연은 청류전에서 목욕을 한 뒤 침궁으로 향했다. 그녀는 원래 명월거에 머물 생각이었지만 오늘 밤은 군구신이 돌아오기를 기다릴 작정이었다. 그와 이야기를 하고 싶었던 것이다.

그녀는 침궁 안 서재를 지나 성휘당으로 들어갔고, 그제야 그곳이 침실로 꾸며진 것을 발견했다. 전 어멈이 신나 하며 말했다.

"왕비마마, 전하께서 앞으로 성휘당에 머무시겠다네요. 그리고 뒤쪽의 큰 침실은 전부 마마께 양보하신다고요. 보세요, 전하께서 마마를 얼마나 사랑하시는지!"

비연이 막 반대로 생각하고 있는데 전 어멈이 불쌍한 소리를 내기 시작했다.

"왕비마마, 제발, 제발 부탁입니다. 이제 이 늙은이를 힘들게 하지 마세요. 제가 만 공공이랑 얼마나 힘들게 방 두 곳을 정리했는지 아시나요! 마마께서 승낙하지 않으시는 한 전하께서는 마마께 아무것도 하지 않으실 거라고요. 힘들어지는 건 저랑 만 공공이라고요!"

비연이 한마디 하려 했을 때 전 어멈이 바로 눈물을 찍어냈다.

"왕비마마, 이제 왕부에서 살게 되었으니 고씨 가문이랑은 또 달라요. 이 늙은이는 마마의 명을 듣지만, 또……."

비연이 견딜 수 없어 소리쳤다.

"됐어, 그만! 이만 가 봐. 시중들 필요 없어. 오늘 밤은 그냥 여기 머물 테니까!"

전 어멈이 그제야 만족스러운 듯 떠났다.

비연은 정말로 머물기로 하고 침실 문 앞 계단 위에 앉았다. 성휘당에 불이 켜지기를 기다리며, 군구신이 돌아올 때까지 그곳에 있을 생각이었다…….

잠시 동안만

고요한 밤이었다.

아무리 기다려도 군구신은 오지 않았다. 비연은 조금 불안한 마음에 몸을 일으켰다. 그리고 성휘당의 후문을 열어 보려다가 생각을 바꿔 그만두었다.

이 침궁 제일 끝에 침실이 있고, 양쪽으로 회랑이 있었다. 원래 성휘당은 침궁 중앙에 위치한, 손님을 대접하기 위한 넓은 공간이었다. 그러니 침궁 내의 어디를 가건 성휘당을 통과해 가는 것이 가장 빠른 길이었다. 그러나 지금 성휘당은 군구신의 침실이니 그렇게 아무렇게나 들어갈 수 없었다.

비연은 회랑을 돌아, 성휘당 대문 앞으로 달려가 기다리기 시작했다. 잠시 기다리던 그녀는 또 가만 앉아 있을 수 없어 차라리 침궁 대문으로 달려가 기다리기로 했다. 그러나 다시 또 얼마 앉아 있지 못하고 성휘당으로 뛰어 돌아왔다.

군구신은 사실 일찍 돌아와 있었다. 그는 성휘당 지붕 위에 누운 채 눈을 감고 있었다. 혼자 조용하게 시간을 보내고 싶었던 것이다. 그러나 비연이 아래에서 이렇게 뛰어다니니 방해받을 수밖에 없었다.

비연이 다시 한번 침실 문 앞에 도착했을 때, 그는 마침내 몸을 일으켰다. 그의 그림자가 곧 지붕 위에서 사라지고 말았다.

비연은 두 손으로 턱을 받친 채 기다리고 있었다. 점점 더 불안한 느낌이 들었다. 아무래도 망중과 시위들을 시켜 군구신을 찾아봐야 할 것 같았다. 바로 이때, 성휘당 안 등불이 켜졌다. 비연이 무척 기뻐하며, 재빨리 달려가 문을 두드렸다.

"망할 얼음, 돌아온 거야? 응?"

둘만 있을 때면 비연은 자연스럽게 그를 망할 얼음이라고 불렀다.

그녀는 잠시 기다린 후 대답이 없자 아예 문을 열고 들어갔다. 탁자 위에 기름 등잔이 밝혀져 있었지만 방 안에는 사람의 그림자도 보이지 않았다.

"망할 얼음? 돌아온 거야?"

비연은 방금 전 어멈과 함께 들어왔을 때에는 방을 자세히 보지 못했다. 그래서 지금 사람도 찾을 겸 방을 한번 둘러보기로 했다.

이 방은 남쪽을 향하는 형태로, 앞뒤로 모두 문이 있어 침실로 쓰기에는 적당하지 않았다. 전 어멈과 하소만이 요령 있게 거대한 병풍으로 앞뒤의 문을 막고 침상은 동쪽 벽에 붙여 놓았다. 그리고 휘장을 겹겹이 쳐서 방 안 전체에 은밀한 느낌이 들도록 했다. 그래도 비연의 눈에는 여전히 적합해 보이지 않았다.

그녀는 하인이 와서 등불을 켰다고 생각하고 다시 밖으로 나가려 했다. 그때 등 뒤에서 군구신의 목소리가 들려왔다.

"비연."

그녀가 고개를 돌려 보니 투각한 병풍 사이로 군구신이 후문 문가에 서 있는 게 보였다.

비연이 기뻐하며 재빨리 달려갔다.

"돌아왔네!"

"돌아온 지 꽤 되었지."

군구신의 대답에 비연이 그를 의심스럽게 바라보았다.

"당신……."

군구신이 반문했다.

"보아하니 본 왕을 기다리느라 그렇게 바삐 오갔던 모양이군?"

비연은 확실히 그를 기다리고 있었다. 그러나 이런 질문을 받으니 이유 없이 마음이 켕겼다.

"나, 나는……."

군구신이 다시 물었다.

"아니야?"

비연은 솔직하게 대답했다.

"맞아."

군구신의 눈가에 어쩔 수 없다는 빛이 스쳐 갔다.

"왜 그렇게 기다렸던 거야? 사람들을 시켜 나를 찾지 않고?"

비연이 재빨리 투덜거렸다.

"찾으면 찾을 수나 있고? 하소만도 당신이 어디 있는지 모르던걸. 안 그래도 망중에게 밖에 나가 당신을 찾아보라 할까 생각하던 참이었어! 망중을 안 내보내서 다행이지, 나가도 찾지 못했을 텐데."

그녀의 말투에 살짝 묻어 있는 원망에 군구신은 어쩐지 기쁜 마음이 들었다. 아주 약간이었지만, 그리고 그 기쁜 마음을 무어라 불러야 하는지도 알 수 없었지만…… 그래도 마음속에 가득하던 짙은 안개를 몰아내기에는 충분했다.

"앞으로는 나를 못 찾는 일은 없을 거다. 본 왕이 말해 줄 테니까."

어색해져서일까, 긴장해서일까. 비연은 그저 손수건을 꼭 쥐며 중얼거렸다.

"응."

군구신이 다시 물었다.

"뭐 급한 일이라도 있었어?"

비연은 그제야 자신이 초조해하고 있었던 걸 의식했다. 그러나 그녀는 그의 시선을 피하며 속삭였다.

"그…… 무슨 급한 일은 아니고, 그냥 이야기를 좀 하고 싶어서. 그런데 난 졸리고, 그러니까 일찍 자야 하고…… 그래서 조금 급했던 거야."

군구신이 아주 명쾌하게 답했다.

"졸리면 일단 가서 자도록 해. 무슨 일이건 내일 다시 이야기하면 되니까."

비연은 고개를 끄덕이고 밖을 향해 걷기 시작했다. 그녀가 고개를 숙인 채 그의 앞을 지나갈 때…… 그녀의 속도는 한 걸음 한 걸음 유난히도 느려지고 있었다.

그런 그녀를 바라보는 군구신의 얼굴에는 별다른 표정이 떠올라 있지 않았지만, 주먹은 꽉 쥐고 있었다. 그의 마음은 마치 인내와 충동 사이 어딘가에 있는 듯 이성과 통제 불능 사이 어딘가를 배회하고 있었다.

본래 그녀와 함께 있으려 했던 건 아닌데, 일단 그녀를 보자, 그녀가 떠나는 것이 견딜 수가 없었다.

'비연, 본 왕과 잠시만 있어 줘. 잠시 동안만, 응?'

군구신이 손을 뻗어 그녀를 잡으려 했을 때 비연이 갑자기 몸을 홱 돌렸다.

"망할 얼음, 우리가 지금 이야기해야 할 일이 하나 있어!"

군구신이 재빨리 손을 거둬들였다.

"무슨 일이지?"

비연이 진지하게 말했다.

"성휘당은 침실로 쓰기에 적합하지 않은 것 같아. 그러니 당신 침실에 머물도록 해. 나는 명월거로 돌아갈 테니까!"

군구신이 물었다.

"나를 기다린 게 그 일 때문이야?"

비연이 열심히 고개를 끄덕였다.

군구신은 미간을 찌푸리며 냉랭하게 말했다.

"내일 다시 이야기하지!"

그가 몸을 돌려 가려 하자 비연이 갑자기 그를 붙잡았다.

"안 돼, 내일까지 기다릴 수 없어. 이리 와서 앉아 봐!"

비연은 그를 계단으로 끌고 가 앉힌 다음 자신도 그 곁에 앉았다.

"지금 이야기해!"

사실 그녀는 그와 함께 잠시 이야기를 나누고 싶을 뿐이었다. 그러나 다른 핑곗거리가 생각나지 않았다.

군구신이 말없이 일어나려 하자 비연이 그의 어깨를 잡았다. 군구신이 불쾌한 듯 말했다.

"놓아줘."

비연이 단호하게 말했다.

"안 돼! 앉아, 우리 이야기 좀 해야 해!"

군구신의 커다란 손이 바로 그녀의 작은 손을 덮었다.

"확신해?"

비연은 의기소침하여 그의 손을 떨쳐 내려 했다. 그러나 군구신이 갑자기 그녀의 작은 손을 꽉 잡았다. 비연은 깜짝 놀라 소리쳤다.

"놓아줘!"

군구신의 눈빛은 조금 전 그녀보다 훨씬 고집스러웠다.

"안 돼!"

비연이 발버둥 치기도 전에 군구신이 그녀를 제게로 잡아끌었다. 그리고 그녀를 제 다리 위에 앉힌 후 끌어안았다. 비연이 몸부림치려 하자 그가 두 팔로 그녀의 허리를 안고, 그녀의 어깨에 머리를 묻었다. 곧 비연의 귀에 그의 나지막한 목소리가 들려왔다.

"비연, 움직이지 마. 나랑 잠시만 있어 줘. 잠시 동안만."

그의 목소리는 여전히 차가워 그 안에 어떤 감정이 숨어 있는지 알 수 없었다. 그러나 무엇인가가 비연의 심장을 잡아 비트는 것처럼 무척이나 아파 왔다. 그가 괴로워하고 있으리라 생각했다. 그러나 지금 보니 그는…… 아주 외로워 보였다.

비연은 움직이지 않았다. 한참 후, 그녀가 속삭였다.

"이번만이야. 아주 잠시만. 다음에는 이러면 안 돼."

그녀도 이 말이 스스로에게 하는 말인지, 아니면 군구신에게 하는 말인지 구분할 수 없었다.

군구신은 대답하지 않았고 비연도 아무 말도 하지 않았다. 밤이 깊어 갈수록 달빛은 부드럽게 쏟아지고 온 세상은 적막 속에 잠겨 있었다. 분명 아주 잠시라 말했건만 군구신은 계속 비연을 놓으려 하지 않았다. 비연 역시 아예 시간이란 걸 잊은 것 같았다. 그와 그녀는 온 세계에서 버림받은 것 같기도 했고, 또 두 사람이 함께 온 세상을 버린 것 같기도 했다.

대부분의 경우, 시끌벅적함은 외로움을 치유하지 못한다. 외로움을 위로할 수 있는 것은 외로움뿐이다.

아주 한참 만에, 비연이 겨우 입을 열었다.

"망할 얼음, 어릴 때 일이 얼마나 기억나? 어린 시절의 꿈을 꾼 적 있어?"

군구신이 잠시 침묵하다가 대답했다.

"개나리가 가득한 정원이 있었어. 나는 분명 그곳에서 자란 것 같아. 그리고 항상…… 하늘 가득한 별을…… 하늘의 밝은 달을 꿈에서 보곤 해."

비연이 재빨리 물었다.

"빙해의 풍경? 달과 별이 함께 빛나는?"

군구신은 생각 끝에 대답했다.

"아니⋯⋯."

비연이 다시 물었다.

"그럼 그 염주는? 어린 시절부터 갖고 있던 물건이야?"

내부의 적, 진상은 간단하지 않아

비연이 염주에 대해 묻자 그제야 군구신은 외롭고 무겁던 마음에서 깨어나는 것 같았다.

그가 비연을 놓았다. 비연도 그제야 자신이 꽤 오랫동안 안겨 있었음을 깨달았다. 재빨리 군구신 옆으로 옮겨 앉았다. 어쩐지 어색하기도 하고 불안하기도 해서, 고개를 들고 그를 쳐다볼 수가 없었다.

그러나 군구신은 그녀를 보고 있었다. 비연이 어색해하는 모습을, 부끄러워하는 모습을. 보고 또 보고 있노라니 기분이 최악이던 군구신의 입가에 뜻밖에도 미소가 걸렸다. 입 끝이 살짝 올라가는 정도였지만 그래도 그는 소리 없이 웃고 있었다.

군구신이 염주를 꺼내 비연에게 건넸다.

"깨어났을 때 이걸 쥐고 있었어. 나도 이게 어디서 온 물건인지는 몰라. 하지만…… 분명 아주 중요한 걸 거야."

아주 분명하게 기억하고 있었다. 그가 깨어났을 때 대황숙이이 염주를 가져가려 했지만 그가 거부했다. 그리고 대황숙을 상대로 한참 동안 버텼고, 결국 대황숙이 포기했다.

비연은 열심히 냄새를 맡아 보았지만 침향 특유의 향은 나지 않았다. 그녀는 갑자기 그를 처음으로 보았을 때 그의 몸에서 기남침향을 맡았던 걸 기억해 내고는 중얼거렸다.

"어째서 냄새가 나지 않지?"

군구신이 설명하자, 비연은 그제야 자신이 과거 그의 신분을 알아챌 기회가 있었다는 걸 알게 되었다. 그러나 안타깝게도 그때는 그의 병세에 집중하느라 염주에 신경 쓸 겨를이 없었다.

군구신의 한독이 발작한 걸 처음 보았을 때 이 염주는 청류전 옷걸이에 걸려 있었지만 그녀는 발견하지 못했다. 그리고 그때 이 염주에 다른 약재 냄새가 배며 침향 특유의 향을 잃었다. 대신 밴 약재의 냄새가 처음에는 꽤 진했지만 나중에는 모두 사라지고 말았다.

비연은 염주를 살피며 속으로 생각했다. 그녀는 몇 번이나 망할 얼음과 가까이 있었으면서 어째서 이 냄새를 신경 쓰지 않았던 걸까? 너무 긴장해서였을까?

그녀가 말이 없는 걸 보고 군구신이 물었다.

"무슨 문제라도 있어?"

"아니, 아니!"

비연이 염주를 손 안에서 굴리며 생각에 빠졌다. 침향은 향료인 동시에 약재였다. 약왕정으로 하여금 염주의 원료가 어디서 나왔는지 시험해 보게 할 수도 있었다. 그러나 그 의미가 크지는 않을 것이다. 원료에서 염주가 된 나음 다시 군구신의 손에 들어오기까지, 대체 몇 사람의 손을 거쳤는지 알 수 없었기 때문이다.

비연이 한참 생각하다가 물었다.

"당신 부황이 준 물건인 건 아니겠지?"

천무제가 오늘 보인 반응을 보면 이 염주는 군구신의 물건일 가능성이 높았다. 천무제가 그를 찾아냈을 때의 나이가 열한 살이었다고 했다. 열한 살 아이가 이렇게 귀한 물건을 지니고 있을 가능성은 거의 없었다!

누군가가 이 염주를 군구신에게 준 걸까? 이렇게 귀한 물건인데…… 아주 친밀한 관계가 아니라면 이런 것을 주었을 리 없지 않나?

게다가 갓난아이라면 양육을 필요로 하지, 노동력이 될 수는 없지 않은가. 갓난아기를 노예로 팔았다기보다는…… 대부분은 아이를 필요로 하는 사람들에게 팔지 않았을까.

비연이 다급하게 말했다.

"망할 얼음, 그때 혹시 부유한 가문에 자식으로 팔리거나 한 건 아닐까? 당신을 산 사람은 분명 아주 부유하거나 귀한 사람일 거야!"

군구신도 지붕 위에서 같은 생각을 했다. 그가 입을 열려고 하자 비연이 다시 말했다.

"아니야! 당신이 태어났을 때 군씨 가문은 은거하고 있었다고 했지. 세속과 왕래도 없이…… 인신매매범이 대체 어떻게 당신을 납치할 수 있었을까?"

군구신이 의혹을 느끼는 지점도 바로 그것이었다! 보통의 인신매매범은 말할 것도 없고 정상급의 도적이라 해도, 군씨 가문의 방어를 피해 적자였던 그를 납치한다는 건 결코 쉬운 일이 아니었다!

군구신이 복잡한 눈길로 비연을 바라보았다. 그녀는 차라리 마음속에 떠오른 추측을 전부 쏟아 내기로 했다.

"망할 얼음, 이 일은…… 십중팔구, 안에서 내통하는 사람이 있었을 거야! 당신을 납치한 사람의 진짜 목적은 아마 당신에게 있는 게 아니라 다른 거였을 테고!"

군씨 가문에서 그를 납치할 수 있던 사람이라면 절대적으로 군구신의 신분을 알 수밖에 없었다. 단순히 그를 팔아 이익을 얻으려던 목적이었다면 어째서 그런 위험을 무릅썼겠는가?

군구신이 중얼거렸다.

"안에서 내통한 자가 있고, 다른 목적이 있었다……."

비연이 다시 말했다.

"이 일의 주모자는…… 그 인신매매범일까, 아니면 군씨 가문 안에서 내통한 자일까?"

비연은 인신매매범도 그저 이용당했을 뿐이고, 정말로 군구신을 팔고자 했던 자는 군씨 가문 내부의 적이라고 확신하고 있었다!

군구신이 감탄하는 눈빛으로 비연을 바라보았다! 비연은 수다쟁이였다. 한번 이야기를 시작하면 멈추지 않았다. 그가 먼저 말머리를 빼앗지 않는다면 입을 열 기회조차 없을 지경이었다. 그러나 그녀의 말은 언제나 옳았고, 모두 그가 하고 싶은 말이었다.

그는 시끌벅적한 것을 좋아하는 사람이 아니었다. 그러나 비연이 눈을 진지하게 반짝이며 이야기하는 모습을 보면 그저 좋앉다. 그녀가 하는 말들은 언제나 그의 마음에 맞았다. 그는 자연스럽게 그녀가 더욱 좋아졌다.

군구신이 고개를 끄덕이며 비연이 계속 말하게 해 주었다. 비연은 자신이 이 순간 얼마나 진지한 표정인지, 얼마나 사랑스러워 보이는지 모른 채 계속 말을 이었다.

"망할 얼음, 다른 황숙에게 물어보는 건 어때? 그리고 당신 모비와 가까운 사람들!"

대황숙 군탁정이 군씨 가문의 가주였고, 천무제는 군씨 가문에서 이인자에 불과했다. 그들에게는 같은 항렬의 형제들이 더 있었는데, 서출도 있고 방계도 있었다. 예전에 가문의 장로였던 이들은 지금 황족이나 황숙 대접을 받고 있었다.

이들 중 일부는 군씨 가문이 과거 은거하던 곳인 현공대륙 남부에 여전히 머물러 있거나 진양성 부근에 살았다. 진양성 부근에 사는 이들은 대부분 대황숙과 천무제의 심복들이었다. 그러나 남부에 거하는 이들은 여전히 세상사에 무심한 나날을 보내고 있었다.

그리고 설족은⋯⋯.

군구신은 예전에 북쪽 변경으로 사람을 보내 설족을 조사한 적이 있었다. 그의 모비가 부리던 시종들은 이미 죽거나 떠나 버려 아무도 남아 있지 않았다. 그는 부황이 일부러 그렇게 만들었는지 아닌지 알지 못해 설족 쪽에서부터 직접 손을 쓰는 수밖에 없었다.

그러나 대황숙과 설족의 관계는 상당히 깊었고, 설족은 군구신과 택 태자와 왕래가 없었다. 군구신은 감히 섣불리 행동할 수 없어, 지금까지도 별 진전이 없었다.

남쪽의 황숙들에게 물어본다면 새로운 길이 보일지도 모른다. 그러나 어찌 물어야 할지 깊이 생각해야만 했다. 군구신은 그들에 대해 잘 알지 못했다.

군구신이 생각을 정하고는 고개를 끄덕여 비연의 말에 동의했다. 비연은 기분이 좋아져 더욱 열정적으로 물었다.

"다른 건 뭐 생각나는 것 없고? 꿈에서 낯선 사람을 본 적은 없어? 같은 꿈을 여러 번 꾼다거나?"

비연이 이렇게 긴장하고 초조해하는 것을 보자 군구신은 상당히 명랑한 기분이 되었다. 그는 원래 그렇게 많은 이야기를 나눌 생각이 없었다. 그저 그녀를 잠시 끌어안고 싶었던 것뿐이었지만, 지금은 그녀와 이야기를 나누는 것이 전혀 아무렇지도 않았다.

군구신은 침실로 돌아가, 한우아가 그에게 주었던 공기봉리를 가져왔다. 그가 그것에 대해 설명하자 비연은 문득 마음에 짚이는 바가 있었다.

군구신이 한우아와 사이가 좋았던 건 그저 이 공기봉리의 내력을 알기 위해서였던 것이다! 한우아를 좋아하고 아니고는 말할 것도 없고, 한우아를 이용하여 한가보와 교류하려는 마음조차 먹은 적이 없었던 것이다. 그리고 그녀에게서 그 차용증을 받아 간 것도 결국은 한우아를 핍박해 사실을 말하게 하기 위함이었던 것이다.

그가 진지하게 말했다.

"어린 시절, 그곳에서 본 적이 있는 게 분명해. 아주 익숙하거든. 한우아는 지금도 이것을 어디서 가져왔는지 말하지 않고 있어. 망중이 계속 조사하고 있지만 아직까지 소득이 없고."

"내가 볼게."

비연은 공기봉리를 살펴본 후 약왕정에 넣었다. 초목은 대개 약이니, 그녀가 알지 못한다 해도 약왕정은 알 수도 있었다…….

찾지 못한다 해도 울지 말라고

비연은 몰래 약왕정을 가동시켜 공기봉리를 그 안에 넣으려 했다. 그런데 이게 웬일일까! 약왕정이 거절했다! 바꿔 말하자 면, 공기봉리에는 약효가 없었다! 약효가 없으니 약왕정은 정 말로 도움이 될 수 없었다!

비연이 중얼거렸다.

"약효가 전혀 없다니, 정말 희귀한 일인데."

생각에 빠진 그녀의 눈에 날카로운 빛이 스쳐 가더니, 곧 그 녀가 미소 지으며 말했다.

"망할 얼음, 이 일은 나에게 맡겨 줘! 그 차용증을 나에게 돌 려주면 돼! 당신을 도와 진상을 밝혀 내 줄 테니까. 그 12만 금 은 여전히 내 것이고. 어때?"

군구신은 그의 물건 중 무엇이건 그녀가 원하기만 하면 줄 준 비가 되어 있었다. 그런데도 비연은 이렇게 그와 철저하게 계산 하고 싶은 걸까?

군구신이 고개를 끄덕이며 저도 모르게, 어쩔 수 없나는 듯 웃어 버렸다. 그 모습을 보고 비연도 안도했다. 그가 웃으니 어 쩐지 마음이 놓였다. 비연은 더욱 열정적으로, 마치 자신의 잃 어버린 기억을 찾는 것처럼 다급하게 물었다.

"다른 실마리가 또 있어?"

군구신이 대답했다.

"영술."

그에겐 특수하게 이동하는 능력이 있었는데, 경공의 일종 같기도 했고, 사람들이 이야기하는 영술과도 아주 비슷했다. 그는 본래 자신이 그런 능력을 갖고 있는지도 몰랐으나 몇 년 전에 우연히 발견하게 되었다.

그가 조사한 바에 따르면, 현공대륙에서 영술이 실전된 지 이미 수백 년이라 했다. 지금은 그 누구도 영술이 어느 무학세가에서 나왔는지 알지 못했다.

이런 무술은 어릴 때부터 훈련을 시작하지 않으면 완성하기 어려웠다. 그는 자신이 영술을 할 줄 안다는 걸 완벽하게 확신할 수는 없었지만 십중팔구 그러리라 생각하고 있었다.

비록 그가 종종 어떤 때에, 혹은 어떤 사람들이나 어떤 일에 익숙한 느낌을 받기는 했지만, 실제로 추적해 볼 만한 실마리라면 역시 공기봉리를 제외하면 영술밖에는 남지 않았다.

비연은 영술에 대해 전혀 몰랐다.

"망할 얼음, 예전에 당신을 키웠던 사람들, 당신에게 아주 잘 대해 준 것 같은데…… 그 사람들도 당신을 계속 찾고 있지 않을까?"

이 말을 한 순간, 비연은 바로 중요한 문제를 하나 떠올렸다. 그녀가 놀란 목소리로 외쳤다.

"망할 얼음! 그때 빙해에 왜 갔었던 거야?"

이 대륙 사람들은 빙해라는 단어만 들어도 안색이 변하곤 했다. 빙해에 관해 어떤 그리운 느낌이 있었던 게 아니라면 그가 무엇 때문에 빙해안에 갔겠는가?

대황숙이 빙해안에서 그를 찾았다고 했고, 그것은 아마 진실일 것이다. 그렇다면 군구신은 고작 열한 살의 나이로 빙해안에서 무엇을 하고 있었던 걸까? 그를 키워 준 사람이 빙해와 무슨 관련이 있었던 걸까?

군구신의 눈빛이 복잡해지기 시작했다. 그는 다른 것은 두렵지 않았다. 그가 두려워하는 것은 그들이 그해 빙해의 이변에 참여한 것은 아닌지, 또한 자신도 참여했던 것은 아닌지 하는 것이었다.

비연도 분명 같은 걱정을 하고 있었다. 그녀의 눈빛도 점차 복잡해졌다. 그러나 곧 생긋 웃으며 말했다.

"공기봉리는 내가 가져가겠어. 내일 망중을 시켜 차용증 보내 주는 거 잊지 마. 한우아가 진양성을 떠나지 않는 한, 며칠 내로 내가 이 일을 매듭지을 테니까!"

군구신은 고개만 끄덕였을 뿐 더 이상 입을 열지 않았다. 비연 역시 더 물어볼 말이 없어 한참 침묵했다. 군구신이 먼저 말문을 열었다.

"졸리지 않아? 가서 자야지."

"응…… 아주 졸려."

그러나 비연의 정신은 아주 맑은 상태였다. 어쨌든 그녀는 재빨리 몸을 일으켰다. 그러나 침실 앞까지 걸어갔을 때 다시 고개를 돌렸다.

"망할 얼음······."

군구신도 문가에서 고개를 돌려 그녀의 말을 조용히 기다렸다. 비연은 하고 싶은 말이 아주 많았지만 그를 보자 자신이 무슨 말을 하고 싶었는지도 잊어버렸다. 그녀는 잠시 고민하다가 다급하게 말했다.

"나, 나는 일단 오늘 밤만 여기서 자고, 내일은 명월거로 가려고."

군구신이 불쾌한 표정으로 대답했다.

"너는 여기 머물러야 한다. 본 왕의 병이 발작할 때를 대비해서라도."

말을 마친 그는 그녀가 거절할 틈을 주지 않으려고 방 안으로 성큼 들어가 문을 닫았다.

비연이 굳게 닫힌 문을 한참 동안 노려보았지만 반박할 말을 찾아내지 못했다. 심지어 그의 말이 옳다는 생각도 들었다. 결국 그녀가 중얼거렸다.

"그······ 그럼 후문을 잘 잠그고 자도록 해."

이 말을 하는 순간 그녀는 또 무엇인가 이상하다는 생각이 들었다. 이런 말을 그에게 하다니, 대체 그게 뭔가!

여기까지 생각한 비연은 재빨리 방 안으로 들어갔다. 그리고 열심히 문을 잠그고, 몸을 돌리자마자 천천히 문에 기대어 앉았다. 안 그래도 복잡하던 눈빛이 온통 경축용의 붉은빛으로 꾸며진 방 안을 보자 더욱 복잡해졌다.

한참 후, 그녀는 겨우 중얼거렸다.

"망할 얼음, 절대…… 절대 앞으로는 오늘 밤처럼 괴로워하지 마. 아니면…… 나도 다시는 위로해 줄 수 없으니까."

이때 군구신 역시 성휘당의 문에 기대어 있었다. 그는 자기 자신에게 진지하게 묻고 있었다. 과거를 찾는 일이 정말로 그렇게 중요한 걸까?

예전에는 과거의 기억을 찾는 일이 그에게 있어 가장 중요한 일이었고, 동시에 유일하게 중요한 일이기도 했다.

과거를 찾으려는 것은 과거로 돌아가기 위해서가 아니라, 장래의 길이 어느 방향인지 알기 위해서가 아닌가? 그러나 만약…… 만약 이미 장래의 길을 발견했다면?

어둠 속에서 그의 깊은 눈동자는 밤보다 더 고요하게 빛나고 있었다.

한참 후, 그는 중얼거렸다.

"비연, 본 왕이 너에게 장래를 약속한다면, 그래도 괜찮을까?"

밤이 아주 깊어 있었다. 그러나 비연과 군구신에게는 긴 밤이 천천히 흘러가고 있었다.

다음 날, 비연은 또 늦잠을 잤다. 그녀가 문을 열고 나와 보니 성휘당 후문이 단단히 닫혀 있었다. 열쇠로 잠갔는지까지는 알 수 없었지만.

그녀는 회랑을 따라 성휘당 앞문으로 갔다. 앞문 역시 굳게 닫혀 있었다. 이 녀석, 어젯밤에 잘 잤을까? 일어나기는 했나?

비연이 잠시 문 앞에 서 있다가 몸을 돌려 그 자리를 떠났다.

'내가 그를 그렇게 많이…… 신경 쓴들 또 뭐야. 정말이지!'

비연이 침궁 대문 앞까지 걸어가자, 기다리고 있던 하소만이 재빨리 달려와 웃으며 말했다.

"왕비마마, 마침내 일어나셨군요! 계속 기다리고 있었습니다."

비연이 의심스럽게 물었다.

"무엇 때문에?"

하소만이 웃는 얼굴을 거두고 진지하게 말했다.

"왕비마마께 말씀드립니다. 정왕 전하께서는 반 시진 전에 외출하셨는데, 직접 태자 전하와 염진 사부를 대자사까지 데려가신다고 하셨습니다. 전하께서는 천불동에서 시간을 보내신다고 하셨고, 해가 질 무렵에야 돌아오실 예정이라고 합니다. 아마 꽤 늦은 시간에야 부에 도착하실 것 같습니다."

비연은 처음에는 영문을 몰랐으나 곧 군구신이 전날 밤 했던 말을 떠올렸다. 앞으로 그녀가 그를 찾지 못하는 일은 없을 거라 했던가. 그가 행적을 알려 줄 거라고.

그녀의 심장이 따뜻하다 못해 녹을 것 같았다. 그리고 동시에 비틀리듯 너무나…… 너무나 아파 왔다!

그녀의 표정이 이상함을 느낀 하소만이 의아해하며 물었다.

"왕비마마, 괜찮으십니까?"

비연이 정신을 차리고 답했다.

"아니, 아무것도 아냐."

그녀는 걸어가려다가 다시 발걸음을 멈추고 하소만에게 말했다.

"앞으로 전하의 행적을 모두 이야기할 필요는 없어. 내가 알고 싶을 때마다 물어볼 테니까!"

하소만은 겉으로는 공손하게 고개를 끄덕였지만 속으로는 중얼거렸다.

'전하의 행적을 알고 싶어 하는 사람을 줄 세우면 변경까지 줄을 설 텐데, 이걸 아쉬워하지 않는단 말이지! 나중에 전하를 정말 찾지 못하는 날이 오더라도 울지나 말라고! 흥!'

아침 식사를 끝낸 후에는 당정과 상관 부인을 만나러 가기로 했다. 비연은 원래 측문으로 나서려다가 생각을 바꿔 후문을 통해 나갔다.

그녀와 군구신은 어제 예의보다 늦게 입궁했기에 사람들의 비난을 샀다. 왕비에게 약이 있어 정왕 전하를 미혹시킬 수 있었고, 그 결과 어쨌고 저쨌고. 또…… 그녀는 방금 아침을 먹는 동안 전 어멈에게서 꽤 많은 이야기를 전달받았다.

이치대로라면 그녀는 화가 나야 했다. 그러나 그녀는 오히려 사람들을 시켜 소문에 기름을 부으라고 전 어멈을 부추겼다.

왕비에게 약이 있어 정왕을 미혹시켰다, 이런 소문이 퍼져 나가면 군구신이 궁 안에서 벌인 일을 감추는 데 도움이 될 것이다. 사람들이 군구신이 핍박받아서가 아니라 그녀에게 진심으로 대한다고 의심하는 일도 면할 수 있고 말이다.

비연이 후문으로 나오는 순간 공교롭게도 익숙한 사람과 마주쳤는데, 바로 한우아였다!

그렇지 않으면, 팔아서 빚을 받을 수밖에

비연이 한우아를 보고 깜짝 놀랐다.

한우아도 비연을 보고 놀랐을 뿐 아니라 당황했다. 그녀는 지금 비연에게 빚을 지고 있어 아주 민망한 처지였다! 한우아가 바로 몸을 돌려 그 자리를 떠나려 했지만 비연이 즐거워하며 큰 소리로 외쳤다.

"아무도 원하지 않는 저 망할 계집이 여기에는 왜 왔담? 우리 가문의 후문을 더럽히는 것이 무섭지도 않은지!"

이 말에 한우아가 바로 발걸음을 멈추더니, 몸을 돌려 노한 눈으로 비연을 노려보았다.

비연이 바란 것도 바로 이것이었다. 예전이었다면 한우아를 쳐다보기도 귀찮아했을 테지만 지금 한우아의 손에 그녀가 원하는 비밀이 있다. 한우아 스스로 오지 않았다면 그녀가 찾아가야 할 판이었는데, 이 좋은 기회를 어떻게 놓칠 수 있겠는가?

비연은 공기봉리의 비밀을 원하는 동시에 빚도 받아 내고 싶었다. 단 하나라도 줄여 줄 생각이 없었다!

한우아는 화가 나서 하얗게 질린 얼굴로 소리쳤다.

"고비연, 지금 누굴 욕하는 거지!"

비연이 그녀를 한번 살펴본 후 반문했다.

"지금 스스로 인정하고 있는 것 아닌가?"

한우아는 기가 막혔다.

"너! 너…… 고비연, 누가 아무도 원하지 않는 망할 계집이라는 거야! 네 마음속에 무슨 꿍꿍이가 있는 거지! 천무제 폐하께서 사혼을 내리시지만 않았다면 정왕 전하께서 너 따위 눈에 들어 하셨을 것 같아? 돌아가 거울이나 보시지!"

비연이 문틀에 기댄 채 한가로이 손톱을 만지작거리기 시작했다.

"그래, 내가 정말이지 너무나 운이 좋지 뭐야!"

비연이 그래도 주제는 아는 모양이라고 한우아가 생각했을 때, 비연이 갑자기 화제를 바꿨다.

"정말이지 전하께서 달갑게 나를 맞아들이신 게 아니라 다행이지, 그게 아니었으면 전하께서 나를 어떤 꼴로 만드셨을지 모를 일이잖아? 전하께서는 정말이지 사람을 너무 잘 괴롭히셔서…… 아아, 정말 못 견딜 지경이라니까! 정왕부에 온 지 겨우 이틀이니, 이틀 밤을 보냈을 뿐인데…… 전하께서 내 허리를 거의 부러뜨릴 뻔하셨단 말이야! 만약 전하께서 기쁜 마음으로 나를 맞이하신 거라면, 아마…… 나는 지금 침상 아래로 내려오지도 못하고 있겠지."

비연이 손을 허리에 얹고 일부러 부끄러운 척 얼굴을 붉혔다.

"전하께서는 정말이시…… 아, 뭐 말한들 너는 무슨 뜻인지 모르겠지만. 어차피 말로 설명할 수 있는 것도 아니고!"

이 말을 들은 전 어멈이며 주변 시위들의 안색이 모두 복잡해졌다. 그리고 막 소식을 듣고 달려와 문 뒤에 숨어 있던 하소만도 참지 못하고 하늘을 바라보았다. 정왕 전하가 이 말을 들었을 때 어떤 반응을 보이실지 상상도 할 수 없었기 때문이다. 아무래도 이 사태를 정왕 전하께 보고드려야 할 것 같은데, 대체 어떻게 보고하지? 이 말을 그대로 전해도 되는 건가?

한우아는 화가 나서 속이 뒤집힐 지경이었다. 그녀는 가까이 다가가기 어려운 정왕 전하가 여자를 총애하기 시작하면 대체 어떤 모습일지 상상조차 할 수 없었다! 더더욱이나, 정왕 전하가 그렇게 자신을 제어하지 못하는 상황은 상상할 수 없었다! 받아들일 수 없었다. 믿고 싶지 않았다!

그녀는 화가 나서 비연을 손가락질하며 외쳤다.

"부끄러움이라곤 모르는군! 네가 한 일을 다른 사람들이 모른다고 생각지 마라! 말해 두겠는데, 진양성 사람들은 모두 네가 전하께 약을 썼다는 걸 알고 있다! 너는 지금 스스로를 기만하고 있는 것이다!"

비연은 분명 일부러 이쪽으로 화제를 옮긴 참이었다. 진양성에 소문을 내려면 전 어멈 하나면 되지만, 이 소문들을 진양성 밖으로, 아니 심지어 천염국 밖으로까지 퍼지게 하려면 한우아의 힘이 필요했다. 한우아와 만진국 소씨 가문의 소옥승의 관계만 보아도, 이 일이 조만간 소옥승의 귀에 들어갈 건 명확했다. 그리고 소옥승이 믿기만 하면 기욱도 믿을 것이다!

비연이 일부러 한우아 가까이 가서, 그녀의 손을 잡고 속삭였다.

"응, 그런데 뭐 어때? 나는 이런 기회를 얻었는데, 너는 얻지 못했잖아?"

한우아가 화가 나서 손을 뿌리치려 했지만 안타깝게도 비연이 그녀의 손목을 꽉 잡고 있었다. 비연이 계속 그녀를 자극했다.

"정왕 전하는 이제 내 거야. 오래 함께 지내면 정이 생긴다는 말, 알지? 아마 곧 그의 마음도 내 것이 되겠지. 믿기 어렵다면 우리 한번 두고 보자고!"

한우아가 냉소하기 시작했다.

"고비연, 너는 그분을 전혀 이해하지 못하고 있어! 그분은 절대로 억지로 얻을 수 있는 남자가 아니야! 그분의 마음이 나에게 있는데, 두고 보긴 뭘 두고 보자는 거야!"

비연은 한우아가 군구신에게 대해 다소간이라도 이해하고 있을 거라고는 생각지 못해 약간 놀랐다. 하지만 안타깝게도 한우아의 이해는 부족했다!

그는 확실히 억지로 얻을 수 있는 남자가 아니었다. 그러나 그는 스스로 원하는 것을 강제로 얻으려 할 수도 있는 남자였다. 그가 억지로라도 얻으려 한다면 상대는 거절하기 아주 어려울 수밖에 없었다.

잠시 정신을 팔던 비연이 불시에 한우아가 허리에 달고 있던 공기봉리를 잡아당겼다. 한우아로 하여금 소문을 퍼뜨리게 하는 것은 부차적인 일이고, 비연의 진정한 목표는 바로 이 공기봉리였다.

비연이 잡아끌자 공기봉리가 바로 허리에서 떨어졌다. 한우아는 창졸간에 당한 일이라, 눈빛에 사람을 죽일 듯한 살의가 쏟아져 나왔다.

"돌려줘! 아니면 나도 예를 갖추지 않겠어!"

비연이 공기봉리를 등 뒤에 숨기고 웃으며 말했다.

"전하께서 베개 옆에 한 뿌리 두시고 목숨처럼 아끼시는 걸 본걸. 나에게는 건드리지도 못하게 하셨어. 지난번에 신농곡에서 네가 그분께 드린 거 맞지? 이게 뭐, 두 사람의 애정의 신물이라도 되나? 이 풀 이름이 뭐지? 어째서 나는 한 번도 본 적이 없을까?"

비연이 직접 묻지 않는 건 당연히 생각한 바가 있어서였다. 첫째, 만약 그녀가 직접적으로 물으면 한우아가 그녀와 군구신의 관계에 대해 의심을 품을 수 있었다. 둘째, 군구신이 좋아한다는 핑계로 공기봉리를 찾아 달라고 한우아에게 계속 부탁했는데, 갑자기 직접적인 질문을 받으면 공기봉리에 다른 쓸모가 있다고 한우아가 의심할지도 몰랐다. 그렇게 되면 좋지 않을 것이다.

군구신 역시 차용증을 얻고도 바로 한우아를 핍박하여 묻지 않고 적당한 시기를 계속 기다리고 있었다. 비연은 이 일을 맡은 이상 반드시 아주 신중하게 처리해야 했다.

그녀는 예전의 오해를 계속 끌고 나가고 싶었다. 그러기 위해서는 공기봉리를 애정의 신물 같은 것으로 여기는 척하며 물어보는 것만큼 좋은 방법은 없었다.

한우아는 정왕부에서 하룻밤 지내면서 정왕 전하가 자신을 좋아한다고 굳게 믿게 되었다. 그리고 지금 비연에게서 이런 말을 들으니, 그녀는 의심할 이유가 없었다.

"그래, 우리 애정의 신물이라고!"

한우아가 기뻐하는 동시에 조급해하며 검을 뽑아 들었다.

"고비연, 그건 네가 건드릴 수 있는 물건이 아니야. 어서 돌려줘. 아니면 나도 예의를 차리지 않을 테니까!"

비연이 전혀 두려워하지 않고 웃으며 말했다.

"꼭 무기까지 꺼내야 해? 나에게 이게 대체 뭔지 알려 주면 바로 돌려줄 생각도 있는데."

"죽고 싶구나!"

한우아는 화가 나서 정말로 검을 휘둘렀다. 그러나 바로 이 순간, 비연 곁에 있던 시위 두 사람이 검을 뽑아 들고 앞으로 나와 한우아의 검을 막았다. 한우아는 이 시위들이 천무제의 사람들이라 생각하고, 노한 목소리로 외쳤다.

"무엇 하느냐! 저쪽에서 먼저 본 소저의 물건을 빼앗았다. 너희는 이치라는 것도 모르느냐! 천염국이 정말로 우리 한가보를 적으로 삼을 작정이냐!"

"어머, 그리 커다란 죄를 본 왕비에게 뒤집어씌우려 하다니!"

비연이 웃으며 말했다.

"본 왕비는 네 물선을 빼앗은 게 아니다. 그러나 이 물건을 가져가고 싶다면 네 신분을 증명하도록 해라!"

한우아는 비연의 말을 이해할 수 없었다.

"무슨 뜻이지?"

비연이 차용증을 꺼내더니, 차가운 목소리로 명령했다.

"여봐라, 한가보의 삼소저를 본 왕비 앞으로 끌고 와라!"

그리고 공기봉리를 곁에 있는 시위에게 건네며 말했다.

"바로 한가보로 사람을 보내도록. 이걸 직접 소 부인께 드리고, 의녀가 본 왕비에게 12만 금을 빚진 후 기일이 지나도록 갚지 않았다고 말씀드려라! 한 달 안에 돈을 들고 와서 사람을 데려가시는 게 좋을 거라고도 말씀드리고. 그러지 않으면 본 왕비도 사람을 팔아 빚을 청산하는 수밖에 없으니까!"

한우아는 말할 것도 없고 곁에 있던 시위들도 깜짝 놀라 헉, 숨을 들이마셨다. 이 여주인은 정말로 단호하고 모질구나! 패기도 넘치고!

한우아는 마침내 자신이 12만 금을 빚지고 있다는 사실을 떠올렸다. 그녀는 경악하여 눈을 휘둥그렇게 뜨고 있었다. 한우아의 손이 떨리더니 검마저 바닥에 떨어지고 말았다……

비연의 조건

둔탁한 소리와 함께 한우아의 장검이 바닥에 떨어졌다. 비연의 위협이 먹혔다는 의미였다.

비연은 정말로 소 부인을 위협하여 자신과 천염국이 원한을 살 정도로 아둔하지 않았다. 다만 연극을 시작한 이상 제대로 할 생각이었다.

그녀가 시위를 향해 냉랭하게 외쳤다.

"뭘 멍하니 서 있는 거지? 어서 끌고 와라!"

한우아가 힘으로 어떻게 많은 시위들을 당할 수 있을까. 그녀가 재빨리 물러나려 했다.

"고비연, 너, 너…… 그냥 공기봉리만 바란 거 아니었어? 난 그거 필요 없어. 너에게 줄 테니까. 그런데 빚 이야기를 꺼내다니!"

비연이 정말로 참을 수 없어 소리 내어 웃고 말았다. 세상에 이렇게 재미있는 일이 또 있을까!

한우아가 도망치는 것을 보고 비연이 눈짓하자 시위들이 바로 포위했다. 정왕부 뒤 이 골목에는 정왕부밖에 없었다. 다른 건물이 없으니 주변에 매복하고 있는 이들도 모두 정왕부 소속이었다. 한우아가 아무리 하소연을 한다 해도, 하늘이고 땅이고 응답하지 않는 건 마찬가지였다.

한우아가 놀라 안색마저 창백해졌다. 비연이 더 핍박하기도 전에 그녀는 계속 물러나며 달래듯 말했다.

"이 빚은 우리 두 사람의 사적인 은원인데, 굳이 천염국과 한 가보에 영향을 줄 필요가 없잖아! 우리 의모께서는 누군가에 게 위협받는 걸 가장 싫어하셔. 게다가 네가 만약 일을 정말로 크게 만든다면 천무제 폐하께서도 너에게 좋은 얼굴은 안 보여 주실걸! 그런데 굳이 그래야겠어? 나, 내가 잠시 너에게 돈을 돌려주지 못한다 해도, 그래도…… 차라리 조건을 하나 거는 건 어때? 기한을 조금 더 늘려 주면, 너…… 너도 이자를 얻고, 나도 갚을 수 있고!"

비연이 큰 소리로 웃으며 말했다.

"본 왕비 생각에 이 일은 의논이 가능한 범위가 아니었는데, 한 삼소저께서는 본 왕비와 다시 의논하고 싶으셨군. 그러시다 면야 부로 오셔서 자세히 이야기를 나눠야겠지!"

말을 마친 그녀는 시위의 손에서 공기봉리를 받아 들었다. 그리고 몸을 돌려 문 안으로 들어갔다.

시위들이 양옆에서 길을 열었다. 보기에는 예의 바른 태도였 지만 실제로는 한우아가 정왕부로 들어가도록 핍박하고 있었다!

한우아는 대자사에서 돌아온 후 지금까지 계속 정왕부에 들 어갈 방법을 찾느라 고민하고 있었다. 그런데 이렇게 비연에게 '초대받아' 안으로 들어가게 되다니!

정왕 전하께서는 부에 계시지 않은 걸까? 비연이 어찌 감히 이럴 수 있지! 설마 천무제가 시위들로 하여금 정왕부를 감시 하게 한 정도가 아니라 정왕부를 완벽히 통제하고…… 정왕 전하를 통제하고 있는 건 아니겠지?

한우아는 마음에 의혹을 품은 채 정왕부 후문으로 들어갔다. 하소만이 재빨리 몸을 숨기고 한우아를 몰래 훔쳐보았다.

비연이 한우아를 후원의 정자로 '초대'했다. 나른하게 앉아 하인에게 차를 내오게 시킨 그녀는 눈썹을 치켜세우며 한우아를 바라보았다. 그리고 차분하고 느긋하게 말했다.

"앉아!"

한우아는 그제야 비연이 달라졌음을 깨달았다. 더 이상 소박한 차림이 아니었다. 오늘 비연은 머리를 높이 틀어 올리고, 연보랏빛 화려한 옷 위에 달처럼 흰 비단옷을 걸치고 있었다. 전체적으로 단정하고 귀해 보이는 모습이었지만 애교스러움과 생동감을 잃지 않아, 갓 새색시가 된 미인의 매력이 물씬 풍겨 나왔다.

비연은 열심히 꾸미지 않을 때에도 미간에 타고난 귀한 느낌과 패기가 어려 있었다. 그런데 이렇게 꾸미고 나른한 자세로 의자에 앉아 있는 것만으로도 이미 여주인의 위엄을 드러내고 있었다!

한우아는 패배감이 들었지만 곧 그 기분을 무시해 버렸다. 그녀는 몰래 스스로를 위로했다. 비연이 아무리 의기양양하게 군들 결국은 천무제의 바둑알 노릇이나 할 뿐이다! 한우아 자신은 소 부인의 의녀고, 한가보를 계승하기로 내정되어 있는 사람이다! 그녀가 진다 해도 잠시의 일일 뿐이니, 참아야 했다!

한우아는 자리에 앉고 싶지 않았지만 비연의 기세에 지고 싶지 않아 단정하게 자리에 앉은 뒤 냉정을 되찾기 위해 노력했다. 그녀가 비연을 노려보며 물었다.

"무슨 조건인지, 말해 봐!"

비연이 공기봉리를 제 손바닥 위에 놓고 웃으며 말했다.

"먼저 본 왕비가 방금 했던 질문에 답하도록 해. 이 물건의 이름은 뭐지? 이게 정말로 너와 정왕 전하의 신물이야?"

한우아가 반문했다.

"애정의 신물이 아니라면, 전하께서 베개 곁에 두고 밤낮으로 생각하시는 이유가 뭘 것 같아?"

"하하, 전하께서 확실히 밤낮으로 생각하시긴 하지."

비연은 거짓말을 하지 않았다. 다만 안타깝게도 한우아는 그 의미를 이해하지 못했다.

비연이 다시 물었다.

"이 풀의 이름이 뭐지? 어떻게 기르는 거야?"

한우아가 경계하며 물었다.

"비연, 대체 뭘 하려는 거야?"

비연이 순진하게 웃으며 말했다.

"대답하지 않을 건가?"

한우아는 아무리 달갑지 않아도 말할 수밖에 없었다.

"공기봉리라고 해. 아주 희귀한 화초고, 키우기는 쉬워. 하루에 두 번 물을 뿌려 주기만 하면 되니까."

비연은 속으로 공기봉리라는 이름은 분명 틀림없을 거라고 생각했다. 그녀는 여전히 웃으며 말했다.

"재미있는데! 어디서 난 풀이지? 본 왕비가 어째서 한 번도 들어 보지 못한 걸까?"

한우아는 비연이 공기봉리에 대해 관심을 보이는 걸 의심하기 시작했다. 그러나 그 의심은 틀린 방향이었다. 그녀는 비연이 공기봉리를 가지고 무슨 짓이라도 해서 자신과 정왕 전하의 관계를 망치려 한다고 생각했다!

한우아는 길게 이야기하고 싶지 않아 냉랭하게 물었다.

"쓸데없는 말은 그만해. 대체 어떻게 해야 나를 놓아줄 거야?"

비연이 공기봉리를 만지작거리며 일부러 생각에 잠긴 척하다가, 한참 후에야 웃으며 말했다.

"정왕 전하께서 좋아하시는 거라면 본 왕비도 아주 좋아할 수밖에 없거든! 이렇게 하지. 이 공기봉리를 본 왕비에게 주고 열흘 내에 열 뿌리 더 찾아온다면, 본 왕비가 기한을 한 달 연장해 주지."

한우아는 깜짝 놀라 입에서 나오는 대로 내뱉었다.

"불가능해!"

비연이 바로 미소를 멈추고 정색하며 외쳤다.

"여봐라!"

한우아는 다급한 나머지 그 무엇도 고려하지 않고 설명했다.

"비연, 이 공기봉리는 의모가 나에게 주신 거란 말이야. 정왕 전하의 그 공기봉리는 내가 가진 그 뿌리에서 키워 낸 거고. 나는 그게 공기봉리라는 거랑 어떻게 키우는지만 알 뿐이고, 다른 건 아무것도 모른다고! 그런데 어디 가서 찾아오라는 거야!"

비연은 매우 놀랐다. 상황이 그랬을 줄은 몰랐던 것이다!

공기봉리는 소 부인의 물건이었다. 그렇다면 정왕 전하는 한 가보와 관계가 있었던 걸까?

비연이 마음속 파란을 내리누르고 일부러 경쾌하게 말했다.

"의모의 물건이라면, 네 의모를 찾아가 부탁하면 되겠군!"

이 말에 한우아는 더욱 초조해졌다. 정왕이 근 몇 년 동안 그녀에게 공기봉리를 찾아 달라고 부탁했다. 그녀는 비록 몇 번이고 시간을 끌긴 했지만 사실은 남몰래 의모에게 물어본 적이 있었다. 그러나 의모는 대답하지 않았고, 그녀는 감히 더 이상 물어볼 엄두도 내지 못했다. 의모의 그 기괴한 성격은…… 현공대륙에서 아마 가장 상대하기 어렵다고도 할 수 있을 것이다.

의모가 하는 수많은 일을 한우아는 사실 모두 이해할 수는 없었고, 그저 이해하는 척할 뿐이었다. 그녀가 한마디라도 더 묻는다면 의모의 안색이 변할 것이기 때문이었다!

그녀는 원래 공기봉리를 이용해 정왕 전하와 연락을 유지할 생각이었지, 공기봉리에 대해 더 이상 알아볼 생각은 없었다.

한우아가 잠시 고민하다가 답했다.

"우리 의모께서도 우연히 얻은 거라고 하셨어. 단 한 뿌리뿐이라고."

"그래?"

비연의 눈에 복잡한 빛이 스쳐 갔다.

"그렇게 오래 기르면서, 가지치기에 성공한 게 겨우 한 뿌리뿐이라고?"

한우아가 말했다.

"3년 좀 넘게 키웠을 뿐이야. 의모께서 주셨을 땐 아주아주 작았다고!"

비연은 한우아가 의심할까 봐 소 부인이 어떻게 공기봉리를 얻었는지 더 묻지 못했다.

"본 왕비는 그런 건 상관없다. 네가 가져올 수 없다면, 네 의모가 네 몸값을 내러 올 때까지 기다리면 그만인 것을!"

비연은 일부러 한우아를 곤란하게 만들어 그녀가 다시 구덩이를 파게 만들 작정이었다!

소 부인이 정말 우연히 얻었다면, 한우아가 이 일을 신경 써서 조사했다면 그 내력을 알아냈을 것이다. 소 부인이 우연히 얻은 것이 아니라면……? 한우아는 더욱 쉽게 그 내력을 알아냈을 것이다. 어쨌든 이 일의 실마리는 한우아에게서 얻어 내는 수밖에 없었다!

한우아가 대답하지 않는 것을 보고 비연이 다시 물었다.

"한 삼소저, 본 왕비의 부탁을 거절할 생각인가? 그럼 여기 남을 생각인 모양이지?"

한가보를 의심하다

한우아는 비연의 진정한 목적을 알 수 없었다.

원망스럽게 비연을 노려보며 한참을 생각하다가 결국은 아무 방법도 생각해 내지 못했다. 그녀는 결국 일단 몸을 빼낸 다음 대책을 세우기로 결정하고 명쾌하게 대답했다.

"좋아, 열흘이면 되는 거지!"

그러나 비연이 다시 덧붙였다.

"한 삼소저, 놓아준다고 나를 속일 생각은 하지 않는 게 좋을 걸. 나는 당정 언니처럼 한가보에 서신을 보내 빚을 독촉하거나 하지 않을 테니까. 직접 동래 전당포로 갈 거야!"

이 말에 한우아가 바로 탁자를 치며 몸을 일으켰다.

"비연, 네가 감히!"

비연이 의모에게 서신을 보내 빚을 갚기를 요구한다면 한우아는 그 서신을 막을 생각이었다. 설사 그녀가 서신을 막지 못한다 해도, 의모는 일단 일을 처리한 다음 그녀를 벌할 것이다. 그러나 비연이 동래 전당포로 가서 차용증을 저당 잡힌다면…… 이 일은 완벽하게 한우아 그녀가 제어할 수 있는 범위를 벗어나게 된다.

승 회장은 이미 현공상회의 일을 거의 하지 않고 있었다. 동래 전당포의 배후에는 상관 부인이 있었다. 상관 부인과 비연의 관계를 생각하면, 그리고 상관 부인이 의모와 한우아 자신에게 보이는 태도를 생각하면, 현공대륙 모든 사람들이 이 일에 살까지 붙여 알게 될 것이다!

의모의 성격을 생각하면, 그녀에게 벌을 내리느니 차라리 그녀를 죽이려 할지도 모른다!

비연은 여전히 나른한 자세로 앉아 한우아의 분노를 마주하고 있었다. 비연이 해맑게 웃으며 물었다.

"내가 할 수 있는지 없는지 볼래? 아니면, 내기라도 할까?"

한우아가 비연을 바라보았다. 분노한 마음 끄트머리로 공포심이 떠올랐다. 이 망할 계집…… 영리하고, 치밀하고, 냉정하고, 또 아주 악랄하고……. 정말이지 너무 상대하기 어렵다! 정왕 전하 문제가 아니었다면 한우아는 정말로 비연과 적이 되고 싶지 않았다!

마침내 한우아도 완벽하게 타협하기로 했다. 다시 자리에 앉아 단숨에 차를 들이켠 다음 말했다.

"비연, 속일 생각은 없어. 의모께 공기봉리의 내력을 물었지만 대답해 주지 않으셨어! 의모께서 대답해 주실지…… 여전히 모르겠고. 이 물건은 우연히 얻으신 것일 수도 있고, 어디선가 찾으신 것일 수도 있지. 나, 나에게 두 달만 기한을 더 늘려 줘. 한가보로 돌아가서 제대로 조사해 볼 테니까. 내가 약속할 수 있는 것은, 최선을 다해 찾겠다는 것뿐이야. 그리고 몇 뿌리를 찾건 모두 가져오겠어!"

한우아는 반년 동안 돈을 마련하지 못했으니 석 달을 더 준다 해도 아마 마련하지 못할 것이다. 그리고 한우아에게는 공기봉리의 실마리를 찾는 것이 돈을 마련하는 것보다 훨씬 쉬운 일일 터였다!

비연이 명쾌하게 대답했다.

"좋아, 그럼 석 달을 주지. 이렇게 말한 이상 본 왕비도 너를 어렵게 하지 않겠어. 이렇게 하지. 공기봉리를 찾아오는 만큼 본 왕비는 기한을 연장해 주겠어. 한 뿌리도 찾아내지 못한다면 이 석 달이 마지막이야!"

한우아가 고개를 끄덕이며 자리에서 일어났다. 그러자 비연의 눈가에 교활한 빛이 스쳐 가는가 싶더니 일부러 덧붙였다.

"이 일이 정왕 전하께 들어간다면······ 본 왕비가 지금 이야기한 내용을 인정하지 않는다고 해도 탓하지 마라."

한우아는 본래 비연이 공기봉리로 약을 만들든가 해서 정왕 전하에게 무슨 계략을 부리려 한다고 의심 중이었다. 그런데 이 말을 들으니 그 생각에 더욱 확신이 들었다.

"알았다."

그녀는 원망스러운 투로 말하고 한 번도 돌아보지도 않고 그 자리를 떠났다.

한우아가 떠난 후 하소만이 다급하게 달려 들어왔다. 그도 얼마 전 망중으로부터 정왕 전하가 공기봉리를 찾는 진짜 의미를 들은 바 있었다. 그는 비연을 향해 엄지손가락을 들어 보였다.

"왕비마마, 대단하십니다! 노비는 탄복하였습니다! 노비가 예전에 정말 눈이 멀었었죠. 마마께서는······."

비연이 얼음장 같은 눈길로 쳐다보자 하소만도 더 이상 아첨할 엄두를 내지 못하고 방법을 바꿨다.

"왕비마마, 사실 한우아를 안에 들이셔서 우리 부의 길을 더럽힐 필요가 없으셨는데요. 밖의 거리에 있는 이들도 모두 우리 사람들이니 조심하실 필요 없습니다."

"그래?"

비연이 상당히 진지하게 명령했다.

"그럼 어서 더러워진 길을 청소해야겠네. 아주 깨끗하게!"

하소만이 멍한 표정을 지었다.

며칠 후, 진양성에 다시 소문이 퍼지기 시작했다. 정왕 전하의 세력은 이미 한풀 꺾였고, 천무제가 비연을 이용해 정왕부를 통제하는 동시에 정왕까지 감시하고 있다는 이야기였다.

하소만은 이 소문을 듣고 겨우 비연이 한우아를 핑계로 계속 소문을 퍼뜨리는 까닭을 알아챘다.

이 소문은 기씨 가문을 속이기 위한 것일 뿐 아니라 멀리 북쪽 변경의 대황숙을 속이기 위한 것이기도 했다.

비록 대황숙의 이목이 모두 정왕의 손바닥 위에 있지만, 민간의 백성들이 진양성의 상황을 북쪽 변경으로 옮길 수도 있었다. 비연의 이 행동은 정왕이 계획하는 모든 일을 더욱 안정적으로 만들고 있었다.

하소만은 비연의 진지한 표정을 보고, 그가 예전에 눈이 멀었던 걸 그녀가 벌하고 있음을 깨달았다.

그는 코를 만지작거리다가 결국은 온순하게 길을 청소하러 갔다.

하소만이 간 후, 비연은 겨우 마음을 가라앉힐 수 있었다. 그녀는 미간을 찌푸린 채 생각에 잠겼다. 살며시 걱정되는 일이 있었던 것이다.

한우아의 말을 분석해 보면, 소 부인은 본래 공기봉리를 갖고 있지 않아야 했다. 바꿔 말하자면, 정왕 전하가 어린 시절 한가보에서 공기봉리를 본 건 아니라는 의미였다.

소 부인이 우연히 공기봉리를 얻은 거라면 상관없다. 그러나 만약 지인에게서 받거나 한 거라면…….

누구일까?

비연은 한우아가 실마리를 찾아오기를 가만히 앉아 기다릴 수만은 없었다!

그녀는 한가보에 대해 좀 더 잘 알아야만 했다! 한가보에 대해 가장 많이 아는 사람이라면…… 상관 부인!

그러나 비연은 상관 부인을 찾아갈 마음이 없었다. 심지어 당정을 찾아갈 마음도 없었다. 이 일은 정왕의 비밀과 관련된 일이니 신중, 또 신중해야 했다.

비연은 외출하려던 계획을 포기하고 화월산장의 산장주를 불렀다.

산장주는 이 일에 대해 듣자마자, 자신이 아는 모든 것과 그간 조사했던 것들을 전부 털어놓았다.

한가보는 원래 '랑종'이라고 불렸다. 그렇게 불린 이유는, 한 씨네 선조가 눈늑대인 설랑을 숭배하여, 설랑을 가문의 표지로 삼았기 때문이었다.

10년 전, 은거 가문을 제외하고 북쪽의 기씨 가문, 남쪽의 상관 가문, 서쪽의 혁씨 가문, 동쪽의 소씨 가문을 현공대륙에서 4대 가문이라 불렸다.

랑종은 4대 가문에는 끼지 못했으나 가문 전체의 실력이 상관 가문에 필적했다. 랑종의 종주인 한진의 진기 수련도 4대 가문보다 높은 수준이었다.

그러나 랑종은 은거 가문이 아닌데도 외부와 얽히는 일이 극히 적었다. 타인이 자신들을 침범하지 않으면 자신들도 침범하지 않는다는 식이었다. 랑종이 은거 가문이 아니면서도 세속의 일에 거의 참여하지 않는 가장 큰 이유는 바로 당시 종주였던 한진과 관계가 있었다.

한진은 슬하에 딸이 한 명 있었는데, 이름은 한향이었다. 처음에는 사람들 모두 한향이 죽은 아내가 남긴 딸이라 여겼다. 한진이 아내를 깊이 사랑하여 다시는 새로 혼인하지 않는 거라고.

후에 그는 소옥교라는 이름의 제자를 받아들이고, 한향이 사실은 의녀라는 사실을 직접 공포했다.

사람들은 그제야 한진이 모든 욕망과 감정이 없는 사람이라는 걸 알게 되었다. 그는 그 후로도 아내를 맞이하지 않았고, 뒤를 이을 자식도 남기지 않았다.

한진은 항상 폐관 수련에 들어 있었고, 랑종은 한향이 대신 관리했다.

그러나 10년 전 빙해의 이변 이후, 한진과 한향은 더 이상 외부에 얼굴을 드러내지 않았다. 소옥교가 랑종을 이어받아 스스로를 소 부인이라 칭하고, 랑종을 한가보라 바꿔 부르기 시작했다.

그리고 그녀가 랑종을 이은 지 3년이 채 되지 않아 한우아 등 의녀 여러 명을 받아들였다.

비연이 의심스럽게 물었다.

"그렇다면 한진과 한향은 어디로 간 거지?"

산장주가 대답했다.

"모릅니다. 떠도는 소문은 아주 많지만요. 꽤 많은 이들이 한진과 한향은 소 부인의 손에 죽었을 거라고도 합니다. 이 소 부인은…… 굉장히 이상한 사람입니다."

비연은 더더욱 궁금해졌다.

"그건 무슨 뜻이야?"

"일단 나이를 아는 사람이 아무도 없습니다. 한우아조차 그녀의 진짜 나이를 모르니까요. 외모로 보면 상관 부인보다 몇 해 아래일 것 같지만, 머리카락이 전부 하얗게 세어 있고, 목소리도 굉장히 늙은 것처럼 들린다고 합니다. 성격은 종잡을 수 없고, 무정하고 잔인하답니다. 외부인에게는 물론이고, 가문 사람들에게도 그러하다네요."

비연이 다시 물었다.

"승 회장과 관계가 좋은 편이라 들었는데, 그건 진짜인가?"

산장주가 머뭇거리다가 말했다.

"그 일은…… 전하께서는 계속 미심쩍어하시고 계십니다. 다만…… 계속 조사했지만 아직 결론이 나오지는 않았습니다."

비연이 서둘러 물었다.

"미심쩍다니, 어떤 부분이?"

세 가문, 복잡한 관계

묻지 않았다면 몰랐을 것을, 한번 묻고 나니 깜짝 놀라지 않을 수 없었다.

원래 랑종은 현공대륙의 다른 가문들과 달랐던 것이다. 랑종의 선조는 빙해 남안의 운공대륙에서 왔다고 했다.

군구신은 한진과 한향이 운공대륙으로 돌아간 것은 아닌지, 혹은 빙해의 이변 때 목숨을 잃은 것은 아닌지 의심하고 있었다. 그래야 소 부인이 그렇게 빨리 랑종을 이어받은 것과 이름도 바꾼 것을 납득할 수 있었으니까.

내력이 불분명한 승 회장도 운공대륙에서 왔을 가능성이 높다고 했다! 그와 소 부인이 간통하고 있다는 것은 그들이 일부러 퍼뜨린 소문일 확률이 높았다.

비연은 경악을 멈추지 못했다.

"그들이 빙해의 남쪽에서 왔다니…… 그들이……."

그들은 그녀를 알고 있을까? 그녀를 알아봐 줄 수 있을까? 그들은 10년 전 빙해에서 대체 무슨 일이 발생했는지 알고 있을까? 그들은 그때의 이변과 무슨 관계가 있을까?

비연의 작은 얼굴이 긴장으로 굳어 버렸다. 그녀는 저도 모르게 두 주먹을 꽉 쥐었다. 그 모습을 보고 산장주도 다급하게, 달래듯 말했다.

"왕비마마, 걱정하지 마세요! 지금 이것들은 모두 추측일 뿐, 확실한 것은 아니니까요!"

산장주가 재빨리 물을 건넸다. 비연은 그것을 몇 모금 마신 다음 미간을 찌푸렸다. 점차 냉정을 되찾은 그녀가 진지하게 물었다.

"일부러 그런 소문을 냈다면, 대체 무엇을 가리기 위해 그런 걸까?"

산장주가 대답했다.

"왕비마마, 전하께서는 아무 관계도 맺지 않는 것이 무언가를 엄폐하기에 가장 좋은 방법이라 하셨어요. 하지만 한가보와 현공상회는 왕래할 필요가 딱히 많지 않아요. 그런데 그들은 굳이 그런 관계를 소문내고 있어요. 그게 바로 가장 미심쩍은 부분이고요."

비연도 바로 군구신의 뜻을 알아차렸다. 그녀는 속으로 감탄했다. 군구신은 언제나 그녀보다 더 주도면밀하고 신중했다.

그녀는 한참 생각하다가 중얼거렸다.

"그렇다면, 소 부인은 어쩌면 한진과 한향의 행방을 정말로 알 수도 있겠군."

산장주가 말했다.

"전하께서 낙하성을 떠나시면서 승 회장과 소 부인을 조사하도록 명령하셨어요. 특히 소 부인을 조사하라 하셨는데…… 당시 소 부인은 한진이 직접 랑종으로 데려온 제자였지요. 예전에 랑종에 있던 하인의 말에 따르면, 당시 한진은 소 부인의 내력을 정식으로 이야기하지 않고, 그저 새로 받은 제자니 다들 옥 소저라 부르라고 했다는군요."

비연이 다시 깜짝 놀라 다급하게 물었다.

"전하께서는 소 부인이…… 한진이 운공대륙에서 데려온 제자라고 의심하시는 건가? 그녀와 승 회장이 예전부터 아는 사이였다고? 심지어, 빙해의 이변이 그들과 관계있을 수도 있다고?"

산장주가 고개를 끄덕이더니 덧붙였다.

"왕비마마, 정왕 전하는 원래 빙해의 남쪽은 조사하지 않으셨어요. 하지만 마마의 신분을 의심하기 시작하신 후, 수하들의 절반 이상을 파견해 빙해 남안과 관련한 모든 것을 조사하도록 시키셨죠. 다만…… 지금은 모든 것이 여전히 불명확합니다. 왕비마마께서는 너무 다급해하지 마시고, 이런저런 생각을 하시거나 섣불리 결론을 내리지 않으시는 편이 좋을 것 같아요. 전하께서 수하들을 낙하성에 파견해 두셨으니, 진전이 있으면 언제라도 보고를 올리겠습니다."

비연이 어떻게 조급하지 않을 수 있을까? 그러나 이성을 잃고 어지러운 생각에 사로잡힐 정도는 아니었다.

"잘 알겠어. 그런데…… 그들이 설사 관련이 없다 해도, 그들도 분명 빙해에 관심이 있는 거겠지?"

승 회장은 평범한 사람이 아니었다. 소 부인 역시 여인의 몸으로, 의지할 곳도 없이 단지 한진의 제자라는 신분만 있을 뿐이었다. 그러나 혼란스러운 가운데 짧은 시간 내에 랑종을 장악한 것으로 보아 그녀 역시 결코 평범한 인물이 아닐 것이다.

그들의 근거지는 빙해에서 가장 가까운 곳이었다. 빙해에 무슨 일이라도 생기면 가장 먼저 영향을 받는 것도 그들이었다. 그런데 그들은 어떻게 빙해에 아무 관심도 없는 척하는 걸까?

군구신은 아무 관계도 맺지 않는 것이 무언가를 엄폐하기에 가장 좋은 방법이라고 했다. 그리고 그녀가 보기에, 아무 관심 없는 척하는 것 역시 무언가를 가리기에 가장 좋은 방법이었다!

비연은 상관 부인을 떠올렸다. 그러자 그녀의 눈가에 일말의 복잡한 빛이 스쳐 갔다.

"상관보와 한가보의 관계는 어떻지?"

산장주가 대답했다.

"직접적인 교류는 거의 없다고 봐야 합니다. 하지만 소문에 따르면, 상관보의 보주는 승 회장을 데릴사위로 들이려 했다가 거절당한 후, 승 회장의 아들을 상관보에 남도록 강요했다고 합니다. 모친의 성을 따르게 해서 이름도 상관영원이라지요. 양쪽의 갈등이 극심하고, 사적으로는 이미 왕래하지 않는다고 들었습니다. 상관정아가 중간에서 조절하고 있긴 하지만요. 상관보의 보수는 승 회장과 소 부인의 소문 때문에 계속 한가보를 원망하고 있다고 합니다."

이 이야기를 들은 비연은 더더욱 미심쩍은 기분이 들었다. 이 세 가문이 함께 손을 잡고 연극을 하며 진짜 관계를 가리고 있는 걸까? 아니면 다른 사람이 알아서는 안 될 비밀이라도 있는 걸까?

비연이 다른 일을 떠올렸다. 바로 한우아와 정왕의 혼담과 관련한 일이었다. 그 혼담은 계속 천염국 쪽에서만 뜻이 있는 것 같았다. 천무제가 남쪽으로 사람을 보내 혼담을 진행할 생각이었으나 정말로 행동하지는 않았다. 그리고 정식으로 선포한 적도 없었기에 이제는 모든 것이 그저 헛소문에 지나지 않게 되었다.

한우아가 진양성에 왔을 때 비록 한가보를 대표해 오긴 했지만, 그녀는 단독으로 천무제를 만난 적도 없었다!

한우아의 행동이 그녀 개인의 뜻에 따른 것이었을까, 아니면 소 부인의 뜻이었을까? 소 부인은 천염국과 교류할 계획이 있었을까? 그녀가 교류하고 싶은 쪽은 천무제였을까, 아니면 정왕이었을까?

대단히 복잡하게 얽혀 있는 것 같았지만, 한 올의 실이 모든 것을 연결하고 있는 것 같기도 했다. 그 실을 잡아낸다면 모든 의문을 풀 수 있을 것 같았다. 그러나 비연으로서는 지금 그 실을 잡을 방법이 없었다.

생각이 깊어질수록 비연의 미간에 점차 힘이 들어갔다. 산장주는 비연이 미간을 찌푸리고 있는 것을 보고 재빨리 등 뒤로 돌아가더니, 부드럽게 안마해 주었다.

"왕비마마, 너무 걱정하지 마세요. 아니면 전하께서 저를 야단치실 거예요!"

비연은 그녀의 말을 이해할 수 없었다.

"너를 야단쳐서 뭘 한다고? 이렇게 중요한 일을 제때 이야기해 주지 않았다면, 그가 야단치지 않아도 내가 야단쳤을걸!"

산장주가 달래듯 말했다.

"왕비마마, 전하께서는 마마께서 근심으로 건강을 해칠까 봐 걱정하십니다. 이 일은…… 제가 가진 실마리는 아직 한계가 있지요. 제가 좀 더 많은 실마리를 찾아온 다음 마마께서 다시 고민하셔도 늦지 않으실 겁니다."

비연이 저도 모르게 중얼거렸다.

"이건 내 일인데, 내가 걱정하지 않으면 설마 그에게 걱정하게 할까? 그가 해야 할 일만 해도 너무 많은걸. 그야말로 자기 건강은 걱정도 안 하면서!"

이 말을 들은 산장주가 저도 모르게 웃어 버렸다.

"왕비마마, 전하께서 만약…… 마마께서 이리 관심을 보이시는 것을 아신다면, 건강을 해친다 해도 가치 있다고 여기실 거예요."

비연은 그제야 자신이 무슨 말을 중얼거렸는지 깨닫고는 다시 미간을 찌푸렸다.

산장주는 안마가 힘들어지자 그저 부드럽게 쓰다듬어 주며 말했다.

"왕비마마, 힘을 빼세요. 이제 생각은 그만하시고요."

비연이 갑자기 몸을 흠칫 떨었다.

"알았다!"

산장주가 깜짝 놀랐고, 비연은 계속 놀란 목소리로 외쳤다.

"공기봉리가…… 운공대륙에서 온 것은 아닐까! 전하는…… 전하는 혹시……."

비연은 흥분하여 말을 잇지 못했다. 이것은 확실히 아주 대담한 추측이었고, 완벽하게 새로운 실마리였다.

군구신은 운공대륙에서 공기봉리를 보았을 가능성이 있었다. 그리고 그 개나리가 가득 피었다는 정원도! 바꿔 말하면, 군구신도 그녀와 마찬가지로 빙해의 남쪽에서 자랐을 가능성이 있는 것이다!

산장주는 비연이 한우아와 약속한 바를 알지 못해 그저 놀라고만 있었다.

비연은 자신의 이 생각을 당장이라도 군구신과 나누고 싶어 견딜 수가 없었다. 그녀는 산장주에게 제대로 설명할 여유도 없이 밖을 향해 달려 나가며 조급하게 외쳤다.

"여봐라, 마차를 준비해라! 대자사로 갈 테니, 어서!"

하인이 마차를 준비했다. 비연이 막 문밖으로 나서려 했을 때 전 어멈이 다가왔다.

"왕비마마, 당 소저께서 오셨습니다. 작별 인사를 하러 오셨다고…… 그리고 꼭 얼굴을 뵙고 말씀드릴 중요한 이야기가 있다고 하십니다."

밀정 전다다

당정이 왜 이리 빨리 떠난다는 거지? 그리고 얼굴을 보고 해야 할 이야기라고?

잠시 머뭇거렸지만 비연은 결국 외출하려던 계획을 포기할 수밖에 없었다.

그녀가 청우헌에 도착했을 때, 당정은 앉아서 차를 마시고 있었다. 비연이 안으로 들어가자마자 놀리듯 물었다.

"대체 무슨 일이죠? 내가 제대로 초청하지도 못했는데 이렇게 빨리 가 버린다니? 상관 부인은요?"

당정은 안색이 좋지 않아 보였고, 기운 없이 앉아 있었다.

"상관 부인과 호 부인은 급한 일이 있어 어젯밤에 진양성을 떠났어. 안 그래도 상관 부인이 나에게 말을 전해 달라고 했어. 남쪽에 오게 되면 반드시 자기에게 연락하라고."

비연이 의문에 가득 차 물었다.

"무슨 급한 일이 있어 그렇게 급히 긴 건가요?"

당정은 고개를 저었다. 비연이 다시 물었다.

"그럼 언니는요? 언니도 급한 일이 있어요?"

당정이 여전히 기운 없는 태도로 말했다.

"경매장에 중요한 경매가 있어서…… 내가 돌아오기만을 기다리고 있어. 내가 여기 계속 있으면, 장주 어르신이 내 봉급을

삭감하려고 하실걸."

비연이 곁에 앉아 당정을 세밀하게 살펴보았다. 아무리 생각해도 뭔가 이상했다.

"언니, 안색이 영 좋지 않아요. 왜 그런 거죠? 이 며칠 동안 제대로 자지 못한 거 같은데요?"

당정은 마음이 켕겨, 등을 쭉 펴고 앉은 다음 얼굴을 쓰다듬었다.

"아마…… 아마 어젯밤에 제대로 자지 못해서 그런 걸 거야."

어제 정역비가 객잔을 떠난 후, 그녀는 방 안에 종일 멍하니 있었다. 그리고 밤이 되어 침상에 누워 눈을 감자, 머릿속이 정역비의 얼굴로 가득 찼다.

무례하게 웃는 모습, 또 가끔은 진지한 모습……. 그가 그녀의 몸에 남겨 놓은 흔적처럼, 아무리 고개를 저어도 그의 얼굴이 사라지지 않았다.

후에 몽롱한 가운데 잠이 들었다. 꿈속의 그녀는 정역비의 아이를 품고 있었고, 정역비와 사랑의 도피를 했다. 당정은 깜짝 놀라 잠에서 깬 다음 다시는 잠을 이룰 수 없었고, 계속 눈을 뜬 채 날이 밝기만을 기다렸다. 그랬으니 그녀의 안색이 좋으면 그게 더 이상한 일일 터였다.

게다가 그녀의 몸은 아직도 불편했다. 정역비, 그 빌어먹을 놈이 그날 밤 대체 얼마나 그녀를 괴롭혔는지…….

세상에나!

비연이 계속 물으려 하는 것을 보고 당정이 재빨리 화제를 바꿨다.

"그래서 작별 인사를 하러 왔어. 그리고 좋은 소식도 있고!"

비연은 중요한 일이 무엇인지 이미 짐작하고 있었기에 웃으며 말했다.

"밀정 이야기죠?"

당정이 웃기만 하고, 뜸을 들이며 말해 주지 않으려 했다. 비연은 그런 그녀를 보며 어쩔 수 없이 웃고 말았다.

사실 군구신은 스스로도 꽤 많은 밀정을 키우고 있고, 정상급의 밀정인 전형 전매도 고용한 상태였으니 그녀 스스로 밀정을 더 찾을 필요는 없었다. 그러나 그녀가 먼저 부탁하였고, 당정이 호의를 베푼 셈이니, 비연으로서는 지금 와서 거절하기도 민망한 상황이었다.

그녀는 당정의 손을 잡고 애교 부리듯 말했다.

"말해 봐요, 우리 멋진 언니! 몇 명 찾았어요?"

"한 명!"

당정이 바로 덧붙여 이야기했다.

"보통 사람은 청할 수 없는 밀정이야. 그녀가…… 1년 전에 경매장에 왔었고, 내가 작은 도움을 준 적 있었거든. 그때 나를 기억해 두겠다고 하더라고. 하지만 내가 너를 도와줄 수 있는 건 협상 기회를 마련하는 정도고, 일을 청부할 수 있는지 없는지는 다 네 능력에 달린 문제야!"

비연은 밀정 업계를 잘 알지는 못했지만 당정이 이리 말하는 것을 들으니, 이 밀정을 소개받는 것만으로도 대단한 것 같았다. 비연은 이 밀정이 전형 전매처럼 입이 무겁고 일처리가 빠르다면 고용해도 좋겠다고 생각했다.

비연이 물었다.

"그 밀정의 이름이 어떻게 되나요?"

당정이 비연을 가까이 잡아끌었다. 그 비밀스러운 모양에 비연은 조금 긴장했다. 당정은 목소리를 더욱 낮추더니 말했다.

"성은 전씨고, 이름은 다다야."

비연이 멍한 표정을 짓자 당정이 다시 말했다.

"전다다!"

돈이 많다는 의미의 그 전다다?

"풋!"

비연은 바로 입 안에 있던 차를 뿜어내다 하마터면 당정의 얼굴을 적실 뻔했다.

"전다다?"

지난번 군구신이 그녀에게 전형 전매의 이름을 이야기했을 때도 그녀는 무척 우스워했다. 그러나 지금 더 웃긴 이름을 듣게 될 줄은 몰랐던 것이다. 이 이름은 결코 본명이 아닐 것이다. 그 정상급 밀정은 대체 얼마나 돈을 좋아하는 걸까?

"전다다는 열예닐곱밖에 안 되지만, 능력은 대단해. 길에서 만나는 사람 누구라도 알걸. 다만 그 이름대로의 성격이라 재물을 탐내지! 특히 금원보를 사랑해."

당정은 잠시 머뭇거리다가 다시 덧붙였다.

"연아, 네가 무엇 때문에 밀정을 고용하건 반드시 가격을 흥정해야 해. 네가 그런 일에 익숙하지 않으면 정왕 전하께 도와 달라고 하렴!"

상관 부인이 떠나기 전 당정에게 승 회장의 말을 전달했다. 바로 비연과 교류할 때 좀 더 신중하게 굴고, 정왕에게 이상한 점을 들켜서는 안 된다는 말이었다.

그러나 당정은 그저 신중할 뿐 아니라 이 기회를 틈타…… 즉 비연을 통해 정왕 곁에 제 귀가 되어 줄 사람을 심어 두고 싶었다. 그렇게 되면 정왕의 속사정을 좀 더 명확하게 파악할 수 있을 것이다.

전다다는 운한각의 심복으로, 밀정계의 걸출한 인물이었다. 전다다가 스스로 정왕 전하를 찾아 충성을 다하겠다고 한다면 신임을 얻을 수 없겠지만, 비연의 추천을 받는다면 상황이 다를 것이다. 이 행동은 비연이 밀정을 찾는 이유가 무엇인지 알아보는 동시에 전다다를 정왕의 수하로 만들 기회니, 그야말로 일석이조였다!

비연은 당정의 생각은 몰랐지만, 군구신을 이 일에 끌어들이지 않을 예정이었다. 그리고 이 일에 대해 너무 많이 이야기하고 싶지도 않았다.

그녀는 당정의 말에 대답하지 않고 웃으며 말했다.

"그럼 그녀가 언제 나를 찾아오나요?"

당정이 손가락을 꼽아 보았다.

"곧. 대엿새 정도면 올 거야!"

비연은 다시 당정의 손을 잡고 웃으며 말했다.

"언니, 정말 고마워요!"

당정은 속으로 켕기기도 하고 부끄럽기도 했지만 여전히 호쾌하게 말했다.

"너와 나 사이에 예의 갖출 필요 없어. 네 비밀스러운 모습을 보니, 아…… 약속했었지. 조사를 끝내면 대체 뭘 조사한 건지 나에게 전부 말해 주어야 해!"

비연은 진지하게 고개를 끄덕였다.

"반드시 그럴 거예요!"

이미 점심 무렵이었다. 비연은 당정에게 식사를 하고 좀 더 있다 가라고 청했다.

식사를 끝낸 후 당정은 정왕부를 돌아보고 싶다고 말했다. 비연은 잠시 머뭇거리다가 하소만을 불러 길을 안내하게 했다. 어디를 다녀도 되고 어디는 안 되는지, 비연보다 그가 더 잘 알기 때문이었다.

당정은 정왕이 오래도록 돌아오지 않는 걸 보고 탐색하듯 물었다.

"연아, 성혼을 치른 지 사흘도 되지 않았는데 정왕 전하께서 너와 함께 계시지 않다니, 대체 어디 가신 거니?"

밖에는 소문이 잔뜩 돌고 있었다. 심지어 정왕이 성을 나가는 것을 금지당했다는 소문도 있었다.

비연은 사실을 말할 수 없으니…… 말을 많이 할수록 더 많이 속이게 될 뿐이라, 군구신이 궁에 들어갔다고 말했다. 그리고 화제를 돌려, 당정이 돌아갈 때 탈 말이며 마른 양식 등은 준비되었는지 물었다.

당정은 원래 더 캐물을 생각이 없었다. 그러나 한참 생각하던 그녀가 갑자기 발걸음을 멈추고 애매한 눈길로 비연을 살펴보았다. 그 시선에 의아함을 느낀 비연이 결국 묻고 말았다.

"언니, 왜 그렇게 보는 거예요?"

당정이 비연의 손을 잡고 나지막한 목소리로 말했다.

"연아, 너…… 정왕 전하와 화촉을 밝히던 날……."

그녀의 말이 끝나기도 전에 그들 뒤에 있던 하소만이 귀를 쫑긋 세웠고, 비연은 눈을 휘둥그렇게 떴다. 당정이 이런 일에까지 관심을 보일 줄은 상상도 못 했다는 태도였다.

사실 당정은 관심이 있는 게 아니라 그저 궁금할 뿐이었다!

어째서 그날 밤 경험을 했는데도 아무것도 생각나지 않는 걸까?

그녀는 머뭇거리다가 속삭이듯 물었다.

"연아, 아팠어?"

"아팠냐고요?"

비연이 망연하게 물었다.

"침상 아래로 내려올 수는 있었고?"

당정이 다시 물었다.

비연은 한우아에게는 '허리가 끊어진다'거나 '침상 아래로 내려오지도 못한다'와 같은 말을 할 수 있었지만, 실제로 이런 말을 들으니 대체 어찌해야 할지 알 수가 없었다.

그녀는 화촉을 밝히던 밤 군구신을 바닥에서 재운 일을 당정에게 차마 말할 수가 없어, 쭈뼛거리며 고개를 끄덕였다.

"으, 으응……."

비연은 이 화제를 계속 이어 나가고 싶지 않았다. 하지만 당정은 계속 묻고 싶은 모양이었다…….

〈제왕연〉 8권에서 계속